코끼리

이 도서의 국립중앙도서관 출판시도서목록(CIP)은 e-CIP홈페이지
(http://www.nl.go.kr/cip.php)에서 이용하실 수 있습니다.
(CIP제어번호 : CIP2005002501)

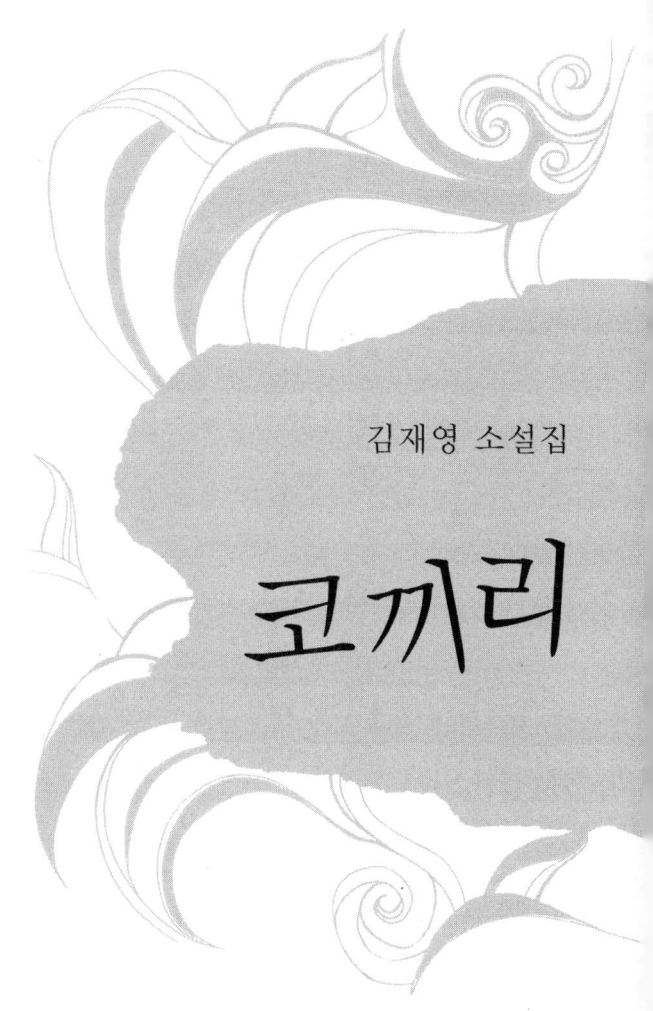

김재영 소설집

코끼리

실천문학사

차례

코끼리 ○ 7
아홉 개의 푸른 쏘냐 ○ 39
국향(菊香) ○ 85
치어들의 꿈 ○ 117
사라져버린 날들 ○ 149
자정의 불빛 ○ 181
물밑에 숨은 새 ○ 211
또 다른 계절 ○ 247
미조(迷鳥) ○ 279
국화야, 국화야 ○ 309

해설 ○ 345
작가의 말 ○ 357

코끼리

너무 다양한 삶을 보아버린 열세 살 내 머릿속은 히말라야처럼 굴곡이 패어 있다. 세계지도 속의 히말라야는 사실 손가락 한 마디 크기다. 하지만 히말라야는 지도로 그릴 수 없는 땅이라고 아버지는 말했다. 깊게 주름진 계곡과 높은 설산은 세상 전체를 한 바퀴 도는 것보다 더 길 거라면서.

시월이 되자 아버지는 한길로 향한 창문에 퍼체우라(네팔 남자들이 몸에 걸치는 직사각형의 천)를 쳤다. 틀이 일그러진 바라지창 틈새로 스며드는 밤안개에 아버지가 심하게 기침을 한 다음 날이었다. 지난여름, 장판 밑에서 시작된 곰팡이는 방바닥에 놓인 세간과 벽에 걸린 옷가지로 번져나가더니 기어코 아버지의 폐와 내 종아리까지 점령했다. 아버지는 기침을 해댔고 나는 종일 종아리를 긁어댔다. 우리는 슬레이트 지붕 위로 무섭게 쏟아지는 빗소리를 들으며 창문 반대편에 걸린 달력 사진을 바라보는 걸로 지루한 여름을 견뎠다. 투명하고 생생한 햇빛, 푸른 티크나무 숲, 눈 덮인 안나푸르나, 잔잔하게 물결치는 페와 호, 그리고 사탕수수를 빨아 먹으며 웃고 있는 아이들…….

아버지와 나는 십여 년 전까지 돼지축사로 쓰였다는, 낡은 베니어판 문 다섯 개가 나란히 붙어 있는 건물에서 살고 있다. 쪽마루도 없는데다 처마마저 참새 꼬리처럼 짧아 아침이면 이슬에 젖은 신발을 신고 학교에 가야 한다. 며칠 전 주인아주머니는 누런 갱지에 '빈 방 있음'이라고 써 3호실 문짝에 붙여놓았다. 그 방 앞을 지나던 나는 열린 문틈으로 안을 들여다보았다. 벽에는 얼룩과 곰팡이와 낙서가 가득했고, 들뜬 황갈색 비닐 장판 위로는 뽀얀 먼지가 살얼음처럼 깔려 있었다. 비스듬하게 세워진 낡은 캐비닛 뒤쪽 벽에는 쥐가 들락거릴 정도의 작고 새까만 구멍이 뚫려 있는데, 구멍 주위로 자잘한 시멘트 가루와 흙덩이가 흩어져 있어 마치 상처 부위에 엉겨 붙은 피딱지처럼 보였다. 총알에 맞아 쿨럭쿨럭 피를 쏟아내는 심장을 본 것 같은 섬뜩함이 가슴을 오그라뜨렸다.

그 방에 살던 파키스탄 청년 알리는 도둑질을 하고 마을을 떠났다. 강풍이 불던 날 밤의 어둠과 소란을 틈타 한방을 쓰던 비재 아저씨의 돈을 훔쳐 달아난 것이다. 비재 아저씨는 송금 비용을 아끼려고 벽에 구멍을 파서 돈을 숨겨놓았다고 한다. 그날 밤 알리가 돈을 꺼낼 때 나던 조심스런 부스럭거림을 아저씨는 왜 듣지 못했을까. 하긴, 이틀 연속 철야근무에 특근까지 했으니 그럴 만도 하다. 게다가 그날따라 2호실 방글라데시 아주머니의 갓난아기는 밤새 잠을 자지 않고 보챘고, 저녁 내내 텔레비전 앞에서 시끄럽게 떠들던 1호실 미얀마 아저씨들은 나중엔 취한 목소리로 노래를 불러대기까지 했다. 밤에 일하는 5호실의 러시아 아가씨 마리나는 아예 집에 들어오지도 않았다. 4호실에서 사는 아버지와 나만이 일찌감치 불을 끄고 어둠 속에 누워 있었다. 하지만 우리들 역시 머릿속으로는 매우 혼란스러운 생각, 집 나간 어머니 생각에 빠져 있어서 누군가 돈을 훔치느라 바스락대는 소리를 들을 수 없었다.

사실 알리는 비재 아저씨 아들의 생명을 훔쳐 도망간 거나 다름없다. 아저씨는 막내아들의 심장수술 비용을 마련하려고 여기 왔으니까. 이 마을에선 불행이 너무나 흔해 발에 차일 지경이다. 그래서 웬만한 일에는 누구도 신경 쓰지 않는다. 하지만 비재 아저씨가 그날 새벽에 내지른, 절망과 분노에 찬 비명소리는 한동안 잊히지 않을 것 같다. 요즈음 아저씨는 마당에 있는 늙은 감나무 밑에 앉아 먼 산을 바라보곤 한다. 어쩌다 산 정상에 구름이 걸리면 저기 물소가 지나간다,라는 엉뚱한 혼잣말을 하면서. 아무래도 아저씨는 꽤 오래 눈물과 한숨으로 시간을 보내야 할 것 같다. 감나무 꼭대기에 매달린 까치밥이 붉은 속을 뚝뚝 떨어뜨려야 겨울을 날 수 있는 것처럼.

너무 다양한 삶을 보아버린 열세 살 내 머릿속은 히말라야처럼 굴곡이 패어 있다. 세계지도 속의 히말라야는 사실 손가락 한 마디 크기다. 하지만 히말라야는 지도로 그릴 수 없는 땅이라고 아버지는 말했다. 깊게 주름진 계곡과 높은 설산은 세상 전체를 한 바퀴 도는 것보다 더 길 거라면서. 학교 과학실에서 본 뇌 모형을 떠올리니 쉽게 이해가 갔다. 사람도 어려서 다양한 경험을 하면 뇌가 심하게 주름 진다니까 내 나이도 빠르게 늘어나고 있을 거다.

3호실이 빠지는 대로 비재 아저씨는 우리 방으로 오기로 했다. 방세를 아낄 수 있어서다. 아버지는 더는 집 나간 어머니를 기다리지 않기로 결심한 걸까. 하긴 어머니는 조선족이니까 어디서든 살아갈 수 있다. 적어도 자신에게 수치를 주거나 학대하려 드는 사람들에게 한국 말로 대꾸할 수는 있을 테지. 그만 때리세요, 왜 욕해요, 돈 주세요 따위 말고도 여러 가지 어려운 말들을. 선처, 멸시, 응급실, 피해 보상, 심지어 밑구멍으로 호박씨 깐다느니, 개 발에 땀 난다는 말까지.

잠에서 깨어나니, 로티(밀가루 빵) 굽는 냄새가 방 안 가득하다. 방문 쪽으로 돌아앉아 밀가루 반죽을 방망이로 밀어대는 아버지의 등과 어깨는 물결처럼 출렁인다. 내 발치께 버너 위에 올려진 주전자에선 버터차 치아가 쉐쉐 가쁜 숨소리를 낸다.

그리고 보니 오늘이 아버지의 마흔번째 생일이다. 좀전까지 몰랐는데 달력에 동그라미가 쳐진 걸 보니 분명히 그렇다. 해마다 가을이면 아버지는 티알 축제(한국의 추석 같은 다사잉 명절 15일 뒤에 오는 네팔의 축제)를 마치고 생일날 아침에 고향을 떠나온 이야기를 입버릇처럼 되풀이했다. "네팔의 여름 햇빛은 정수리로 내려오고 가을 햇빛은 가슴에 와 닿지. 내가 그곳을 떠난 건 성긴 햇살이 비스듬히 내려와 심장에 꽂히는 가을이었단다. 심장이 사납게 뛰는 스물여섯⋯⋯." 어쩌자고 동그라미를 그토록 크게 그려넣었는지 모르겠다. 어차피 선물도 못할 텐데. 아버지는 어린아이인 나한테까지 용돈을 줄 여유가 없다.

검은 색연필로 여러 번 덧그린 커다란 원은 마치 '외'처럼 보인다. '외'는 미얀마 말로 '소용돌이'란 뜻이다. 1호실 미얀마 아저씨들은, 한국에 온 외국인 노동자들은 모두 '외'에 빠진 거라고 말한다. 나는 아버지의 소용돌이 삶 속에서 태어났으니 새끼 외다. 하지만 한국에서, 조선족 어머니 자궁에서 태어났으니 반쪽 외다. 물론 그렇다고 해서 내가 학교나 마을에서 외 취급을 받지 않을 거란 착각을 할 정도의 머저리는 아니다. 자리에 누운 채 왼뺨의 광대뼈 부위를 만져본다. 조금 부었는지 손바닥에 그득하게 잡힌다. "너 소영이 짝이지? 이 더러운 자식!" 어제 오후 집으로 돌아오는데 6학년 소영이 오빠가 다짜고짜 내 멱살을 잡았다. 그러고는 똥 닦는 냄새 나는 손으로 왜 소영이를 만졌느냐고 다그쳤다. 난 그런 적 없다고 했다. 연필이 굴러가서 잡으려다가 실수로 손등을 건드린 거라고 구차한 기분이 들 정도로 차근차근 설명했다. 소영이 오빠는 거짓말마 새꺄,라며 주먹을 날렸다. 나도 녀석의 옆구리를 한 대 갈겨주었다. 쓰러진 녀석의 코에서 피가 나와 옷이 피투성이가 되었다.

"손으로 먹어라. 그래야 서둘러 먹지 않고 과식하지 않는단다."

아버지 말을 못 들은 체하고 나는 젓가락으로 로티를 찢는다. 과식할 음식이나 있냐고 반박하려다 참는다. 늬들은 손으로 밥 먹고 손으로 밑 닦는다면서? 우엑, 더러워. 놀려대는 반 아이들 목소리가 들리는 듯하다. 그건 사실이 아니다. 밥은 밑 닦는 왼손이 아닌 오른손으로 먹는다. 그 때문에 아버지는 언제나 오른손을 깨끗하게, 귀하게 다룬다. 다만 아버지 손가락에는 등고선처럼 생긴 지문이 없다. 닳아버린 지 오래여서 지장을 찍으면 짓이겨진 꽃물자국 같은 게 묻어난다. 사람들은 지문이 없으니 영혼도 없다고 생각하나 보다. 그렇지 않다면 노끈에 꿰인 가자미처럼 취급당할 리가 없다. 야 임마, 혹은 씨발놈아,라는 이름의 외국인 노동자 한 꿰미. 말링고꽃을 좋아하고 민요 〈러섬피리리〉를 구성지게 부르는, 안나푸르나의 추억을 가진

'어루준'이란 이름의 사람은 처음부터 있지도 않다.
"멍이 들었구나. 어쩌다 그런 거냐?"
오른손으로 로티를 찢어 입에 넣으면서 묻는 아버지한테 나는 사실대로 말했다.
"사실이란 중요하지 않아. 아무도 우리 말을 믿어주지 않으니까."
부정확한 발음으로 한국 말을 떠듬거리는 아버지는 어릿광대를 연상시킨다. 말이 어눌하면 누구나 멍청하게 보이는 법이다.
"차라리 맞았다면 나았을 텐데……. 조심해라. 그 애가 가만 있진 않을 거야."
"저도 자신 있어요."
"바보 같은 소리 마. 다음에라도 녀석이 때리거든 피하지 말고 맞아줘."
아버지는 갑자기 네팔 말로 말한다. 내 눈을 똑바로 바라보더니 이번엔 턱에 힘을 주며 말도 안 되는 네팔 속담을 들이댄다.
"누군가 돌을 던지거든 꽃을 던져주라고 했다."
"싫어요, 난. 차라리 사람들을 갈겨버리고 말지. 이담에 팔뚝에 힘이 붙으면 절대 아버지처럼 공장 일이나 하진 않을 거야. 우리를 업신여기고 괴롭히는 나쁜 놈들을 때려눕히고 발로 차고……."
"야크처럼 앞뒤 재지 않고 돌진하겠다는 거냐?"
"야크가 어떻게 뛰는지 알 게 뭐예요. 히말라야 얘기라면 이제 지긋지긋해요."
반사적으로 튀어나온 말에 나도 놀라고 만다. 하지만 참았던 말들은 멈추지 않고 계속 쏟아져나온다.

"난 여기, 식사동 가구공단밖에 몰라요. 흐리멍덩한 하늘이랑 깨진 벽돌 더미, 그리고 냄새 나는 바람. 나한텐 이게 전부죠. 게다가 집 나간 바람둥이 엄마까지……."

"입 닥치지 못해!"

뺨이 얼얼하다. 아버지는 거친 숨을 내쉬며 주먹을 쥔 채 부르르 떤다. 볼을 싸쥐고 방에서 뛰쳐나오니 마당에 있던 누군가 나마스테('안녕하세요'라는 뜻의 네팔 인사말), 하고 인사를 건넨다. 나는 대꾸하지 않고 이슬에 젖은 신발을 꿰어 마당을 가로지른다. 수돗가에 떨어져 있던 감 하나가 발밑에서 터져 으깨진다.

뱃속에서 울리는 끄르륵 소리를 들으며 나는 공장이 늘어선 골목으로 들어선다. 메마르고 갈라진 시멘트 길, 칙칙한 작업복 차림의 사람들, 공장 지붕 위로 떨어지는 희뿌연 햇빛, 그리고 이따금 사나운 짐승처럼 달려가는 짐 실은 트럭들 사이에서 현기증을 느낀다. 오늘처럼 학교에서 급식을 하지 않는 토요일엔 늘 이렇다. 아침에 먹은 치아 한 잔으로는 오후까지 견디기가 쉽지 않다. 공장에서 나오는 시끄러운 소음, 페인트 냄새, 가구공장의 옻 냄새가 빈속을 메스껍게 한다. 코를 움켜쥔 채 인력구함, 사채 쓸 분, 빅토리아 관광나이트 따위의 광고지가 덕지덕지 붙은 더러운 공장 벽과 전봇대를 지난다. 염색공장에서 나오는 새빨간 물이 도랑을 붉게 물들이며 흘러간다. 김이 모락모락 나는 게 갓 잡은 돼지 피처럼 보인다. 헛구역질이 난다.

입 안에서 씁쓰름한 위액이 느껴진다. 내가 죽게 된다면 아마 코부터 썩을 거다. 태어나서 지금껏 냄새 속에 살았으니까. 독한 화학약품 냄새들은 실핏줄을 타고 머릿속까지 들어가 언젠가 나를 멍청하게 만들 테지. 어차피 상관없다. 머리를 굴리면 굴릴수록 세상 살기 힘들다니까. 언젠가 아버지는 말했다. "머리를 굴려 이 지옥에 떨어졌어. 다른 청년들처럼 산에서 염소를 기르거나 들에서 농사일을 했더라면, 강물에 몸을 씻고 집으로 돌아와 구수한 달(콩 수프), 바트(밥) 냄새를 맡으며 신께 감사할 줄 알았다면……." 미래슈퍼 앞에 다다르자 출입문에 붙어 있는 오렌지 빛 음료수 '쿠우' 광고가 눈에 들어온다. 입 안에 침이 돌면서 울렁거림이 가라앉는다. 바지 주머니를 흔들자 짤랑거리는 소리가 난다. 손을 넣어 꺼내보니 종잇조각 몇 개와 구슬, 병뚜껑, 녹슨 못, 그리고 먼지가 나온다.

멀리 알루미늄 공장 쪽에서 누군가 걸어오고 있다. 자세히 보니 쿤 형이다. 사 년 전에 한국에 들어온 그는 나보다 열두 살이 위인 스물다섯이다. 그가 처음 마을에 왔을 때가 생각난다. 까만 배낭을 메고 방을 얻으러 다니던 쿤은 아버지를 만나자, 아니 아버지 입에서 계곡 물에 자갈 굴러가는 듯한 네팔 말이 흘러나오자 갑자기 눈물을 줄줄 흘렸다. 아버지는 그가 몹시 힘들게 지냈다는 걸 금방 알아차렸다. 그의 얼굴 표정에서 산업연수생 시절에 겪었던 어려움이 그대로 드러났다. 지하방에서 휴일도 없이 하루 열여섯 시간씩 일하다가 한밤중에 창문으로 도망쳤다는 그의 몸은 시퍼런 멍과 상처로 얼룩져 있었고 화덕처럼 뜨거웠다. 아버지는 네팔의 민간요법인 쌀소주를 만들어주었다. 달구어진 팬에 기름을 치고 생쌀을 넣어 튀긴 다음 소주를 붓고 한동안 뚜껑을 닫아놓았다가 따끈해진 액체를 소주잔에 따랐다. 연거푸 석 잔을 마시게 했더니 열에 들떠 있던 쿤은 금방 잠들었다. 다음날 아침에 쿤의 몸은 많이 회복되었다. 크게 쌍꺼풀 진 눈에는 전날의 공포와 우울 대신, 숨어 있던 촌스러움이 드러났다. 돈을 벌어 귀국하겠다는, 한 달에 오십만 원을 벌어 반쯤 저축하겠다는, 딱 삼 년만 참으면 된다는 순진한 믿음 같은.

쿤은 지금 리바이스 청바지에 나이키 점퍼를 입고 있다. 동대문시장에서 산 짝퉁이지만 제법 그럴듯해 보인다. 그는 이목구비가 뚜렷하고 피부가 흰 아르레족(네팔의 여러 부족 중 하나로 아리안계에 속함)이라 머리를 노랗게 염색하니 얼핏 미국 사람처럼 보인다. 하긴 일부러 그렇게 보이려고 염색을 했을 테지만. 언젠가 명동에 다녀온 그가 입술을 비틀며 말했다. "한국 사람들은 단일민족이라 외국인한테 거부감을 갖는다고? 그래서 이주 노동자들한테 불친절한 거라고? 웃기는 소리 마. 미국 사람 앞에서는 안 그래. 친절하다 못해 비굴할 정도지. 너도 얼굴만 좀 하얗다면 미국 사람처럼 보일 텐데……."

그 뒤로 나는 저녁마다 물에 탈색제 한 알을 풀어 세수했고 저녁이면 내가 얼마나 하얘졌나 보려고 거울 앞으로 달려갔다. 푸른 새벽 공기 속에서 하얗게 각질이 일어난 내 얼굴을 볼 때면 가슴이 설레었다. 내가 바라는 건 미국 사람처럼 되는 게 아니었다. 그냥 한국 사람만큼만 하얗게, 아니 노랗게 되기를 바랐다. 여름 숲의 뱀처럼, 가을 낙엽 밑의 나방처럼 나에게도 보호색이 필요했다. 남의 눈에 띄지 않고 조용히 살아갈 수 있도록. 비비총을 새로 산 남자애들의 첫번째 표적이 되지 않고, 적이 필요한 아이들의 왕따가 되지 않고, 달리기를 할 때 뒤에서 밀치고 싶은 까만 방해물로 비치지 않도록. 나는 하루도 거르지 않고 탈색제를 썼다. 그러던 어느 날, 세수를 하고 있는데 누군가 내 세숫대야의 물을 거칠게 쏟아버렸다. 고개를 들어 보니 아버지였다. 아버지는 탈색제가 든 비닐봉지를 수돗가에 내동댕이쳤다. 나는 뒷덜미를 잡힌 채 방으로 질질 끌려들어가 멍이 시퍼렇게 들도록 종아리를 맞았다. 그날 밤, 오랜만에 술 냄새를 풍기며 자정이 다 되어 들어온 아버지는 주머니에서 '누크' 베이비로션을 꺼냈다. 그러고는 붉은 실핏줄이 보일 만큼 껍질이 벗겨진 내 얼굴에 로션을 잔뜩 발라주었다. 투박하고 거친 손바닥으로 뺨을 아프도록 쓰다듬으면서. 그러고 나서 아버지는 이불을 머리끝까지 뒤집어쓰더니 잠들기 직전까지 흐느꼈다. 가끔 뜻을 알 수 없는 네팔 말을, 몹시 지친 목소리로 중얼거리며.

쿤이 작업복 점퍼 안쪽 주머니에 손을 넣고 걸어온다. 가슴께가 불룩하게 튀어나온 걸 보니 뭔가 맛있는 거라도 숨기고 있는 게 분명하다. 그에게 달려가 숨긴 걸 달라고 졸라댄다. 쿤은 얼굴을 찡그린다. 쿤의 옆구리에 손가락을 넣고 꼬물거린다. 간지럼을 잘 타는 쿤은 흐으, 흐으, 김빠진 웃음을 내뱉더니 할 수 없이 그 비밀을 펼쳐 보인다. 흰 붕대에 감긴 손이 허공으로 불쑥 솟아오른다.

"왜 이래?"

"어제 일하다가 그만……. 다행히 손가락 세 개는 남았어."

쿤은 아무렇지도 않다는 듯이 말하려고 애쓴다. 하지만 결국 알아들을 수 없는 말을 내뱉는다. 박치니가(씨발)! 그는 발끝으로 돌멩이를 세게 걷어찬다. 찰랑, 흩날리는 노란 머리카락 사이로 새로 돋는 까만 머리카락이 보인다. 그는 이제 더는 염색을 하지 않을 거다. 여기까지 와서 프레스에 손가락을 잘리는 미국 사람은 없을 테니.

"형, 그 손가락 나 주라."

쿤은 멍한 얼굴로 나를 쳐다본다.

"왜?"

"그냥……. 응? 나 주라."

휴지로 돌돌 만 뭉치를 내 손바닥 위에 올려놓는다. 길 양편에 늘어선 전깃줄이 바람에 징징 울어댄다. 바랜 햇빛과 회색 먼지 속을 걷는 쿤의 뒷모습이 늙고 지쳐 보인다.

2호실 아기가 칭얼대는 소리만 들릴 뿐 축사 건물 전체가 조용하다. 나는 마당 한쪽에 있는 감나무 밑으로 다가간다. 커다란 돌멩이를 들추니 까맣고 축축한 흙이 드러난다. 삭정이를 주워 와 땅을 파헤친다. 굵다란 지렁이 한 마리가 햇빛에 놀라 꿈틀대더니 이내 흙 속으로 파고든다. 좀더 깊이 파헤쳐보지만 개미 새끼 몇 마리뿐 아무것도 눈에 띄지 않는다. 벌써 다 썩어버렸나? 돈을 훔쳐 달아난 알리의 손가락을 초여름에 다섯 개나 묻었는데 하나도 없다. 작년에 묻은 베트남 아저씨 손가락은 말할 것도 없고. 좀더 깊이 땅을 파려고 팔에 힘을 준다. 흙

코끼리 19

덩이가 부서지면서 얼굴에 튄다. 그러고 보면 알리도 대단하다. 돈을 훔칠 때 어떻게 한쪽 손만으로 캐비닛을 밀치고, 벽을 파헤칠 수 있었을까. 삭정이가 툭, 부러진다. 순간 하얀 뼈다귀들이 무더기로 쏟아져나온다. 그러면 그렇지. 나는 주머니에서 손가락을 꺼낸다. 휴지에 말렸던 검붉은 손가락을 뼈다귀들 틈에 놓는다. 물든 감잎 하나가 손가락 위로 살며시 내려앉는다. 나는 구덩이에 흙을 푹, 밀어넣는다. 수돗가 쪽으로 침을 퉤 뱉고 나서 두 손을 모은다. '파괴의 신 시바님, 이 정도면 충분해요. 더는 제물을 바라지 마세요. 특히 아버지하고 제 손가락만큼은 절대.'

맹꽁이 자물통에 열쇠를 끼워 비틀고 문을 여니 방 안이 엉망이다. 냄비에는 어제 먹다 남긴 라면 부스러기가 퉁퉁 불어 애벌레처럼 떠 있고 발길에 차여 넘어진 찻잔에선 치아가 흘러나와 콧물처럼 말라간다. 둘둘 말아 창문 아래 밀어놓은 이불 위에는 벗어놓은 옷가지가 흩어져 있다. 가방을 구석에 내동댕이치고 옷더미 위로 풀썩 드러눕는다.

"안녕?" 창문에 매달린 코끼리는 여전히 말이 없다. 무심한 눈길로 먼 곳을 쳐다볼 뿐. 일곱 개의 코를 가진, 퍼체우라에 은사로 화려하게 수놓인 그 코끼리는 원래 신들의 왕 인드라를 태우는 구름이었다고 한다. "그래서요?" 창문에 퍼체우라를 달다가 그 이야기를 들은 나는 흥분해서 아버지를 재촉했다. "어느 날 창조주 브라마가 '세계의 알'을 깨뜨리면서 코끼리의 격이 낮아져 그만 우주를 떠받치는 기둥이 되었단다." 나는 눈을 질끈 감았다. 아버지는 슬쩍 내 안색을 살폈다. "어차피 그건 힌두교 신화일 뿐이야. 신이 깨뜨린 알이란 없어." 순간 못대가리에서 미끄러져 엇나간 망치가 아버지 손톱을 찧었다. 손톱 끝에 침을 바르고 통증을 참던 아버지는 떨어진 못을 찾으려고 두 손을 뻗어 바닥을 더듬었다. 문득 아버지가 코끼리처럼 여겨졌다. 구름보다 높은 히말라야에서 태어나 이곳, 후미진 공장지대에서 살아가고 있으니…….

어디선가 노랫소리가 들려온다. 가늘게 떨리는 그 목소리 주인은 2호실 토야 엄마다. 모레니에 절로 세이데세, 모레니에 절로 세이데세, 날 그곳으로 데려다주세요, 날 그곳으로 데려다주세요……. 지난봄에 단속반을 피해 뒷산으로 도망치다가 발목을 삐어 결국 잡히고 만 토야 아빠는 스리랑카로 추방된 뒤 돌아오지 못하고 있다. 혼자 남은 토야 엄마는 집에서 기계부품에 나사를 꿰어 버는 푼돈으로 연명하는 눈치다. 훌둘리아 푸자 토레 게노 펠레라코 헬라거리, 탈 모르넷 아게 슈두 바레크 피레아쇼크, 기도꽃을 꺾어 왜 그냥 버렸을까, 사랑하는 사람 죽기 전에 다시 돌아오세요……. 갑자기 어머니 생각이 난다. 신 김치와 미역국 냄새, 연한 레몬로션 냄새, 그리고 뭐라고 이름 붙일 수 없지만 스르르 잠이 오게 하는 신비한 살내까지. 지난봄에 어머니가 남기고 간 냄새는 한동안 방 안 어딘가에 남아 미풍이 불 때마다 언뜻언뜻 맡아졌다. 하지만 이제 방 안에선 그 냄새가 나지 않는다. 퀴퀴한 홀아비 냄새와 지독한 곰팡내가 진동할 뿐이다.

환기를 시키려고 퍼체우라를 젖힌다. 노란 햇빛이 반대편 벽에 있는 히말라야 달력 사진에 내려앉아 너울댄다. 투명하고 생생한 햇빛, 푸른 티크나무 숲, 눈 덮인 안나푸르나, 잔잔하게 물결치는 페와호, 그리고 사탕수수를 빨아 먹으며 환하게 웃는 아이들……. 아버지는 해마다 똑같은 달력을 사 온다. 아버지가 그 사진을 보면서 기쁨을 얻듯이 나도 그렇게 되기를 바라는 걸까? 하지만 내 눈엔 오후 빛을 받은 히말라야가 금으로 썩운 어금니처럼 보일 뿐이다. 햇빛에 녹아내리기 직전의 노란 바닐라 아이스크림이거나. 달력에서는 여전히 검고 굵은 동그라미가 소용돌이치고 있다. 마음이 편치 않다. 요즘엔 이상하게도 입에서 아무 말이나 튀어나온다. 학교에서 내내 긴장하다가 집에 돌아오면 모든 게 귀찮고, 무엇보다 화가 난다. 오늘은 소영이 오빠가 친구들을 데리고 쉬는 시간마다 우리 교실로 내려왔다. 나는 화장실에 숨어 있다가 수업이 시작된 뒤에야 교실로 들어갈 수 있었다. 겁이 나서가 아니었다. 일대일이라면 자신 있었다. 하지만 한꺼번에 덤벼들어 쥐 잡듯 나를 짓밟는다면, 앞으로 나를 볼 때마다 누구든 그 장면을 떠올릴 것이다. 그것만은 정말 견디기 힘들 것 같았다.

아기 손바닥만큼 작아진 빛은 퍼체우라가 흔들릴 때마다 놀란 듯 부르르 떤다. 갑자기 잠이 몰려온다. 아버지처럼 고향 가는 꿈이라도 꿀 수 있다면 좋겠다. 밤마다 아버지는 낡은 춤바를 입고 고향 마을로 찾아가는 꿈을 꾼다. 노란 유채꽃 언덕 너머 보이는 눈부신 설산과 낯익은 황토 집, 정다운 마을 사람들이 있는 곳으로. 꿈에서 아버지는 가녀린 퉁게꽃과 붉은 비저꽃이 흐드러진 고향집 마당으로 들어서서는 가족과 친지에 둘러싸여 달과 바트, 더르가리(야채 반찬), 물소고기에 토마토 양념을 발라 구운 첼라를 실컷 먹는다고 했다. 하지만 다음날 공항에서 비행기에 오르려고 하면 누군가 아버지 앞을 가로막으며 거칠게 끌어낸다고 했다. "난 한국으로 돌아가야 돼. 거기 내 가족이 있어. 제발, 보내줘. 일자리도, 이웃도, 내 청춘도 다 거기 두고 왔단 말이야. 제발……!" 잠꼬대 끝에 몸을 벌떡 일으키는 아버지는 매번 황급히 사방을 둘러본다. 그러고는 땀으로 흥건해진 속옷을 벗으며 어둠 속에서 긴 안도의 숨을 내쉰다.

그렇지만 나보다는 낫겠지. 난…… 태어난 곳은 있지만 고향이 없다. 한국에 네팔 대사관이 없어 아버지는 혼인신고를 못 했다. 그래서 내겐 호적도 없고 국적도 없다. 학교에서조차 청강생일 뿐이다. 살아 있지만 태어난 적이 없다고 되어 있는 아이…….

깜빡 잠들었던 걸까. 눈을 뜨니 방 안이 어둑어둑하다. 눈을 비비고 밖으로 나간다. 오늘도 비재 아저씨는 감나무 밑에 앉아 먼 산을 바라보고 있다. 술이라면 한 잔도 못 마시는 아저씨 얼굴이 이상스레 붉다. 마당 한가운데 있는 수돗가는 사람들로 번잡하다. 쪼그리고 앉아 감자를 깎는 미얀마 아저씨 투라의 발등 위로 누군가 쌀뜨물을 하얗게 흘려보내고, 요란하게 뚝딱거리는 도마 위에선 양파와 피망과 호박이 다져진다. 꼬챙이에 꿰인 양고기가 팬 위에서 지지직 소리를 내며 노린내를 풍긴다. 발목에서 찰랑대던 어둠이 머리끝까지 차오르자, 감나무 가지에 걸린 백열등도 노랗게 빛을 발한다. 러시아 아가씨 마리나는 양동이에 덥힌 물을 세숫대야에 부어 금발의 긴 머리를 헹

구고, 어린 토야는 저녁 짓는 엄마 등에 업혀 오랜만에 방긋방긋 웃는다. 온갖 나라 말과 온갖 음식 냄새가 뒤섞인 마당은 벌, 나비가 윙윙대는 야생화 꽃밭처럼 향기롭고 소란하다.

아버지는 보이지 않는다. 생일날까지도 야근을 하나 보다. 음식을 준비해야겠다. 고향을 느낄 만한 걸로. 그러면 아버지 맘도 누그러지겠지. 선반을 뒤져 양파와 감자, 저나콩 한 줌을 찾아낸다. 우선 저나콩을 물에 담가 불리고 감자와 양파 껍질을 벗겨 잘게 자른다. 네팔 버터 기우에 잘게 자른 재료를 넣고 살짝 볶은 다음 잠시 생각하다가 거럼메살라(여러 가지 양념을 말려 가루로 낸 것) 가루가 든 봉지를 꺼낸다. 봉지가 홀쭉하게 구겨져 있다. 거꾸로 들어 흔들어보니 바닥에만 남았던 가루가 조금 날린다. 지라와 랑, 쑥멜, 고추, 더니아 따위가 들어간 그 양념이 없으면 더르가리 맛을 제대로 낼 수 없다. 숟가락을 냄비에 푹 꽂고 가스불을 꺼버린다.

미래슈퍼에는 평소처럼 텔레비전이 크게 틀어져 있다. 며칠째 텔레비전 방송은 외국인 노동자에 관한 뉴스를 되풀이해 들려줬다. 내 고향 특산물 따위를 소개한 뒤 불법 체류 외국인을 강제 추방하겠다는 정부의 방침을 내보냈고, 시트콤을 통해 폭소를 퍼붓고 나서 방글라데시 출신 노동자가 열차에 몸을 던진 소식을 전했으며, 드라마와 토크쇼까지 끝난 자정 무렵에는 출국하는 외국인 노동자들로 붐비는 공항을 보여주었다. 너무 많이 듣다 보니 남의 일처럼 따분하게 느껴진다.

슈퍼마켓 한편에 놓인 간이탁자 주위에는 남자들이 둘러앉아 술을 마시고 있다. 바람이 이마를 건드리고 지나갈 때마다 소란스런 말소리가 들려온다. 한국어에다 러시아어와 영어, 네팔어까지 뒤섞인 그 기묘한 말은 내 고막을 건드리는 순간 한국어로 바뀌어 머릿속으로 미끄러져 들어온다. 그 중에는 쿤도 앉아 있다. 쿤이 나를 알아보고 손짓한다. 가까이 다가가자 오징어 다리를 잘라 내 손에 쥐여 준다.

"러시안룰렛이야. 이번엔 팟의 손이, 다음엔 수언의 팔이 날아가는 거지." 몸집이 크고 얼굴이 시체처럼 하얀 우즈베키스탄 사람 세르게니는 손가락으로 권총 모양을 하고 맞은편에 앉은 이란 청년 샨에게 겨누면서 짓궂게 말한다. "맞아. 하지만 누구든 당일 점심까진 웃고 떠들지. 심지어 졸기까지 하고. 쿤 너도 일하다가 졸았지?" 윗단추 두세 개를 풀어 가슴 털을 드러낸 샨은 소주를 입속에 털어넣으며 맞장구친다. "나 졸지 않았어. 그냥 좀…… 딴생각은 했지만." 쿤은 눈을 크게 뜨고 고개를 흔든다. "마찬가지야. 기껏해야 마리나 생각이겠지. 아무튼 그러다 갑자기 자기 차례 맞는 거야. 덜컹." 세르게니는 손으로 권총 쏘는 시늉을 한다. 샨이 가슴을 감싸며 옆으로 푹 쓰러진다. 쿤은 남의 얘기 듣듯 낄낄거리며 웃는다. 그는 자기 앞에 놓인 소주병을 들어 필용이 아저씨 잔에 따른다. 머리카락이 빠져 정수리가 훤한 필용이 아저씨는 손사래 치며 취한 목소리로 말한다. "염병, 그만들 해라. 니들 쏼라대는 소리 땜에 내가 꼭 넘의 나라에 와 있는 거 같잖여. 니들, 이 나라가 워떻게 오늘날 여기꺼정 왔는 줄 아냐? 옛날에 내가 공장에서 일할 땐 손가락은 유도 아녔어. 팔뚝이 날아가고 모가지가 뎅겅뎅겅

코끼리 25

했으니까." 아저씨는 곧게 편 손을 목에 갖다 대고는 세게 내려치는 시늉을 한다. "첨엔 시골에서 올라온 촌뜨기들이라 멋모르고 일했지. 하긴, 먹고살기 힘들 때였으니까. 이제 한국 놈들은 이런 데서 일 안 혀. 막말로 씨발, 험한 일이니까 늬들 시키지 존 일 시킬려고 데려왔간?" 옛날이 떠올라서인지 아니면 술기운이 돌아서인지 아저씨 얼굴이 벌겋게 달아올랐다. "아무리 그래도 안전장치는 해줘야죠." 세르게니가 오징어를 물어뜯으며 말한다. "늬들도 자르면 피 나오고 누르면 똥 나오는 사람이다, 이거냐? 웃기는 소리들 마. 한국 놈들한테도 안 해준 걸 늬들한테라고 해주겠냐? 아니꼬우면 돌아가. 젠장, 어차피 늬들도 고국으로 돌아가서 공장 차리고 사장되려고 여기 왔잖냐. 노동자들을 어떻게 다뤄야 되는지 눈 똑바로 뜨고 배워 가. 다산 교육이여." 비아냥대는 필용이 아저씨 말에 쿤이 시무룩한 표정을 짓자 이번에는 세르게니가 볼멘소리로 대꾸한다. "아무튼 돈도 좋지만 우린, 사람 대우, 그거 받고 싶어요. 돈 벌어 고향 간다고 해도 삼 년 겪은 일 삼십 년 동안 악몽으로 남아 우릴 괴롭힐 거예요." "맞아. 난 지금도 가끔 어릴 때 앞니 갈던 때 꿈을 꿔." 손가락으로 앞니를 가리키며 샨은 멋쩍게 웃는다.

오징어를 입에 물고 나는 유리창에 붙어 있는 글자들을 유심히 본다. Alladin 10달러. FirstClass 10달러. 그 옆에는 전화카드 사용 시간도 적혀 있다. 타일랜드 80, 스리랑카 47, 파키스탄 46, 사우디아라비아 50, 이란 70, 필리핀 80, 러시아 125. 물건을 고르는 것처럼 진열대를 죽 돌아본다. 온갖 종류의 과자와 빵, 강렬한 색채의 음료수가 눈 속으로 빨려 들어온다. 뱃속이 쓰리고 아프다.

"바윗고개 언덕을 홀로 너엄자니, 옛님이 그리워 눈물 납니다. 십여 년간 머슴살이 하도 서러워, 진달래꽃 안고서 눈물 납니다……." 필용이 아저씨가 무릎장단에 맞춰 노래 부른다. 고개를 숙이고 있던 쿤이 갑자기 입을 연다. "여기 올 때 진 빚도 다 못 갚았는데 이 꼴이 됐어. 고국에 돌아가봤자 손가락질밖에 기다리는 거 없으니……." 쿤의 눈길이 닿는 창밖으로 마을버스 한 대가 지나간다. 버스가 일으키는 바람에 전신주 옆에서 웃자란 고들빼기가 조용히 흔들린다. "마을을 빠져나오기 전에 만난 친척 아저씨 말이 생각나. 벼가 누렇게 익어가는 논길을 절름대며 걸어온 아저씨는 땀을 닦으며 말했지. 가지 마라. 내 절름대는 다리를 보고도 고향을 떠나겠다는 거야? 아네요, 아저씨. 전 구르카 용병으로 전쟁터에 가는 게 아네요. 전 한국으로 일하러 가요. 거긴 안전한 곳이냐? 아무렴요. 몇 년 일하고 돌아오면 시내에다 큰 가게 차릴 수 있어요. 그러고 나서 대나무다리를 건너 마을을 빠져나왔지. 가시나무 뜯는 산양 무리 옆을 지나, 마르샹디 강변을 따라 빠른 걸음으로 걸었어. 매 한 마리가 골짜기로부터 불어오는 바람을 타고 천천히 머리 위를 날더니 고향마을 쪽으로 날아가더군. 갑자기 다시 집으로 돌아갈까, 하는 생각이 들었지. 하지만 이미 돌이킬 수 없었어. 마침 내가 타야 할 타타버스가 먼지를 일으키며 달려오더군. 거역할 수 없는 운명, 카르마처럼……." 쿤의 물기 어린 눈을 보더니 샨도 덩달아 어린애처럼 울먹인다. "난 여기서 못된 짓을 너무 많이 했어. 그래서 집으로 못 돌아가. 나, 공장에서 주는 돼지고기 아주 많이 먹었어. 게다가 돼지 피로 만든 순대까지. 여기서는 문제없지만 고향에선 달라. 신 앞에 절을 하면서 죗값을 치러야 하는데…… 솔직히 무서워. 아무도 보지 않는 이곳에서라면 상관없지만…….”

나는 칫솔, 치약, 고무줄, 면장갑 따위 잡화 진열대 앞을 지나 카운터 쪽으로 다가간다. 진열된 담배들 중에 하나 남은 네팔산 '수리예'를 면장갑 더미 뒤로 슬쩍 밀어넣는다. 그리고 나서 큰 소리로 묻는다.

“수리예는 없나요?”

언제나 뚱뚱한 배에 앞치마를 두르고 있는 주인아주머니가 쪽방에서 하품을 하며 나온다. 가짜 결혼을 해주고 외국인한테 매달 삼십만 원씩 받는 아주머니는 배가 전보다 더 나왔다.

“네팔 담배 말이냐?”

아주머니는 손등으로 입가를 닦으며 졸음기 섞인 목소리로 되묻는다. 나는 자신 있게 네, 라고 대답하고 나서 아주머니가 담배를 찾는 동안 거럼메살라 양념 봉지를 허리띠 안쪽에 쑤셔 넣는다. 그리고도 시간이 남아 쿠우 한 병을 잠바 안쪽 겨드랑이 사이에 끼운다. 숨이 멎는 것 같았지만 조금 지나니까 견딜 만하다.

“다른 담배는 안 돼?”

“요즘 아버지의 향수병이 심해서요. 꼭 네팔 담배를 피우고 싶대요. 그 냄새를 맡으면 고향의 가족들 곁에 있는 것 같다면서.”

시키지도 않은 말을 늘어놓으며 거짓말을 보탠다. 그때 마침 가게 문이 열리더니 진성도장에 다니는 나딤 몰라가 안으로 들어온다. 키가 작고 눈썹 뼈가 심하게 튀어나온 그 인도 아저씨는 노랭이라고 불린다. 작년에 같은 공장에서 일하던 꾸빌이 심한 화상을 입고 죽었을 때 조의금은커녕 얼굴 한 번 내밀지 않았다고 해서 붙여진 별명이다. 심지어 주변 사람들이 장례비를 모아 벽제 화장터로 간 일요일까지 그는 특근을 했다고 한다. 그날, 아버지와 몇몇 주위 사람들은 뼛가루가 담긴 상자를 안고 어두워지는 공장 골목을 이리저리 걸어다녔다. 고개를 숙이고 걷던 사람들은 사고가 난 공장 앞에 멈춰 섰다. 입구를 막아놓았던 서너 개의 합판을 누군가 발로 차 안쪽으로 넘어졌다. 갑자기 하늘에서 폭우가 쏟아졌다. 사람들이 노래를 부르기 시작했다. 불분명한 발음으로, 웅얼거리듯이, 그러다가 짐승들이 울부짖듯이. 하지만 쏟아지는 비 때문에 노랫소리는 멀리 퍼져 나가지 못했고, 빗물처럼 시궁창으로 빨려 들어갔다.

노랭이는 양손 가득 선물보따리를 들고 있다. 그는 내일이면 고국으로 돌아간다며 입가에 흰 거품을 물고 신나게 떠들어댄다. 이 마을에 살면서 돈을 모아 귀국하는 사람을 보는 건 처음이다. 노랭이는 콜라 한 병과 소주 두 병을 들고 사람들이 둘러앉은 탁자로 다가가 선심 쓰듯 소리 나게 내려놓는다. "사람 안 같은 놈 꺼, 안 먹어." 누군가 소리치자 다들 자리에서 벌떡 일어나 밖으로 나가기 시작한다. 심지어 술이라면 환장하는 필용이 아저씨조차 휘청대며 뒤따라간다. 그들 뒤에 대고 노랭이가 소리친다. "사람 안 같은 건 니들이야, 새끼야. 언제까지고 돼지우리에서 살 거잖아. 난 고향 돌아가면 새 집 짓고 새 이불에서 잠잘 수 있어. 큰 가게도 차릴 거고. 알겠냐, 이 돼지새끼들아. 쿠달바차(개새끼)! 슈와레나차(돼지새끼)!"
　세르게니가 몸을 휙 돌리더니 주먹을 날린다. 노랭이는 탁자 위로 쓰러지고 병들이 바닥으로 내동댕이쳐진다. 깨진 병 조각과 술, 콜라 거품이 뒤섞여 가게 바닥이 어수선하다. 주인아주머니가 빗자루를 들고 나와 술꾼들 장딴지를 때리며 내쫓는다. "에구 지겨워. 이 노린내 나는 동네를 어서 떠야지." 아주머니는 바닥을 쓸면서 투덜거린다. 노랭이는 천천히 몸을 일으켜 입가의 피를 닦고 머리모양을 매만진다. 그러고는 아무 일 없었다는 듯이 가슴을 앞으로 내밀어 보이더니 쇼핑가방을 챙겨 쥔다. 가게를 나서려다 말고 그는 초콜릿을 집어 나에게 건넨다. 나는 고개를 젓는다. 그러자 내 턱 밑으로 가까이 들이밀며 한 번 더 권한다. 침이 꼴깍 넘어간다. 나는 입술을 꼭 다물고 더 세게 머리를 흔든다. 순간 노랭이 눈가가 붉어지더니 눈물이 맺힌다. 고름처럼 진한 눈물이다. 어쩔 수 없이 한쪽 손을 내미는 순간, 겨드랑이에 있던 쿠우 병이 바닥으로 떨어진다. 등짝이 서늘하고 식은땀이 난다. 재빨리 가게 밖으로 튀어나가 도망치는데 등 뒤에서 암고양이처럼 앙칼진 목소리가 쏟아진다. "야, 이 쥐새꺄, 어딜 도망가. 당장 네 애비를 이미그레이션에 고발할 테니 그런 줄 알아!"
　진성 도장, 화진 스펀지, 원일 공업, 신광 유리, 동북 컨베이어 공업을 단숨에 지나친다. 가구단지 입구에서야 겨우 걸음을 멈춘다. 숨이 턱 밑까지 차올라 허리를 구부린 채 헉헉댄다. 목이 마르고 가슴이 활활 불타오른다. 흰 거품을 일으키며 쏟아지던 쿠우가 눈에 선하다. 핥아서라도 먹고 싶다.

　공장 지붕 위로 뜬 희미한 달을 뒤로하고 나는 정처 없이 걷는다. 가랑잎 하나가 사선을 그으며 팔랑팔랑 떨어져내린다. 날씨가 흐려지려나 보다. 아버지는 나한테 나뭇잎 떨어지는 것을 보고 미리 날씨를 아는 법을 가르쳐주었다. 네팔에서 천문학을 공부하다 온 아버지는 별이나 달을 보고 현재의 위치를 가늠할 줄 안다. 구름의 모양이나 색깔, 두께를 보고 날씨를 예측할 수도 있다. 그러나 아버지는 이곳에서 별을 연구하는 대신 전구를, 하루에 수백 개씩의 전구를 만들었다. 아침부터 저녁까지 긴 대롱을 입에 대고 후, 후, 숨을 불어넣었다. 매일매일 새로운 전구들이 세상의 어둠을 밝히기 위해 아버지 입술에서 태어났다. 그럴 때 아버지는 마치 마술사처럼 보였다. 신기할 정도로 똑같은 크기, 찌그러지지 않고 완전한 동그라미⋯⋯. 그 중에는 크리스마스 나무를 장식하는 꼬마전구도, 간판 테두리에 촘촘하게 박는 풋살구만 한 전구도 있었다. 지금보다 더 어렸을 때 나는 아버지가 하는 일을 몹시 자랑스러워했다. 어쩌다 동전이라도 손에 들어오면 풍선껌을 사서 아버지처럼 후후 방울을 불어댔다. 그러나 지금은 아니다. 아버지의 폐에서 나와 입술 끝에서 내뱉는 바람으로 만들어낸 전구들은 금세 아버지 곁을 떠나 휘황한 백화점 건물에서, 거리의 간판에서, 혹은 야시장에서 환호성을 질러대듯 반짝였다. 그런 밤에도 아버지는 나달나달해진 폐를 쓰다듬으며 흐린 형광등 아래로 기어 들어왔다. 아버지한테서는 짐승 냄새가 났다. 땀과 화학약품과 욕설에 전, 종일 쉬지 않고 일한 몸뚱이가 풍기는 고약한 단내.
 어머니는 언제나 한국말로 아버지에게 따졌다. 마치 송곳에라도 찔린 사람처럼 가늘고 날이 선 목소리로. 아버지는 가슴을 움켜쥐었다. 아버지는 말을 더듬거렸고 숨이 차 헐떡였다. 그러면 다시 어머니가 가래가 튀어나올 정도로 목청을 높였다. 어머니는 돈도 제대로 못 버는 아버지와 의료보험조차 없는 처지를 견디기 힘들어했다. 언제나 한국 남자와 혼인해서 잘살고 있다는 친구 얘기를 끄집어내면서 신세 한탄을 했다. 내가 감기에라도 걸리면 어머니는 내 등짝을 후려쳤다. "그러니까 밤에 잘 때 이불을 걷어차지 말랬잖아. 병원 한 번 갔다 오려면 몇만 원이 깨진다구. 벌써 석 달째 월급이 밀렸어. 이젠 정말 지긋지긋해!" 하면서 차가운 물수건을 내 이마에 철퍼덕 얹었다. 그런 어머니가 십년 전엔 열이 펄펄 나는 아버지 이마를 부드러운 손길로 짚어줬다니. 한때 연보랏빛 말링고꽃처럼 예뻤었다니. 아버지 말이 도저히 믿어지지 않는다.
 기침이 멈추지 않아 아버지는 할 수 없이 직장을 옮겼다. 아버지의 새 직장은 상자를 만드는 곳이다. 아버지는 아침부터 저녁까지 무거운 종이를 어깨에 지고 나른다. 기계에서 칼선대로 찍혀 나온 종이는 컨베이어 벨트 위에서 주스 상자가 되고 종합선물세트 상자가 되고 고급 와이셔츠 상자가 되었다. 그것들을 백화점에 보내면 속에 내용물이 담겨 진열된다고 한다. 나는 한 번도 백화점에 가보지 못했다. 작년 겨울에 아버지와 어머니 생일 전날 백화점에 찾아간 적이 있는데 입구에 서 있는 양복쟁이 아저씨가 앞을 가로막았다. 아버지는 지갑에서 돈을 꺼내 보여주며 나 돈 있어요, 여기 봐요, 나도 물건 살 거예요,라고 말했지만 양복쟁이는 막무가내였다. 그날 우리는 결국 어머니가 바라던 고급 블라우스를 사지 못했다. 어머니가 기어코 아버지 곁을 떠난 건 그 때문일까.

긴 생머리를 고무줄로 대충 묶은 채 옆방 토야 엄마랑 종일 나사를 끼우던 어머니는 그즈음부터 원당 시내에 있는 식당으로 일하러 나갔다. 얼마쯤 지나자 어머니는 구슬 박힌 핀이며 실크 스카프 따위가 담긴 예쁜 상자를 집으로 가져왔다. 손가락을 세워 입술에 갖다 대며 어머니는 내게 눈을 찡긋, 했다. 누구한테서든 그런 선물을 받을 수 있다면, 그래서 어머니가 더 행복해진다면 좋겠거니 생각한 나는 그 일을 아버지한테 말하지 않았다. 하지만 선물상자가 쌓일수록 어머니는 점점 더 신경질을 부려댔고 분첩으로 사정없이 얼굴을 두드려댔다.

집을 나가던 날 아침에 어머니는 모시조개를 넣은 미역국을 끓였다. 국 한 그릇을 다 비우고 좀더 달라고 하자 어머니는 저녁에 실컷 먹으라며 어서 학교에 가라고 등을 떠밀었다. "오늘 어디 가?" 왜 그렇게 물었는지 모르겠다. 그냥 그런 생각이 들었다. 오후에 집에 와보니 어머니가 없었다. 대신 미역국이 한 솥 끓여져 있었다. 나는 일찌감치 저녁을 먹고 잠자리에 들었다. 어머니를 기다리지 않았는데, 왜 그랬는지 모르겠다. 그냥…… 기다려도 소용없을 것 같았다. 그렇지만 깊이 잠들지는 못했다. 야근하는 아버지 공장에서 나오는 덜컥대는 기계 소리가 바람벽을 뚫고 밤새 들려와 내내 벼랑에서 떨어지는 꿈을 꾸어야 했다.

가구단지로 접어드니 사방이 휘황하다. 온갖 종류의 전구와 네온사인이 켜져 있다. 보루네오, 리바트, 대진 침대, 이태리 가구 앞을 지난다. 전시장마다 내걸린, '수입 명품 특별전', '고급 엔틱 가구 할인'이라고 씌어진 플래카드가 습기 품은 바람에 들썩댄다. 통유리 안쪽에는 크고 화려한 침대며, 콘솔, 소파 따위가 멋지게 진열되어 있다. 고급스런 옷을 입은 아주머니들이 그 사이로 걸어다니고, 양복 차림의 젊은 남자들은 가구를 보여주거나 종이에 뭔가 쓴다. 문득 가구공장에서 일하는 비재 아저씨와 3호실의 낡아빠진 캐비닛, 총탄에 맞은 것처럼 구멍 뚫린 벽, 그리고 땅에 매여 우주를 떠받치고 있는 코끼리의 짓눌린 등이 떠오른다. 가당치도 않다. 저 사람들하고 신세를 비교하다니. 나는 고개를 설레설레 흔들면서 유리문 안쪽 세계에서 눈을 돌린다. 허리춤에 손을 대보니 거럼메살라 봉지가 만져진다. 마음이 뿌듯하다. 양말이라도 하나 예쁘게 포장해 아버지께 드린다면 더 좋겠지만 그러려면 문방구에 들어가 또 훔쳐야 한다. 그렇게까지 하고 싶지는 않다.

큰길에서 벗어나 골목으로 들어선다. 미래슈퍼 앞을 지나지 않고도 집으로 돌아갈 수 있는 이 길은 전에 친구와 와본 적이 있어 낯익다. 어둠이 짙다. 더듬듯이 한발 한발 내딛는데도 웅덩이에 발이 빠져 넘어질 뻔했다. 그래도 어지러운 네온 불빛보다는 고른 어둠이 낫다. 가망 없는 인정을 기대하는 것보다 도둑질을 할 수 있는 강한 심장을 갖는 게 더 나은 것처럼. 아버지는 미친 듯이 빛을 뿜는 네온사인은 단 하나의 그림자도 만들지 못한다고 늘 못마땅해했다. 아버지는 언제나 푸른 달빛을 그리워했다. 밤이면 만병초 그림자를 땅 위에 가지런히 뉘어놓고 세상을 휴식하게 한다는 히말라야의 달빛……. 오늘 밤엔 왠지 나도 그런 달빛이 보고 싶다.

골목 모퉁이 은밀한 곳에 다다르자 빅토리아 관광나이트클럽 포스터가 붙어 있다. 어슴푸레한 가로등 불빛 아래 벗은 마리나 모습이 도드라진다. 젖가슴을 반 이상 드러낸 까만 브래지어와 반짝이 팬티를 입은 마리나는 엉덩이 뒤쪽으로 공작꼬리처럼 생긴 화려한 인조 깃털을 매달고 있다. 대리석처럼 하얗고 긴 팔다리는 압사라 춤을 추듯 기묘하게 꼬여 있다. 금발 머리를 틀어올리고 입술을 빨갛게 칠해 쉽게 알아볼 수 없게 분장했지만 그녀의 보랏빛 눈동자만은 숨길 수가 없다. "꼬마야, 이름이 뭐니?" 그녀는 축사 건물로 이사 온 며칠 뒤에 수돗가에서 내게 말을 걸어왔다. "아카스예요. 네팔 말로 하늘이란 뜻이래요." "그래? 내 이름은 마리나. 러시아어로 바다란 뜻이야. 파란 하늘, 파란 바다……." 입술을 달싹이며 그 말을 되풀이하던 마리나는 하바로프스크에 살고 있는 어머니와 여동생 카타리나, 그리고 죽은 아버지 이야기를 들려줬다. 어릴 적에 온 가족이 집 둘레에 사과나무와 체리나무, 슬리바나무를 심던 이야기, 주말이면 근교까지 자전거를 타고 가 숲에서 송이버섯을 따던 이야기, 유치원에서 아이들에게 춤과 노래를 가르치던 때 이야기도 들려주었다. 꿈꾸듯 빛나던 그녀의 보랏빛 눈동자는 그러나 아버지가 체첸 전쟁에서 죽고 혼자 생계를 책임지던 어머니마저 병들어 한국행 배를 탔다는 말을 하면서부터 깊은 바닷물처럼 일렁였다.

　나는 마리나 배꼽 주변에 누군가 묻혀놓은 검은 얼룩을 손으로 닦아준다. 얼룩은 잘 지워지지 않고 대신 종이가 찢어진다. 마리나는 상처가 난 채 억지로 웃는 것 같은 이상한 모습이 되어버렸다. 갑자기 바람이 거세게 분다. 담장을 넘은 정원수들이 딸꾹질을 하며 나뭇잎을 떨어뜨린다.

　조금 더 걸어가니 빨간 벽돌로 지은 이층집이 보인다. 치아처럼 부드러운 빛이 커튼을 뚫고 흘러나온다. 난생 처음 반 친구한테 초대받아 갔던 바로 그 집이다. 어느 날 그 애는 자기 집에 같이 가겠느냐는 뜻밖의 말을 했다. 그 말을 하고 나서 그 애는 누가 볼까 봐 겁내는 듯한 표정으로 사방을 둘러보았다. 그러고는 못 알아들은 것 같은 멍한 얼굴을 하고 있는 내게 바짝 다가와 귀에 대고 낮게 속삭였다. 아니, 작지만 몹시 퉁명스런 말을 내동댕이쳤다. 우리 엄마가 너더러 한번 들르래. 그 애는 열 발자국쯤 앞서서 걸으며 가끔 내가 잘 따라오고 있는지 확인했다. "헬로, 나이스 투 미튜." 친구 어머니는 빨갛게 칠해진 얇은 입술을 실지렁이처럼 꿈틀댔다. 잇몸을 드러내며 크게 웃는 입과 차고 날카로운 눈이 묘하게 합해진 얼굴이었다. 우물쭈물하다가 안녕하세요,라고 인사를 했다. 그러자 아줌마 표정이 일그러졌다. "너 영어를 잘 못하니? 외국 애라고 해서 영어를 잘하는 줄 알았는데." 아주머니는 이제부터 영어로만 말하라고 했다. 그러지 않으면 떡볶이와 스파게티를 주지 않겠다면서. 떡볶이와 스파게티……. 고통스러울 정도로 속이 쓰리고 아프다. 그 애나 아줌마나 다 맘에 들진 않지만, 그래도 초인종을 누르고 싶다. 지난번처럼 영어 몇 마디를 가르쳐주면 뭐든 얻어먹을 수 있지 않을까.
 키 큰 풀들이 흔들리고 있는 공터를 지난다. 말라가는 풀 냄새와 분뇨 냄새가 풍겨온다. 공터 여기저기에 함부로 버려져 있는 냉장고와 부서진 의자, 자질구레한 플라스틱 잡동사니들 위로 호박덩굴이 무성하다. 허름한 집 몇 채가 늘어선 골목을 지나니 누군가 노래를 부르며 걸어오는 게 보인다. 어두워서 잘 보이지는 않지만 작은 키에다 양손에 쇼핑백을 든 걸 보니 노랭이가 분명하다. 갑자기 가슴이 뛰기 시작한다. 공터 옆으로 난 산길로 더 많이 돌아서 가야겠다. 산길로 접어드는데 발밑에 뭐가 걸린다. 무성하게 자란 호박덩굴이다. 늦가을까지 남아 노끈처럼 질겨진 덩굴은 내 발목을 휘감고는 놓아주지 않는다. 엉덩이를 바닥에 대고 주저앉아 덩굴을 푼다. 노랫소리는 점차 가까이 다가오더니 공터 쪽으로 다시 멀어진다. 그때, 버려진 냉장고 뒤에서 검은 물체가 솟아오른다. 검은 물체는 빵처럼 점점 부풀어오른다. 노랭이는 더 빠른 박자로 노래한다. 검은 물체가 소리 없이 노랭이 뒤를 따른다. 퍽 소리와 함께 노랫소리가 뚝 끊긴다. 검은 물체는 쓰러진 노랭이 앞가슴에서 심장을 뜯어내듯 지갑을 뺏는다. 희미한 달빛 아래 입을 벌리고 웃는 얼굴이 얼핏 보인다. 비재 아저씨다. 나는 눈을 질끈 감는다. 눈꺼풀 안쪽으로 은색 코끼리 한 마리가 나타난다. 구덩이에 발이 빠진 코끼리는 큰 귀를 펄럭이며 빠져나오려고 안간힘을 쓰고 있다. 하지만 발버둥 칠수록 뒷다리는 점점 더 깊이 빨려 들어간다. 구덩이는 삽시간에 시커먼 늪으로 변하더니 뭐든

집어삼킬 태세로 거세게 휘돌아간다. 아, '외'다. 현기증이 일도록 빠르게 소용돌이치는 '외…….' 코끼리는 맥없이 빨려 들어간다. 미처 비명을 지르지 못하고 눈을 부릅뜬 채. 눈앞이 온통 까맣다.

(『창작과비평』 2004년 가을호)

아홉 개의 푸른 쏘냐

나를 깨운 것은 빗물이 아니라 바닷물처럼 짠 눈물이었나 봅니다. 쏘냐 역시 그리운 고향땅을 잊지 못해 눈물을 흘린 걸까요? 지금으로부터 천만 년쯤 전, 바닷속 고둥의 일종이었다는 달팽이들이 바다의 기억을 버리지 못해 온몸으로 점액질을 만들어내는 것처럼? 우리는 있는 힘을 다해 앞으로 기어갔습니다. 고향을 향해서, 푸른 자작나무 숲을 찾아서.

* 이 소설의 제목은 앤디 워홀의 작품명 〈아홉 개의 파란 먼로〉에서 착상하였다.

> 아, 끝없고 경계 없는 봄—
> 끝없고 경계 없는 염원!
> 삶이여, 너를 알겠다! 받아들이노라!
> 방패 소리로 너를 환영하노라!
>
> —알렉산드르 블린, 「아, 끝없고 경계 없는 봄」에서

1

그해 초여름의 양배추는 너무나 달콤했습니다. 그렇지만 않았다면, 그러니까 그해 봄에 너무 비가 잦았거나 혹은 너무 가물었더라면 그토록 맛있는 양배추가 길러지지 않았을 테고, 그랬다면 나도 지금쯤 이곳, 이태원의 옥탑방에서 쏘냐와 함께 살고 있지 않으리라 확신합니다. 모든 것은 달라졌겠지요. 울창한 자작나무 숲의 팔랑대는 잎사귀와 야생의 바람, 그리고 축축하면서도 부드러운 땅에서 갓 돋아난 버섯 향기에 파묻혀 사랑하는 쩨레스레스, 당신과 함께 세번째 출산을 꿈꾸었겠지요. 그때로부터 어느새 수많은 계절이 지났군요. 안개 속에서 사물

이 드러나듯 그날의 풍경이 서서히 눈앞에 펼쳐지네요.
 당신도 기억하겠지만 그날은 아침나절 내린 이슬비가 그치자마자 반짝 해가 났지요. 햇빛을 받은 나뭇잎은 한결 짙어지고 자작나무 가지들은 새하얗게 씻겨 세상이 온통 초록과 하양, 두 가지 색으로 나뉜 듯 보였어요. 그 속에서 쩨레스레스, 당신은 참으로 희고 투명하게 빛났지요. 부드러우면서도 늘씬한 몸으로 가지에서 가지로, 잎에서 잎으로 옮겨 다니던 당신은 바람에 흔들리는 오리나무 잎을 향해 온몸을 길게 늘이더군요. 그 순간 딱딱한 껍데기로부터 완전히 빠져나온 당신의 아름다운 나신이 드러났고, 나는 더듬이 한쪽 끝도 꼼짝할 수 없었어요. 뜨겁고도 시린 기운이 온몸으로 번져 숨을 쉴 수조차 없었답니다.
 잘 알겠지만 당신의 그런 행동은 아주 위험한 거였지요. 달팽이의 몸은 햇볕에 노출되는 순간 금세 물기가 말라버려 치명적인 위험에 처할 수도 있으니까.
 새로 난 양배추 맛을 보았니?
 아직…… 농부들의 양배추 밭은 위험하댔어.
 뭐? 너도 나뭇잎 뒤에 숨어서 종일 꿈이나 꾸는 여느 달팽이들하고 다를 게 없구나?
 당신은 날카롭게 쏘아붙이고 나서 농장 쪽으로 몸을 돌렸지요. 불끈 오기가 치솟아 나도 모르게 당신 뒤를 따르게 된 거고. 아무튼 그렇게 해서 우리는 숲을 지나 그곳 양배추 밭까지 함께 가게 되었지요. 고백하건대 참으로 황홀하고 가슴 설레는 하루였습니다. 당신의 늘씬한 허리 밑에 매달린, 황금빛 바탕에 갈색 점이 드문드문 박혀 있는 껍데기가 좌우로 춤추듯이 흔들릴 때마다 난 언뜻언뜻 넋을 잃곤 했지요. 비 갠 직후에 몰려왔다가 나뭇잎 뒤로 숨느라 부산한 털달팽이 무리를 지나, 새로 돋은 버섯 수풀을 헤치며 우리는 앞으로 나아갔습니다. 한참을 가다 보니 어느새 농로 가까이에 다다르게 되었습니다. 마침 트랙터 한 대가 천둥보다 크고 무시무시한 소리를 내며 지나가더군요. 콜호스에서 하루 일을 마치고 집으로 돌아가는 농부의 지친 말소리가 들려왔던 것으로 보아 그새 날이 저물었던가 봐요. 미나리아재비 덤불 속에서 우리는 잠시 쉬었습니다. 당신은 몸을 움츠리며 껍데기 속으로 스르르 들어가더니 점액질 얇은 막으로 입구를 막더군요. 나 역시 껍데기 속으로 들어가 곧 잠들었습니다.

　찬 이슬 알갱이들이 점액막을 두드리는 밤에야 겨우 잠에서 깨어났습니다. 새들은 제각각 짝을 찾아 울어대고, 날벌레는 경쾌하게 사랑비행 하며, 밤의 꽃들은 달빛을 향해 활짝 꽃잎을 열어 보이는 때였습니다. 꽤 피곤했나 봐? 열기에 찬 보름달 아래 앉아 있던 당신은 가늘고도 부드러운 더듬이 한쪽을 길게 뻗어 내 더듬이를 살짝 건드렸지요. 순간 온몸이 마비된 듯 꼼짝할 수 없었고, 가슴은 심하게 두근거렸습니다. 오래된 전설, 러시아 달팽이들의 고향이라는 바이칼 호수, 그 푸른 물결이라면 그토록 격렬히 흔들렸을까요? 물멀미를 하듯 머릿속이 아득했지요. 그런데 하필 나무 위에 있던 자벌레가 균형을 잃고 뚝 떨어질 게 뭐랍니까. 어서 가자,라며 당신은 앞서 가기 시작했습니다.

별수 없이 얼른 마음을 수습하고 당신 뒤를 따랐습니다. 농장이 가까워지자 스뵤끌라(빨간 무)와 양배추, 토마토 향기가 강하게 나더군요. 이윽고 농장에 도착한 우리는 양배추 속 깊숙이 파고 들어가 부드럽고 향기로운 잎을 양껏 먹었습니다. 오목하게 구부러진 양배추 잎에 겹겹이 둘러싸여 아무런 방해도 받지 않으며. 쩨레스레스, 기억하나요? 온 세상을 아늑하게 적시던 푸른 달빛, 혼미한 열정으로 가득한 밤의 환상, 그리고 숨막히는 사랑의 몸짓들……. 동쪽 하늘이 장밋빛으로 물들 때까지 사랑을 나눈 우리는 이내 깊은 잠 속으로 빠져들었지요. 얼마나 깊이 잠들었던지 어느 아낙네가 양배추를 도려내어 그녀의 집으로 옮겨놓을 때까지 전혀 눈치를 채지 못했으니까요.

그렇게 해서 우리는 쏘냐 아가씨의 집으로 옮겨졌지요. 그나마 다행인 것은 쏘냐 어머니인 안나 발렌찌나가 양배추에다 소금을 뿌리기 직전에 그녀의 앞가슴 밑까지 늘어져 있던 샤리프에 겨우 옮겨 붙어 살아날 수 있었던 거지요. 지금 생각해도 참으로 숨 가쁘고 아찔한 순간이었습니다. 커다란 양배추가 차차 숨을 죽이며 부피를 줄여가듯이 자칫 우리의 몸도 소금의 공격을 받아 수분을 빼앗기며 죽어갈 뻔했으니까.

블론드 머리칼에다 병적으로 몸이 부어 우둥퉁한 안나 아주머니는 곧 음식을 만들기 시작했습니다. 감자와 당근, 양파를 해바라기 기름에 볶다가 육수를 붓고 스뵤끌라로 붉게 색깔을 낸 구수한 보르쉬, 양파를 곁들인 청어 절임, 그리고 양배추와 감자, 완두콩을 새콤하게 버무린 올리비에와 갓 구운 흘레쁘(빵)까지. 당신도 마찬가지였겠지만 온갖 음식 냄새를 맡으면서 행여 떨어질세라 잔뜩 긴장하고 있자니 어찌나 힘들던지요. 저녁 식탁에 음식을 차린 안나 아주머니는 창틀에 박힌 못에다 앞치마와 샤리프를 벗어 걸었습니다. 그제야 우리는 안도의 한숨을 내쉬었고, 가까스로 정신을 차릴 수 있었지요. 마침 창밖에 서 있는 마가목나무 줄기가 창턱까지 뻗쳐 한들거리더군요. 당신은 나무줄기까지 기어가면 살 수 있을 거라며 몹시 기뻐했지요. 아, 그때까지만 해도 내가 당신과 헤어진다는 건 상상도 할 수 없었어요. 더욱이 머나먼 한국, 창백한 달빛이 비추는 이곳 이태원의 작고 허름한 방에서 살게 되리라곤……. 아, 어떻게 그런 안타까운 경우를 차마 떠올릴 수 있었겠어요?

2

이태원으로 가는 도중에 해가 졌다. 봄날의 달아오른 태양이 만든 일몰은 세상을 온통 발갛게 물들이고 나서야 도시의 빌딩숲 사이로 사그라졌다. 그는 문득 비실레오스뜨롭스끼 섬을 지나 아득한 핀란드 만을 향해 장엄하게 넘어가던 뻬쩨르부르그의 일몰 풍경을 떠올렸다. 물고기 비늘 같은 빛의 산란, 안개 속에서 잿빛으로 탈진해가던 백야의 광기 어린 태양, 이윽고 도시 위로 드리우던 밤의 투명한 그림자……. 러시아 유학 시절의 추억들이 만화경처럼 어지럽게 머릿속으로 펼쳐졌다. 슬프고도 아름다운 순간들이었다. 그토록 지독했던 추위와 우울, 싸구려 보드카와 불합리한 인간관계는 어느새 잊혀지고 그리움이 향수병처럼 밀려왔다.
 놀 풍경 속에서 나선형을 그으며 날던 녹색 모시나비 한 마리가 창문에 와 부딪혔다. 반투명의 날개는 파르르 떨어댔다. 움찔 놀라 자동차 속도를 줄이고 나비가 스스로 날아가기를 기다렸다. 하지만 방향감각을 잃은 나비는 쉽게 기운을 차리지 못했다. 시야를 가로막은 나비의 몸체 탓에 주행이 불안해졌다. 그는 와이퍼를 작동시키고 싶어 꼼지락대는 자신의 오른손 손가락을 애써 진정시켜야 했다. 남산 3호 터널을 지나 이태원 이정표를 확인했을 때, 윤경에게서 전화가 왔다.
 "어디쯤이야? 다 왔다고? 그럼 병원 로비에서 기다릴게."
 병원 위치를 알려주는 윤경의 지친 목소리가 어쩐지 낯익다 싶었는데 생각해보니 그녀 어머니 목소리를 그대로 닮아 있었다. 윤경이 결혼했잖아요. 친구라면서 몰랐나 봐……. 말끝을 흐리던 중년 부인의 목소리에서 의혹과 경계의 낌새가 짙게 느껴져 황급히 전화를 끊었던가. 분명한 것은, 마지막 희망마저 눈덩이를 맞은 불씨처럼 지지직 꺼져버린 듯한 깜깜한 절망감을 느꼈다는 거다. 노동상담소가 문을 닫고 함께 활동하던 동료들도 뿔뿔이 흩어져, 천지에 홀로 남았다는 외로움 속에서 그의 가슴에 흰 연기를 길게 피워올리며 살아난 불씨는 학창 시절에 사귀었던 후배 윤경이었다. 거친 시류에 떠밀려 어긋나버린 사랑에 대한 미련이거나, 혹은 깊고 아늑했던 그녀의 입술에 대한 추억 때문이었는지 모르지만.
 그 뒤 윤경을 다시 만난 것은 일 년쯤 뒤 지하철 역에서였다. 지하철 공사로 몹시 혼잡한 역 근처에서 우연히 마주쳤는데,

그는 북한산 등반을 마친 뒤라 배낭을 지고 있었고 그녀는 시장바구니를 들고 있었다. 그녀가 시장바구니로 잔뜩 부풀어 있는 만삭의 배를 살짝 가리며 수줍게 웃었다. 볼살이 도톰하게 오른, 일상적인 행복을 드러내듯 잔잔히 미소 짓던 그녀는 얼마나 사무치게 아름다웠던지. 뭐 하고 지내? 그저 무심한 질문이었으리라. 그런데도 순간 그는 현기증이 일 정도의 충격을 느꼈고, 전국의 산이나 헤매고 있는 전망 부재의 자기 삶을 직시해야 했다. 으응…… 저…… 유학 준비 중이야. 모스끄바에 가보려고. 그녀 앞에서 무심히 내뱉은 거짓말에 대한 책임감이었건, 아니면 그때까지 의식의 표면 위로 드러나지 않았던 내밀한 욕구였건 간에, 아무튼 그날을 계기로 그는 복학을 결심했고 중단했던 노문학 공부를 다시 하게 되었으며 삼 년 뒤에는 브로드스끼의 시를 입 안의 꽈리처럼 굴리며 모스끄바행 비행기에 올라탈 수 있었다. '빌딩에 잠긴 도시, 그들은 도시를 건설한 것이 아니라 자신의 외로움을 달래기 위해 기념비를 세웠다…….' 그리고 비로소 그는 이전의 자기 삶에서 전혀 계산에 넣지 않았던 우연이란 변수, 혹은 운명이란 장치를 의식하게 됐다. 닥터 지바고가 인간 존재의 드넓은 바다이며 역사의 발효소라고 말한, 하늘의 별들이 지상의 꽃밭으로 내려앉듯이 사도들의 시대가 현실 속에 구현될 것이라 기대했던 사회주의 혁명의 나라. 비행기에서 모스끄바 공항을 내려다보며 그는 그 거대한 역사의 실험실이 결국 발효가 아닌 부패의 장이 되고 말았다는 풍문을 직접 확인하고 싶어 눈을 부릅떴다.

"여자가 의식을 겨우 찾긴 했는데 말을 통 안 해. 의사도 교통사고 후유증인지 아닌지 아직 분명하게 모르겠나 봐. 하지만 잠잘 땐 분명히 잠꼬대를 하거든? 처음엔 횡설수설하는 줄 알았는데 자꾸 들어보니 러시아 말 같았어."

 병원 로비에서 기다리고 있던 윤경이 응급실로 가는 복도에서 빠르게 말했다. 어서 상황을 전달하고 자신은 좀 뒤로 빠지고 싶은 눈치였다. 아침부터 병원에 있었다니 그럴 만도 했다. 뺑소니차에 치인 여자를 병원으로 옮겼는데 러시아인 같아요, 라는 메시지를 그녀가 보낸 것은 그가 '러시아 현대문학' 강의를 끝내고 난 직후였다. 낯선 전화번호였다. 이름이 문자로 남겨지지 않았기 때문에 처음엔 누가 보낸 건지 알지 못했다. 전화 통화를 하게 된 뒤에야 그게 윤경이란 걸 알았고 일순 긴장했다. 하지만 그뿐이었다. 그에게 윤경이란 여자는 더는 특별한 설렘의 상대가 아니었다. 칠 년 만에 귀국한 그를 위해 대학 동창들이 마련한 저녁모임에 나타났던 윤경은 뜻밖에도 기혼 여성 특유의 편안한 웃음으로 그를 맞아주었고, 그때 이미 그녀와의 각별했던 인연이 평범한 우정으로 변했음을 확인했던 터였다. 그 뒤로 송년모임이나 경조사 때 가끔 마주치는 것 말고는 그녀와 따로 연락하는 일조차 없었다.

 응급실 안은 환자와 의료진, 보호자들로 몹시 혼잡했다. 윤경을 따라 간 곳은 간이침대가 놓인 귀퉁이였는데 비쩍 마른 담당의사와 혈압을 재는 간호사, 그리고 수첩을 든 사건 담당 경찰이 와 있었다. 좀 어떻겠냐고 묻는 윤경에게 의사는 그저 지켜봅시다,라고 말할 뿐 시원한 답변 없이 가버렸고 간호사는 혈압이 정상으로 돌아왔다는 이야기를 해준 뒤 급하게 다른 환자에게로 갔다.
 침상 위에는 짙은 눈화장을 한데다가 한쪽에만 긴 인조 속눈썹이 붙어 있는, 밀랍인형처럼 병적으로 하얗고 마른 여자가 누워 있었다. 도로 쪽으로 열려 있는 창문에서 일몰 직후의 훈훈한 바람이 불어와 여자의 금빛 머리카락을 장난치듯 건드릴 뿐 여자는 미동조차 하지 않았다. 차체에 부딪혀 넘어질 때 생겨난 듯한 입술 위의 상처 부위에서 장미꽃잎처럼 천천히 말라가고 있는 선홍빛 핏자국만이 그 가냘픈 몸체가 살아 있는 생명체라는 걸 증명했다. 망자에게 말을 거는 듯한 어색함을 느끼며 그는 입을 열었다.
 즈드라스뜨 비쩨! 즈드라스뜨 비쩨!(안녕하세요! 안녕하세요!)
 그는 의사가 아니었으므로 여자의 감긴 눈을 억지로 열어볼 수 없었다. 하지만 여자가 깨어 있음을 알 수는 있었다. 눈동자가 움직일 때마다 얇은 눈꺼풀이 수면 위의 동심원처럼 조심스레 흔들렸던 것이다. 어쩐지 낯이 익다는 느낌이 들었다. 이마 위로 흐트러진 구불구불한 머리카락, 부풀어오른 듯한 입술, 그리고 무엇보다 시베리아 여자들 특유의 섬세한 턱선……. 그는 허리를 깊이 숙이고 흰 솜털이 자잘한 여자의 귓바퀴 가까이에 입술을 대며 다시 한 번 말을 걸었다.
 제부시까! 까끄 바쓰 자부뜨? 까끄 바쓰 자부뜨?(아가씨! 당신 이름이 뭐예요?)
 여자의 입가로 싸늘한 냉소가 살얼음처럼 생겨났다. 그러나 그것도 잠시일 뿐, 여자는 다시 밀랍인형의 무표정 상태로 돌아가버렸다. 여자의 침묵이 가슴을 압박했다.

3

 마가목나무 줄기로 기어가려고 조금씩 몸을 이동할 때였던가요. 삐그덕 문 여는 소리가 나더니 한밤의 그림자처럼 날렵하고 언덕의 첫눈처럼 새하얀[1] 처녀가 실내로 들어왔습니다. 바로 쏘냐였지요. 그때, 반딧불이처럼 빛을 발하던 투명한 전구 안쪽의 주홍빛 필라멘트가 두어 차례 깜박이더니 이내 꺼지더군요. 갑자기 들이닥친 어둠 속에서 쏘냐의 맑은 목소리가 들려왔습니다.
 "벌써 전기가 끊겼어요? 요즘엔 너무 일찍 끊기는 것 같아. 하긴 발전소가 제대로 안 돌아가니……."
 잠시 뒤에 흐릿한 한 줄기 빛이 실내를 비추었어요. 둘러보니 식탁 한쪽에 놓인 둥근 그릇 안에서 나무껍질이 자작자작 여린 소리를 내며 타고 있더군요. 나무 타는 냄새가 실내에 은은하게 퍼졌습니다. 마치 자작나무 숲으로 되돌아간 듯한 기분에 취해 난 긴장을 푼 채 그들 모녀의 이야기를 들었습니다.
 "용케도 이런 방법을 기억해냈네요, 엄마."
 "아무렴. 네 외할머니가 가르쳐준 몇 가지 지혜 중 하나잖니. 마가목 열매 말리는 것이라든가 자작나무를 껍질까지 남김없이 사용하는 방법, 그리고 남자의 옷을 벗기는 기술 따위. 뭐, 얼굴 붉힐 것 없어. 그렇지 않고 어떻게 우리가 세상에 태어난단 말이냐? 너도 잘 기억해두렴. 자작나무로는 불을 지펴 페치카를 덥히고 껍질은 잘 말렸다가 열나고 아플 때 달여 먹지. 류머티즘 앓는 무릎에 찜질을 하기도 한단다. 어디 그뿐이냐? 수액을 발효시켜 술을 빚으면 밤새 마셔도 다음날 멀쩡하게 일어난 다는구나. 난 한 번도 만들어본 적이 없지만. 홍, 술이라면 지긋지긋한데 미쳤다고 직접 담가?"

쏘냐 앞에 놓인 이 빠진 낡은 찻잔에 께삐르(러시아식 발효유)를 따르며 당장에라도 싸울 듯한 기세로 말하던 안나는 이내 풀이 죽어 크게 한숨을 쉬더군요.

"어쨌거나 그 자작나무술이 아니었다면 나는 세상 빛도 보지 못했을 테지."

"무슨 뜻이에요?"

"무슨 뜻이냐고? 그거야 네 외할머니가 외할아버지한테 자작나무술을 잔뜩 먹인 다음 옷을 벗겼다는 말이지, 뭐. 이상할 것도 없어. 세계대전 직후엔 남자라고는 씨가 말라 남편을 아내 혼자 독차지한다는 건 오히려 인정머리 없는 걸로 여겼대. 그래서 아기를 갖고 싶은 마을 여자들은 누구나 다 네 외할아버지를 유혹했다는구나. 그분은 전쟁 전에 대학에서 생물학을 공부한 인텔리겐짜였지. 나치가 쳐들어오자 펜을 버리고 라이보엔꼬마뜨(지역군사위원회)로 달려가 자원입대를 했는데 1943년 꾸르스꾸주 미하일로쁘까 마을 근처에서 폐와 다리에 총상을 입었어. 애국자였지. 마을 잔치 때면 제1급 무공훈장을 가슴에 달고 나타났으니 얼마나 멋있어 보였겠니. 생각나, 그 붉은 훈장?"

"생각나고말고요. 결 고운 벨벳 천이 태양 모양의 주물을 감싸고 있어서 얼마나 근사했는데요. 돈으로 바꿀 수 없는 거였는데……. 제가 아프지만 않았어도……."

"속상해할 거 없다. 그때 팔지 않았다 해도 네 애비가 벌써 술값으로 날렸을 테니. 어쨌거나 얘길 더 들어보렴. 외할머니는 그때 스물일곱이 되도록 시집을 못 간 노처녀였는데 도저히 참을 수가 없더래. 그래서 봄에 받아놓은 자작나무 수액으로 술을 빚은 다음 외할아버지더러 한번 들르라고 했다더라. 할머니에겐 확실한 미끼가 있었던 게지."

"외할아버지도 아버지처럼 술을 좋아했나 보죠?"

"그렇지 않아. 술을 별로 마시지 않는 점잖은 사람이어서 마을 아낙네들의 유혹에 넘어가지 않는다고 원성이 높았다지, 아마. 하지만 네 외할머니의 미끼 앞에선 어쩔 수가 없었나 봐. 자작나무술은 보드카처럼 독하지 않고 부드러워서 방심하게 되거든."

뺨이 발그레해진 쏘냐는 할머니와 함께 숲에서 송이를 땄던 거며 맛있는 쩨르니까 열매를 손으로 훑어 통째로 입에 넣어 먹던 일을 이야기하더군요. 당신도 들어 알겠지만 종달새처럼 맑고 순진해서 아무리 들어도 싫증 나지 않는 그 목소리로 말이에요. 안나 아주머니가 갑자기 깔깔대며 웃어댔지요.

"난 사춘기 때까지 쩨르니까를 따 먹고 다니는 말괄량이였는데 한번은 입가가 시꺼멓게 된 줄도 모르고 바로 춤추러 갔단다. 바로 거기서 네 아버지를 만났지. 손풍금을 손에 잡고 바람통을 쫙 펼치면서 커다란 트릴 음을 뽑아대는 짙은 눈썹의 청년……. 믿기지 않겠지만 그때 그랬단다, 쏘냐. 지금처럼 늙고 비쩍 마른데다 코가 새빨간 술주정뱅이가 아니었어. 누구에게나 젊어 한때 빛나는 시절이 있기 마련이란다. 당시 표도르는 일 잘하고 춤 잘 추고, 게다가 손풍금까지 잘 타서 인기가 많았 단다. 아버지에 대한 자부심도 강했지. 표도르의 아버지는 그야 말로 전형적인 호모 소비에트형이었어. 소비에트 시대가 낳고 기른, 혁명이란 고지를 향해 쉼 없이 전진하는……. 그분은 아반가르드 콜호스에서 양파 생산량을 두 배 이상 높여 근로영웅 칭호를 받았단다. 하지만 그게 네 아버지에게 주어진 행운의 전부였지. 혼인한 뒤로 표도르는 무슨 이유에선가 술을 마셔댔 단다. 특히 추운 겨울에는 더욱 심했어. 지독한 추위와 눈 때문에 집 안에 갇혀 있다 보면 우울해지기 마련이니까. 게다가 콜 호스는 몇 년째 생산량이 감소했고, 언제나 헐값에 넘겨야 했으니. 하지만 사람이 망가진 건 네가 태어난 이듬해부터였어. 하루는 표도르가 지붕에 올라가 물이 새는 곳을 수리하고 있었는데 콜호스 대장이 상부에서 온 감독위원을 데리고 길을 가다 그 광경을 목격했지. 융통성이라곤 없는 그 대장은 당장에 큰 소리로 야단쳤지. '동무는 농장에서 일해야 할 시간에 개인 업무를 보고 있구먼. 부끄럽지도 않소?' 표도르는 며칠째 비가 새서 집 안이 엉망이라고 말했어. 그러고는 지붕을 마저 고치려고 내려오지 않았지. 그러자 대장이 소리치더구나. '지금 감독위원 앞에서 날 망신 주려는 거야, 뭐야? 당장 내려와, 이 비열한 개인주의자 놈아!' 억지로 지붕에서 내려온 표도르는 그 길로 집을 나가 마을의 보드카란 보드카는 다 사갖고 왔지. 그 뒤로 하루도 술 없이는 살 수 없게 되었단다. 보드카, 보드카, 보드카……. 그러다가 고르바쪼쁘가 금주령을 내린 뒤론 비싼 보드카 대신 싸구려 오데코롱 향수를 술처럼 퍼마시다 쓰러진 거지. 저러고 뒷방 침대에 누워 꼼짝도 못하는 신세가 되느니, 차라리 죽었더라면……. 그랬더라면 너를 서울이란 먼 곳으로 보내지 않을 텐데…….”

안나 아주머니는 쉼 없이 말을 쏟아냈습니다. 이야기를 듣던 쏘냐가 손에 쥐었던 포크를 내려놓으며 입을 닦지 않았다면 자기 분이 풀릴 때까지 밤새도록 떠들어댈 기세더군요.

“저런, 괜한 말을 해서 입맛 떨어지게 했나 보다. 그렇더라도 좀더 먹어라. 모처럼 준비한 음식인데.”

“많이 먹었어요. 그나저나 바냐 오빠는 왜 아직 안 오지요? 오늘 낮에 시내 거리에서 마주쳤을 때 함께 저녁식사를 하자고 분명 말했는데.”

“내일이면 네가 블라디보스또끄로 떠난다는 말도 했어?”

“물론 했지요.”

“그 정신 나간 놈이 네 말을 귀담아들었겠냐? 오로지 친구 오토바이를 빌려 꽁무니에 아가씨나 달고 다닐 생각뿐인데. 하필 술 먹어대는 것까지 꼭 제 애빌 닮았어. 얼마 전엔 나더러 뭐라는 줄 아니? ‘어머니, 나더러 살아갈 길을 찾으라고 하셨어요, 지금? 웃기는 소리 마세요. 밖에 나가 아무리 눈 씻고 찾아봐도 길 같은 거 없어요. 가짜 보드카만 지천이지.’ 글쎄, 그러더라. 기막힐 노릇이지.”

식어버린 보르쉬를 마지못해 떠먹던 쏘냐가 근심 어린 목소리로 말하더군요.

“낮에 만났을 때 바냐 오빠 표정이…… 뭔가 단단히 벼르고 있는 듯한 눈빛이었어요. 혹시 마피아를 쫓아다니는 건 아닐까요?"

"그럴 리가 있니. 지난번에 제 친구들 죽는 꼴을 똑똑히 봤는데. 에구, 끔찍해. 죽은 바냐 친구들 말이야, 실은 갱단 호위병으로 일하다가 배반당했다는구나. 사람 목숨이 파리만도 못한 세상이 돼버렸어. 그나저나 서울에 가거든 드미뜨리 할아버지 부탁을 잊지 마라. 안산공단으로 일하러 간 막내손자 미하일한테 벌써 일 년째 통 소식이 없대."

그때 또다시 투명한 전구알 속의 필라멘트가 깜박이더니 다시 전깃불이 켜졌습니다. 실내가 갑자기 환해져 난 제대로 눈을 뜰 수 없었고 마치 한낮의 태양 아래 있는 것처럼 무기력해졌답니다. 당신은 그 사이에도 힘을 다해 창틀 쪽으로 기어갔더군요. 물론 당신은 여러 차례 나를 재촉했지만 너무 뒤처져 있어 그리 빨리 당신에게 갈 수가 없었습니다. 흔들리는 마가목나무 잎에 올라앉은 당신이 안타까이 나를 뒤돌아보았을 때, 그리고 내가 막 샤리프에서 창문턱으로 몸을 옮기려는 순간이었던가요? 새콤한 께삐르 냄새를 풍기며 쏘냐가 창가로 다가왔습니다. 그러고는 샤리프를 못에서 벗겨 둘둘 말더니 가슴에 품더군요.

"이걸 가져가겠어요. 엄마 냄새가 묻어 있는 이 샤리프를!"

순식간에 천으로 둘러싸인 나는 어둠 속에서 당신을 향해 더듬이를 길게, 길게 늘여보았지만 이미 너무 늦었더군요. 그 짧은 순간이 우리를 이토록 잔인하게 갈라놓았다니 지금도 믿기지 않습니다. 잠시의 머뭇거림으로 인해 영원히 당신에게 가닿지 못하고 메마른 비닐장판 위에서 살아가게 될 줄이야…….

아홉 개의 푸른 쏘냐   55

부디 용서해주세요, 쩨레스레스. 모든 것은 나의 불찰입니다. 그나마 다행이라면 당신과 어린 새끼들이 그곳에 남게 된 거지요. 여기 이태원에는 가을 숲의 버섯보다 더 많은 위험과 불운이 널려 있답니다. 여기서 살아가는 아가씨들에 비하면 차라리 나는 행복한 편에 속하지요. 물론 쏘냐도 마찬가지랍니다. 그날 저녁 당신도 보았던, 자작나무 숲처럼 푸른 눈동자의 아가씨 말입니다. 기억하겠지요? 그녀는 얼마 전까지 내내 나와 함께 지냈습니다. 그러나 지금은 아닙니다. 실은 말입니다, 쏘냐의 행방을 알 수가 없답니다. 피투성이가 되어 빈 몸으로 방에서 나간 뒤 며칠째 돌아오지 않고 있어요. 봄날의 안개처럼 사라져버렸답니다. 도대체 쏘냐는 어디로 간 걸까요? 설마 나를 영영 버린 것은 아니겠지요?

4

창밖으로 '께삐르(kefir)'란 간판이 눈에 들어왔다. 그러자 그는 뜨베르스까야 거리에 서 있는 듯한 착각이 들었다. 아름다운 궁궐과 대저택들이 늘어선 거리의 노상카페에 앉아 맥주를 마시면서 악사들이 연주하는 무소르끄스끼의 현악곡을 듣던 거며, 겨울이면 따뜻한 샤쁘까(털모자)와 긴 사빠(장화)로 중무장하고 끼오스끄(가판대)에서 마로제노예(아이스크림)를 사서 베어 먹으며 눈 내리는 황홀한 풍경을 하염없이 바라보던 일들이 어제 일처럼 되살아났다. 뜨베리 광장에서 시작해 뿌슈낀 광장까지 걸어가다 보면 이가 딱딱 부딪힐 정도로 체온이 내려갔고, 그러면 으레 근처 카페로 들어가 샤실릭 안주에 보드카를 마시며 오래도록 바깥을 내다보곤 했다. 노브이루스끼[2]들의 고급 승용차가 기세 좋게 내달릴 때마다 나뭇가지에 매달린 얼음조각들이 깜짝 놀라 달그락댔고, 두툼한 유리병처럼 얼어붙은 거리에는 간간이 사람들이 오갔다. 비틀대며 가다 쓰러지길 반복하는 취한 중년 남자, 낡은 털옷에 코를 묻고 종종걸음 치던 퇴근길의 여성 노동자, 거리 풍경에 넋을 잃은 채 어머니 뒤를 따르던 끼르기스인 눈매의 형편없이 마른 소년, 짧은 스커트 차림으로 호텔 앞을 오락가락하던 인터걸, 눈 쌓인 거리를 고개 숙인 채 걸어가다 뿌슈낀 동상 앞에서 발걸음을 멈추고 언뜻 올려다보던 고독한 모스끄비치들……. 삶은 예나 지금이나 그들을 속이고, 그들은 슬퍼하거나 노하지 말라는 뿌슈낀의 충고를 받아들여야 했다.

보조의자에 앉아 꼬박꼬박 졸고 있는 윤경을 바라보며 그는 싱겁게 웃었다. 그녀 뒤쪽의 벽에 매달린 텔레비전에서 나직하게 흘러나오는 댄스곡 리듬에 맞춰 고개를 끄덕이는 것도 같고, 초록빛 앞치마를 두르고 편안하게 팔다리를 뻗은 모습이 마치 줄에 매달린 인형이 갸웃갸웃 고개를 흔들며 역할극을 하는 것처럼 보이기도 했다. 아침에 딸아이가 다니는 초등학교 앞에서 교통 지도를 하려고 나섰다가 길에 쓰러진 여자를 발견했다던가. 바쁜 아침 시간이라 지나는 행인들마다 고개를 갸웃댈 뿐 아무도 여자를 도와주려 하지 않더라고 세상 인심을 탓하더니 그새 졸고 있는 걸 보면 꽤나 피곤했나 보다.

아홉 개의 푸른 쏘냐

그는 윤경에게 누이 같은 친근함을 느꼈다. 절인 올리브 열매를 혀끝으로 음미하듯 뿌슈낀의 시를 읊었다.

"노 니다스뚜쁘나야 쩨르따 메즈 나미 에스찌, 나쁘라스노 쭈브스뜨보 바즈브즈달 야(하나 이제 우리 사이엔 넘을 수 없는 벽이, 감정을 일깨우려 애써봐도 소용없었네)."

졸고 있던 윤경이 부스스 눈을 떴다.

"듣기 좋은데. 좀더 들려줘."

"이 시 좋아해?"

"시라고? 난 노래인 줄 알았어."

"뿌슈낀의 「제 고향 푸른 하늘 아래서」란 시야. 하긴 이국의 언어란 낯선 운율의 노래처럼 들리기도 하지. 러시아 친구들도 종종 내가 한국말로 말하면 노래 같다고 했어."

창밖의 '께뻬르'란 단어가 빛을 발할 때마다 러시아에서 먹던 새콤한 께뻬르가 생각나 입 안에 신 침이 고였다.

"낯선 문화를 접하는 건 아주 흥미롭고 즐거운 일이야, 안 그래?"

"마음을 열고 서로를 존중해주기만 한다면. 하지만 쉽지 않은 문제지. 인류에겐 패권주의란 일종의 불치병이 있으니까."

"불치병?"

"그렇지. 지금은 미국에서 발생한 악성병균이 전 세계를 감염시켜놓았어. 특히 면역력이 없는 사회주의 국가에서는 변종 바이러스가 되어버려 더 심각해. 마약, 매춘, 마피아……."

"알고 있어. 풋내기 언론사 특파원들이 일 주일 동안 둘러보고 앵무새처럼 떠벌이는 건 수없이 들었으니까. 사람들 사는 애기나 들려줘. 선량한 사람들 애기. 살고 있을 게 아니야, 그곳에도 아직."

그를 쏘아보는 윤경의 눈빛이 강하게 빛났다. 방금 전까지 둥글게 몸을 말고 졸던, 긴장 풀린 그녀가 아니었다.

"바라는 게 뭔데?"

"진실. 사실이 아닌 진실을 듣고 싶어. 이토록 아름다운 러시아 아가씨가 왜 여기까지 흘러들어와 죽어가고 있는 건지, 어쩌다 그들은 자본주의 찌꺼기가 쌓이고 쌓여 냄새를 풍기며 썩어가는 이 사창가로 소중한 딸을 내몰게 된 건지……."

그의 머릿속으로 폭풍이 눈보라를 말아올리며 하늘을 먹구름으로 뒤덮는 시베리아의 겨울 들판이 펼쳐졌다. 성에로 뒤덮인 창문을 입으로 호호 불어 문지르면 나타나던, 아득한 지평선 위로 빽빽이 늘어선 자작나무 숲의 장엄한 풍경……. 서로 밀집해 살아가려고, 가지를 굵게 만드는 대신 가늘고도 높이 치솟기를 선택한 낙엽수들. 그러기에 어떤 거센 겨울바람도 그 숲에 들어서면 길을 잃고 만다는, 나폴레옹과 나치의 군대마저 끝내 항복하고 말았다는 강인한 숲. 그러나 지금 그의 눈앞에 의식을 잃은 채 누워 있는, 자작나무 수피를 닮아 희고 아름다운 살갗의 처녀는 외따로 서 있는 한 그루 나무처럼 빈약하고 초라해 보였다.

"살아남아야 하니까. 사회주의라고 해서 가난하고 배고픈데야 별 수 있어? 우리도 예전에 일본이랑 미국으로 아가씨들 많이 보냈잖아. 사람 사는 게 다 비슷하지 뭐."

윤경의 눈에 실망스런 빛이 스쳤다. 하지만 금세 마음을 고쳐

먹은 듯 활기차게 말했다.

"아무래도 집에 다녀와야겠는데 어쩌지? 보호자도 없이 환자를 혼자 두기엔 좀……."

"걱정 마. 나야 어차피 기다리는 처자식도 없으니. 게다가 아리따운 아가씨를 지키는 일이잖아?"

그가 던진 농담조의 말에 마음이 놓였는지 윤경은 돌아갈 준비를 하며 제 어깨에 걸린 초록빛 앞치마 끈을 풀었다. 아침마다 학교 앞에서 교통 지도를 할 때 걸치는 녹색어머니회 복장이라고 했다. 그가 그런 일까지 하느냐고 묻자 윤경은 응급실 문을 열고 밖으로 나가며 대답했다.

"세상에 도움 줄 수 있는 게 뭐가 있어야지. 혁명의 깃발을 들고 거리로 나설 수도 없고. 눈에 보이는 대로, 닥치는 대로 선행을 쌓는 거…… 그게 요즘 나의 전략이고 전술이야."

윤경의 마지막 말이 그의 가슴에 와 닿았다. 어두운 복도를 지나 병원 정문까지 따라나선 그는 헤어지기 전에 악수를 청했다. 윤경은 배시시 웃으며 수줍게 손을 내밀었다. 손마디가 제법 굵고 거칠어져 있었다. 그는 집을 향해 부지런히 걷는 옛 애인의 뒷모습을 오랫동안 지켜보았다.

5

밤의 어두운 그림자가 창문을 덮칠 때까지 나는 짧고 메마른 꿈을 꿉니다. 내 영혼은 잊혀진 전설처럼 아득한 자작나무 숲의 푸른 연못을 찾아 헤맵니다. 나뭇잎 향이 나는 연못, 차갑고 도 투명한 물방울들, 부드럽고 미끈한 당신의 몸……. 후드득, 점액질 막을 두드리는 저녁 바람에 놀라 문득 잠에서 깨어납니 다. 노을도 없이 은밀히 찾아온 저녁 어스름이 어느새 창턱을 넘어 방 안 깊숙이 고였습니다. 이제 곧 밤이 올 것이고 아가씨 들은 마른 연못 바닥처럼 충혈된 눈을 뜰 것입니다. 아이루비 안약 한 방울씩 떨어뜨린, 물기 어린 눈매의 아가씨들이 노란 머리칼을 날리며 이태원 거리를 지나갈 테지요. 밤 속으로, 어 둠 속으로. 이런 날이면 쏘냐는 유난히 격정적인 동작으로 흐 느적댔답니다. 종일 도시 위에서 짓누르던 매연과 소음, 낮 동 안에 미처 배설되지 못한 사내들의 욕설과 무자비한 폭력, 야 비한 정욕이 폭풍우처럼 몰아칠 것을 예감하는 가느다란 허리 의 거센 흔들림…….

쏘냐가 마지막으로 춤을 춘 그날도 오늘처럼 먹구름이 달빛 을 가리는 밤이었습니다. 애무도 없이 사랑을 들이대는 사내처 럼 노을도 없이 찾아온 밤. 푸른 안개 속에서 선홍빛 네온사인 이 폭죽처럼 터지고, 열정적인 재즈의 울부짖음이 행인들의 공 허한 가슴을 뜨겁게 달구는 이태원 거리를 쏘냐는 해파리처럼 흐느적대며 걸어갔습니다. 나 역시 그녀의 어깨에 둘러쳐진 샤 리프에 매달려 습기 어린 여름밤 거리를 쏘다녔지요.

쩨레스레스, 당신도 알다시피 나는 안나 아주머니의 샤리프 에 휘감긴 상태로 쏘냐의 가방 속에 갇히고 말았잖습니까. 어 둠과 당혹감, 극심한 갈증 속에서 부들부들 떨다가 녹초가 된 채로 잠들었다가 찬물 세례를 받으며 깨어난 건 선실 안에서였습니다. 마시던 물을 앞가슴에 엎지른 쏘냐가 급한 김에 가방에서 샤리프를 꺼내 물기를 닦았나 봅니다. 그녀의 손끝이 내 몸에 닿은 건 그때였습니다. 엄지와 검지로 조심스레 집으며 작게, 그러나 감동 어린 목소리로 말했지요. 오이! 쉬또 에떠? 울리쁘까! 찌쁴리 뜨이 마야 이스뜨라!(오! 이게 뭐야? 달팽이잖아! 이제부터 너는 나의 빛이야!) 그 뒤로 그녀는 나를 '이스뜨라'라고 불렀고 극진히 보살펴주었으며 어디를 가든지 데리고 다녔습니다. 시장, 약국, 의상실, 미용실, 심지어는 자신의 일터인 로즈이(장미들) 클럽에까지 데려갔지요. 나는 그 중에서 특히 로즈이에 가는 걸 유난히 좋아했습니다. 손님이 먹다 남긴 과일이나 채소 조각을 실컷 먹을 수 있는데다, 지하의 축축한 공기가 맘에 들었지요. 쏘냐 역시 그곳에만 가면 경쾌한 음악 소리에 맞춰 웃고 춤추고 술을 마셔대며 즐거운 비명을 질러댔기에 나는 그곳이 모든 사람들이 좋아하는 지상의 천국인 줄 알았어요. 그래서 온종일 밤이 되기만을 기다렸답니다. 나중에, 그러니까 쏘냐가 그곳에 가는 걸 죽기보다 싫어하며, 누군가의 속임수에 의해 강제로 끌려간 거나 마찬가지라는 사실을 알게 될 때까지. 러시아 민속무용단원이었던 쏘냐와 몇 명의 아가씨들은 전통적인 러시아식 원무인 '호로보드'를 공연하는 일자리인 줄 알고 이곳에 오게 되었답니다. 호로보드는 여러 명의 남녀가 혼례 때 부르는 속요 〈짜스뚜쉬까〉나 〈깔림까〉, 볼가 강의 배 끄는 인부들이 부르는 〈에이, 우호넴〉 같은 민요 가락에 맞춰 흥겹게 추는 춤이랍니다. 발 구르며 환호하기도 하고 바닥에 납작 웅크렸다가 봄 개구리처럼 공중을 향해 튀어오르거나 뱅글뱅글 돌기도 하는 활달한 몸짓으로 이루어진 춤. 그러나 로즈이의 아가씨들은 모두 단지 흐느적댈 뿐이랍니다. 가늘고 흰 팔다리를 물살에 못 이겨 이리저리 휩쓸리는 수초처럼 흔들어대는데, 보면 볼수록 가련하고 슬프답니다. 그런데도 왜 사내들은 환호하며 좋아할까요? 소주와 맥주와 양주를 목구멍에 들이부은 탓일까요? 그래서 모두들 얼이 빠지고 눈이 돌아가고 마음마저 송두리째 빼앗겨버린 때문일까요? 아가씨들 역시 술을 무척 많이 마셔댔는데, 사내들이 권하기도 하고 매상을 올리기 위해 일부러 마시기도 하기 때문이랍니다. 그러고 나면 아가씨들은 웃어대고, 웃어대고, 또 웃어댑니다. 쩨레스레스, 우리 달팽이들이 껍데기 밖으로 나오거나 들어갈 때, 혹은 모래나 진흙 속으로 파고 들어갈 때 상처가 나지 않도록 미끈미끈한 체액을 내뿜는 것처럼 이곳의 아가씨들은 끊임없이 웃음을 몸 밖으로 발산해야 한답니다. 웃음을 멈추는 순간, 욕설과 매질이 아가씨들에게 가해지기 때문이지요. 매일 저녁 쏘냐는 지나치게 많이 웃어댔답니다. 그래서 새벽녘에 집으로 돌아갈 때면 달팽이 몸에서 체액이 다 말라버리듯이 그녀 몸속의 힘도 다 빠져 있답니다.

그날은 무더운 여름날 저녁이었지요. 쏘냐는 짓궂은 사내에게 붙잡혀 초저녁부터 마셔댄 술 때문에 몹시 취했습니다. 술이란 건 일단 몸속에 들어가면 가슴에 불을 질러놓는답니다. 그녀는 가슴과 음부만을 구슬이 잔뜩 달린 무대복으로 가리고 있었는데, 눈부신 조명 아래 몸을 흔들 때면 구슬은 물고기 비늘처럼 사방으로 빛을 뿌려댔지요. 손님들은 휘파람을 불어대고, 박수를 치고, 상스런 농담을 내질렀습니다. 오직 나만이 그녀의 몸에서 빠져나가는 수분을 안타까이 바라보았습니다. 그녀의 뺨은 갈증으로 빨갛게 달아오르고 눈은 충혈되어 터질 듯이 튀어나왔으며, 가느다란 허리는 경련을 일으키듯 꿈틀댔습니다. 장미 가시처럼 뾰족한 하이힐 굽이 바닥에 흘러내린 땀에 미끄러지면서 그녀가 무대 위에서 쓰러진 건 바로 그 순간이었습니다. 아우성치던 음악이 멈추고, 아가씨들의 비명 소리와 사내들의 웅성거림, 그리고 찢긴 쏘냐 옷에서 한꺼번에 쏟아진 구슬이 차르륵 무대 위를 구르는 소리가 들려왔습니다. 벌거벗은 쏘냐는 바닥에 민달팽이처럼 납작 엎드려 꼼짝하지 않았습니다. 그렇습니다. 쏘냐는 자신을 보호할 껍데기를 갖지 못한 한 마리의 가련한 민달팽이였습니다. 옛날에는 민달팽이도 껍데기가 있었다지요? 그런데 너무 오래 어두운 곳에서 살다 보니 껍데기가 퇴화해버렸다지요? 그래서 민달팽이는 축축한 곳에서, 또 캄캄한 밤에만 기어다닌다지요? 손님 틈에 끼어 앉았던 몇몇 민달팽이들이 훌쩍이는 소리가 들려왔습니다. 그러자 이번에는 사내들의 짜증과 고함 소리가 들려왔습니다.
"에이, 재수 없어. 쌍년들아, 기분 더럽게 울긴 왜 울어?"

그때 한 사내가 무대 위로 올라가 쏘냐의 몸 위에 샤리프를 덮었습니다. 콧수염을 기른 건장한 몸의 그 사내는 로즈이의 지배인이었는데 쏘냐를 어깨에 들쳐 메더니 황급히 무대 뒤쪽으로 데려가 분장실 바닥에 짐을 부리듯 내동댕이쳤습니다. 이어 그녀의 몸으로 가혹하게 쏟아진 발길질과 욕설······. 쏘냐는 신음 소리조차 제대로 내지 못하며 속으로 잦아드는 울음을 울다가 어느 순간부턴가 시체처럼 전신을 늘어뜨렸습니다. 지배인의 발길질에 충격을 받은 제가 의식을 잃은 것도 그 순간이었나 봅니다.

얼마쯤 뒤, 한 방울의 빗물이 껍데기 입구에 떨어져내렸습니다. 의식을 잃었던 나는 그제야 부르르 정신을 차렸지만 여전히 얼얼하고 멍한 느낌에 휩싸여 있었습니다. 몸을 잔뜩 부풀렸다가 먼저 발을 조심스레 내민 다음 머리를 꺼내어 조금 움직여보았습니다. 바닥에 쓰러져 있는 껍데기를 일으켜 세우는 순간, 또다시 빗방울이 몸에 떨어졌습니다. 그제야 정신이 번쩍 들었는데, 내 앞에 쏘냐가 있었습니다. 나를 깨운 것은 빗물이 아니라 바닷물처럼 짠 눈물이었나 봅니다. 쏘냐 역시 그리운 고향땅을 잊지 못해 눈물을 흘린 걸까요? 지금으로부터 천만 년쯤 전, 바닷속 고둥의 일종이었다는 달팽이들이 바다의 기억을 버리지 못해 온몸으로 점액질을 만들어내는 것처럼? 우리는 있는 힘을 다해 앞으로 기어갔습니다. 고향을 향해서, 푸른 자작나무 숲을 찾아서.

6

양배추 잎 속에서 우리는 천천히 다가가 서로의 몸을 조심스레 맞대었습니다. 촉촉하고도 부드러운 당신의 알몸은 내 전신을 부드럽게 휘감았고 가늘고 부드러운 더듬이로 비비고 톡톡 건드리며 장난쳤습니다. 그러는 동안 점차 영혼이 하나로 합쳐지는 지극한 기쁨에 이르렀습니다. 당신은 몸속에 있던 가는 관을 조심스레 꺼내더니 내 목덜미에다 날카롭게 찔렀습니다. 짜릿한 전율과 함께 온몸이 두둥실 떠올랐습니다. 나도 석회질로 된 하얀 관을 뻗어 당신의 목덜미 오른쪽에 찔러넣었습니다. 이윽고 하나가 된 우리는 아주 오랫동안 서로를 쓰다듬으며 소중한 아기씨를 주고받았습니다. 당신이 막 건네준 아기씨 주머니를 내 몸속으로 밀어넣을 때였습니다. 갑자기 숲에서 센 바람이 불어왔습니다. 그 때문에 그만 아기씨 주머니를 바닥에 떨어뜨리고 말았답니다. 깜짝 놀라 당신을 찾았지요. 당신은 절정 직후의 행복하고도 나른한 눈길로 나를 바라보더군요. 나의 아기씨만은 안전하게 당신의 몸속으로 스며들었나 봅니다. 아기씨를 미처 받지 못해 가슴속이 휑한 허전함을 느꼈던 나는 금세 마음을 돌릴 수 있었습니다. 당신 몸속에서 우리들의 알이 무럭무럭 자랄 테니까요.

아, 그날로부터 참으로 긴 시간이 흘렀습니다. 바로 어제 일처럼 생생하기만 한데 말입니다. 아기들은 잘 자라고 있나요? 누구보다 지혜로운 당신은 축축하고 부드러운 땅에 깊숙이 구덩이를 판 뒤 하얗고 말랑한 알을 낳았으리라 믿습니다. 한 서른 개쯤 낳았나요? 아님 쉰? 많으면 많을수록 좋지요.

그런데 말입니다, 쩨레스레스. 사람 세상에는 아주 이상한 일들이 많답니다. 쏘냐는 수없이 많은 사랑을 나누었지만 한 번도 아기를 낳지 못했답니다. 그녀도 나처럼 아기씨를 받다가 떨어뜨린 걸까요? 아님 아무도 아기씨를 주지 않은 걸까요? 더군다나 그 사내들은 쏘냐의 몸을 정성껏 쓰다듬거나 핥아주지 않은 채 자신의 딱딱한 관을 쏘냐의 사타구니에 꽂는답니다. 오로지 그녀만이 사내들의 몸을 핥아주고 주물러주어야 한다니, 정말 이해하기 힘든 일이에요. 한 가지 분명한 것은 사내들이 방을 나설 때면 양배추 겉껍질처럼 파란 종이를 그녀 손에 쥐어 준다는 거예요. 뽀얀 아기씨 대신 푸른 종이 따위를 주다니요! 우리 달팽이들의 세상에선 상상할 수도 없는 모욕적인 일이 이곳에선 대수롭지 않게 벌어진답니다.

 이곳 생활은 내게도 쉽지만은 않답니다. 로즈이 벽에는 여러 마리의 딱정벌레가 살고 있는데 내가 잠시 한눈을 팔면 어느 틈에 나타나 공격하려 들지요. 놈은 내 껍데기 깊숙이 머리를 집어넣어 날카로운 턱으로 살을 파먹으려 호시탐탐 노립니다. 마치 쏘냐를 데려온 브로커 최처럼 말이죠. 쏘냐는 '돈'이라고 불리는 종이들을 가지고 시장에도 가고 미장원에도 가지만 대부분은 브로커 최에게 빼앗긴답니다. 쏘냐가 빚을 졌기 때문이라나요? 그는 딱정벌레만큼이나 고약한 자랍니다. 지난번에 춤추다 쓰러진 쏘냐 이야기는 당신도 이미 들어서 알지요? 그때 허리와 무릎을 다친 쏘냐의 병원비며 춤추지 못하는 동안 자고 먹은 게 다 빚이 되었다더군요. 아무튼 쏘냐는 전처럼 무대 위에서 춤을 추지 못하는 대신 사내들과 슬픈 사랑을 해야 하는 처지가 되고 말았답니다. 쏘냐의 얼굴은 창백하다 못해 푸른빛이 돌고 야윈 볼은 웃음기라곤 찾아보기 힘들게 변해갔습니다. 그녀는 밤마다 짙은 화장을 한 뒤 충혈된 눈에 아이루비를 세 방울이나 떨어뜨리고서 거리로 나섰답니다. 그러고는 푸른 안개 속에서 길고 노란 머리칼을 휘날리며 낯선 사내에게 다가가 말을 걸었지요. 로즈이로 오세요. 아이, 부끄러워 말구요, 기다릴게요……. 어느새 가을이 다가와, 치마 밑으로 드러난 그녀의 푸르스름한 정강이를 물든 단풍잎이 간질이며 떨어지곤 했지요.

7

 여자가 잠꼬대를 하기 시작한 건 윤경이 집으로 돌아가고 두 시간쯤 지난 자정 무렵이었다. 마침 옆에 있던 환자가 입원실로 올라갔기 때문에 그는 비어 있는 간이침대 위로 올라가 잠을 청하고 있었다. 하지만 낯선 잠자리라 쉬이 잠들 수 없는데다 여자의 입가에 어리던 싸늘한 미소가 자꾸 생각났다. 어디서 만났던 걸까. 분명 어디선가 본 적이 있는 것 같은데 기억이 나지 않았다. 대학에서 함께 수업을 들었던 여학생일까? 자주 드나들던 카페의 종업원? 아님 기숙사 창구 직원? 하긴 러시아 전역에 널린 게 이목구비가 또렷한 금발 미인이니, 어쩌면 머릿속에서 선택적으로 조합된 이미지일 뿐 현실 속에서 만난 적이 없는 여자일지도 모른다고 체념하며 그는 얼굴을 베개에 파묻고 잠을 청했다. 피로감이 소용돌이치듯 몰려와 머릿속이 혼미해질 때쯤이었다. 문득 어느 겨울밤의 일이 꿈결처럼 떠올랐다. 창문이 심하게 덜컹거릴 정도로 눈보라가 치던 스비야뜨끼 주간[3]이었다. 사모바르를 옆에 끼고 뜨거운 차를 마셔가며 논문을 쓰느라 밤늦도록 책상에 앉아 있는데 어디선가 문 소리가 들렸다. 처음엔 거친 바람이 한차례 도시를 휩쓸고 지나가는 거리니 했는데 잠시 뒤엔 고양이 울음 같은 가냘픈 목소리가 들려왔다. 문을 열고 나가 보니 낯선 여자가 서 있었다. 파스찬 직물처럼 번쩍거리는 자주색 격자무늬 스카프를 눈 위로 깊숙이 둘러쓴 여자는 추위로 얼어붙은 미소를 짓고 있었다. "저…… 오늘 밤 어떠세요?" 공손하지만 절박한 속삭임이었다. 머리 위에 하얗게 쌓였던 눈이 조금씩 녹아 여자 뺨 위로 흘러내렸다. 그는 아무 대답도 못한 채 한참 동안 서 있다가 겨우 괜찮아요,라고 대답하고 문을 닫으려 했다. 그러자 여자가 갑자기 절망적으로 외쳤다. "오, 제발. 아이가 아파요."

아름다운 금발이었다. 빛나는 회색 눈에다 육감적으로 튀어나온 입술. 하지만 웃을 때 입가에 주름이 깊이 파인 걸 보면 서른은 넘어 보였다. 게다가 그때로부터 수년이 흘렀으니……. 그는 상체를 들어 옆의 침대에 누워 있는 여자를 한 번 더 쳐다본 다음 다시 누웠다. 이십대 중반쯤으로 보였다. 그렇다면 누굴까. 서울로 데려가달라며 치근대던 카페의 여종업원이었던가? 아니면 마슬레니짜 축제에서 만나 취중에 하룻밤 잠자리를 했던 여자?

그때였다. 비상등만 켜놓은 어두운 실내를 뒤흔드는 날카로운 비명 소리에 놀라 그는 벌떡 자리에서 일어났다. 몸을 잔뜩 움츠린 채 여자는 신음 섞인 소리를 내질렀다. "스빠씨쩨, 빠잘스따!(살려줘요, 제발!)" 여자의 전신은 이미 땀으로 흠뻑 젖어 있었다. "쁘리지쩨 씨비야. 우 바쓰 쉬또또 씰리노 발리드?(정신 좀 차려봐요. 어디가 많이 아파요?)" 그는 다급하게 여자를 흔들어댔다. 하지만 여자는 계속 소리 지를 뿐 의식을 찾지 못했다. 그는 수건으로 여자의 얼굴과 목덜미, 그리고 등을 닦아주었다. 말려올라간 옷자락 밑으로 하얀 속살이 드러났다. 그는 여자의 등에서 마차 바퀴 자국처럼 생긴 상흔을 발견했다. 처음에는 자신의 눈을 의심했다. 그래서 정신을 가다듬고 다시 찬찬히 들여다보았다. 흉터의 위치와 크기가 그가 기억하고 있는 소녀의 그것과 거의 일치했다. 한 가지 불확실한 점이 있다면 눈앞에 시체처럼 누워 있는 여자의 나이가 지나치게 많아 보인다는 거였다. 그가 러시아를 떠나 한국으로 돌아오던 해에 역 광장에서 만났던 소녀는 고작 열두 살이었다.

　그는 다시 한 번 흉터 부위의 땀을 꼼꼼하게 닦아주었다. 여자의 눈꺼풀 안쪽에 숨어 있을 것 같은, 작은 옹달샘처럼 빛나던 초록빛 눈동자에 대한 기억이 봄날의 구름처럼 천천히 떠올랐다.

　그가 열차를 타고 모스끄바에서 수백 킬로미터나 떨어진 우글리찌라는 시골 역을 지날 때는 이미 봄이 한창이었다. 녹아내린 얼음이 만든 봄철 홍수 때문에 플랫폼 근처의 땅은 발자국들로 짓이겨져 있었고, 들벚나무는 습기를 머금어 더욱 검게 빛났다. 들창을 여는 순간 숲향기가 싸늘한 바람을 타고 얼굴로 쏟아졌다. 그는 모처럼의 여행이 주는 흥분으로 눈을 감고 깊이 숨을 들이마셨다. 숲 쪽에서 번갈아 들려오는 나이팅게일과 개똥지빠귀의 울음소리 사이로 웅성대는 사람들의 목소리가 들려왔다. 사람들을 따라 기차에서 내려 물건이나 음식을 파는 역사 근방으로 갔다. 빵과 치즈, 성냥, 휴지, 마뜨로쉬까(러시아 전통 인형), 말린 생선, 불투명한 우윳빛의 토종꿀, 십자수 놓은 하얀 식탁보 따위가 즐비했다. 무엇이든 돈이 될 만한 것을 집

안에서 찾아내 갖고 와서는 여행객을 상대로 값을 흥정하는 시골 아낙네들 목소리로 광장은 매우 소란스러웠다. 어릴 적에 어머니를 쫓아 오일장에 들른 것 같은 친근함이 느껴졌다. 그 틈에서 초록빛 눈망울의 소녀를 발견한 것은 뻴메니(러시아식 만두)와 까브리쉬까(갈색 파이)를 사 먹은 직후였다. 꽤나 오랫동안 자신을 지켜본 듯한 눈길이었다. 먹다 남은 까브리쉬까를 그는 소녀에게 내밀었다. 이거 먹을래? 아님 새로 하나 사줄까? 소녀의 목울대가 침을 삼키느라 몇 차례 흔들렸다. 하지만 선뜻 손을 내밀지는 않았다. 잘 익은 체리처럼 볼이 빨갛게 달아올라 있었지만 어쩐지 건강해서라기보다는 병으로 열이 올라 있는 인상이었다. 소녀의 손에 쥐어 있는 것을 가리키며 그가 얼마지? 하고 묻자 그제야 입을 열었다. 생각보다 높은 가격이었다. 그가 주머니에서 돈을 꺼내 보여주자 소녀가 이제껏 꼭 쥐고 있던 것을 건네주었다. 붉은 무공훈장이었다. 그는 처음 부른 값에서 얼마쯤 깎은 액수를 소녀 손에 쥐어 주었다. 특별히 돈이 아까워서라기보다 재미 삼아 흥정했던 것이다. 그런데 문제는 거기에 있었다. 그가 막 뒤돌아서서 기차로 다가가는데 뒤에서 찢어지는 듯한 비명 소리가 들렸다. 뒤돌아보니 소녀가 쓰러져 있었다. 소녀의 등에서 배어 나온 핏물이 흰 블라우스를 붉게 물들이고 있었다. 근처에는 열댓 살쯤 돼 보이는 남자아이가 돌을 쥔 채 씩씩거리며 서 있었다. 얼마나 귀한 건데 그렇게 싸게 팔았어, 이 바보야. 그걸로는 모스끄바로 갈 수 없단 말이야, 알아?

오래전의 일인데도 여전히 가슴이 서늘해져 그는 숨을 깊이

들이마셨다. 그가 소녀를 데리고 병원으로 가려 하자 그 애의 오빠라는 사내아이가 사납게 외쳤던 말이 귓가에 쟁쟁하게 남아 메아리쳤다. 차라리 그 돈을 제게 주세요! 이깟 상처는 집에서도 치료할 수 있으니까.

제대로 된 치료를 받지 못해 울퉁불퉁하게 아물어버린 연분홍빛 상흔을 그는 몇 번이고 쓰다듬었다.

"스빠씨쩨, 빠잘스따!(살려줘요, 제발!)"

절규하듯 소리치며 여자가 갑자기 눈을 떴다. 어둠 속에서 푸르게 빛나는 눈동자엔 공포와 살의가 해일처럼 거칠게 일렁였다.

8

어느 왕국에 상인 부부와 어린 딸 바실리사가 살았답니다. "귀여운 바실리사야, 엄마는 이제 곧 죽을 테지만 네게 인형을 주고 갈 테니 남의 눈에 띄지 않게 소중히 간직해라. 그리고 만일 불행한 일이 생기거든, 인형에게 밥을 먹이고 도와달라고 하거라." 이 말을 마치고 상인의 아내는 숨을 거두었습니다. 얼마쯤 지나 바실리사에게는 계모와 두 명의 의붓언니가 생겼는데, 그들은 아름답고 착한 바실리사를 몹시 시기하여 별의별 궂은일을 시켜가며 몹시 괴롭혔답니다. 계모는 늘 감당할 수 없을 만큼 많은 일을 시키고는 잠들어버렸습니다. 어여쁜 바실리사는 저녁밥을 남겨 헛간에 들어가 인형에게 먹이며 하소연했답니다. "사랑하는 인형아, 많이 먹고 내 딱한 사정을 좀 들어보렴." 인형은 밥을 다 먹은 뒤에 그 해결책을 가르쳐주며 그녀의 슬픔을 달래주곤 했답니다. "염려 마세요, 어여쁜 바실리사. 한숨 푹 자고 나면 모든 일이 다 잘 해결될 거예요."

쩨레스레스, 이 이야기는 언젠가 쏘냐가 내게 줄려준 러시아의 스까즈까(옛날이야기)랍니다. 쏘냐는 마치 내가 바실리사의 인형이라도 되는 양 말을 걸곤 한답니다.

"이스뜨라, 날마다 일을 하는데도 빚은 늘어만 가는구나. 어떻게 해야 하니?" "이스뜨라, 어머니 신장염이 심해져서 수술을 해야 한다는구나, 어쩌면 좋니?" 그러면 나는 마음속으로 목청껏 외친답니다. '염려 말아요, 어여쁜 쏘냐. 한숨 푹 자고 나면 모든 일이 다 잘 해결될 거예요!' 하지만 이튿날 아침 눈을 떠보면, 아무것도 해결된 것이 없었어요. 어차피 난 보잘것없는 왼돌이달팽이일 따름이지 동화 속의 마법인형이 아니니까.

힘든 중에도 시간은 빨리 흘러 어느새 일 년이 지나고 두번째 겨울을 맞이하게 되었습니다. 그 무렵 쏘냐는 갑자기 생기를 되찾았답니다. 그녀는 낮에도 자주 외출을 했는데, 새로 산 아맛빛 코트 위에 붉은 샤리프를 걸치고 낙엽이 두껍게 쌓인 거리를 걸을 때면 지나는 행인마다 고개를 돌려 한 번 더 그녀를 쳐다보곤 했지요. 때때로 이유 없이 빙그레 웃기도 하고 〈백만 송이 장미〉라는 노래를 자주 흥얼대기도 했지요. 쏘냐 말로는 이제 머지않아 눈이 내릴 것이기 때문에 벌써부터 들떠 있는 거라지만…… 아무래도 사랑에 빠진 것 같았어요. 마치 내가 쩨레스레스 당신을 처음 만난 뒤 몹시 들떠 있었던 것처럼 말이에요. 또 달라진 것은 그녀가 전보다 더 많은 남자를 상대

아홉 개의 푸른 쏘냐   73

하는데도 결코 힘들어하거나 슬퍼하지 않는다는 사실이었습니다. 사방으로 흩어지는 현란한 네온 불빛 아래 쏘냐의 웃음은 갈기갈기 찢겨 이리저리 흩날렸지요. 셋, 다섯, 일곱, 아홉……. 성탄절이 다가올 즈음에는 이태원 전체가 한국인은 물론 미군 병사를 포함한 다양한 인종들로 매우 붐볐습니다. 행인들의 그림자는 서로 겹치고 부딪히며, 한데 엉켜 있는 올챙이들처럼 몰려다니더군요. 거리마다 캐럴이 울려퍼지고 온갖 다양한 코들이 흘러 다녔지요. 매부리코, 들창코, 오리 코, 하얀 코, 검은 코, 푸르스름한 코……. 쏘냐는 독을 뿜어대듯 입가에 미소를 뿜어내며 닥치는 대로 그 코들을 방으로 끌어들였습니다.

그렇게 해서 번 돈으로 드디어 쏘냐와 나는 비가 새는 옥탑방에서 벗어나 욕실과 작은 거실이 달린 제법 널찍한 곳으로 짐을 옮길 수 있었지요. 그곳에 가니 쏘냐의 애인이란 사내가 이미 와 있더군요. 왼쪽 콧망울 위에 튀어나온 점이 있는 그는 말할 때마다 한쪽 눈썹을 추켜올리는 버릇이 있었습니다. 머지않아 그들은 혼인할 거라고 하더군요. 사내가 유서 깊은 집안의 막내아들이라서 아직 집안의 승낙을 받지 못했지만 머지않아 잘될 거라고 쏘냐는 믿고 있었습니다. 머지않아 그렇게 되면 한국 영주권을 얻게 되고, 또 머지않아 그렇게만 되면 고향의 어머니를 모셔와 신장이식 수술을 시킬 수도 있다며 매우 기뻐했지요.

하지만 쩨레스레스, 머지않아 내릴 거라던 눈은 오지 않았답니다. 대신 차가운 겨울비만 며칠이고 추적추적 심란하게 창문을 적셔댔지요. 게다가 머지않아 닥친 현실은 더욱 가혹했습니다. 쏘냐의 애인은 너무 많이, 너무 자주 술을 마셔댔고 그런 날에는 영락없이 쏘냐에게 주먹질을 해댔습니다. 뿐만 아니라 쏘냐가 벌어오는 돈을 몰래 가져가 도박으로 날리기까지 했지요. 한 달 두 달 시간이 지날수록 사내는 더욱 난폭해졌고 심지어는 쏘냐의 방으로 다른 여자를 데려와 함께 자기도 했습니다. 더는 참을 수 없게 된 쏘냐는 사내를 향해 주전자와 재떨이, 브래지어 따위를 마구 내던지며 신음에 가깝게 욕을 내뱉었지요. "쏘긴 씬, 표르뜨 바즈미!(개새끼, 악마에게나 잡혀가라!)"

그해 겨울엔 유난히 눈이 귀했습니다. 쏘냐는 검고 메마른 아스팔트 위에서 보내는 겨울을 참으로 견디기 힘들어했습니다. 천상의 깃털 같은, 지상에서 가장 숭고한 자연의 축복인 눈. 그 눈으로 인해 모든 것은 깨끗해지고, 용서되고, 잊혀지고, 따뜻해지는 거라 믿는 러시아 처녀에게 하얗게 뒤덮인 설원을 볼 수 없는 겨울은 참혹한 고통이겠지요. 어쩌다 진눈깨비라도 내리면 쏘냐는 황급히 창문으로 몸을 내밀어 눈을 받아먹으려 탐욕스럽게 입을 벌리곤 했습니다. 모래알 같은 진눈깨비나마 바람결에 흩날리다 그쳐버리면, 성난 암고양이처럼 카르릉 허공을 할퀴곤 했지요. 그즈음에 나도 무척 힘들었습니다. 겨울이 되면 달팽이들은 모두 겨울잠에 빠져들잖아요? 하지만 빛조차 잠들지 못하는 불면의 도시에서 온갖 소음에 시달리다 보니 겨울잠이란 도저히 불가능했습니다. 한숨과 비탄 속에서 난 고통스레 외쳐대곤 했지요. 잠들고 싶어! 두꺼운 눈을 덮고, 폭신한 나뭇잎 속에서 아기 달팽이들과 몸을 기댄 채…… 봄비 내리는 소리가 들려올 때까지 깊이깊이…… 잠들고 싶어!

9

 여자를 만나게 된 것 역시 우연의 모습으로 다가온 운명의 작용인가,라고 그는 병원 뒤뜰의 벤치에 앉아 담배를 피우며 생각해보았다. 러시아어를 할 줄 안다 뿐이지, 여자의 상태를 호전시킬 수 있는 방법을 알지 못했다. 혹시 도움이 될까 싶어 여러 번 말을 건네어보았지만 여자는 한 마디도 하지 않았다. 지난밤 잠꼬대를 심하게 할 때 말고는 내내 침묵만을 지켰다. 일부러 그러는 게 아니라면 언어를 관장하는 뇌에 손상이 온 게 아닐까 싶었다. 병원 측에선 뺑소니차에 치인데다 보호자도 없는 외국인 여성에 대해 조금도 치료 의지를 보이지 않았다. 경찰이 사건을 접수하면서 행려병자들을 무료로 치료해주는 곳으로 옮기도록 알선해준 것만도 다행이라면 다행이었다. 하지만 일단 그런 기관으로 들어간 뒤에는 여자의 존재가 사실상 현실 속에서 사라지는 거나 마찬가지일 것이라는 생각이 들었다. 그렇다면 어떻게든 빨리 여자의 입을 열게 해 자기 삶의 터전으로 돌려보내야 하는데, 상황은 쉽지 않았다. 윤경이 선뜻 여자를 맡겠다고 나서지 않는 걸 보면 그녀 역시 사정이 여의치는 않은 것 같았다. 하긴 남편과 자식에다 시어머니까지 한 집에서 산다니까. 그는 점차 초조해지기 시작했다. 그가 '운명'이란 단어를 떠올리게 된 것도 그 때문이었다. 의식이 돌아올 때까지 다만 며칠이라도 자신의 거처로 여자를 데려가 돌봐줘야 하는 게 아닐까, 하는 영악지 못한 생각이 마음속에서 싹을 틔운 것이다.

아침 해가 메마른 동쪽 하늘에서 머뭇거리며 솟아올랐다. 붉게 물든 하늘 아래 잔뜩 부풀어오른 수평선처럼 검게 솟아 있는 빌딩 숲은 에릭 불라또쁘의 〈붉은 수평선〉이란 그림을 떠올리게 했다. 붉은 수평선과 그것을 향해 걸어가고 있는 사람들……. 스딸린 시대의 유토피아와 그들의 낙관주의를 상징하고 있는 그 그림은 이십일 세기를 살아가는 지구인들에게는 하나의 비웃음거리가 되어버렸다. 가까이 다가갈수록 더욱 멀어지는 수평선처럼 사회주의 이상은 결국 환영에 불과했던 걸까.

응급실로 돌아가니 윤경이 와 있었다. 그녀는 텔레비전에서 나오는 화재 방송을 보고 있었다. 유독 심하게 건조한 날씨가 계속되더니 밤사이 영동 지방에서 발생한 원인불명의 산불이 동해안 일대의 소나무 숲을 무자비하게 태워댄 모양이었다. 화염에 휩싸인 민가와 고찰, 자욱한 연기, 혀를 널름대는 시뻘건 불기둥이 화면을 태울 듯이 강렬했다. 초속 수십 미터의 세찬 높새바람을 타고 도깨비불처럼 이리저리 튀어 불을 질러대는 광경은 인간의 힘으론 어쩌지 못하는 자연의 강력한 힘을 느끼게 했다.

노동자 파업이 들불처럼 전국으로 번져나가던 어느 해 여름날의 풍경이 저랬던가. 팔월의 땡볕과 쟁쟁 울리는 확성기 소리, 허공을 가르며 포도 위로 떨어져내리던 유인물, 색색으로 된 플래카드, 찬 음료를 파는 아주머니의 쉰 목소리, 그리고 광장에 울려퍼지던 노랫소리와 함성……. 텔레비전에 시선을 고정시킨 채로 윤경이 말했다.

"숲이 너무 깊고 울창해지면 나무와 나무끼리 부딪쳐 산불을 내어버린대. 그런 다음 다시 어린 싹부터 길러내는 게 자연의 뜻이라던데, 사람 세상도 그럴까? 선배가 예전에 그랬잖아. 변혁이란 자연발생적인 거라고. 한 사회의 모순이 쌓이고 쌓여 폭발하는 것이지 몇 사람의 뜻과 의지대로 되는 게 아니라고. 사회주의가 망한 것도 그렇게 봐야 할까?"

"흐응……. 역사를 칠십 년 단위로 보면 사회주의가 망하고 자본주의가 승리한 거겠지. 하지만 칠백 년을 단위로 놓고 보면 꼭 그렇다고 할 수 없지 않아? 인간에게 선택의 자유를 부여해 악을 체험케 한 뒤, 신의 형상으로 되돌아오도록 하는 게 신의 궁극적인 사랑이라고 한 소로비요쁘[4]의 말처럼. ……좀더 나은 세상을 위해 인류는 여전히 실험 중이라고 봐."

"이럼 어떨까? 서로 다른 체제에서 살면서 깨우친 모순을 숨김없이 상대에게 적극적으로 알리는 거야. 그래서 시행착오를 줄일 수 있다면 그 실험은 성공적이 될 것 같아, 안 그래?"

그를 향해 고개를 돌린 윤경이 가지런한 이를 드러내며 천진하게 웃었다. 그도 눈을 가늘게 뜨며 미소 지었다.

"그보다도 당장 이 아가씨를 어떻게 할 것인가부터 생각해보자. 내 생각엔……."

쑥색 사파리를 걸친 사내가 다가와 말을 붙인 건 그때였다. 신분을 가늠하기 힘들 만치 수수한 복장과는 달리 날카로운 눈매를 가진 사내는 잠시 실례하겠습니다,라며 의례적으로, 그러나 거역할 수 없는 당당한 태도로 말했다. 사내가 가슴에서 수첩을 꺼내 신분증을 그의 눈앞에 펼쳐 보였다. 형사였다. 그는 형사의 옆얼굴에 대고 사정하는 투로 말했다.

"그러잖아도 다른 병원으로 가게 될 거라고 들었는데, 당장 옮겨야 하나요? 제 생각엔 하루 이틀 좀더 지켜본 뒤에…….."

"이 아가씨 쏘냐 맞죠?"

형사가 차갑게 눈을 빛내며 뒤돌아봤다.

"네? 글쎄요……. 신원을 알아냈나요? 다, 다행이군요. 혹시 보호자라도 있답니까?"

그의 질문엔 아무 답변도 없이 형사는 들고 있는 사진과 여자의 얼굴을 번갈아가며 유심히 살펴보았다. 쏘냐가 덮고 있는 얇은 이불을 무례할 정도로 거칠게 걷어낸 형사는 윤경이 새로 사서 입힌 하얀 실내복을 이리저리 뒤적거렸다.

"이 여자 입었던 옷 어쨌어요. 어제 사건 현장에서 입고 있었던 피 묻은 옷 말예요. 뭐요? 버렸다고? 이 양반들이 지금…… 누구 맘대로 증거물을 버려? 이봐, 쏘냐. 시치미 떼지 말고 일어나 앉아. 사람을 찔러놓고 누워만 있으면 되나, 이거."

윤경이 바르르 몸을 떨었다. 그는 비틀대는 윤경에게 다가가 어깨를 두 팔로 잡았다. 그러는 중에도 형사는 계속해서 여자를 향해 소리쳤다.

"쏘냐, 쏘냐! 당신 쏘냐 맞지?"

텔레비전에서는 국보급 신종이 검붉은 화염에 녹아내리고 있었다. 천 년의 신비를 간직한, 유난히 맑고 웅장한 특유의 울림을 속으로 삼키며. 여자의 눈꺼풀이 심하게 흔들렸다. 봄볕에 녹아내리는 겨울 눈처럼 여자의 뺨 위로 맑은 눈물이 천천히 흘러내렸다.

아홉 개의 푸른 쏘냐　79

10

 검은 아스팔트 위로 노란 봄볕이 내려앉고, 흙먼지 섞인 바람이 선득 붑니다. 나는 지금 옥탑방 창틀 위에 놓인 마지막 남은 바이올렛 잎사귀를 먹고 있습니다. 어떻게든 쏘냐가 돌아올 때까지 버텨야 하는데, 도무지 기운이 나지 않네요. 쏘냐가 집을 나간 뒤 나는 파도가 바다 위를 쉼 없이 미끄러지듯 온종일 창틀 위를 기었습니다. 발 근육이 물결치듯 움직이는 동안에는 지난밤의 악몽 같은 일을 잠시 잠깐 잊을 수 있으니까요.
 쩨레스레스, 지루한 겨울이 끝나갈 무렵 일 년여의 동거 끝에 다시 이곳 옥탑방으로 돌아왔답니다. 그녀 애인이 집을 비운 사이 몰래 짐을 싸 빠져나왔지요. 비로소 우리는 다시 가난하지만 평화로운 시절을 보내게 되었습니다. 하지만 행복한 나날은 오래가지 않았습니다. 얼마 전 한밤중에 딱정벌레가 이곳으로 찾아왔기 때문이지요. 브로커 최 말이에요. 문을 밀치며 기습적으로 방 안에 들어온 최는 날카로운 칼을 쏘냐의 목덜미에 들이댔습니다. 당신과 내가 부드럽게 사랑을 나누었던, 바로 그, 오른쪽 목덜미에 말이에요. 최는 팔에 힘을 주어 쏘냐의 멱살을 잡아당겼고 쏘냐는 바들바들 떨었습니다. 커다랗게 열린 눈은 공포와 경멸, 그리고 짙은 절망으로 흔들렸지요. 그녀는 마른 입술을 달싹였지만 미처 말을 하지 못했습니다. 최가 사납게 위협했습니다. 얼른 여권 내놔, 이 썩을 년아. 쏘냐는 하는 수 없이 가방에서 여권을 꺼내 건네주었습니다. 여권을 받아 주머니에 넣은 최는 이번에는 쏘냐를 방바닥에 쓰러뜨렸습니다. 그러고는 쏘냐의 팔뚝에 헤로인 주사를 놓았습니다. 쏘냐는 발버둥치며 저항했지만 놈은 어느새 그녀의 몸 위로 올라가 가랑이를 억지로 벌렸고 붉게 달아오른 그것을 들이밀었습니다. 다음 순간 사내의 날카로운 비명 소리와 함께 피가 솟구쳤습니다. 핏방울은 마치 바람에 날리는 꽃잎처럼 사방으로 흩어져 내려앉았습니다. 중고 텔레비전과 얼룩진 벽, 그 벽에 걸린 몇 벌의 옷, 방바닥에서 뒹구는 노란 플라스틱 물잔, 낡은 팬티와 브래지어, 쓰다 남은 화장품들, 방바닥에 떨어진 속눈썹, 그리고 내 갈색 껍데기……. 비릿한 피 냄새가 방 안 가득 차올랐습니다. 창밖에선 여전히 자동차 소리와 요란한 팝송, 사람들의 웅성거림이 들려왔지만 방 안은 너무나 고요해 한적한 느낌마저 들었지요. 얼마쯤 뒤 최를 옆으로 밀어젖히며 쏘냐가 자리에서 일어났습니다. 배를 드러낸 최는 뒤집힌 딱정벌레처럼 사지를 부르르 떨어댔고 피 묻은 원피스 차림의 쏘냐는 밖으로 나갔습니다. 피실피실 웃음을 흘리며, 한 번도 뒤돌아보지 않은 채. 그러고는 지금껏 소식이 없답니다.

지붕에서 시작된 소란스런 흔들림이 내 머릿속까지 전해져 메아리칩니다. 봄비가 내리나 봐요. 창밖에 서 있는 키 큰 누리장나무 잎 위를 세줄달팽이 가족이 기어가는 게 보이네요. 맨 앞에 기어오르는 것은 이 년쯤 된 어린 달팽이, 그 뒤로는 갓 태어난 새끼를 껍데기 위에 얹은 어미 달팽이가 보입니다. 흐뭇한 모습입니다.

쩨레스레스, 지금쯤 자작나무 숲에도 봄이 왔을 테지요. 그리고 당신도 새로운 상대를 만나…… 어여쁜 새끼 달팽이를 낳았겠군요. 당신의 새봄을 축복합니다. 다만 마지막으로 부탁을 하렵니다. 부디 쏘냐가 무사하기를 빌어주세요. '쪼르노보그(어둠의 신화의 상징)'의 승리로 가을이 오고 '벨로보그(빛의 신화의 상징)'의 승리로 봄이 찾아오듯, 두껍게 쌓인 낙엽 위로 다시 연둣빛 싹이 돋아나듯, 그렇게 쏘냐가 다시 돌아올 수 있기를……

11

"어디 갈 데는 있어요?"
"……"
"형사가 곧 다시 올 거예요. 정문 쪽은 피하세요."
"그 사람…… 브로커 최 말이에요, 정말 죽지 않았나요?"
"그런가 봐요. 형사가 당장 데려와서 확인하겠다는 걸 보면. 어서 서둘러요."
"왜…… 절 도와주나요?"
"당신 등에 상처를 낸 죄로. 당신한테 산 붉은 훈장…… 지금껏 잘 간직하고 있어요."
"무슨 뜻이죠? 전 훈장을 판 적이 없어요. 어머니가 훈장을 파는 동안…… 등창을 앓느라 집 밖에 나가지 못했거든요."
쏘냐가 달려간다. 은성한 밤의 네온이 깊이 잠들어 있는 한낮의 거리를, 빛의 사선을 넘어. 그녀는 어디로 가고 있을까. 더 따뜻한 곳을 찾아 바다를 건너려는 걸까. 아님 그녀의 기억 속에 푸르게 살아 있는, 어린 날의 행복한 자작나무 숲으로 되돌아가려는 걸까.

모시나비 한 마리가 눈앞에서 아롱댄다. 남산에서부터 불어오는, 산벚꽃 향내 짙은 미풍을 타며 한가로이 노닐고 있다. 투명한 날갯짓은 발레리나의 몸짓처럼 부드럽고도 황홀하다. 오래전, 멀리 시베리아에서 살다가 빙하기의 추위를 견디지 못해 남방으로 내려왔다는 모시나비. 새로운 삶의 터전을 찾아 대륙을 건너온 아름다운 생명체들에게 이 땅의 바람과 구름과 별과 태양은 얼마나 따뜻했던가.

그는 텔레비전 앞에 놓인 보조의자에 앉아 꼬박꼬박 졸기 시작한다. 멀리 형사와 함께 한쪽 어깨에 붕대를 감은, 브로커 최로 보이는 사내가 그를 향해 저벅저벅 걸어오는 게 보인다. 나른한 봄볕이다.

(『내일을 여는 작가』 2005년 겨울호)

---

1) 알렉산드르 뿌슈낀의 시 「루살까 : 1819」에서 물의 요정 루살까의 아름다움을 표현했던 문장.
2) 새로운 잉여인간. '노멘끌라뚜라'와 같은 소비에트의 특권계층을 대신해 들어선 새로운 러시아인을 뜻함.
3) 12월 31일부터 크리스마스가 낀 첫째 주. 러시아 정교회에서는 아직도 구력에 따라 축일을 맞이하고 있으며, 이는 신력보다 13일 정도가 늦음. 그러므로 정교회의 크리스마스는 신력에 따르면 1월 7일에 해당함.
4) 1900년대 러시아의 철학자, 시인.

국향(菊香)

"이 꽃봉오리 맺힌 걸 봐요. 꼭 맏딸이 첫이슬 보일 때처럼 가슴이 뛰지 않수?"

어머니 목소리는 통증 때문에 가늘게 떨린다. 그 때문에 어머니 말이 사실보다 더 사실인 양 절실하게 들린다. 어쩌면 먼 훗날 나 역시 그 말을 진짜로 믿어버리게 되지 않을까.

화단에는 분꽃이며 사루비아가 마지막 정열을 토해내듯 빨갛게 피어 있지만 담장 쪽으로는 어느새 금잔화가 시들어 누런 잡초와 뒤섞여 있다. 풀을 뽑는 어머니의 굽은 등 위로 초가을 한낮의 햇빛이 쏟아진다. 젊어서부터 어머니의 등은 굽어 있었다. 아버지보다 키가 더 큰 탓이었을까. 그래서 늘 몸을 낮추다보니 저절로 등이 굽었던 걸까. 하지만 아버지가 죽고 나서도 어머니 등은 한동안 곧게 펴지지 않았다. 아니, 오히려 더 심하게 굽은 채 이내 굳어버릴 것처럼 처참해 보였다. 당시 어머니는 갓 마흔을 넘기고 있었다. 아직 어렸던 나는 어머니가 자식들을 놔두고 재가하기에는 이미 늙어버렸다고 여기고는 무척 다행스러워했다. 하지만 내 나이가 서른이 넘은 지금 와 생각하면 마흔이란 아직 삶에 대한 기대와 욕망이 사라지지 않는 나이다. 길고 지루하게 이어지는 오후, 햇볕에 노출된 채 내내 끓어올라야만 하는 여름 늦처럼. 사십을 불혹이라 부르기에는 인간의 노화는 너무 늦춰지고 수명은 또 너무 길어져버린 게 아닐까.

 오늘 아침, 정순 언니는 마흔번째 생일 미역국에 흰밥을 말아 먹고, 나머지 삶을 어떻게 보내야 할지 아무런 대책도 마련하지 않은 채 집을 떠났다. 나는 승용차로 언니와 조카 진이를 버스터미널까지 데려다줬다. 요즘 세상에 생애를 걸 만큼 가치 있는 인간관계란 없다고 말하려다 그만두고, 아픈 데가 있으면 지체 없이 연락하라고 당부하려다 그만두고, 설에는 올 수 있겠느냐고 물으려다 그만두었다. 모녀는 지친 표정으로 고속버스에 올라탔다. 낡은 류색을 선반 위에 올리고 힘없이 의자에 털썩 주저앉아 흘러내린 스타킹을 올리던 언니는 얼굴을 치켜들더니 잘 지내라며 손을 흔들었다. 어색한 미소를 피해 나는 황급히 시선을 떨어뜨렸다. 하지만 언니의 올이 나간 스타킹과 그 안쪽의 시커먼 멍이 망막에 잡혔고, 그것은 곧바로 가슴에 새겨졌다. 얼마쯤 뒤 버스는 검은 매연을 뿜어대며 터미널을 빠져나갔다. 망연히 서서 지켜보는데 누군가 뒤에서 팔꿈치를 잡아채며 소리쳤다. '그 길이 아냐, 이쪽이야.' 뒤돌아보니 낯선 행인뿐 아무도 없었다. 한 줄기 눅눅한 바람만이 살갗을 스치고 지나갔다. 바람에서는 우동과 꼬치구이, 땀과 휘발유, 그리고 빨간 루주 냄새가 났다. 그 순간 아주 오래전의 정순 언니가 떠올랐다.

 봄은 아직 오지 않고 겨울은 너무나 낡아버려 도시 전체가 우중충해 보이던 2월 하순이었다. 마장동 시외버스터미널 바닥은 진눈깨비가 녹아 몹시 질척거렸다. 앞에서 걷는 군인 아저씨의 워커 발자국과 그의 팔짱을 낀 아가씨의 날카로운 구두 굽에 깊이 팬 구멍에는 영락없이 구정물이 고였다. 구정물 위로 휘발유가 퍼지면서 어지러운 빛깔이 등고선처럼 번졌다. 진창에서 풍겨나는, 속이 메스껍도록 역겨운 석유 냄새를 참느라 나는 진땀을 빼야 했다. 게다가 할머니가 새로 사준 왕자표 운동화를 더럽히지 않으려고 조심해 걷다 보니 잡고 있던 정순 언니의 팔꿈치를 놓치고 말았다. "그쪽이 아니야, 이 길이야. 정신 똑바로 차리라고 했지? 서울이란 데는 한번 잃어버리면 죽어도 못 찾아." 언니는 눈을 치켜뜨고 아랫입술을 이빨로 지그시 깨물며 엄포를 놓았다. 양손 가득 짐을 든 채 얼굴 표정과 목소리로만 어린 나를 챙기려니 자연 그렇게 되는 것 같았다. 그런 언니의 모습은 꼭 어머니를 닮아 있었다. 따라가겠다고 조르는 나를 향해 어머니는 그런 표정을 지어 보인 뒤 서울행 버스를 탔다. 먼지가 뽀얗게 이는 신작로, 길에 늘어진 미루나무 그림자, 몇 번이고 뒤돌아서서 나를 향해 어서 집으로 들어가라고 손짓해 보이던 어머니……

 나는 언니의 자주색 스웨터 자락을 손에 땀이 나도록 꼭 쥐고 걸었다. 먼지를 뒤집어쓴 백색 헌혈차, 사나운 눈빛으로 쏘아보던 전경들 앞을 지나 시내버스 정류장이 있는 곳에 겨우 다다르자 언니는 가로수 밑에 짐을 부려놓고 땀을 닦았다. 멀미 기운이 사라지자 갑자기 배가 고팠다. 나는 무엇이든 사주기를 기대하며 언니의 얼굴을 말끄러미 쳐다보았다. 언니는 우리가 타야 할 버스 번호를 확인하느라 나 따위는 거들떠보지도 않았다. 나뿐만이 아니라 정류장 근처의 어묵이나 붕어빵, 오징어 굽는 구수한 냄새 따위에도 전혀 흔들리지 않았다.
 하얀 김이 모락모락 피어나는 포장마차에는 방금 전까지 우리 앞에 걸어가던 군인과 아가씨가 가락국수를 쪽쪽 빨아대는 게 보였다. 카바이트 불빛이 그들의 얼굴을 환하게 비추어 유독 도드라지게 했다. 핏빛으로 빨갰던 여자의 입술이 조금씩 연해져갔다. 날마다 먹어버린 아가씨의 빨간 루주는 다 어디로 갈까. 핏줄을 타고 뱅뱅 돌다가 심장에 차곡차곡 쌓이는 걸까. 그러다가 심장이 새빨개질 즈음이면 사랑을 하게 되는 걸까. 시골마을 선술집 색시들도 날마다 입술을 칠했고, 그래서 언제나 사랑에 운다고 했다. 사방치기 놀이를 하고 있는 동네 꼬마들 옆에서 유행가 가락을 흥얼대며 구경하던 색시가 언제가 내 손에 들려 있던 가래떡을 달라고 한 적이 있다. 색시는 크게 한 입 베어먹고 샐쭉 웃으며 다시 내게 건네주었다. 가래떡 끝에 빨간 루주가 묻어난 걸 모르고 나는 무심히 한입 물었다. 입 안 가득 메스껍고 역겨운 화학물질 내가 났다. 생 토란잎을 물어 뜯었을 때처럼 침을 뱉어도 뱉어도 가시지 않던 루주의 냄새⋯⋯. 차고 매캐한 바람이 대로변을 사납게 훑은 뒤 인도 쪽으로 훅 불어왔다. 과자봉지가 나뒹굴었고 담뱃재 따위가 뒤섞인 먼지바람이 눈과 코로 밀고 들어왔다. 바람에서는 시궁창 내가 났다. 나는 루주 냄새에 대한 기억과 시궁창 내에 속이 뒤집혀 연신 침을 퉤퉤 뱉었다. 우동 같은 건 이제 냄새도 맡고 싶지 않아졌다. 회현동행 버스는 자주 오지 않는 모양이었다. 날이 저물자 바람은 한결 차가워졌고 언니와 나는 발을 동동거리기 시작했다. 루주를 다 먹어치운 아가씨는 군인 아저씨와 소주잔을 기울이고 있었다. 둘은 이제 아주 가까이 앉아 있었다. 모자를 깊이 눌러쓴 군인은 어디서 많이 본 듯했다. 하긴 얼굴빛이 거무튀튀하고 광대뼈가 툭 튀어나온데다 입을 쩍 벌리고 웃으면 뻐드렁니가 거칠게 드러나는 군인이란 어디에나 쌔고 쌨다. 시골마을 근처에 군부대가 있었다. 신작로를 걸어가다 보면 도보훈련 중인 군인들과 마주칠 적이 많았다. 군인들이란 어느 부대 소속이건 하나같이 짓궂고 능글맞았다. 젊은 여자가 지나갈 때면 그들은 휘파람을 불어대며 상스런 농담을 건넸다.

"군부대가 들어선 뒤로 동네가 영 못쓰게 됐어." 지난겨울 성탄절을 즈음해서 시골집에 내려온 어머니는 혀를 차며 걱정했다. "정순이 너, 행여 군인 나부랭이랑 편지질이라도 했다가는……." 그럴 언니가 아니란 걸 알면서도, 서울 남대문에서 옷장사를 시작한 어머니는 가끔씩 내려와서는 그런 말을 꺼내야 안심이 되는 것 같았다. "갸아 걱정일랑 마라. 지 애비 닮아 심지 하난 굳은 애이니." 할머니는 그렇게 말씀하시고는 그새 얼굴을 가슴으로 끌어당겼다. 할머니의 저고리 동정으로 맑은 눈물이 뚝, 떨어지는 걸 나는 놓치지 않았다. 그새 앞세운 아들 생각이 치솟은 게다. 아버지가 죽은 지 벌써 일 년이 지났건만 할머니는 조금도 슬픔을 줄이지 못했다. "그래도 모르는 거예요, 어머니." "안다. 애비 없는 자식이라는 손가락질 안 받으려면, 참외밭에서 신발을 잃어버리는 한이 있어도 앞만 보고 걸어 나와야 한다는 것쯤은." "언제 그런 뜻으로 한 말인가요, 왜 자꾸……." 어머니는 이마에 굵은 주름을 한 번 긋고는 입을 다

물고 말았다. 서로의 가슴에 제각각 묻어버린 슬픔이 침묵을 틈타고 새어나와 방 안에 가득 고였다. 열두 살의 나에겐 참을 수 없이 무거운 공기였다. 얼음이 단단히 얼었을 거야. 나는 세 살 아래의 남동생을 데리고 밖으로 나와버렸다. 어머니께서 새로 사다 준 스케이트를 어깨에 걸친 동생은 좋아라 쫓아나왔다. 밤의 어스름이 창호지 밖에까지 까맣게 몰려든 다음에야 나는 집으로 돌아갔다. 언니는 짐을 꾸리고 있었다. "시골 상업학교 나와서 그만한 일자리 구하기가 쉽지 않아요. 두 달 뒤 정순이 졸업식에나 내려보낼게요. 그때 동생들 전학도 시킬 겸." 어머니는 저녁밥상에 숟가락을 놓으며 메마르게 말했다. 할머니는 아랫목에 앉아 여전히 고개를 떨어뜨린 채였다.

　언니도 어머니처럼 군인이란 천하에 상대 못할 잡것들이라고 생각하겠지. 그래서 아까부터 우리 앞에서 알짱대는 저 군인과 아가씨에게 눈길 한 번 주지 않는 걸 거야. 삼십 분도 훨씬 지나서야 비로소 회현동행 자주색 줄무늬 시내버스가 도착했다. 버스는 도로변에 미리 대놓은 다른 버스들 때문에 저만치 앞질러 가서야 멈추었다. "어서 따라와." 무거운 짐을 든 사람답지 않게 언니는 빠르게 달려갔다. 언니는 인파를 헤쳐 기어코 버스를 붙잡았다. 나도 언니를 놓치지 않으려고 있는 힘을 다해 뛰었다. 도로와 인도 사이에 반쯤 녹아 있던 시커먼 눈이 새 운동화에 사정없이 튀었다. 숨이 턱까지 차고 까닭 없이 눈물이 났다.

　왜 하필 그날의 풍경이 떠올랐는지 모르겠다. 아주 어렸을 때부터 나는 늘 언니 꽁무니를 쫓아다녔기에 언니에 대한 추억은 너무도 많다. 그 많은 추억 중에 이상하게도 그날의 언니가 불쑥 튀어나왔다. 더럽고 냄새 나는, 춥고 초조하고 그러면서도 어딘가 화냥기가 느껴지는……. 터미널이란 공간 탓이었을까. 아니면 그날로부터 시작된 고달픈 서울살이와 쓸쓸하게 찾아온 사춘기 때문일까.

　버스는 종로를 거쳐 남대문시장을 지나 회현동 들머리에 가서야 멎었다. 대로변과 이어진, 일 년 내내 햇빛 한 번 받아보지 못한 좁고 더러운 골목으로 들어서자, 낡은 일본식 이층 건물들과 허름한 주택들이 빽빽하게 들어차 있었다. 길바닥에는 노끈과 비닐봉지, 찢어진 신문 따위가 어지러이 내버려져 있었고 남대문시장에 납품하는 물건을 산더미처럼 실은 자전거들이 끽끽 소리를 내며 옆을 스쳐 지나갔다. 가게와 약국 유리문에는 온갖 선전물이 덕지덕지 붙어 눈길을 끌었다. 속 쓰림엔 역시 미란타, 강력한 힘 박카스 디, 하늘에서 별을 따다 오란씨……. "여기야." 언니는 어느 허름한 집의 쪽문을 열고 안으로 들어갔다. 세상에! 화장실 문짝으로밖에 여겨지지 않는 데가 우리가 살 곳이라니, 고작 이런 데서 살려고 서울로 왔단 말인가. 방은 작고 살림은 보잘것없었으며 바닥은 얼음판처럼 싸늘했다. 나는 입을 꼭 다문 채 시무룩하니 한쪽 구석에 서 있었다. "왜 그래? 어머니가 안 계셔서 그래?" 그러고 보니 어머니가 없었다. 어머니는 어디에 계신 거지? 시골 땅이랑 축사랑 판 돈으로 다 뭘 한 거지? 중학교 선생님이었던 아버지 퇴직금까지 몽땅 싸 갖고 서울로 올라갔으면서 고작……. 희미하나마 경제관념이 생겨나는 나이였다. 어머니가 벌써 망했나? 나는 입을 꾹 다물고 바닥에 털썩 주저앉아 공연히 엄지손톱을 퉁겨 댔다. 그러자 갑자기 드넓은 마당이 있는 시골집이 못 견딜 만치 그리워졌다. 할머니가 왜 동생 진철이를 벗 삼아 그곳에 남겠다고 했는지 알 것 같았다. 나는 울음을 터뜨리고 말았다. "내가 말해줬잖아. 엄마는 장사를 하신다고. 몹시 바빠서. 그리고 양옥집 한 채를 사놓았는데 당장 이사 갈 수는 없대. 그래도 일 년쯤 기다리면 된다니까……." 언니는 서랍을 뒤지더니 왕사탕을 꺼내 내 손에 쥐어 주었다. 복숭아 맛이 입 안에 확 퍼졌다. "슬플 땐 단 게 최고야, 기분을 바꿔주거든." 나를 타이르는 언니의 눈도 어딘가 퀭한 게 서글퍼 보였다.

창문 너머로 바깥을 지켜보던 나는 주방으로 가서 커피를 끓인다. 잘 써지지 않는 대학원 졸업논문에 매달려 며칠째 밤잠을 설친데다가 아침부터 혼잡한 시내에 다녀와서 그런지 몸이 몹시 무겁다. 설탕을 세 숟가락이나 집어넣고 휘휘 젓는다. 전화 소리가 오랫동안 울린다. 거실 쪽에서 어머니 목소리가 들려온다. "여보세요." 한껏 가다듬은 목소리에 말끝을 올리지도 내리지도 않은 억양……. 요즘 들어 어머니는 귀부인의 우아하면서도 냉정한 목소리를 완벽하게 흉내낸다. 어머니는 중매쟁이 한 여사와 진철이 맞선 문제를 놓고 한창 작전을 펴는 중이다. 아무렴 처음 만난 남녀가 낯설지만 않아도 어딘데 그러느냐, 첫눈에 반한다는 기대는 애당초 생각지도 말라고 단단히 일렀으니 걱정 마라, 뭐 이런 따위의 얘기일 거다. 수년간 귀에 못이 박히도록 들은 얘기다. 평소에 비해 짧게 통화를 끝낸 어머니는 들고 있던 목장갑을 내게 들이대며 혀를 찬다.
"집 안에 있으면서 전화나 좀 받을 것이지, 흙일하는 늙은 에미가 뛰어 들어오게 하냐? 내 속으로 낳은 자식이지만 어쩌면 그렇게 다른지 원."
"누구하고 다르단 거예요, 정순 언니?"
"……."
"아님 누구 말예요. 엄마의 마마보이 아들? 걔는 선봐서 결혼하는 걸 무슨 벤처사업이라도 하는 줄 아나 보지? 결혼을 한댔다, 만댔다."
"시끄럽다. 그런 소리나 하려면 가서 네 일이나 해. 그 나이 먹도록 시집도 못 간 꼴새에 뭘 잘났다고 까불어, 까불긴."
장갑을 끼고 다시 화단으로 간 어머니는 분꽃의 시든 잎사귀를 가위로 싹둑싹둑 잘라낸다. 나는 신발을 꿰고 뒤쫓아가 기어코 한마디 한다.
"그냥 좀 놔둬요."
어머니는 손놀림을 멈추고 나를 향해 얼굴을 돌린다. 어머니 이마에 난 땀이 주름을 타고 흘러내려 턱 밑에서 뚝뚝 떨어진다. 그 모습이 안쓰럽기는커녕 짜증스럽다.
"꽃 좀 성가시게 하지 말고 그냥 두란 말예요."
"볼썽사나워서 그래. 이 지저분한 꼴을 보면 남들이 얼마나 흉보겠니?"
"남이 무슨 상관이야. 그리고 지저분하면 좀 어때요. 가을이라 씨 맺느라 그런 걸."
어머니는 무릎걸음으로 화단 끄트머리로 다가가더니 이번에

국향(菊香)   95

는 자주달개비를 아예 뿌리째 뽑아낸다. 마치 누군가를 마음에서부터 잘라버리려는 듯 단호한 손놀림이다. 흙더미 위에 하얗게 뿌리를 드러낸 자주달개비 위로 부전나비 한 마리가 아쉬운 듯 빙그르르 돈다. 나비는 어머니 등에 잠시 앉으려다 거친 몸짓에 화들짝 놀라 날아가버린다. 어쩐지 가슴이 시리다. 낯설어진 어머니 모습에 당황했던 열세 살 겨울밤이 새삼 되살아난다.

서울에 올라온 지 사흘이 넘도록 어머니 얼굴은 볼 수 없었다. 어머니는 밤늦게 들어왔다가 새벽에 나갔기 때문에 나를 돌보는 것은 늘 언니 몫이었다. 언니는 집 근처 새로 생긴 쇼핑센터에서 일했는데 퇴근길에 사온 찬거리로 저녁을 해주고는 대학입시 공부하러 학원으로 갔다. 나는 가로등 불빛 아래 쭈그리고 앉아, 다방구 놀이를 하는 도시 아이들마저 집으로 돌아가 텅 비어버린 골목을 지켜보며 밤이 이슥토록 돌아오지 않는 언니와 어머니를 원망했다. 그러던 어느 날, 초저녁에 잠들었던 나는 부스럭대는 소리와 희미한 말소리에 깨어났다. 반쯤 눈을 뜨고 방 안을 둘러보니 발 아래쪽으로 어머니가 보였다. 콜드크림을 바른 어머니 얼굴은 심하게 번질댔고 손가락은 뺨 위로 수많은 나선형을 그려대고 있었다. 나는 어머니 손가락이 너무나 흰 데 깜짝 놀랐다. 깨끗하게 다듬어진 손톱 끝은 뾰족하면서도 둥글게 깎여 있었다. 상아처럼 흰 어머니의 손톱이 움직일 때마다 형광등 불빛이 반사돼 눈을 뜰 수 없었다. 그래도 나는 엄마아, 하고 어리광이 묻어나는 말과 함께 부스스 일어났다. 어머니는 반가운 기색을 비쳤지만 전처럼 날 껴안거나 볼에 입을 맞추지는 않았다. 콜드크림 때문이었다. 나는 얼른 정순 언니를 찾았다. 방금 전까지 언니 목소리가 들렸던 것 같은데 방 안에는 없었다. 부엌에서 밥상 차린다,라고 말하는 어머니 목소리가 심상치 않았다. 어머니는 부엌을 향해 소리쳤다.
"에미는 이리저리 다리품 팔아가며 고생하는데 딸년이란 게 그래, 밤늦게까지 사내놈이랑 어울려 다녀?"
"수업이 너무 늦게 끝나서 같은 방향 친구가 데려다준 것뿐이에요."
밥상을 들여오며 언니가 볼멘 목소리로 대꾸했다.
"시끄러워. 그게 그거지."
어머니 얼굴 위의 손가락이 더욱 활기차게 움직였다.
"어째서 그게 그거예요? 아무렴 내가 번 돈으로 다니는 건데 놀러 다닐까 봐서······."
"뭐가 어째? 그래서, 지금, 생색내는 거냐?"
어머니 얼굴은 흉하게 일그러졌고 마사지하던 손가락은 날카롭게 세워졌다. 그러고 나서 언니가 몇 대 맞았던가. 어머니는 달라져 있었다. 얼굴은 십 년쯤 더 젊어 보였지만 예전의 자상한 어머니가 아니었다. 언제까지고 굽어 있을 것 같던 등도 눈에 띄게 펴졌다. 혹시 굽은 등에 숨었던 나쁜 도깨비가 튀어나와 어머니를 홀린 게 아닐까, 하는 생각을 할 정도였다. 그즈음 어머니한테서는 오동꽃 냄새가 났다. 정말 냄새가 나, 언니. 그럴 리가 있니. 진짜라니깐. 불 켜지 않아도 창문으로 비치는 달빛에 다 보여. 엄만 원피스를 벗고 알몸을 이리저리 살펴보더니 입을 벌려 웃어보기까지 했어. 얘, 말도 안돼. 어머닌 장사하느라 늦는 거야. 지치고 힘들어서 씻지도 못하고 잠들 때가 많잖니. 하지만 언니, 엄마가 옷을 벗으면 온 방 안에 냄새가 진동해. 야릇한 오동꽃 냄새……. 쉿 조용히 해.

　서울살이가 오래될수록 언니는 야무진 얼굴에 진지함을 더해 약간 무거워 보이는 인상이 되어갔다. 나는 언니가 직장에 다니면서 오래 독학을 해서 그런가 보다고 생각했다. 언니는 야간대학에 들어갔다. 어머니는 툭하면 철학과엔 다녀서 뭐 하냐며 지청구를 늘어놨고, 그럴 돈 있으면 미용기술이라도 배워보라고 종용하곤 했다. 아무튼 두 모녀 사이에는 한 가지도 맞는 게 없었다. 그도 그럴 것이 그때까지도 우리 식구는 어머니가 사뒀다는 집에 들어가지 못한 채 여전히 비좁은 셋방살이를 하고 있었다. 뛰는 놈 위에 나는 놈 있다더니, 어머니는 이중 계약 건에 걸려 사두었다는 집은 물론 옷가게마저 날리고 말았다. 자식들에게 말은 안 했지만 옆집 아주머니를 붙들어놓고 젊은 사내한테 사기당한 사정을 늘어놓고 한숨짓고 눈물 빼기를 한 달도 더 했으니 그 내역을 달달 외울 수밖에. 사기당한 돈을 되찾겠다고 여기저기 부동산을 뒤지고 다니던 어머니는 이번에야말로 제대로 돈을 벌어보겠다며 어금니를 악물었다. 어머니 눈빛은 벼리어놓은 칼날처럼 차고 섬뜩했다.

　어머니 목소리가 변한 건 그즈음부터였다. 단칸 살림방에 어머니는 집장사를 하겠다며 전화를 놓았다. 까만 다이얼 전화기였는데 어머니는 검지와 중지에 면 헝겊을 감아 하루에도 몇 번씩 닦아댔다. 그러고는 수화기에 대고 귀부인처럼 목소리를 가다듬어 감언이설로 사람들을 끌어들였다. 말끝마다 '사장님', '사모님'을 후렴처럼 붙여가며. 한강변 마지막 남은 맨션, 진도 아파트, 실입주, 딱지 따위 말들이 귀딱지가 앉도록 방 안에 흘러다녔고 일 년이면 서너 차례 이사를 다녀야 했다. 어머니는 가는 데마다 우리 집이라고 했지만 사실은 집을 사고파는 도중에 비어 있는 집에 잠시 머물러 사는 거였다. 낯선 동네와 아이들이 익숙해질 만하면 새로운 곳으로 이사를 가야 했기에 내 마음은 늘 쓸쓸하고 불안했다. 할머니가 돌아가시자 서울로 올라온 진철은 이사한 집을 찾지 못해 이따금 파출소 신세를 지기도 했다. 그러는 동안에도 어머니의 목소리는 점점 더 비음이 섞인 가성으로 변해갔고, 우아하면서도 교만한 사모님 특유의 걸음걸이도 나날이 태가 났다. 어머니의 허세는 거품처럼 부풀어만 갔는데, 거품 중에 가장 큰 거품은 궁색한 살림에 식모를 두는 거였다. "강원도로 땅 보러 갔다가 구했어요. 사모님하고 저하고 나눠 가집시다." 어느 날 어머니는 예의 그 까맣고 반질반질한 수화기에 대고 그렇게 말했다. '나눠 갖자'고 하기에 나는 산나물이나 햇감자를 사온 줄 알았다. 나중에 알고 보니 강원도에서 데려온 가난한 화전민의 두 딸을 두고 하는 말이었다. 머루알 같은 눈망울을 이리저리 굴려대던, 이마에 잔털이 소복한 열두 살짜리 선례는 우리 집에서 일했고 메꽃처럼 순박해 보이던 그 애 언니는 사모님 댁으로 보내졌다. 식모가 들어온 뒤로 어머니는 손수건 한 장 빨지 않았다. 심지어 식모됐다 뭐 하느냐면서 나나 정순 언니가 운동화 빠는 것조차 달가워하지 않았다. 어머니 손은 점차 크림케이크보다 더 부드러워졌다. 하지만 정순 언니는 달랐다. 공부하고 밤늦게 들어와서도 식모에게 밥을 차려달라거나 옷을 빨아달라고 하지 않았다.

국향(菊香) 99

언니의 그런 태도조차 어머니는 못마땅해했다.
 그러던 어느 날이었다. 언니가 대학 졸업시험을 두어 달 앞두었을 때였는데 한밤중에 들어온 어머니는 자고 있는 우리들을 깨워 무조건 짐을 싸라고 했다. 어두운 골목을 몰래 빠져나와 큰길에 대기해 있던 작은 트럭을 탔다. 얼마나 달렸을까. 깜빡 졸고 났는데 검은 관악산 능선 너머로 새벽하늘이 밝아오고 있었다. 트럭은 우리를 산자락 밑 잔디 정원이 딸린 단독주택 앞에 내려줬다. 당시 중학생이던 나로서는 어머니가 갑자기 어떻게 그토록 많은 돈을 벌었는지 알 수 없었고 관심도 없었다. 오로지 처음으로 꽃무늬 커튼이 쳐진 내 방을 갖게 된 것에 감격해 잠을 설친 기억만 남아 있다.
 새 집으로 옮긴 뒤로 어머니는 정순 언니더러 더는 쇼핑센터에 다니지 말라고 했다. 뿐만 아니라 예전에 알고 지내던 사람들과도 소식을 끊게 했는데, 언니를 주변으로부터 완전히 떼어내어 나무를 이식하듯 뿌리를 새끼줄로 묶은 다음 새로운 땅에 심으려는 의도였을 거다. 어머니는 만나는 사람마다 붙잡고 우리 맏딸은 어엿한 여대생에다 곱게 키운 양갓집 규수라고 자랑을 늘어놓았다. 머지않아 중매쟁이들이 분주히 집안을 드나들었다. 언니는 어머니를 쫓아 맞선 보러 다니는 것만으로도 밤이면 녹초가 되었다. 하지만 맞선은 거듭 실패했다. 언니는 순한 눈빛에 야무진 입매를 하고 있었지만 까무잡잡한 피부와 납대대한 얼굴형 때문인지 어딘가 촌티를 벗지 못했다. 어머니가 사윗감에 공들이는 동안 언니는 점점 더 말이 없어졌고 갈수록 표정이 어두워졌다. 언니한테는 사실 사귀는 남자가 따로 있었다. 야간대학 동기라는 그 남자는 지방의 어촌 출신인데다 형편이 어려워 휴학하고 군대에 갔다고 했다. 처음 그 얘기를 들었을 때 나는 언니가 하필 군인 나부랭이랑 사귄다는 사실에 몹시 실망했다. 게다가 어머니가 그 사실을 알았다간 난리가 나지 싶어 가슴이 쿵쾅거렸다. 그로부터 석 달쯤 뒤였을까. 맞선 본 남자를 만나겠다며 보랏빛 실크스카프를 목에 메고 집을 나선 언니는 돌아오지 않았다.

언니가 사라진 뒤 어머니는 행방불명 신고를 하고 여기저기 수소문을 했다. 친구는 물론 언니의 옛 직장 동료들까지 일일이 만나 행적을 물었지만 끝내 소식을 알 수 없었다. 언니를 찾다가 기진맥진해서 집으로 돌아온 날 저녁, 텔레비전에서 대학생 집회를 폭력으로 진압하는 장면을 보던 어머니는 혼자 힘없이 중얼댔다. 정순이가 혹시 지하단체에 가입해서 도망 다니는 건 아닐까? 어머니의 막연한 추측, 아니 행여나 하는 기대심리는 시간이 지날수록 사실로 여겨지기 시작했다. 언니에게서 소식이 끊긴 지 수개월이 지나자 어머니는 아무 단서도 없이 아예 그렇게 믿어버렸다. 한동안 어머니는 주변 사람들에게 억울하게 자식을 잃은 어머니로 행세했고 반상회든 어디서든 정치 얘기에 열을 올렸다. 그렇다고 어머니가 민주화를 위한 시위에 참석한다든가 진보적인 정견을 가진 건 아니었다. 정반대였다. 험한 세상에 자식 잃은 사람으로 한마디 하자면……, 하면서 꺼내는 의견이란 대부분 관제 신문에서 주장하는 내용의 반복이었다. 그 뒤 십 년이 지나도록 여전히 아무 소식도 없자 우리 가족은 더는 정순 언니에 대해 말하지 않게 되었고, 최근 들어 아버지 기제사 때 언니 몫의 제삿밥이라도 따로 올려줘야 하지 않나 생각하고 있었다.

"언제까지 쳐다만 볼 거냐? 에미 등이 폭삭 주저앉는 꼴을 봐야겠어? 가서 찬물이라도 좀 떠 와."

입이 말랐는지 어머니 음성은 품위를 잃고 거칠게 갈라진다. 그러기에 누가 일을 사서 하라더냐고 쏘아붙인 나는 마지못해 안으로 들어간다. 냉커피에 얼음을 넣고 달그락대며 다시 마당으로 나오자 잎이 잘려 꽁지 빠진 암탉처럼 흉물스러워진 옥잠화가 눈에 들어온다. 차마 볼 수가 없다. 잘리고 뽑힌 화초들이 시체처럼 이리저리 나뒹굴고 있다. 비릿한 풀 내가 강하게 맡아진다. 나는 버럭 역정을 낸다.

"정말 왜 이래?"

"뭘 왜 이래? 아무려면 화초란 게 보기 좋으라고 심는 거지, 두엄더미처럼 너저분하게 시드는 걸 보자고 심더냐? 씨앗이라면 내년 봄에 종묘상에서 얼마든지 살 수 있어."

어머니는 분꽃 뿌리 깊숙이 호미를 찌르며 태연하게 말한다. 분꽃이 쓰러지면서 까만 눈동자 같은 분씨가 후드득 쏟아진다. 나는 팔짱을 끼고 입술을 비틀어 비아냥거린다.

"아무려면. 종묘상에서 남 앞에 내세울 만한 딸도 사 오지 그래?"

"그러라면 못 할까 봐? 정순이 년이 그런 꼴로 나타난 걸 생각하면 아직도 오장이 뒤집혀. 암, 바꿀 수만 있다면 당장에 바꾸다마다."

냉커피를 허겁지겁 들이켠 어머니는 소매 끝으로 입가를 닦으며 냉정하게 말한다. 쪼글쪼글한 입가가 가뭄에 늙은 오이처럼 배틀어진다. 어머니 얼굴 위로 내려앉았던 모과나무 그림자가 바람에 흔들린다. 어머니 표정 역시 어지러이 흐트러진다. 한 달 전의 일이 새삼 쓰라리게 떠오르는가 보다.

장마가 끝나고 찜통더위가 이어지던 지난여름, 수박을 먹다가 엉겁결에 전화를 받기 전까지 정순 언니는 우리에게 망자나 다름없는 존재였다. 언니 목소리를 듣는 순간 내 입 안의 수박이 목젖에 딱 걸렸다. 한참 동안 아무 말도 하지 못했다. 그러자 언니 목소리가 다시 들려왔다. "정희야, 여기 시외버스터미널이야." 마치 어제 아침에 강원도로 여행을 떠났다가 돌아온 사람처럼 언니 말투는 태연했다. 전화를 끊자마자 안방에서 계꾼들과 화투를 치고 있는 어머니에게 달려갔다. 어머니는 마침 판돈을 긁어모으느라 정신이 없었다. 화투장을 추스르며 웃을 때마다 불툭 튀어나온 아랫배가 심하게 요동쳤고 숱이 빠진 이마는 발갛게 상기된 채 땀으로 번들거렸다. "한창 재미나는데 왜 불러대냐?" 어머니는 신경질적으로 눈을 흘겼다. "정순 언니가 돌아왔어." 나는 어머니 귀에 대고 낮은 목소리로 말했다. 어머니 낯빛이 찬물 끼얹은 것처럼 파랗게 변했다.

언니를 데리러 터미널로 가는 내내 나는 희귀 동물을 소개하는 텔레비전 프로그램을 통해 본 마다가스카르 섬의 실러캔스를 떠올렸다. 칠천만 년 동안 인도양 깊은 바다 밑에 숨어 지냈다는, 이십 세기 중반까지 세상에 나타나지 않아 이미 멸종되었다고 믿게 했던 고생대 물고기. 그러나 놈은 이십 세기의 수

중카메라 앞에서 바위처럼 넓적하고 억센 지느러미를 앞뒤로 저으며 태연하게 유영하고 있었다. 수천만 년의 세월이란 도대체 어떤 걸까. 육지로 올라온 최초의 물고기가 진화에 진화를 거듭해 개구리나 도롱뇽이 될 동안의 기간이란. 그런 생각을 하며 터미널 대합실로 들어서는데 기미가 까맣게 앉은 한 촌부가 펑퍼짐한 엉덩이를 크게 흔들며 내게 다가왔다. 그녀 뒤에는 딸기 아이스크림을 핥아대는 열두어 살가량의 여자 애가 끈으로 매단 꼬리처럼 뒤를 따라다녔다. 내 입에서 가는 한숨이 새어나왔다.

언니를 데리고 집으로 돌아오니, 어머니는 어느 결에 분을 뽀얗게 바르고 새 옷으로 갈아입은 채 소파에 앉아 있었다. 마치 낯선 손님이라도 맞이하려는 듯한 차림새였다. 우스꽝스럽다 못해 눈물이 날 만큼 속이 뒤틀렸다. 진철이 역시 제 방문 앞에서 황당한 표정으로 눈만 껌뻑거릴 뿐 거실로 나와 언니를 맞이할 엄두를 내지 못했다. 언니 뒤를 따라들어온 여자 아이는 거실 한복판으로 뛰어들어 오디오며 장식장 따위를 신기한 듯 만져댔다. 어머니가 빽하고 소리를 질렀다. "대체 넌 누구냐." 다그치듯 묻는 어머니 말에 아이는 겁먹은 동그란 눈으로 어머니를 쳐다보며 경진이에요,라고 대답했다. 경 씨란 그리 흔한 성이 아니다. 아이는 우리 집안 성을 따른 게 틀림없었다. 어머니는 자리에서 벌떡 일어나 그럼 애비 없는 자식을 낳았단 말이냐,라며 신음에 가깝게 소리쳤다. 정순 언니는 고개를 끄덕였다. 벌어진 입으로 봐서는 웃어 보이려고 애쓰는 눈치였지만 안면근육이 말을 듣지 않았다. 낯빛이 창백해진 어머니는 소파에 털썩 주저앉더니 짧게 탄식했다. "진작에 젯밥을 챙겨줬어야 했는데, 하늘이 노했구나."

얼굴 모습이며 목소리, 걸음걸이 등이 조금 남기는 했지만 언니는 너무도 많이 변해 있었다. 그것은 이십대의 처녀가 중년 여자로 늙어가는 과정에서 생긴 변화로만 볼 수는 없었다. 전과는 다른 새로운 무엇이 언니의 내면을 차지하고 있어 그것이 은연중 드러나는 것처럼 보였다. 사흘이 지나자 언니는 집을 나가 이제껏 살아온 과정을 풀어놓았다. 우리에겐 처음 대하는 사건들이 언니에게는 이미 오래전에 일어나 더는 새로울 것이 없는 현실 그 자체라는 듯한 담담한 태도였다. 언니는 집을 나간 그날 곧바로 동쪽 바다의 해군부대로 갔다고 했다. 하지만 애인을 만나는 대신 애인이 잠수 훈련을 받으러 바다로 나갔다가 불행하게도 훈련 중 사고사했다는 비보를 전해들어야 했다. 당시 이미 진이를 배고 있었던 언니는 이 꼴로 어머니 얼굴을 보느니 차라리 죽는 편이 나을 것 같은 심정이 들더라고 했다. 그래서 그 길로 바다에 뛰어들었는데 질긴 게 목숨이라, 낚시하던 늙은 어부의 도움으로 살아났다고 했다. 물에 빠졌다가 살아난 뒤로 언니는 한동안 정신이 멍한 상태여서 자기 자신이 어떤 사람인지, 어디에 사는지 알 수 없었다고 했다. 그래서 늙은 어부를 아버지 삼아 그 집에 눌러 살게 되었고 이듬해 봄에 딸 진이를 낳았다고 했다. 언니는 기억을 되찾으려고 한동안 무진 애를 썼는데 최근에야 온전히 자기 자신을 알 수 있게 됐다고 했다. 말을 마치며 언니는 잇몸까지 드러내며 해죽, 웃었다. 어쩌면 그렇게도 천연덕스럽게, 별일 아니란 듯이 말할 수 있을까. 이 사람이 정말 정순 언니가 맞나 싶어 나는 몇 번이고 언니를 다시 보았다. 내 마음속에 간직되어 있던, 말수 적고 우울한 표정으로 종종 하늘을 쳐다보던 음전한 처녀였던 언니. 그 언니를 그리워하던 때가 한결 낫다는 생각조차 들었다.

이튿날부터 언니는 집안 구석구석을 찬찬히 둘러보았다. 먼지를 뒤집어쓴 채 창고에서 나뒹구는 낡은 의자, 한쪽 구석에 치워뒀던 자개상, 누렇게 변색된 책이나 잡지까지 몇 번이고 손바닥으로 어루만졌다. 때때로 매우 만족한 듯한 미소를 짓거나 인상을 쓰곤 했다. 눈을 감고 물건들을 쓰다듬으면 이상하게도 예전 일이 떠오른다고 했다. 손가락 끝에서 어떤 냄새가 피어오르면서 조용한 말소리가 들리는 것 같다고도 했다. 나도 언니를 따라서 눈을 감고 이것저것 만져보았다. 그러나 냄새는커녕 하얗게 먼지만 묻어났다. 언니의 기억력은 때로 놀라울 정도로 정교했다. 하지만 우리 가족의 과거란 게 대부분 가난과 굴욕을 동반한 것들이어서 식구들은 점차 언니가 찾아낸 옛이야기 듣기를 꺼려했다. 식구들의 그런 눈치를 아는지 모르는지 언니는 집요하리만치 기억 되찾는 일에 몰두했다.

기어코 언니의 기억력이 물의를 일으킨 건 돌아온 지 한 달쯤 된 날이었다. 점심을 먹고 나서 거실 소파에 누워 잠깐 졸던 언니가 갑자기 깨어나더니 다급하게 나를 불렀다. 방에서 책을 보다가 깜짝 놀라 달려갔더니 언니는 다짜고짜 선례 좀 말리라고 했다. 갑자기 웬 선례냐고 묻자 언니는 첼로 소리를 들어보라며 첼로 켜다 어머니한테 들키면 선례가 또 혼날 거라고 걱정을 했다. 그러고 보니 어디선가 첼로 소리가 들려왔다. 누군가 가락도 없이 제멋대로 첼로를 켜고 있었다. 우리 집에 첼로가 있다는 사실을 한동안 잊고 지내던 나는 묘한 감회를 느꼈다. 첼로는 우리가 이 집에서 살게 된 뒤 바로 산 거였는데, 당시 어머니는 부잣집 애들은 누구나 현악기를 켤 줄 안다면서 이미 손가락이 굳어버린 내게 개인교습을 시켰다. 하지만 나는 첼로에 관심이 없었고 언제나 교습 시간 외에는 전혀 연습을 하지 않아 어머니와 실랑이를 벌여야 했다. 특히 왼손으로 세컨드 포지션을 짚어야 하는 순간이면 어김없이 틀렸다. 그 무렵 식모 선례는 내가 손등을 자로 두드려 맞는 동안 물끄러미 쳐다보곤 했는데, 어느 순간 나보다 더 쉽게 그 자리를 짚어 그럴듯한 소리를 냈다. 그 모습을 본 어머니는 얼굴을 칠면조처럼 붉히더니 내 손등에 피가 맺히도록 자를 휘둘렀다. 그 뒤 어머니는 선례가 첼로를 만지기만 해도 난리를 치며 혼냈다. "지난번에는 회초리로 끝났지만 이번엔 그냥 안 넘어갈 거야"라며 정순 언니는 첼로 소리가 나는 곳을 찾아 초조하게 마루를 오락가락했다. 안방에서 중매쟁이 한 여사와 이야기를 나누던 어머니가 굳은 얼굴로 뛰쳐나왔다. 손님 앞에서 웬 소란이냐, 하면서 눈을 크게 부릅뜨고 아랫입술을 악무는 어머니를 보자 언니는 갑자기 엉뚱한 변명을 늘어놨다. "제발 때리지 마세요. 저건 식모애가 켜는 게 아니고…… 정희…… 그래요, 정희 친구가 켜는 거예요." 어머니 얼굴은 순식간에 사색이 되었다. 안방에 있던 한 여사가 어색한 표정을 지으며 그만 가겠다고 일어섰다. 어머니는 관자놀이를 꾹 눌러 겨우 정신을 가다듬고 나서야 억지로 온화한 표정을 지었다. 그러나 정직하지 않은 웃음으로 인해 어머니 입술은 비뚤어져버렸고 주름진 눈언저리는 불안하게 씰룩거렸다. "사모님 앞에서 이게 무슨 일인지 원. 제가 말했죠. 우리 큰딸이 학생 시절에 일을 당해서 약간 이상해질 때가 있다고." 어머니는 안쓰러워 못 견디겠다는 표정을 지으며 두 손으로 언니 얼굴을 쓰다듬었다. 그러고는 한 여사한테 그때 받은 충격이 너무나 커 얘가 아직까지도 딴소리를 한다고 둘러댔다. 한 여사 얼굴에서 미심쩍어하는 표정이 가시지 않자 어머니는 다시 소사스레 말을 이었다. 말이 나왔으니 말인데, 사실 나는 식모를 친딸처럼 여겼다, 어린것한테 돈 쥐봤자 흥청망청 써버리겠기에 시집갈 때 목돈 마련해주려고 매달 적금까지 부어주었다, 그렇게 아껴줬는데도 그 애가 인사도 없이 도망쳐서 얼마나 서운했는지 모른다, 그 통장을 지금껏 갖고 있다,라며 쉴 새 없이 말을 늘어놓았다. 어머니는 한숨을 길게 내쉬었다. 그제야 한 여사도 고개를 끄덕였다. 그런 와중에도 여전히 거실을 오락가락하던 언니는 어머니 눈치를 살피면서 내게 귓속말로 빨리 선례 좀 말리라고 채근했다. "먼젓번에도 첼로 켜다 들켜서 도망치다가 몹시 다쳤잖니." 언니는 뭔가 크게 착각을 하고 있었다. 나는 언니 어깨를 흔들며 제발 정신 차리라고, 선례는 지금 우리 집에 없다고 소리쳤다. 그러고 나서 첼로 소리가 들려오는 작은방의 문을 벌컥 열어젖혔다. 방 안에는 단발머리 어린 소녀가 첼로를 가랑이 사이에 끼우고 활로 현을 문질러대고 있었다. 조카 진이였다. 어머니는 그것 보라며 한 여사에게 눈을 찡긋해 보였다.

한 여사 앞에서 소동을 피운 뒤로 진이는 눈만 뜨면 첼로를 만졌다. 제멋대로 활을 휘두르며 문질러대는 통에 언제나 내 머릿속은 멀미하듯 심하게 흔들렸는데, 그보다 더 참기 어려운 건 정순 언니가 그 소리만 들려오면 어김없이 선례 얘기를 포함한 옛날 얘기를 꺼낸다는 거였다. 이런 상황을 가장 견디기 힘들어하는 건 역시 어머니였다. 어머니는 차차 정순 언니의 존재를 아예 무시했다. 식사도 함께 하지 않았고 아침 일찍 밖에 나가면 밤늦게야 돌아왔다. 하지만 한집에 살면서 전혀 마주치지 않을 수는 없었는데, 어쩌다 마주치기라도 하면 어머니는 언니를 끔찍한 파충류라도 본 양 소름끼쳐했다. 집 안은 점차 숨이 막힐 듯한 험악한 분위기로 변해갔다. 나는 하루하루 버티기만도 힘들어졌다. 논문은 전혀 진척되지 않았고 심사는 코앞으로 다가온데다 늦더위까지 기승을 부려댔다.

긴장과 갈등의 나날이 지속됐다. 전신을 끈적이게 하는 찜통더위가 이어지던 어느 날 오후, 논문과 씨름하다가 마당으로 나온 나는 화단께 돌 위에 앉아 있는 정순 언니를 발견했다. 화단은 어머니가 밖으로 나돌면서 잡초가 무성히 자라 감사납게 변해 있었다. 언니는 붉은 노을을 등지고 앉아 뚫어져라 바닥을 내려보고 있었다. 개미 떼 지나는 거라도 보고 있는 걸까. 나는 가까이 다가가 언니의 어깨에 조심스레 손을 얹었다. 언니는 돌아보지 않고 돌멩이들 틈에서 자라는 자주달개비를 가리키며 낮게 중얼거렸다. "그래…… 맞아. 이 자리에 연못이 있었어. 잉어를 키우던 연못……. 그래서 땅이 습하니까 자주달개비가 자라는 거야." 얄팍한 눈꺼풀을 세모꼴로 만들어 연못 자리를 뚫어져라 바라보던 언니가 갑자기 고개를 번쩍 들어올렸다. 그러고는 어떻게든 기억해보라며 내 팔뚝을 세게 잡아 흔들었다. 나는 연못에 대한 어렴풋한 기억을 말해줬다. 돌로 쌓은 인공연못과 수련, 먹이를 주려 다가가면 수면을 흔들면서 물 위로 떠오르던 주홍빛 비단잉어들……. 하지만 그 연못은 여름에 모기가 들끓어서 벌써 오래전에 메워버렸다는 것까지.

"그것 봐. 내 말이 맞잖아. 잉어를 키우던 연못…… 거기였어. 첼로를 켜다가 들킨 선례가 흠씬 얻어맞고 도망치다 발을 헛디뎌 빠진 데가. 엄마는 온몸이 젖고 돌멩이에 이마가 깨져 피투성이가 된 선례를 집 안에 발도 못 들여놓게 했어. 더군다나 스웨터를 벗어 그 애 어깨에 덮어준 너한테까지 새 옷을 더럽혔다고 몹시 야단을 쳤지. 생각나?" 순간 피와 흙으로 더럽혀진 초록빛 스웨터가 떠오르고, 어디선가 흐느끼는 아이 울음소리가 들려왔다. 하지만 환영은 금세 사라졌고 머릿속은 다시 아득해졌다. 내가 여전히 불명료한 기억으로 고개를 갸우뚱거리자 언니는 주먹으로 가슴을 쳐댔다. "어떻게 그걸, 다, 까맣게 잊을 수 있니, 그 불쌍한 애를……. 정희야, 잘못을 저지른 것보다 더 나쁜 건…… 그냥 잊어버리는 거야." 그러고 나서 언니는 연못에서 있었던 끔찍한 일에 대해 이야기했다. 그때, 등 뒤에서 날카로운 고함 소리가 들려왔다. 뒤를 돌아보니 외출에서 돌아온 어머니가 서 있었다. 날카롭게 치뜬 어머니의 눈은 붉게 충혈되었고 어깨 위로 올려 든 팔은 부들부들 떨고 있었다.

"너 이년, 내 딸 맞아? 어쩌자고 다 지난 일 갖고 집안을 들쑤셔놓는 거냐. 이년, 이 오살할 년아. 집안에 혼삿말이 오가는 판에 어디서 함부로 주둥아릴 놀려?"

어머니는 들고 있던 악어가죽 가방으로 언니 얼굴을 후려쳤다. 그러고는 머리채를 낚아채 바닥에 쿵쿵 짓이겼다. 언니는 악, 악, 비명을 질러댔다. 어머니는 자신의 육중한 몸으로 언니 가슴을 짓누른 상태에서 미친 듯이 머리칼을 뽑아댔고 마룻바닥에 깔린 언니는 어머니 팔을 손으로 잡아 비틀며 살려달라고 발버둥쳤다. 거친 욕지거리와 새어 나오는 비명 소리가 어지럽게 뒤엉켜 늦더위로 달아오른 팔월 하순의 공기를 마구 뒤흔들었다. 때마침 퇴근해 대문으로 들어서던 진철이 뛰어와 크고 우악스런 손으로 언니의 입을 틀어막았다. "아, 씨발. 창피하게. 동네 사람 다 듣겠어."

정순 언니는 사흘 만에 자리에서 일어나 짐을 쌌다. 모시고 살던 할아버지의 병이 깊어 집으로 돌아가야 한다고 했다. 그때까지 꼼짝 않고 누워만 있던 어머니가 반색을 했다. 실로 오랜만에 보는 어머니의 미소였다. 진철은 제 방문을 반쯤만 열어 흘끗 쳐다보고는 다시 문을 쾅 닫았다.

어머니는 시간을 가늠하려는 듯 눈을 가늘게 뜨고 하늘을 올려다본다.

"그나저나 왜 이렇게 소식이 없냐?"

"언니더러 도착하는 대로 전화해달라고 했으니까 연락 올 거예요."

"누가 그년 걱정한대? 화원에 주문한 꽃이 아직 안 와서 그

국향(菊香) 111

러지. 앞으로 그년 얘길랑 내 앞에서 꺼내지도 마라. 난 벌써 잊었으니."

깃이 깊이 파인 셔츠 사이로 땀에 전 어머니의 앞가슴이 불규칙하게 팔딱인다. 한때 오아시스처럼 달고 부드러웠을, 그러나 이제는 거대한 비곗덩어리일 뿐인 가슴에서 눈을 떼고 나는 한숨을 내쉬며 돌아선다. 집 안으로 들어가는 내 등에 대고 어머니는 야비하게 퍼붓는다.

"마치 넌 정순이 떠난 게 내 탓인 것처럼 말하는구나."
"좀더 참을 수도 있었어요."
"그런 소리 마. 외려 걔한텐 그곳이 좋은 게야. 아무려면 늙은 어부랑 부녀지간으로만 지냈겠냐. 늙으나 젊으나 남녀란 붙어 있다 보면 살 섞기 마련이다."

어머니는 은밀한 말투로 마지막 한마디를 던진다.
"게다가…… 너 역시 언니가 돌아온 걸 불편해했잖니."

등골이 서늘하다. 어머니 말이 맞는지 모른다. 나 역시…… 알타이 신화에서처럼 겉과 속이 뒤집힌 존재일 따름이니까. 태초에 사람 형상을 빚어놓은 신이 숨을 가지러 하늘로 올라간 사이 마귀가 사람 몸에 똥칠을 해놓았다는, 돌아온 신은 할 수 없이 안팎을 뒤집어놓고 숨을 불어넣었다는, 그래서 겉보다 속이 더 더럽기 마련이라는 인간…….

초인종 소리가 크게 울린다. 화원에서 온 청년이 노란 꽃망울 맺힌 국화들을 마당에 들여놓는다. 어머니는 열심히 땅을 파고 국화를 옮겨 심는다. 오후 빛이 비껴드는 마당은 어느 결에 새로 심은 노란 국화꽃으로 환하다. 나는 작은 방으로 들어가 첼로를 다리 사이에 끼운다. 얼마간 진이의 손길을 타서 그런지 활에 묻어 있던 송진 가루가 검은 지판 위에 하얗게 떨어져 있다. 활을 들어 바흐의 〈미뉴에트 3번〉을 켜본다. 활이 부드럽게 미끄러지면서 현의 떨림이 왼손 끝으로 전달된다. 순간 손끝에서 비릿한 피 냄새가 풍기는 듯하다. 정말일까. 정순 언니가 했던 말이 모두 사실일까. 눈을 감고 손가락으로 조심스레 현을 누른다. 머릿속이 아득해지더니 먼 데서 도란대는 소리가 들린다. 낮게 재잘거리는 속삭임……. 나도 첼로를 배우고 싶어. 말도 안 돼. 선례 넌 겨우 한글을 떼었을 뿐이잖아. 클래식은 어려운 거야. 그래도 난 그 소리가 좋아. 계곡 물소리 같고 새 울음 같아서 좋아. 그럼 네가 내 대신 연습을 해. 난 그동안에 만화나 볼 테니. 아줌마한테 들키면 어떡해? 방문을 잠가버리면 되지. 지난번에 맞은 데가 아직도 아파. 등에 난 상처가 곪고 있나 봐……. 왼손가락은 서툴게 세컨드 포지션 자리를 더듬어 간다. 활은 미뉴에트를 억지로 이어간다. 날카로운 불협화음이 방 안에 울려퍼진다. 선례 목소리가 조금씩 크고 분명하게 들려온다. 아줌마, 잘못했어요. 들어가게 해주세요. 추워요. 너무 추워……. 밤새 열이 들끓는 중에 선례는 이따금 헛소리를 해댔다. 뜨겁게 달아오른 선례한테서 가랑잎 타는 매운 내가 났다. 언니가 정원용 수레에 선례를 싣고 병원을 찾아 나섰다. 빗방울이 떨어지기 시작했고, 야간 등화관제를 알리는 사이렌 소리가 날카롭게 어둠을 찢으며 사방으로 퍼졌다. 거리는 온통 암흑천지여서 앞을 분간하기도 힘들었다. 뒤에서 쫓아가던 나는 계단을 잘못 짚어 바닥에 쓰러졌고 내 비명 소리를 들은 방

범대원이 호루라기를 불며 달려왔다. 몇 시간쯤 뒤에 언니가 수레를 끌고 돌아왔다. 수레 밖으로 삐져나와 덜렁대는 건 선례의 파랗고 딱딱해진 발이었다. 다음날 화장터에서 돌아오는 길에 어머니는 내 귀에 대고 속삭였다. 식탐이 있고 손버릇이 좋지 않았어. 어린것이 곁눈질이나 살살 해대고. 밤이면 어딜 쏘다니다 돌아오는지 아침마다 늦잠을 잤잖니. 쌀집 총각이랑 도망칠 생각이었던 게야.

 첼로에 몸을 실은 채 꼼짝하지 않고 어머니를 바라본다. 어머니는 파헤쳐진 붉은 땅 위에 푸릇한 수태를 두껍게 깔고 나서 국화마다 물을 준다. 검버섯이 돋은 어머니 얼굴은 버즘나무 가지처럼 지저분하게 얼룩져 있다. 굵게 주름 잡힌 이마며 쪼그라든 입술, 턱 밑의 늘어진 살을 타고 연신 땀이 흘러내려 오늘따라 늙고 비천해 보인다. 어머니가 갑자기 들고 있던 물뿌리개를 내동댕이친다. 비명을 지르며 이마를 세게 치는 어머니 손가락 사이에서 벌 한 마리가 애앵 빠져나간다. 한 손으로 이마를 가린 어머니는 통증을 참느라 온몸을 배배 꼬더니 기어코 바닥에 털썩 주저앉아 신세 한탄을 한다. "에이, 지지리 복도 없는 년 팔자. 사십에 서방 잃고 발바닥에 불나도록 뛰었어도 어느 자식 하나 제대로 풀리질 않았으니……." 어머니는 전원이 끊긴 고장 난 인형처럼 쓰러져 운다. 들썩이는 어머니 어깨 너머로 흔들리는 지평선이 보인다. 흐린 지평선 위에는 처음 서울행 버스를 타러 읍내를 향해 걸어가는 어머니가 있다. 먼지가 뽀얗게 이는 신작로, 길게 늘어선 미루나무, 몇 번이고 뒤돌아서서 나를 향해 어서 집으로 들어가라고 손짓하던, 소매

끝으로 눈물을 찍던 어머니……. 어쩌다 이 지경이 된 걸까. 울컥 눈물이 솟는다. 첼로를 내려놓고 화단으로 다가가 어머니를 일으켜 세운다. 그러고 나서 나뒹구는 물뿌리개를 주워 국화에 물을 준다.

"어머나, 국화꽃 좀 봐. 이 댁 할머니 별명이 꽃할머니라더니 역시 다르네."

화원 청년이 열어놓고 간 대문으로 동네 아주머니가 안을 들여다본다. 아주머니는 대체 화초 키우는 비결이 뭐냐고 묻는다. 이마를 짚은 채로 어머니는 "아무렴, 정성밖에 더 있겠어요?" 하며 짐짓 태연한 투로 대꾸한다. 연약한 화초들이 시들어가는 모습을 가슴 아파서 못 본다고 둘러댄 어머니는 화초를 친자식이나 매한가지로 여기라는 조언까지 덧붙인다.

"이 꽃봉오리 맺힌 걸 봐요. 꼭 만딸이 첫이슬 보일 때처럼 가슴이 뛰지 않수?"

어머니 목소리는 통증 때문에 가늘게 떨린다. 그 때문에 어머니 말이 사실보다 더 사실인 양 절실하게 들린다. 어쩌면 먼 훗날 나 역시 그 말을 진짜로 믿어버리게 되지 않을까. 어머니는 봄부터 여름 내내 국화를 정성껏 길렀어, 가을이면 마당에 온통 노랑 국화였지, 그래서 마을 사람들한테 꽃할머니라고 불렸어, 꽃망울이 터지면 카나리아처럼 가늘게 탄성 짓는 분이었거든. 어떤 일들은 까맣게 잊은 채.

지독한 국화 향기다. 향기는 집안 곳곳으로 스며들더니 옷깃을 헤집으며 몸속으로 파고든다. 이윽고 미친 듯이 춤추는 향기는 머릿속 깊숙이 침투해 모처럼 작동된 기억세포에 독침을

국향(菊香) 115

꽂는다. 노랗게 현기증이 인다. 지독한 국향 속에서, 나는 망각의 두려움으로 부르르 몸을 떤다.

 (『문학과경계』 2004년 겨울호에 '아무도 기다리지 않았다'란 제목으로 발표)

치어들의 꿈

연어는 말이다. 강가에 남지 않고 멀리 드넓은 바다로 떠난 연어들은, 가장 몸집이 작은 치어들이었단다. 이상하지? 거친 파도를 이기려면 영양상태가 좋아 몸집이 크고 튼튼한 놈들이어야 할 텐데 말이야. 하지만 등에 기름이 낀 치어들은 민물에 남아 안주하는 법이란다. 더 절박하고 더 많이 갈구하는 치어들만이 새로운 삶의 터전을 찾아 떠나지.

바다는 수증기 탓인지 매우 생동감 있게 보였다. 잔잔하게 일렁이는 파도, 부드러운 미풍, 막 퍼져나가기 시작한 햇살, 그리고 바위 끝에 앉은 소년의 피리 소리에 맞춰 춤추듯 헤엄치는 처녀들……. 물론 유명한 화가의 작품은 아니다. 유명한 화가라면 변두리 아파트 단지 내에 있는 평범한 공중목욕탕을 장식하는 작품이나 만들진 않을 것이다. 생활에 쫓기어 화가의 꿈을 놓쳐버린 아마추어라면 몰라도.

어쨌든 바다에서 헤엄치는 처녀들을 담고 있는 동판부조는 없는 것보다 한결 나았다. 뜨거운 탕에 몸을 담그고 머리만 내놓은 여자들끼리 멋쩍은 시선을 피하느니, 다소 유치한 작품에라도 이끌려 멀리 바다로 나가보면 때때로 발밑에서 연어가 지나갈 것 같은 착각에 빠질 수도 있으니까.

'그 여자'가 나타난 건 그 순간이었다. 바다 풍경을 바라보다가 등이라도 함께 밀 사람이 없을까 둘러볼 때였다. '그 여자'가 유리문을 밀고 안으로 들어왔다. 아니 처음엔 그녀인 줄도 몰랐다. 거미줄처럼 갈라진 배와 가슴만이 눈에 들어왔다. 아기를 낳은 여자들의 벌거벗은 몸이란 대체로 군살이 붙고 윤기가 없거나 살갗이 터져 있기 마련이지만 그토록 처참한 경우는 처음이었다. 안쓰러운 마음에 고개를 들어 올려다보았을 때 나는 그녀를 알아보았고 다시 한 번 놀라지 않을 수 없었다. 어깨 너머로 늘어뜨리던 머리를 위로 질끈 묶긴 했어도 분명 위층에 사는 '그 여자'였다. 보지 말아야 할 것을 본 사람처럼 나는 얼른 눈길을 돌려버렸지만 유치한 호기심은 흘금흘금 곁눈을 돌리게 했다. 오목조목하고 곱상한 얼굴에 어울리지 않는 몸이었다. 매일 아침 출근시간에 만나는 '그 여자'의 모습과는 전혀 다르게 느껴졌다. 아니, 정확히 말하자면 만나는 게 아니라 나 혼자 그녀의 뒷모습을 훔쳐보는 것이긴 하지만.

 남편을 출근시키고 나서 천천히 집 안을 정리할 때면 아파트 단지 주차장 쪽으로 급하게 뛰어가는 그녀의 뒷모습을 볼 수가 있다. 별로 요란하게 차려입는 건 아니다. 주로 바지정장이 많고 때때로 연한 파스텔 톤의 원피스를 입는다. 눈길을 끄는 건 오히려 발걸음을 빠르게 할 때마다 춤을 추듯 팔락이는 머리카락이다. 언제부턴가 나는 그녀가 매일 아침 허둥지둥 급하게 뛰어가는 이유가 어깨까지 내려오는 그 머리모양 때문이라고 단정 짓고 있었다. 조금의 뻗침도 없이 올올이 하늘대는 머리모양은 아침마다 감고 드라이하는 손질을 필요로 한다는 것쯤은 나도 잘 알고 있다. 아무튼 그 긴 머리모양과 잘록한 허리선이 상큼하게 어울리는 그녀의 아름다운 뒷모습을 바라보며 나는 가슴이 설레는 듯한 긴장감을 맛보곤 했다. 그리고 그녀의 한쪽 손에는 언제나 갈색 잔이 들려 있다. 엎지르지 않으려고 조심하며 들고 가는 잔 속에는 연한 갈색의 커피가 담겨 있을 거라고 나는 확신했다. 자동차 시동을 걸고 잠시 기다리는 동안 천천히 즐기는 거겠지. 그러고 나서 잠시 뒤면 그녀의 빨간 소형차가 미끄러지듯 아파트를 빠져나간다. 대체로 나는 그녀가 사라지고 난 뒤에도 한동안 그 자리에 서서 멍하니 창밖을 바라본다.

나의 아침 시간에 규칙적으로 끼어드는 '그 여자'는 지금도 자신을 향한 은밀한 눈길을 의식하지 못하는가 보다. 아까부터 동판부조가 있는 벽 쪽만을 바라보고 있다. 어떤 생각을 하는 걸까. 아침마다 집을 나서는 저 여자도 바다를 보면 멀리 떠나고 싶을까. 낯익은 강의 수초를 헤치고 멀리 바다를 향해 나아가는 치어들처럼 미련 없이 어디론가 떠나고 싶을까. 순간, 그런 허접스런 생각을 하는 자신에게 짜증이 났다. 신경질이 묻어나는 손끝으로 살갗이 빨갛도록 문질러댔다.

현관문을 열자 익숙한 물건들이 주는 편안함이 긴 숨을 내쉬게 했다. 목욕탕에서 돌아오는 길에 끝물 참외 몇 개와 꽁치를 샀을 뿐인데도 입 안이 까칠하게 말라오는 게 피곤했다. 베란다 쪽의 흔들의자에 몸을 누였다. 눈부신 초가을이 창 너머로 감지됐다. 벌초하러 선산에 간 남편과 아이들은 저녁에나 돌아올 테니 오늘만큼은 완전한 자유다. 자유. 남편과 아이와 가사 일로부터 벗어난 완전한 자유. 그런 시간을 열망할 때마다 나는 무엇을 하고 싶어했던가. 선뜻 떠오르는 게 없다. 뭘 할까.

갑자기 들이닥친 시간의 여유를 주체하지 못해 아까부터 전화기 쪽으로 자꾸 시선이 간다. 딱히 걸려올 데도 걸어야 할 용무도 없다. 친구들 몇 명이 떠올랐지만 모두 신통치 않다. 광고기획사에 있는 친구는 그 특유의 힘 있고 박력 있는 목소리로 전화를 받겠지만 몇 마디 나누기가 무섭게 잠깐만, 손님이 와서…… 미안해……. 네, 기획삽니다……. 아, 미안 미안……. 근데 무슨 일 있니? 하는 식일 거다. 그런 부산함은 오히려 내 작은 아파트 가득한 권태로움을 일깨워줄 뿐이다. 늦게 결혼해 아직 신혼인 친구 역시 마찬가지다. 응, 좋아, 행복해, 어제 저녁엔 갑자기 생선초밥이 먹고 싶다고 했더니 우리 신랑이 백화점까지 갔다 오지 않았겠니. 너는 어떠니? 하는 식의 햇병아리와는 대화가 되지도 않는다. 만만한 건 역시 선영 엄마뿐이다.
　뚜뚜뚜뚜뚜뚜뚜……. 삼십 분, 혹은 그 이상은 있어야 선영 엄마의 전화가 끝날 것이다. 무슨 전화를 그렇게 해대느냐고 핀잔을 주면, 선영 엄마는 전화야말로 자신의 생명줄이라며 그것마저 없다면 집이 아니라 무덤이라고 엄살을 부리곤 한다. 문을 닫으면 사방이 막혀버리는, 무심히 창가로 다가갔다가 아찔한 고공의 위협 때문에 심한 불안감을 느끼며 뒤로 물러서야 하는 서랍식 무덤.
　가끔씩 나는 파란 하늘 아래 빨래를 너는 어머니 주변에서 친구들과 뛰어놀던 걸 떠올리곤 한다. 그때 어머니들은 누구도 아이들 꽁무니를 쫓아다니지 않았고 아이들 역시 제멋대로 놀아도 크게 다치거나 길을 잃지 않았다. 어머니들은 아이들을 키워가면서 동시에 농사일에 참여하는 마을의 일꾼이었다. 그런데 지금은 전업주부. 내가 군더더기처럼 느껴지는 그런 부류에 속해 있다는 것이 썩 좋은 기분은 아니다. 어쩌다 나 자신을 소개할 때는 난감하기까지 하다. '그냥…… 집에 있어요'라며 숙제를 안 해온 아이처럼 기어들고 만다. 집에 있으면서 그냥 있어본 적은 없다. 빨래나 청소 따위 말고도 아이들 치다꺼리가 만만치 않다. 그뿐인가. 계절이 바뀔 때마다 지쳐서 퇴근하는 남편의 입맛을 돌려놓아야 하고, 시집으로 친정으로 경조사에도 빠짐없이 들락거려야 구설수에 오르지 않는다. 집에 있는 여자가 뭐 할 게 있다고…… 집에서 놀면서 잠깐 들르면 어때서……. 사방에서 손을 내밀면 언제든 조르르 쫓아다녔지만 누구 하나 고마워하는 마음 없이 의당 그러려니 한다는 것에 늘 약 올라하면서도 뿌리치지 못하고 살아왔다.

큰애를 낳기 전까지는 나도 제법 내실 있는 제과회사에서 사보를 만드는 일을 했다. 그러나 아이를 기르면서 직장에 다니기란 쉽지 않았다. 마땅한 보육시설이 드물뿐더러 턱없이 비쌌다. '내 일'을 갖는다는 명분으로 그런 걸 감수하기엔 보수가 신통치 않았고, 더군다나 마감 때문에 늦는 날이면 승진시험을 준비하던 남편의 불만이 증폭했다. 그렇게 나를 집 안에 붙들어놓고 이제 와서는 나의 나태함과 무능력함을 비웃는 남편은 또 어떤가. 뉘 집 마누라는 얼마를 번다느니, 주식 투자 해서 돈을 얼마나 벌었다느니, 집 장만하는 데 처가에서 얼마를 대줬다느니……. 요즘 남자들의 관심사는 치졸하기 짝이 없다. 남편이 치졸해질수록 그 앞에서 비위를 맞추며 사는 짓은 더욱 비참하게 느껴진다.

그런 점에서 선영 엄마는 나와 조금 다르다. 속으로야 어떨지 몰라도 주눅 들지 않은 유들유들함이 있다. 고작 전업주부 임금 산출에 근거를 두거나 아니면 최고의 영양사, 조리사, 유아교사, 주택관리사, 생활 디자이너, 가정 전문의 등을 덧붙여대는 빤한 논리일지라도 그녀의 주장은 기분 나쁘지 않다. 그녀는 직업여성을 몰아붙이는 데 누구보다 적극적이다. 말이 사회생활이지 알고 보면 대개가 잔일이나 하면서 되지 못하게 우쭐댄다느니, 집안 꼴이 엉망이라 발이 빠진다느니, 애들은 버릇없는데다 손가락을 빠는 정서불안이라느니. 그런 얘기를 할 때 그녀의 눈은 대상이 뚜렷치 않은 강렬한 적의로 번뜩이곤 했다. "도대체 누구랑 무슨 얘길 그렇게 해요?" "누구하고든. 전화 판매하는 영업사원하고 한 시간 이상을 끌어본 적도 있어. 나더러 보험회사라도 다니느냐고 묻더라." 잘 알려진 명문대학을 나온 선영 엄마. 하지만 그 명민했던 두뇌를 증명하는 건, 한 번 들은 전화번호를 정확히 기억해내는 것밖에 남아 있지 않다며 거품처럼 웃어대는 그녀는 지금도 전화에 매달려 웃고 울고 고함지르고 있을 게다.

뚜뚜뚜뚜……. 겨우 십 분이 지났을 뿐이다. 나는 무슨 긴한 이야기라도 있는 사람처럼 전화기 앞에서 벗어나지 못한 채 서성인다. '그 여자 말이야, 꼭대기 층에 사는…… 아까 목욕탕에서 만났는데…….' 나는 간단하게만 말을 해도 될 거다. 그러면 선영 엄마는 자신의 모든 상상력을 발휘해 그 여자의 사생활을 만들어낼 거고, 이혼이든 주간 탁아든 애들을 떼놓고 살아가고 있는 그 여자의 비인간적 처사에 원색적인 욕을 퍼부을 거다.

원색적인 만큼 통쾌할 것이다.

나는 우유 한 잔을 따라 들고 베란다 창 쪽으로 다가간다. 공동화단에 무성하게 피어난 분꽃들이 합창을 하듯 이쪽을 향해 일제히 입을 벌리고 있다. 똑 똑 똑. 우유 방울들은 순식간에 아래로 떨어져 분꽃들의 합창을 망쳐놓는다. 똑 똑 또로록……. 우유 방울들이 떨어져내릴 때마다 쭈뼛쭈뼛 머리털이 곤두서면서 내 몸뚱이가 부서져내린다. 우유 방울처럼 아무런 소리도 없이, 아무런 고통 없이 뛰어내릴 수 있을 것만 같은 충동이 걷잡을 수 없이 인다. 나는 난간을 꼭 붙잡는다.

마침 주차장 쪽으로 가는 '그 여자'가 보인다. 일요일인데도 출근을 하는 걸까. 하얀색 원피스 차림이다. 발밑에서 짧게 뭉개진 그림자 때문에 오늘은 그녀의 키가 아주 작아 보인다. 조금 지친 듯이 보이는 발걸음……. 땡볕 속으로 하얗게 뻗어나간 길을 따라 폭폭 먼지를 일으키며 걸어오던 어린 시절의 어머니처럼 깊이 상심한 듯한 걸음새다.

아버지가 돌아가시자, 한동안 어머니는 당신에게 아직 책임져야 할 자식들이 있다는 사실조차 까맣게 잊은 것 같았다. 아버지가 늘 바라던 대로 고향의 시골 초등학교로 전근하게 되어 우리 가족 모두가 이사 간 지 삼 년 만이었다. 아버지의 갑작스런 죽음과 충격. 어머니마저 앗아갈 것 같은 본능적인 두려움. 그런 것들은 걷히지 않는 암울한 구름처럼 어린 나를 괴롭혔다. 저녁제를 올릴 때마다 시작되는 호곡 소리는 밤이 이슥토록 그칠 줄을 몰랐고, 나는 꼬르륵대는 배를 움켜쥐며 제 올린 저녁상이 나올 때까지 기다려야 했다. 게다가 영정을 모신 방에서 잠을 잘 때면 오스스한 무섬증이 일어 늘 잠을 설치곤 했다. 그때부터 나는 옆집 까무 언니에게 짝 달라붙어 지냈다. 새벽부터 밤늦도록 붙어 있다가 감자나 옥수수 따위가 섞인 가난한 그 집 밥상에 앉아 눈칫밥 넘보기를 숱하게 했다. 어떨 땐 아예 까무 언니 옆에서 끼어 잘 때도 있었다. 까무 언니······. 생각이 거기에 다다르자 나는 흙내를 맡은 뱀처럼 생기를 되찾았다. 소품들이 들어 있는 대바구니를 뒤져 작은 성냥갑 하나를 끄집어냈다. '쌍쌍카바레'. 춤추는 검은 나신이 그려진 성냥갑에서 짙은 화냥기가 느껴졌다.

  처음 접한 소식은 까무 언니가 아니라 그녀의 남동생에 관한 것이었다. 그녀의 남동생은 그녀보다 세 살이 어렸고 나와는 동갑내기였다. 하지만 나보다 세 살이 위인 까무 언니와 놀기 위해 그 집에 자주 들락거리면서 우연히 부딪칠 때나 그 애를 볼 수 있을 따름이었지 얘기를 해본 적도 거의 없었다. 그 애 이름은 아마 '석한'이었던 걸로 기억한다. 어린 시절의 석한이는 썩 잘생긴 편이었다. 머리카락을 짧게 잘라 반들반들 빛나는 두상이 축구공처럼 둥글고 단단해 보였고, 우뚝 솟은 콧날이며 크고 검은 눈이 이국적으로 보였다. 골격이 잘 발달하고 키가 커서 산골의 가난한 집 아들로 보이지 않는 대신 앞니 사이로 침을 찍찍 내갈기는 습관이 있어 깡패 같은 인상을 주었다. 그래서인지 석한이가 밤무대 가수가 되었다는 말을 들었을 때도 먼저 떠오른 건 사나운 맹수를 연상케 하던 이빨이었고, 거기에서 침 대신 노래가 튀어나온다는 건 상상이 가지 않도록 놀라웠다.

석한이 소식을 듣게 된 것은 얼마 전 외사촌의 혼례식장에서였다. 떼떼아줌마로 통하던 동네 어른을 마침 만났는데, 말이 많고 오지랖 넓다고 해서 그렇게 불렸던 아주머니는 나를 금세 알아보며 반가워했다. 가벼운 인사를 하고 이런저런 동네 소식을 듣던 끝이었다.

"아랫말 사는 사람이 서울서 우연히 한 씨네 아들을 봤다는데, 뭐라더라……. 암튼 춤추는 술집인데 거기서 밤마다 춤도 갤춰주구 노래도 한다는구먼. 사내자식이 뭐 할 짓이 없어서…… 역 근처라던데……. 가만있자, 뭐 쌍쌍이라나? 자네도 행여 마주치게 되면 그 집에서 제를 모시던 무덤이 홍수에 짓뭉개졌다는 얘기나 전해주게. 그 무덤이 어디 예사 무덤인가. 한여름에도 찬 서리가 내렸다는 무덤인데."

"찬 서리요?"

"아닐세. 요새 사람이 그런 사정은 알아서 뭐 하겠나. 다 옛날얘기일 뿐이지."

그날 밤늦게 서울에 도착하자마자 나는 역 주변을 둘러보았다. 사방이 온통 네온사인이었고 술렁대는 거리에는 썩은 바람이 불었다. 행인들에게 물어 한참만에야 쌍쌍카바레를 찾아낼 수 있었다. 석한이의 이국적이면서도 서늘한 눈매가 어떻게 변했을까 궁금했다. 하지만 그 때문에 새삼 어릴 적 남자친구를 찾아나선 건 아니었다. 까무 언니 때문이었다. 석한이를 통해 까무 언니 연락처를 알아내 꼭 한 번 만나보고 싶었다. 하지만 가는 날이 장날이라더니 하필 제임스 한—석한을 거기선 그렇게 불렀다—이 출연하는 날이 아니라고 했다. 화, 목, 일. 그날 밤 카바레 성냥갑에다 급히 썼던 글씨가 선명했다. '오늘이 일요일이니까…….' 외출 준비를 하려고 장롱 문을 열었다. 심심할 때마다 선영 엄마와 어울려 사들인 옷들이 어두운 장롱 속에 우울하게 퇴적되어 있었다. 꽃무늬 프린트 원피스를 꺼내 입고 나는 도망치듯 서둘러 밖으로 나갔다.

역사를 지나 대형 백화점 뒤쪽으로 난 골목은 늦잠에서 깨어난 것처럼 어수선해 보였다. 아직 완전히 해가 지지 않아 네온사인은 힘없이 흐물거렸고 쓰레기와 오물들은 걸을 때마다 발밑에서 성가시게 굴었다. 유흥업소가 밀집한 골목을 한참 걸어가자 먼지를 뒤집어쓴 채 서 있는 '쌍쌍카바레' 간판이 눈에 들어왔다. 삼층짜리 낡은 회색 건물이었는데 계단에는 낡은 자주색 카펫이 깔려 있었다.

나는 잠시 주저하다가 계단을 오르기 시작했다. 표면으로 드러나지 않았던 탈선의 충동을 들켜버린 것 같은 불결한 감정이 앙금처럼 내려앉았다. 신사 오천 원, 숙녀 삼천 원. 탈선이 목적이라면 그다지 비싼 것도 아니군. 표를 파는 남자의 징그러운 웃음이 혼자인 나를 소름끼치게 훑어내렸다. 밖에서 생각했던 것보다 실내는 훨씬 더 어둡고 넓었다. 현란한 불빛 아래 몇 쌍의 남녀들이 부둥켜안고 음악에 맞춰 움직이고 있었다. 젊고 요사한 아가씨 앞에서 채신없이 몸을 흔들어대는 노인, 이런 곳에서 이골이 나게 굴러먹은 것 같은 사십대 남자에 매달려 꿈꾸듯이 춤추는 중년 부인, 의외로 세련된 옷차림의 삼십대 남녀들도 간간이 섞여 있었다. 끈적끈적하게 녹아나는 시선들이 교차하는 홀 중앙에서 벗어나 구석진 자리를 찾아 앉았다. 남자 종업원이 따라와 붉은 촛불을 켰다. 촛대에 적힌 17이란 자리 번호가 선명하게 드러났다.

"저기……."

내가 머뭇거리자 종업원이 뒤돌아봤다. 요란한 재즈가 대화를 가로막았다.

"제임스 한은 언제 출연하지요? 제임스 한!"

내가 악쓰듯이 말하자 종업원이 자신의 입을 내 귀에 가깝게 대며 말했다.

"제임스 한은 안 나와요. 그만둔 지 며칠 됐어요. 기다리시면 더 멋있는 연예인들이 나올 겁니다."

"아니, 난 제임스 한을 만나러 왔는걸요. 그 사람과 고향 친군데 꼭 할 얘기가 있어서……."

"글쎄 안 나오는 걸 어떡해요."

"그럼 연락처라도……."

내가 돌아서는 종업원의 소매를 붙잡으며 매달리자 저편에서 누군가가 다가왔다.

"무슨 일이야?"

"꼭 이런다니까, 제임스도 생각보다 팬들이 많았나 봐요? 며칠 전에도 웬 아줌마가 끈질기게 매달리면서…… 뭐, 친누나라나? 아무튼 연락처를 모른다니까, 들르게 되면 연락해달라고 자기 전화번호까지 적어놓고 갔어요. 근데 또……."

"그 녀석 사기쳐먹고 도망친 거 아냐?"

지배인으로 보이는 자가 이마를 찡그리며 말했다.

치어들의 꿈 129

"사기라뇨. 난 진짜 그 사람 고향 친구란 말예요. 본명은 이석한이고 그 누나는 순한이에요."

춤바람이나 났다가 당한 여자 취급을 받는 게 억울하기도 하고 창피하기도 해서 머리끝까지 신경이 곤두섰다. 종업원은 여전히 경멸하는 듯한 눈빛을 던졌다.

"순한 좋아하시네. 그 여잔 자기를 까문지 깜뎅인지 그렇다고 합디다. 아줌마 같은 여자들 참 많아요. 외롭고 적적할 때 한탕 놀았으면 그뿐이다 생각하지 뭘 찾아다니고 그래요?"

종업원은 이제 막가고 있었다. 나는 까무는 별명이고 본명이 순한이라는 설명을 덧붙여가면서 누명을 벗으려고 안간힘을 썼지만 사실 그럴 필요도 없는 거였다. 애초에 소식을 알고 싶었던 건 까무 언니였으니까.

까무 언니 연락처를 알아내고 나니 한시라도 빨리 만나고픈 열망이 앞섰지만, 카바레를 나서자마자 서둘러 집으로 돌아와야 했다. 벌초하러 선산에 갔던 남편과 아이들이 돌아오기 전에 저녁 준비를 해야 했다. 서둘러 밥을 안치고 찌개를 끓이면서 자꾸 전화기 쪽으로 쏠리는 시선을 억제하려니 목구멍이 간질대고 손끝이 덤벙댔다. 오랜만에 느껴보는 설렘과 긴장이었다. 언니는 어떻게 변했을까. 애가 두엇 딸린 아줌마겠지. 서울 생활 한 지가 수십 년이니 좀 하얘졌을까 몰라. 나는 까무 언니에 대한 그리움과 궁금함에 충만해 수화기를 들었다. 신호음이 두어 번 울리고 저편에서 젊은 남자의 목소리가 들렸다.

"네, 희망약국입니다."

약국이라니. 의외였다.

"저어, 혹시 이순한 씨 계신가요?"
"이순한 씨요? 그런 사람 없는데······. 아 참, 잠시만 기다리세요."
전화 저편으로 문이 열렸다 닫히는 소리가 났다.
"오늘은 일찍 들어간 모양입니다. 내일 다시 연락하십시오."
'시오'라는 매우 사무적이고 메마른 남자의 목소리에 더 말을 붙이지 못하고 망설이는 사이 전화가 끊겼다. 나는 그대로 바닥에 주저앉았다. 뒤통수를 얻어맞은 것 같은 충격이었다. 까무 언니가 똑똑했던 건 사실이지만 설마 약사가 되었으리라고는 전혀 생각지 못했었다. 가난 때문에 중학교도 채 마치지 못하고 농사일을 돕던 언니였다.
 지루했던 가을비와 고열에 시달리다가 사나흘 만에 겨우 깨어났던 날, 자리를 털자마자 달려갔지만, 빚에 몰리던 까무 언니네 가족은 이미 마을을 떠난 뒤였다. 휑뎅그렁하게 넓어만 보이던 언니네 앞마당, 새빨갛게 떨어진 대추, 임자 없는 대추 알갱이를 줍느라 정신없는 동네 아이들. 그 틈에서 나는 얼마나 울었던가. 떠나보낸 사람만이 안다. 남은 사람의 가슴에 찬바람으로 몰아치는 상실의 아픔을. 그 막막하기만 한 시간들을. 아버지의 죽음에서 나는 이미 영원히 이별한다는 것이 얼마나 에누리 없이 비정하고 철저한가를 알아버린 때였다.
 '서울이란 데는 더러 벼락부자를 만들기도 하는 곳이니까.' 그렇게 돌려 생각해도 가슴 한구석이 어쩐지 답답했다. 다들 무엇인가 사회적인 일을 하는데 나만 집안에 처박혀 시들어가고 있다는 참담함과 삭여지지 않는 분노가 가슴속에서 보글보

글 끓어올랐다. 나쁜 징조였다. 나는 황급히 약을 삼키듯 딴 생각을 둘러대려고 애썼다. '그까짓, 약사라는 게 구멍가게하고 다를 게 뭐야. 좁은 공간에 앉아서 하루 종일 박카스나 감기약 따위를 팔 텐데. 그게 그거지.' 그러고 나니 마음이 한결 가벼워졌다. 선영 엄마한테서 배운 방법이었다. 나는 잊었던 출구를 찾아낸 것처럼 서둘러 전화번호를 눌렀다.

뚜뚜뚜뚜 뚜뚜뚜뚜……. 통화 중임을 알리는, 몸부림치는 듯한 신호음이 이득한 공간으로 수도 없이 쏟아졌다. 요즘 들어 선영 엄마는 늘 통화 중이다. 마주 보이는 그 집 베란다의 피튜니아가 선명한 빛을 잃고 시들어가고 있는 게 눈에 띄었다. 무슨 신나는 일이라도 생긴 걸까? 아니겠지. 그동안의 경험으로 보면 그녀가 길게 통화할 때일수록 못 견딜 만큼의 권태가 왕성하게 활동할 때였어. 시내 백화점들이 일제히 할인판매한다니까 어쩌면 잔뜩 물건들을 사들였을 거고, 지금쯤 여기저기 자랑을 늘어놓고 있을 테지. 그렇게 전화기 앞에서 어영부영하는 사이 어처구니없게도 부엌에선 저녁밥이 새까맣게 타고 있었다. 곧이어 남편과 아이들이 들이닥쳤다. 나는 어찌할 바를 몰라 쩔쩔맸다. 그랬다. 처음엔 쩔쩔매다가 어느 순간 그런 나 자신에게 버럭 화가 났다. 그까짓 한 끼 밥에 매여, 밖에 나가면 수두룩하게 널린 음식점도 있는데 그까짓 밥에 매여 이토록 쩔쩔매야 한다는 게 억울했다. 아아, 이제 겨우 서른을 넘겼는데 마흔에도 쉰에도 그러고 있을 테지……. 그 우스운 한 끼 밥이 잠시 잠깐 딴생각에 빠지는 것조차 용납지 않고 내 생을 집요하게 옥죄어올 테지……. 화가 나서 견딜 수가 없었다.

증오의 표적은 남편이 되었다. 그것이 꼭 남편의 잘못이 아니란 걸 알면서도, 마땅한 탁아시설이 없었고 두 아이를 맡기는 비용이 내 월급보다 더 큰데다 휴직 제도가 없는 회사에 다녔던 때문이었다고 생각하면서도, 승냥이처럼 울부짖으며 달려들었다. 아이들이 저희들끼리 놀 수 있을 만큼 자랐을 때, 다시 무언가 일을 갖고 싶어 신문을 뒤적이다, 끝내 포기하는 나에게 한 번쯤 격려해주기까지 했던 남편인 줄 알면서도 그를 원망했다. 나는 세상에서 가장 불행하고 박해받는 사람처럼 잔뜩 몸을 웅크리고 무릎을 세운 사이로 헝클어진 머리를 처박았다. 어지러운 망상과 밑도 끝도 없는 격한 감정의 소용돌이에 휘말려 눈물이 넘쳤다. 처절하고 비참한 느낌에 치를 떨었다. 그러고 나자 막막함과 절망감이 조금씩 사그라졌다. 상처가 나면 그 통증을 없애주려고 뇌에서 특별한 물질이 분비된다던가. 눈물에는 그런 힘이 있는 걸까.

내가 조금 진정된 듯 보이자 그때까지 지켜만 보고 있던 남편이 입을 열었다. 집구석에서 할 일 없으니까 어떻게 된 거 아니냐, 남편이 뼈 빠지게 벌어다 주니 호강에 겨워서 그러느냐, 라며 남편은 팔짱을 끼고 거만하게 내려다보았다.

"호오강? 그까짓 쥐꼬리만 한 월급으로 이만한 집이라도 산 게 누구 덕인데?"

"당연한 도리 아냐? 그 정도 집안일들은 다 하고 살아. 게다가 밖에 나가서 척척 벌어들이는 부인들도 쌔고 쌨어."

나는 그 도리라는 거 참 뻔뻔스럽다, 누구 맘대로 정한 도리냐, 힘 있는 쪽에서 멋대로 떠맡긴 도리고 도덕 아니냐며 맞섰다. 심지어 당신이 조금만 도와주면 나도 직장 다니겠다고 했더니 그러면 집에 매여서 승진은커녕 잘릴 형편이라고 말리지 않았느냐, 정 억울하면 회사에 가서 밀린 내 월급 달라고 해라, 라고 악썼다. 남편은 이제 아주 별 생떼를 다 쓴다면서, 알았으니 그만하고 국수라도 삶자고 했다. 그 정도에서 타협하고 싶어 국수를 들먹거리는 남편을 더 몰아붙이고 싶지도 않았고 오랜만의 외출로 피곤하기도 했다. 못 이기는 척하고 부엌으로 들어섰지만, 나는 여전히 뚜렷한 이유 없이 지글대는 적의를 꾹꾹 눌러 참아야 했다.

손톱깎이, 부엌칼, 열쇠고리, 강아지 목걸이 따위가 어지럽게 쌓여 있는 노점 잡화대 위에 박카스 두 병을 내려놓으며 까무언니는 열없이 웃었다.

"한 달에 얼마씩 내고 걸려오는 전화만 받게 해놨거든. 하루 종일 장사하다 보면 피로회복제 한두 병씩은 꼭 먹게 되니까 약국 주인도 이익이지 뭐. 세상에 공짜가 어딨니?"

도로변의 매연과 직사광선 탓인지 언니 얼굴은 전보다 더 검고 지쳐 보였다.

"며칠 까먹다가 엊그제부터 겨우 나왔어. 걸핏하면 거리질서네 뭐네 단속해싸서 말이야. 고향에도 다녀왔고. 이런 거…… 잘 안 마시지? 싫으면 그냥 둬."

박카스를 내켜하지 않자 되레 언니가 미안해하는 것 같아 조금 마셨다. 들큼하고 씁쌀한 화학음료 맛이 좋지 않았다.

"마침 들어가려던 참이야. 장사도 잘 안 되고 어디 볼일이 좀 있어서. 사는 데가 여기서 멀지 않으니까 잠깐 들렀다 가. 집안 꼴이 형편없지만."

 말하는 사이 물건은 벌써 대충 정리되었다. 매우 잰 손길로 익숙하게 비닐포장을 치고 고무 끈으로 그 위를 묶더니 바퀴에 고정시켰던 돌멩이를 집어 포장 위에 얹고 나서 언니는 손수레를 끌었다. 희망약국 옆으로 난 골목으로 한참을 들어가자 허름하고 지저분한 보관소가 있었다. 늙수그레한 남자에게 천 원짜리 몇 장을 내밀더니 손수레를 안에다 들여놓았다.

 "나 사는 거 보고 실망하지 마. 여자 혼자 벌어먹고 살려니까 다 그렇더라. 살림도 엉망이구."

 "그냥 근처 아무 데나 들어가지 뭐. 갈 데 있다면서."

 마침 눈에 띄는 다방으로 언니를 끌었다. 실내 어둠에 익숙해지면서 언니의 모습이 정면으로 드러났다. 도심의 메마른 바람에 시달려서인지 까맣고 반들반들하던 피부 대신 탁한 기미로 얼룩져 있어 여전히 까무란 별명을 달고 다닐 만했다. 나는 목둘레가 늘어지고 희끗희끗하게 퇴색한 군청색 윗도리를 걸치고 있는 언니를 바라보며 혼자서 품었던 치졸한 시샘의 감정이 떠올라 바늘 끝에 찔린 것 같은 죄책감을 느꼈다. 화려한 원피스를 굳이 꺼내 입은 얄팍한 수작조차 부끄러웠다. 언니의 시선을 피해 사방을 둘러보았다. 찻집 벽면에는 르누아르의 〈앙리오 부인〉 복사판이 어설피 매달려 있었다. 햇빛에 반사되어 눈부시게 화사한 노란 블라우스와 발그레한 볼, 청순한 눈매…….
미술사를 배울 때마다 들었던, 반복적으로 찬사 받던 몇 가지 미덕이 어쩐지 마땅치가 않았다. 길들여진 순종과 무지만이 깃들었을 뿐 인간적인 고뇌나 갈등, 욕망 따위가 없는 얼치기 같은 웃음은 금방이라도 허물어져 까무 언니의 등에 쏟아질 것 같았다.

"애들이 몇 살이야? 초등학생이면 제법 크겠네?"

"6학년이랑 5학년. 아빠가 없어서 기죽어 있는 것보단 낫지만 어찌나 개구쟁이인지……. 아냐, 놀랠 거 없어. 혼자된 지 꽤 됐어. 그럭저럭 견딜 만해. 어떡하든 산 사람은 살게 마련이라더니, 아이들이랑 굶지 않으려고 발버둥 치다 보니 상처가 아물더라. 물론 아주 잊었다면 거짓이겠지만."

"애들을 일찍 뒀나봐. 난 이제 겨우 유치원에 보냈는데."

"이렇게 말하면 주책이라 할 테지만, 스무 살 갓 넘어선 꽤 곱단 소릴 들었거든. 남들 말이 까무잡잡한 게 섹시하대나? 결혼이 뭔지도 모르고 했어. 그저 좋기도 하고 또 애 아빠 허우대가 그럴듯해서 설마 고생시키랴 싶었지. 근데 그게, 고압전선 앞에서 허우대고 뭐고…… 정말 한순간이야. 집에서 점심을 먹는데 회사에서 심상찮은 전화가 왔어. 설마, 설마 하면서 뛰어갔더니 벌써 새까맣게……. 아냐, 아냐. 다시 생각하기도 싫다. 나보다 애들이 힘들었지 뭐. 한동안은 나도 따라 죽고만 싶었어. 그러다가 문득 네 생각이 나더라. 집에 가면 우는 엄마 보기 싫다고 맨날 우리 집에서 살았잖아. 쌀밥 먹던 애가 꽁보리밥도 맛있다고 억지로 먹다가 체한 적도 있고."

옛날이야기를 꺼내며 언니는 재미있다는 듯 웃었다.

"그래도 네 어머니는 재산이라도 많았으니……. 난 정말 난감하더라. 처음 길거리에 나섰을 때는 고개를 들 수 없을 만큼 창피했지. 하지만 목구멍이 포도청이라고, 굶고 있을 애들 생각을 하니 보따리를 풀겠더라. 그러고는 그 뒤로 창피한 게 뭐니. 당장 죽자사자 싸움질부터 해야 하는데. 싸우는 걸 두려워해서는 아무것도 못해먹었어."

"언니, 떼떼아줌마가 무슨 무덤 얘기를 하시던데……."

"너한테까지 그 얘기가 들어갔니? 역시 떼떼아줌마답구나. 몰라? 왜 있잖아. 뒷산 고갯마루에 있던……. 하긴 썩 내놓고 자랑할 게 아니어서 쉬쉬하긴 했지만."

언니는 헝겊을 치렁치렁 매달아놓았던 아름드리 상수리나무가 생각나느냐고 묻더니, 실은 그 뒤에 있던 무덤이 한을 품고 자살한 며느리 무덤이라고 했다. 그제야 동네 아이들이 키 큰 상수리나무 앞을 지나기 꺼려했던 기억이 났다.

"너도 마당 넓은 우리 집 생각나지? 마을이 한눈에 내려다보이는데다 밤나무, 대추나무, 사과나무에 모과나무까지 있었잖아. 옛날엔 거기에 제법 쓸 만한 기와집이 있었는데 며느리 죽고 폐가가 되어 없어졌다는 거야. 놀랄 거 없어. 설마 우리 집안 내력을 이런 식으로 말할까. 뭐라더라…… 윤 초시네라나?"

까무 언니는 이야기를 꺼내면서 어릴 적 버릇대로 숨을 한 번 크게 쉬었다.

"옛날에 우리 할아버지께서 새우젓 장사 다니면서 이리저리 떠돌 때 우연히 찬우물 마을에 들렀다가 그 집터를 차지하게 되었다나 봐. 먼저 살던 윤 초시네가 패가망신해서 마을을 떠날 때, 무덤을 잘 돌봐준다는 조건으로 말이야. 근데 그 집 며느리가 죽은 이유가 뭔지 알아?"

나는 조금 웃어 보이며 고개를 흔들었다.

"요즘 같으면 씨알도 안 먹힐 얘기지만, 시집살이가 하도 지독해서였대. 잘해줘도 시집살이, 못해줘도 시집살이라는데 옛날에는 오죽했겠니. 무서운 시집살이에는 우선 일 많이 시키는 게 있대. 시부모는 물론 시누이 시동생 앞앞이 시중들려면 날밤을 꼬박꼬박 새웠다니까. 그 다음 시집살이는 때리는 시집살이, 그 다음은 굶기는 시집살이였대. 가난해서가 아냐. 양식을 쌓아두고도 밥을 조금만 했고 그나마 시누이가 누룽지까지 싹싹 긁어 갔더란다. 그러면 며느리는 솥을 열 번 씻어 배를 채우고는 부엌을 나섰대. 어쩌면 그럴 수가 있었을까? 좀 부풀린 얘기겠지만. 그리고 마지막으로 한 가지가 남았는데, 뭐냐 하면…… 한번 맞춰봐."

"글쎄…… 욕지거리? 아니면 억울한 죄라도 씌우든가."

나 역시 까무 언니가 이끄는 대로 얘기를 쫓아가며 기분 좋게 장단을 맞췄다. 이십 년 만에 만났는데도 언니가 매우 가깝게 느껴졌다. 언니네 집 대추나무 위에 올라가, 저녁밥을 먹으라고 어머니가 부를 때까지, 부르다 지쳐 부지깽이를 들고 쫓아올 때까지, 언니의 옛날얘기를 듣던 어린 시절로 돌아간 느낌이었다.

"제법인데? 하지만 틀렸어. 제일 견디기 힘든 건 가둬두는 시집살이였대. 누구나 여럿이 어울리고 싶은 맘이 있잖니. 만나서 수다도 떨고 함께 일하다가 힘들면 노래 한가락씩 부르기도 하고 말이야. 그런데 그 고약한 윤 초시네 시어머니는 자기 뒤구린 게 드러날세라 며느리를 집에 가둬놓고 한 발짝도 못 나서게 했다잖니. 그러던 어느 날 아침, 늦도록 며느리가 안 보이더래. 한참 찾아보니 뒤꼍에 있는 우물가에 하얀 고무신이 가지런히 놓여 있더란다."

"자살했단 말이야? 친정으로 가든가 도망쳐버리지 않고?"

"출가외인이라 친정에서 받아나 준다니? 게다가 도망치면 며느리가 바람이 났다고 하거나 도둑질을 했다고 거짓 소문을 낼 테고. 그런데 왜 목을 매달거나 비상을 쓰지 않고 하필 우물에 빠져 죽었는지 알아? 그게 다 이유가 있어. 물이란 게 원래 깨끗하잖아? 나는 결백하오니 억울한 원한을 풀어주시오, 하는 마지막 호소로 물에 빠지는 거래. 『장화홍련전』에서도 처녀들이 하필 연못에 빠진 걸루 나오는 게 다 그런 이유라고. 웃지 마 얘. 장화홍련 얘기는 내 짐작이지만, 앞에 얘기는 사실이야."

언니는 눈을 휘둥그레지게 뜨며 심각하게 말했지만 나는 비실비실 나오는 웃음을 참지 못했다.

"어디서 그런 얘길 듣고 나를 속이려고 그래? 언니 집 뒤에 우물이 어딨어?"

"얘 좀 봐. 내 말 안 믿네. 너 그럼 버젓한 우물도 없는 우리 동네 이름이 하필 찬우물이란 게 이상하지 않아? 예전엔 인근에 소문이 나도록 좋은 샘물이어서 일 년 내내 마르질 않았대."

"그건 그렇지만 언니네 뒤꼍엔 분명 우물이 없었잖아."

"그야 메웠지. 동네 사람들이 몰려와 시신을 건져내고 우물을 메운 뒤 성대하게 장례를 치르도록 했다지 아마. 그 뒤로는 아무도 윤 초시네한테 물을 나눠주지 않고 따돌림을 했다는 거야. 그게 바로 며느리 학대하지 못하게 하려고 예로부터 내려오는 처벌방식이래. 물 없이 어떻게 사니? 게다가 아무도 일손을 나누지 않으면 농사를 지을 수도 없잖아."

언니의 말이 끝나자 잠시 침묵이 흘렀다. 나는 식어버린 커피를 찻숟가락으로 휘휘 저었다.

"그러니까 못 되면 조상 탓이라, 우리 조상은 아니지만⋯⋯ 그 무덤을 보살피지 않아서 나한테 안 좋은 일이 생겼나? 하는 생각이 들더라."

"요즘 세상보다 낫네. 원한을 풀어주는 방법이 다 있으니."

"왜, 풀 원한이라도 있어?"

"글쎄 있다면 있고 없다면 없고⋯⋯. 문제는 그 원한의 대상이 누군지 모른다는 거야."

나는 한없이 속을 풀어놓으려다 그쯤에서 자신을 수습했다. 아무리 언니가 반갑고 여전히 격의 없다 해도 속속들이 보여주고 싶지는 않았다. 나는 얼른 '검인' 얘기를 꺼냈다. 학교에서 찾아온 아버지의 유물은 별 게 없었다. 쓰다 만 공책들이며 여러 권의 책들과 회색 유니폼. 그리고 나무로 만들어진 검인이 있었다. 태우기 위해 모아둔 유품들 중에서 나는 검인을 몰래 빼내어 가졌다. 그 뒤로 검인 찍기 놀이를 제일 좋아했고 그런 만큼 그 물건을 아꼈다. 아니, 그것은 물건이 아니라 나에게도 자상하고 지혜로우면서도 엄격했던 아버지가 존재했었음을 확인시켜주는 증거물이었다. 그것은 정육면체 양쪽으로 손잡이가 달려 있어서 롤러처럼 돌려가면서 쓸 수 있게 되어 있었는데 각기 다른 네 가지 문양이 새겨져 있었다. 나는 어깨동무하고 있는 소년 소녀의 웃는 얼굴이 새겨진 밑으로 '참 잘했어요'라고 찍혀 나오는 면과 큰 별이 박혀 있는 면을 좋아했다. 까무 언니는 아마 튤립 한 다발이 새겨진 면을 좋아했던 것 같다. 그 검인을 갖고 놀다가 까무 언니 집에 두고 왔는데 내가 심한 고열에 시달리는 동안 까무 언니네가 이사를 가고 만 것이다. 까무 언니는 별안간 큰 소리로 웃어댔다. 얼마나 크게, 그리고 못 견디겠다는 듯 허리를 꺾으며 까르륵 웃었는지, 주위의 시선이 한순간에 쏠렸다.

"이 바보야. 너 생각 안 나? 그 검인은 물 한 주전자 먹기 내기에서 내가 이겨서 아주 나한테 줬잖아. 그땐 너나 나나 왜 그리 미련하고 순진했나 몰라. 그 쪼그만 뱃속에 찬물 한 주전자씩 넣고는……. 그날 밤 내내 뒷간엘 얼마나 들락날락했게. 가을비는 주룩주룩 내리고 식구들은 이삿짐을 싸는데 뱃속은 또 얼마나 부글부글 끓던지……."

그랬던가? 그런데 내 기억 속에는 전후사정이 없다. 한참 앓고 난 뒤에 찾아갔던 언니네 앞마당의 어수선한 지푸라기들과 빗물에 젖은 채 데굴데굴 구르던 빨간 대추알뿐이다. 저녁 시간이 되자 한적했던 다방 안이 손님들로 술렁댔다. 언니는 남은 커피를 훌쩍 소리가 나도록 급히 마셨다.

"이걸 어쩌지? 늦어서 가봐야 돼. 벌써 회의 시작했겠다. 이래 뵈도 내가 노점상연합회 부녀회장이거든."

"회의? 계모임이 아니고?"

"회원이 백만 노점상이니까 꽤 큰 계지? 곗돈 대신 최루탄을 선물로 받기는 하지만."

언니는 또 한 번 크게 웃었다. 속이 여문 웃음이었다. 밖으로 나오니 초가을 석양이 거리마다 긴 그림자를 늘어뜨리며 기울어가고 있었다. 수수하다 못해 궁상맞아 보이던 군청색 윗도리 차림의 언니가 인파 속으로 거침없이 걸어 들어가는 모습을 나는 오래도록 지켜보았다.

생각에 잠긴 사이 버스는 어느새 달리기 시작했다. 창밖으로 내가 사는 아파트 단지가 급류처럼 흘러갔다. 크레파스아동복, 아이네미용실, 영재속셈학원, 현대세탁소, 뽀모도로레스토랑……. 초조감이 전신으로 급속하게 퍼졌다. 크게 어긋나고 있다는 불안감이 가슴을 조여왔다. "그까짓 거. 아무렴 어때." 그렇게 혼잣말로 대담함을 북돋으며 앉아 있었더니 어느새 종점이 가까웠다. 종점에서 내리면 찻집이라도 있을 테지. 거기 들어가 차 한 잔 마시고 천천히 집으로 가면 돼. 세 정거장 정도라면 오랜만에 혼자 좀 걸어도 보고. 찻집을 생각해내자 한결 여유로워졌다. '싸울 용기가 없었으면 아무것도 못해먹었어.' 까무 언니의 도전적인 눈빛이 떠올랐다. 그 눈빛만은 예나 지금이나 여전했다. 이십 년 전 연어 이야기를 들려주던 아버지를 쏘아보던 때의 새까맣게 빛나던 눈빛 그대로. 방학이면 아버지는 사랑마루에 앉아 동네 아이들에게 재미있는 이야기를 들려주곤 했는데 언젠가 연어의 일생에 대해 가르쳐준 적이 있다. '연어는 말이다, 강가에 남지 않고 멀리 드넓은 바다로 떠난 연어들은, 가장 몸집이 작은 치어들이었단다. 이상하지? 거친 파도를 이기려면 영양상태가 좋아 몸집이 크고 튼튼한 놈들이어야 할 텐데 말이야. 하지만 등에 기름이 낀 치어들은 민물에 남아 안주하는 법이란다. 더 절박하고 더 많이 갈구하는 치어들만이 새로운 삶의 터전을 찾아 떠나지.'

긴 여정의 고통을 견디어내는 힘이야말로 거친 환경에서 짓눌려본 무지렁이의 꿈에서 비롯되는 거란 뜻이었을까. 타오르는 원한과 분노를 양식 삼은 먼 길……. 그렇다면 난 무엇에 분노하고 어디로 떠나야 하는 걸까. 나에게 먹고사는 문제는 그다지 절박하지 않다. 하지만 서른두 평에 갇힌 나의 삶은 그 옛날의 윤 초시 며느리만큼이나 절망적이다. 근원을 알 수 없는 욕망과 열패감, 턱없는 분노와 무력감.

종점엔 찻집이라곤 없었다. 대신 운전사들을 위해 설치한 자판기가 하나 있어 음료를 빼어 들고 천천히 집으로 향했다. 계절이 바뀌어가는지 낯선 바람 끝이 서늘했다. 밤낮으로 일교차가 심할 땐 아이들 감기 조심시키고……. 일상에 단련되어 한 치의 오차도 없이 떠오르는 생각에 씁쓸하게 혼자 웃었다. 횡단보도를 건너려는데 뒤에서 요란한 경적 소리가 들렸다. 순간적으로 몸을 움츠리면서 빠르게 신호등을 쳐다봤다. 초록 불이 분명했다.

"타세요."

빨간 소형차 운전석에서 젊은 여자가 웃고 있었다.

"신호 바뀌겠어요. 어서 타세요."

창유리를 열고 손짓하는 사람은 분명 꼭대기 층 여자였다. 엉겁결에 차에 올랐다.

"어디 다녀오시는 길인가 봐요. 뒷모습이 몹시 지쳐 보이던데…….”
"네, 좀. 딴엔 생각 좀 한다는 게……. 뒷모습이 형편없이 늙었지요?”
"늙어요?”
"뒷모습이 앞모습보다 더 솔직하잖아요. 화장으로 위장할 수도 거짓 웃음을 지을 수도 없으니까. 그쪽은 뒷모습이 아직 앳된 게 처녀처럼 보여요.”
"처럼? 그럼 처녀가 아니라고 생각하세요?”
여자는 고개를 돌려 나를 쳐다보았다. 상기된 얼굴에 과장된 놀라움이 겹쳐 위선적으로 보였다. 감쪽같이 누굴 속이려고……. 한 꺼풀만 벗기면 거미줄처럼 갈라진 뱃가죽이 뻔히 드러날 텐데.
"긴 머리와 잘록한 허리만으로 처녀로 위장할 순 없지요.”
나는 정곡을 날카롭게 찔렀다.
"왜 그렇게 보시죠? 아무도 저를 기혼녀로 보지 않는데. 큰일이네, 이러다가 그나마 직장에서 떨려나면 어쩌나? 전 꼭 처녀처럼 보여야만 해요. 얼마 전에 새로 옮긴 회사는 기혼녀를 채용하지 않거든요.”
호들갑스럽게 말하던 여자 목소리가 점차 밤이슬처럼 젖어갔다.
"하긴…… 제 뒷모습엔 아마 처녀라면 없을 슬픔이 배어 있을지 모르지요. 이제는 가슴 깊이 가라앉을 때도 됐는데……. 아이들이 있었어요. 지금은 함께 있을 수 없지만.”
"가끔 아이들을 만나기는 하나요?”

"그래요, 아주 가끔……. 남한강변을 따라 달리면 하얗게 이는 물안개에 섞인 그 애들 목소리를 들을 수 있지요. 단 하루만을 울 수 있었던…… 알아들을 수 없도록 작고 애처로운 이란성 쌍둥이의 이중음……."

그 여자가 차선을 잠시 이탈하는 사이, 사이렌 소리와 함께 구급차가 살을 도려낼 듯 옆을 스치고 지나갔다. 나는 여자가 더는 감정에 휘말리지 않고 운전하게끔 진정시킬 필요를 느꼈다.

"좌회전 신호예요."

내가 들어도 메마르고 무뚝뚝한 목소리였다. 불안한 포물선을 그으며 좌회전한 자동차가 아파트 주차장으로 들어섰다.

"미안해요. 이런 얘기나 해서. 실은 오늘이 그날이거든요. 그날, 출산휴가를 앞두고 마지막으로 지방출장을 다녀오다……."

"세상에, 만삭이 다 된 임산부에게 지방출장을 보내다니. 뭐, 그런 나쁜 자식들이 다 있어? 정말 나쁜 놈들이네."

부아가 치밀어 알지도 못하는 자들에게 욕설을 퍼부었다. 한번 내뱉은 욕설은 견고한 교양의 틀 내에서 오르락내리락 하던 감정의 폭을 순식간에 뛰어넘었다.

"보낸다고 출장을 갔어요? 모성보호라는 기본적인 권리라도 내세우지. 겉으론 야무진데 속은 물러터졌구나."

"시켜서 한 건 아니에요. 어차피 제 일이었고, 배불러서 회사 다니는 걸 마땅찮아 하는 상사에게 내 일은 내가 해낸다는 걸 보여주고 싶었어요. 그렇게 오기로 떠났던 출장길에 그만…… 조산되고 말았죠. 의사 말이 무리했대요."

치어들의 꿈 145

퇴근 시간이라 그런지 주차장 주변이 차와 사람들로 번잡했다. 여자에게 저녁을 함께 하겠느냐고 청했다. 여자는 지방대학에 출강하는 남편이 올라오는 날이라며 다음날로 하자고 했다. 차에서 내리자마자 급하게 집을 향해 뛰었다.

꽃잎이, 분꽃잎이 어지러이 떨어져 있었다. 딸애들은 화단에서 꽃잎을 따는 데 열중하다가 나를 보자마자 엄마아, 하고 와락 달려들었다. 선영이만이 계속해서 꽃잎을 따고 있었다.

"얘, 선영아. 자꾸 꽃잎을 따면 어떻게 해? 엄마한테 일러서 혼내줄 테다?"

잘 아는 동네 아줌마로서의 위엄을 갖고 타일렀다. 그러자 선영이는 갑자기 삐쭉삐쭉 입을 실룩이더니 끝내 으앙 울음을 터트렸다. 남의 아이를 울리는 것은 참으로 곤혹스러운 일이다. 더 야단을 칠 수도 없고 딱히 달랠 재간도 없으니. 막막하게 아이의 울음이 그치기만을 기다리는데 마침 떨어진 꽃잎마다 희끗희끗하게 얼룩져 있는 게 눈에 띄었다. 어제 낮에 충동적으로 떨어뜨렸던 우유 방울들이 지저분하게 말라 있었다. 섬뜩했다.

"어머나 이를 어째, 아줌마가 잘못 알았구나? 그러면 그렇지, 우리 선영이가 얼마나 착한데. 선영이는 얼룩져 있는 꽃잎만 땄구나? 너무 미워서, 그치? 아줌마가 몰라서 미안해. 이제 그만 울고 집에 가자, 으응? 너무 늦으면 집에서 엄마가 걱정해요."

나는 한껏 부드럽고 나긋나긋하게 목소리를 가다듬고 아이를 달랬지만 선영이는 여전히 울음을 그치지 않았다. 이젠 제 누나 꼴을 보던 작은놈마저 비질비질 울기 시작했다.
"애들이 정말 왜 이래? 아줌마가 미안하다고 했잖아. 그만 뚝, 뚝, 집으로 가자, 으응?"
"엄마, 그게 아니에요."
어딘가 불안하고 침통해 보이는 얼굴로 딸아이가 다가왔다.
"그게 아니라니?"
"선영이 엄마 집에 없어. 방금 전에 병원 갔어요."
"병원? 어디가 많이 아프대?"
"그게 아니고, 저기……."
"저기라니, 똑똑히 말해봐."
불길한 예감이 신경 끝을 팽팽하게 잡아당겼다.
"떨어졌대, 베란다에서……."
"왜?"
나는 따지듯이 선영이 어깨를 흔들며 물었다.
"몰라요. 우리들은 만화영화 보고 있었는데 경찰들이 사고 난 집이냐면서 집 안으로 뛰어 들어왔어요. 정말 몰라요, 아줌마."
선영이 울음소리가 더욱 커졌다. 건너편 마주 보이는 화단가에 사람들이 모여 웅성거리고 있었다. 그들은 저마다 한마디씩 던지며 냉정히 고개들을 돌렸다.
"요새 젊은것들은 그저 호강에 겨워서 저 지랄이지."
"그러게 말이야. 지들이 시집살이를 하나 옛날 우리네처럼 뼈가 으스러지게 들일을 하나. 서방하구 새끼들 밥해 먹이는 것도 힘들다고 자살한대? 원, 세상이 우습게 되려니까, 쯧쯧

치어들의 꿈   147

쯧……."

 어느 노부부가 하는 소리가 넓은 아파트 광장을 왕왕 울려댔다. 나는 방금 전 구급차가 요란하게 지나갔던 방향으로 온 힘을 다해 달렸다. 어지러운 네온사인에 미쳐 발광하는 도시가 성큼 가슴을 압박해왔다. 저 짐승 때문이야, 선영 엄마. 정신 차려, 저 번뜩대는 거대한 짐승 때문이야. 원한의 대상도 모르면서…… 아무런 단서도 없이…… 그건 바보짓이야. 정신 똑바로 차려, 선영 엄마!

(『실천문학』 2001년 봄호)

사라져버린 날들

땅속에 묻혀 화석이 된 동식물의 유체나 인간의 기억이나 같은 구조가 아닐까. 초원을 달리던 공룡의 육신을 덮친 용암이나, 감정이 푸릇푸릇 살아 있는 순간에 들이닥친 연인과의 이별이나. 잊히지 않는 기억이란…… 어떤 사람에게는 치명적 불행이다.

그는 산그늘이 드리워진 언덕의 경사면을 천천히 올라갔다. 발굴로 파헤쳐진 황토를 밟을 때마다 어깨에 멘 두 대의 사진기가 규칙적으로 부딪쳤다. 갈지자로 된 비탈길을 반쯤 오르자 뒤에서 자동차 시동 소리가 들렸다. 이어 날카로운 클랙슨 소리가 울려왔다. 그는 걸음을 멈추고 뒤돌아서서 숙소를 떠나는 대원들을 향해 손을 흔들어주었다. 대원들은 자동차 창문을 열고 상체를 내밀며 아우성으로 한마디씩 했다. 아그배나무 밑에 서 있는 자동차 위로 비에 젖은 나뭇잎들이 바람에 후드득 떨어졌다. 그는 제대로 알아듣지 못했지만 고개를 끄덕이며 웃어주었다. 아마도 잘 지내라는 인사이거나, 절대 혼자서 발굴 작업을 계속하는 고생은 하지 말라는 당부, 그도 아니면 애증의 청동기 유구들이여 부디 안녕히, 식의 농담이었으리라. 아침나절에 비가 내리지 않았다면 지금쯤 발굴현장을 항공촬영 하느라 매우 분주했을 시간이었다. 뜻밖의 비에 항공촬영이 취소되자 대원들은 환호성을 질러댔다. 발굴단장인 그가 연휴 내내 혼자 현장을 지켜야 한다는 걸 알고서야 그들은 뒤늦게 머리를 긁적이고, 서로의 배를 이유 없이 때려대면서 웃음을 참았다. 정오가 되어 해가 났지만 대원들은 이미 외출 준비를 마친 뒤였다. 좁은 길을 빠져나가는 자동차가 덜컹댈 때마다 햇빛이 사방으로 튀어 올랐다. 막내는 여전히 손을 흔들어댔다. 차가 마을길을 지나 해안도로로 접어드는 걸 지켜본 뒤 그는 다시 언덕을 올랐다. 숙소에서 멀어질수록 짙은 숲 향이 맡아졌다.

산등성이에 다다르자 이마에 자잘한 땀방울이 맺혔다. 그는 멀리 해안도로 쪽을 내려다봤다. 막내가 끝까지 손을 흔들고 있었다. 수개월을 발굴현장에서 보낸 어린 사학도는 못내 아쉬움이 남는가 보다. 연휴 다음날 곧바로 입대한다고 했으니 어쩌면 평생 이곳을 잊지 못할지 모른다. 입대 직전의 경험이란 시시한 일조차 또렷하게 기억나기 마련일 테니. 땅속에 묻혀 화석이 된 동식물의 유체나 인간의 기억이나 같은 구조가 아닐까. 초원을 달리던 공룡의 육신을 덮친 용암이나, 감정이 푸릇푸릇 살아 있는 순간에 들이닥친 연인과의 이별이나. 잊히지 않는 기억이란…… 어떤 사람에게는 치명적 불행이다. 그것은 이를테면 퇴행의 성질을 지녔다. 이 순간 벌써 그는 십여 년 전의 자신을, 군에서 제대하던 해에 머물렀던 첫 발굴현장을, 그 시절을, 그 열정을 떠올려야 하지 않는가. 어쩌면 그가 이제 발굴을 그만두고 싶다고 생각하는 건 그 때문인지도 모른다. 시간의 퇴적층을 걷어내고 과거를 고스란히 품은 채 잠들어 있던 유물들을 세상의 빛 속으로 끄집어내는 작업은 갈수록 그를 힘들게 했다. 누군가 깊이 잠들어 있는 자신을 흔들어 깨운다고 생각해보라, 그 고통스런 순간을, 거대한 포클레인까지 동원해 수천 수만 년의 그 고요하고 평화로운 퇴적을 마구잡이로 파헤치는 문명의 거친 손을. 물론 많은 고고학자들은 개발이란 명분으로 이루어지는 현장에서 구제발굴을 하느라 온갖 고생을 다하고 있다. 하지만 어차피 불완전한 발굴일 수밖에 없다. 발굴이 끝나기 무섭게 대부분의 유적지는 짓이겨지고, 그 위에 콘크리트 덩이가 얹히고, 그리고 영원히 유실되는 것이다. 그런 악순환 속에 놓여 있는 자신을 그는 더는 견딜 수가 없었다. 이번 개발을 책임지고 있는 건설업자와의 심한 마찰도 그를 지치게 했다. 무조건 빨리 발굴을 끝내달라고 억지 부리는 매부리코 사내와 실랑이 벌이는 것만큼 피곤한 일이 또 있을까. 하지만 그는 이제 곧 마흔이었다. 다시 새로운 직업을 찾아내기에는 삶에 대한 정열이 식어버렸고, 세상이 그리 만만치 않다는 것도 눈치채버린 나이였다.

차가 산모퉁이를 끼고 휘돌아가자 갑자기 정적이 들이닥쳤다. 드문드문 서 있는 자연촌락의 쓰러져가는 집들, 오래된 초등학교 건물, 버스 정거장, 개발을 앞두고 버려진 잡초더미 논밭 위로 저녁나절의 햇빛이 쏟아지고 있었다. 그리고 무엇보다 바닷물이 다시 들어오고 있었다. 그 거대한 고독의 수평선은 끊임없이 새로운 물결을 만들며 천천히 다가왔다. 종일 빨아들인 빛을 일시에 뿜어내듯 바다표면은 은빛으로 빛났고 검은 갯벌과 먼 하늘조차 환해져 있었다. 그는 눈부심을 이기지 못해 눈을 감았다. 아주 가느다란 빛이 망막에 남아 존재의 깊숙한 곳으로 스며들었다. 젊은 날에 만났던 몇몇 친구들이 떠올랐다.

그리고 또다시 기억해냈다. 엄청난 주장과 폭력과 아우성이 햇빛 속에서 뒤엉켰던, 도망치듯 도시를 떠나 서해안의 발굴현장으로 숨어 들어갔던 그해 팔월을, 그 시절을, 그 열정을.

"그리고도 십 년을 살았어."

어깨에 멘 두 대의 카메라를 바닥에 내려놓으며 그는 자조하듯 말했다. 모래 자루를 걷어내고 유구를 보존하려고 덮어두었던 비닐을 들췄다. 오후 빛이 청동기인들의 주거지를 밝게 비췄다. 빛은 흙 색의 미세한 차이를 잘 드러내주었다. 진흙을 다져 미장한 흔적이 있는 생토 바닥, 움막을 버티던 기둥 자리, 붉은빛이 도는 아궁이 자리가 선명하게 대비되었다. 그는 들고 있던 카메라로 유구를 촬영하기 시작했다.

몇 개의 구름이 그의 등을 지나 동쪽으로 이동해 갔다. 그는 촬영을 멈추고 허리를 폈다. 흐물대는 금속 같은 바다는 어느새 마을 가까이 다가와 있었다. 바닷새 우짖는 소리가 크게 들려왔다. 일몰 직전의 빛나는 수평선을 넘어 고깃배가 들어오고 있었다. 그리고 다음 순간 그는 마을길을 가로질러 숙소 쪽으로 달려오는 자동차 한 대를 발견했다.

자줏빛 자동차는 아그배나무 밑에서 멈추었다. 꽤 시간이 지나도록 차에서는 아무도 내리지 않았다. 그는 언덕을 내려갔다. 소음이라곤 거의 없는 곳이어서 자동차 안에서 나는 음악 소리, 누군가 흐느끼는 듯한 소리, 자동차 시동을 완전히 끄는 소리가 들려왔다. 마당에 어둠이 내려앉기 시작할 무렵 운전석에서 어떤 여자가 나왔다. 보통 키에 호리호리한 편인 여자는 하얀 원피스 차림이었다. 고요한 바닷가 마을, 텅 빈 시골집 마당의 잎새 뒤척이는 아그배나무 아래 문득 달빛 같은 모습으로 나타난 여자는 침묵 속에 서 있었다.

여자는 멀리 바다 쪽에 시선을 두고 있었다. 검푸르게 변해가는 하늘로 가창오리 떼가 날아오르고 있었다. 낯익은 얼굴이었다. 하지만 한 번도 만나본 적이 없는데도 어디선가 만난 적이 있는 것처럼 여겨지는 경우는 더는 드문 일이 아니었다. 그는 여자에게 약간 머리를 숙여 인사했다. 그러고는 여자가 어떤 식으로든 말을 걸어오길 기다렸다. 길을 잘못 들어섰다든가, 근처 바닷가에 들렀다가 민박집을 구하지 못했다든가, 하다못해 지방 신문사에서 취재차 왔다는 따위의 말이라도. 여자는 말을 건넬 듯 말 듯 망설이는 표정을 지었다. 아주 천천히 걸었는데도 그는 아그배나무 밑을 금세 지나쳐버렸다. 방문 앞에 이르러 그는 여자가 어떻게 되었는지 보려고 몸을 돌렸다. 여자는 어둠이 내려앉은 풀숲을 흔들며 산길로 들어서고 있었다.

저녁에 그는 간단히 요기를 하고 곧바로 유물 실측을 했다. 책상 위에 꺼내놓은 반달모양 돌칼과 점토대토기, 그리고 농경문 청동의기가 갓 태어난 아이처럼 그의 손길을 기다리고 있었다. 그러나 생각처럼 쉽게 일이 진척되지 않았다. 청동기 3호 무덤에서 출토된 점토대토기를 실사하는 데 옆선이 의도대로 매끄럽게 그려지지 않았다. 여러 차례 반복해서 그리다 보니 선은 몹시 굵고 거칠어졌다. 고양이가 책상 위로 올라와 발톱으로 종이와 연필을 건드리며 장난을 쳐댔다. 그는 연필을 내려놓고 고양이 등을 쓰다듬으며 생각에 잠겨버렸다. 손이 무뎌진 것은 요 며칠 대원들과 함께 밤늦도록 술을 마신 탓만은 아니었다. 저녁나절에 잠깐 마주친 여자의 모습이 자꾸 떠올랐다. 뭐 하는 여자인지. 어쩌자고 이 어두운 밤에 산길로 들어간 건지. 정말 언젠가 만난 적이 있는 여자인지. 혹시 어떤 위험한 짓을, 말하자면 억지로 생을 마치려드는 건 아닌지. 고양이는 심연의 바닷빛 눈을 감으며 기분 좋게 그르렁거렸다. 순간, 그는 그녀가 누구인지 기억해낼 수 있었다. 갈래머리를 하고 햇빛에 눈을 찡그리며 웃고 있던, 숙소를 지나 산길을 더 올라가면 외따로 서 있는 집에서 보았던 처녀가 분명했다.

외딴집에 처음 들른 것은 지난봄이었다. 이곳 진배마을의 발굴 책임을 맡고 현장으로 내려온 지 일 주일쯤 지났을까. 발굴 장비들을 점검하고 있는데 한밤중에 경찰들이 들이닥쳤다. 신발을 신은 채 뛰어 들어온 경찰은 총을 겨누며 대원들을 한곳으로 몰아놓더니 집안 구석구석을 뒤졌다. 속수무책으로 당하던 대원들이 왜 이러느냐고 항의를 하고 경찰들의 몽둥이질에 대원들이 여기저기 고꾸라진 뒤에야 소란은 끝이 났다. 마을 주민들이 신고를 했다는 거였다. 웬 젊은 사내들이 시골집에 모여 사는데 조직깡패 소굴인 것 같다고 했다던가. 다음날 시루떡과 삶은 돼지머리를 들고 집집마다 찾아가 인사하고 협조를 구했다. 그때 그가 마지막으로 찾아간 곳이 그 외딴집이었다. 마을 입구에서 허술한 가겟집을 열고 있는 혹냄댁한테 들은 대로라면 오래전에 외지로 나갔다가 돌아온 사내가 혼자 살고 있다고 했다. 마침 현장에서 일할 인부를 구하고 있었으므로 그는 기대감을 갖고 찾아갔다.

벽오동나무에 둘러싸인, 황폐해질 대로 황폐해진 집은 한낮인데도 방문과 창문을 꼭 닫아놓은 채였다. 돌쩌귀가 떨어져나간 대문을 밀고 들어서자 마당가에서 낮잠을 자던 여러 마리의 고양이들이 번쩍 눈을 뜨면서 일제히 울어댔다. 온갖 잡초들로 우거진 마당은 냄새로 가득 차 있었다. 잡초들이 내뿜는 질식할 듯한 풀 내와 발정 난 고양이 특유의 암내, 나날이 무너져 내리는 게 분명한 집의 썩어가는 벽지에서 나는 곰팡내, 그리고 오두막집을 둘러싸고 있는 벽오동나무 향이 뒤섞인 냄새였다. 잠시 뒤 집 안에서 쿨럭대는 기침 소리가 나더니 왜 이리 소란이야, 하는, 렙토스피라를 앓는 들개 같은 사내의 목소리가 들렸다.

그는 마루로 다가갔다. 헛기침을 몇 번 한 뒤 주인 계시냐고 몇 번이나 물었지만 대답이 없었다. 군데군데 널빤지가 빠지고 못이 튀어나온 마루에는 먼지가 뽀얗게 앉은 물주전자와 소주병, 찌그러진 냄비, 주발이 아무렇게나 뒹굴었다. 한쪽 벽에는 건드리면 그대로 산산이 부서져 먼지가 될 듯 보이는 낡은 어망이 바람이 불 때마다 무심히 흔들렸다. 그 뒤로 반쯤 가려진 사진들이 어망이 흔들릴 때마다 간간이 온전한 모습을 드러냈다. 어린 티를 갓 벗은 처녀가 갈래머리를 하고 햇빛에 눈을 찡그리며 웃고 있었다. 청신한 포도 알이 햇빛에 막 익어가기 시작하는 초여름의 뜰이었다. 열일곱이나 여덟쯤 되었을까. 어쩌면 그보다 더 되었을지도 모른다. 분명한 건 아직 잔인한 운명이 깊은 상흔을 남기기 이전의, 어떤 소중한 믿음 따위를 간직한 얼굴이었다는 것이다. 누렇게 색이 바래 있는 걸 보면 꽤 오래전에 찍은 거였다. 처녀는 이제 그 아름다움을 어느 만큼은 잃었겠구나, 생각하며 마루에 걸터앉았다. 그때 갑자기 고양이 한 마리가 그의 손등을 덮치더니 들고 있던 돼지고기를 바닥에 내동댕이쳤다. 배를 제외하고 온통 검은, 꼬리 끝이 한쪽으로 꺾인 수컷 고양이 짓이었다. 대장으로 보이는 그 덩치 큰 놈은 노려보는 그의 눈길을 귀찮다는 듯이 무시해버리고는 유유히 고깃덩이를 물고 벽오동나무 그늘로 가버렸다. 그러자 나머지 고양이들이 한꺼번에 몰려들더니 고깃덩이를 삽시간에 먹어치웠다. 고양이들은 야생성을 완전히 회복한 날카로운 눈빛을 하고 있었다. 그가 마당을 지나 다시 낡은 대문 밖으로 나가는 걸 지켜본 뒤에야 고양이들은 다시 스르르 눈을 감았다.

그런 소동이 났는데도 사내는 끝내 나와보지 않았다. 대신 어린 고양이 한 마리가 그를 따라왔다. 그가 삐그덕대는 대문을 겨우 닫고 막 돌아서려는데 발밑에서 가녀린 고양이 울음소리가 들렸다. 연한 갈색 줄무늬와 초록빛 눈을 지닌 어린 고양이였다. 그는 고양이를 숙소로 데려와 우유 한 잔을 먹여 보냈다. 그 뒤로 고양이는 매일 정오가 되면 숙소로 찾아왔다. 대원들은 고양이를 몹시 귀여워했다. 특히 막내는 우유나 생선, 고기 반찬 따위를 남겼다가 먹였고, 초록빛 둥근 눈이 청동방울 같다면서 방울이란 이름까지 지어줬다. 고양이는 차차 숙소에서 노는 시간이 길어졌고 마침내 헌 옷을 넣어 만든 상자에서 낮잠을 즐기다가 가기도 했다.

그리고 나서 두어 달쯤 지났을까. 비바람이 몹시 불던 날 저녁이었다. 강렬한 벽오동꽃 향은 바람이 불 때마다 사방으로 빠르게 퍼졌다. 절규하듯 퍼지는 꽃향기는 알 수 없는 충동을 불러일으켰다. 대원들은 일찌감치 자리에 누웠지만 아무도 쉽게 잠들지 못했다. 밤이 깊을 대로 깊어서야 이부자리 속에서 남몰래 손장난을 하다가 하나 둘 쓸쓸히 잠들었다. 잠이 오지 않았다. 십 년 전에 끝나버린 사랑은 망령과도 같이 살아나 그의 육체를 휘저어놓았다. 십 년 전 유월, 저녁 여섯시 삼십분에서 삼십오분 사이에 그가 잠깐 손을 놓은 동안 완전히 떠나버린 여자……. 눈에 보이지 않지만 생생하게 느껴지는 그 입술, 그 눈동자, 그 손길의 생생한 느낌은 언제까지 남아 그를 붙들어 매놓고 있었다. 사내의 거친 신음 소리가 들려온 건 새벽녘이 되어 폭풍이 수그러들 즈음이었다 . 나뭇가지에 바람 지나는 소리를 잘못 들은 걸까. 아니면 사내는 매일 밤 그렇게 신음하며 혼자 앓고 있었던 걸까. 그는 한 번쯤 다시 그 집에 들러봐야겠다고 생각했다.

하지만 다음날 아침부터 일정이 빨라졌다. 바람은 잔잔하고 흙은 충분히 젖어 발굴작업을 진행하기에는 드물게 좋은 조건이었다. 정오가 되면서 청동기 시대 사람들의 주거지가 서서히 제 모습을 드러냈다. 작업은 매우 세밀하게 진행되었다. 갑자기 공기 중에 노출된 유물이 파열되거나 변색되는 것을 막기 위해 알코올과 방습제, 증류수 등을 준비해놓았고, 흙은 5센티미터 단위로 나누어 평삭했다. 토층의 변화에 따라 파괴되기 전의 흙 상태도 자세히 기록됐다. 오후에는 농경이 이루어졌음을 증명하는 반달돌칼과 돌보습, 한강 이남에선 드물게 발견되는 비파형 청동검의 거푸집, 그리고 귀퉁이가 떨어져나간 농경무늬 청동의기가 출토되는 개가를 올렸다. 이것은 당대의 농경 수준과 계급사회의 출현을 암시하는 중대한 유물들로 학계에 보고될 만한 것들이었다. 발굴단 전체의 분위기는 후끈 달아올랐다. 언덕 위에 많은 주거지가 발견되고 동쪽 경사면으로 무덤이 여러 기 출토되는 걸로 봐서 언덕 아래의, 계곡이 끝나는 지점에 부채꼴로 펼쳐진 땅에 청동기 농경지 유적이 남아 있을 거란 확신이 들었다. 그렇게 된 이상 발굴지역을 좀더 넓게 설정하고 기간을 더 늘려 잡을 수밖에 없었다. 다음날 그는 상부에 상황을 보고했다.

어떻게 알았는지, 매부리코를 위시한 업자들과 이 지역 개발을 주관하는 지방 관료들이 벌떼처럼 몰려왔다. 유적지를 함부로 밟고 다니며 유물 보기를 무슨 원수처럼 여기는 그들과 대원들 간에 거친 말이 오고갔다. 그 아수라장 속에서 그는 사내에 대해 완전히 잊어버리고 말았다.

아무래도 여자가 어떻게 됐는지 궁금했다. 그는 무릎에서 잠든 고양이를 책상 위에 올려놓고 밖으로 나왔다. 자주색 승용차는 여전히 아그배나무 밑에 세워져 있었다. 가까이 다가가 유리창 안쪽을 들여다보았다. 아무도 없었다. 조수석 시트 위로 여러 장의 CD와 책, 휴지, 음료수병 따위가 어지럽게 흩어져 있는 게 보였다. 그는 손잡이를 잡아당겨보았다. 철컥 소리가 나더니 아무 저항 없이 문이 열렸다. 당황한 그는 황급히 문을 닫았다.

이 여자 도대체 어떻게 된 거야? 그는 자신의 실수를 만회하려는 듯 혼잣말을 중얼거리며 산길로 접어들었다. 길 왼편으로는 흩어져 있는 고대인 무덤들이 달빛에 희미하게 모습을 드러냈다. 그가 직접 흙을 들어내고 꺼문거리로 들어 있던 토기와 구슬 따위를 수습했는데도 제법 등줄기가 서늘해졌다. 열세 살 무렵에 그는 공동묘지 근처의 마을에서 살았다. 저녁이면 산 그림자가 마을을 덮치듯 죽은 망령들이 되살아나 산 자들을 덮칠 것 같은 두려움에 떨곤 했었다. 하지만 한낮의 묘지공원은 아름다운 야생화들로 가득했다. 여름날의 산나리, 패랭이, 원추리는 빛깔이 유난히 곱고 선명해서 사람들은 죽은 자들이 거들어 그렇다고 했다. 죽은 자의 영혼이 거들어 피어난 화려한 야생화들……. 외딴집의 마당에 서 있던 벽오동 역시 사내의 영혼이 거들어 그토록 진하고 슬픈 향기를 뿜어냈던 걸까.

 그가 외딴집에 다시 찾아간 것은 한여름 더위가 기승을 부리던 때였다. 연내에 최첨단 벤처단지 조성을 기필코 이루려는 지방공단 관계자들과 건설업자의 성화에 못 이겨 섭씨 40도를 오르내리는 땡볕 아래 발굴 작업을 강행했다. 대원들이 한차례씩 병치레를 했고 인부들 역시 박한 임금과 힘든 노역에 걸핏하면 하나 둘 떨어져나가 완전한 발굴은 멀어져만 갔다. 일손이라면 병아리 손이라도 빌릴 참이었다. 그나마 사내를 다시 생각해낼 수 있었던 것은 이런 사정 때문이었다.

 외딴집 앞마당에는 풀들이 한껏 자라 있었다. 무릎 위까지 올라온 풀들은 기울어진 문설주를, 서까래를, 수막새가 떨어져나간 기와지붕을 삼켜버릴 듯했다. 사랑채와 녹슨 수돗가 사이에 있는 벽오동나무 역시 한밤만큼 짙게 우거져 있었는데, 크고 넓적한 잎새 사이로 훨씬 수가 늘어난 고양이들이 기어오르거나 서로 엉키어 장난질하는 게 보였다. 도대체 저놈들은 어디서 먹이를 구하는 걸까? 발굴단 숙소 부엌으로 숨어들거나 뒷마당 수돗가의 버려진 생선 내장 따위를 훑는 정도로는 어림없을 먹이 양인데. 벽오동 나무 그늘 여기저기에 수없이 많은 깃털이 흩어져 있는 게 보였다. 바다로 흘러드는 강의 하류와 드넓은 갯벌로 눈부신 깃털을 펼치며 찾아드는 철새들, 아마도 그 철새들이 수십 마리에 달하는 무리를 먹여 살리고 있는 모양이었다.

고양이들이 요란스레 야옹거리기 시작했다. 그러나 집 안에서는 아무런 소리도 나지 않았다. 그는 머리를 들어 두려움에 찬 눈길로 집안을 둘러보았지만 눈에 띄는 것은 꼭 닫힌 방문과 힘겹게 지붕을 버티고 있는 나무기둥, 그리고 잠들어버린 듯한 수도꼭지뿐이었다. 풀밭을 헤치며 그는 조심스레 마루로 다가갔다. 마루 끝에는 여전히 주전자와 플라스틱 물잔, 희끗희끗 바랜 라면 봉지 따위가 나뒹굴고 있었다. 먼지 자욱한 낡은 어망은 바람 한 점 없는 여름날이라 꼼짝도 하지 않았다. 가늘게 숨죽이는 듯한 소리마저 사라진 완벽한 고요가, 죽음이 아니라면 도저히 다다를 수 없는 침묵이 온 집안을 채우고 있었다. 불길한 예감이 그의 신경을 팽팽하게 긴장시켰다. 그는 닫힌 띠살무늬 문의 둥근 쇠고리를 조심스레 잡아당겼다. 순간 숨 막힐 듯한 악취가 훅, 쏟아졌다.

그러고는 어떻게 숙소까지 돌아왔는지 기억에 없다. 대원 중 한 명이 깨진 무릎이며 풀줄기에 쓸린 종아리에다 덕지덕지 소독약을 발라줬던 것만이 생각날 따름이다. 다음날 경찰이 다녀간 뒤 나이든 인부들과 대원들이 사내의 시신을 수습하려 했으나 워낙 부패가 심해 할 수 없이 집에 불을 질렀다. 한여름의 작열하는 태양 아래 바짝 말라 있던 나무기둥은 하늘을 덮칠 기세로 타올랐다. 시신 타는 냄새가 나고 무너져내린 지붕에서 기왓장이 땅땅 터지는 소리가 났다. 확확 뿜어져나오는 열기에 겁먹은 고양이들은 목 울음소리를 쉬지 않고 내더니 어느 틈에 도망쳐버렸다. 불길이 수그러들자 사람들은 준비해 온 물을 일제히 부었다. 마지막으로 까만 재가 아지랑이처럼 피어올랐다. 오랜 세월 비바람에 맞서며 서 있었을 외딴집의 존재는 그렇게 완전히 사라져버렸다. 마을 노인 중 한 사람이 회한의 탄식을 두어 번 내뱉었다. 세상일이란 참, 그 짱짱하던 윤가네 집이 이렇게 끝장나는구먼.

그는 외딴집이 서 있던 곳을 먼발치로 바라보았다. 커다란 벽오동나무만이 검은 실루엣으로 우뚝 서 있을 뿐, 모든 것이 비밀스런 어둠에 둘러싸여 있었다. 저 나무 아래 어딘가에 여자가 서 있을 것만 같았다. 한때 그곳에서 살았던 자신과 가족, 이른 아침 늘어지게 하품을 해대던 수돗가, 가지가 휘도록 매달린 단감을 따서 껍질째 베어 먹던 오후, 띠살무늬 창호지 사이로 쇠부엉이 소리를 들으며 『안나 카레리나』 따위의 소설책에 열중하던 겨울밤을 떠올리며. 어쩌면 사진기를 새로 산 뒤 포도 덩굴 속으로 들어가 까르르 웃어대며 사진 찍던 초여름을, 혹은 그 햇살과 포도 향을, 맞은편에서 렌즈에 눈을 대고 서 있는 누군가를 떠올리고 있을지도 모른다. 여자를 방해하지 않는 편이 낫겠다는 생각을 하며 그는 발길을 돌려 숙소로 되돌아갔다.

밤 깊도록 그는 책상 앞에 앉아 청동의기를 실사했다. 한동안 정신없이 일에 몰두했다. 무엇보다도 중요한 것은 제출해야 할 발굴 보고서였다. 그는 그 일을 제대로 해내고 싶었다. 어쩌면 학계로부터 새로운 실적으로 평가받을 수도 있는 작업이라 더욱 신경이 쓰였다. 잠들어 있던 방울이가 갑자기 고개를 번쩍 들더니 손톱을 날카롭게 세워 허공을 할퀴었다. 그러고는 어리둥절한 표정으로 주위를 살피고 나서 스르륵 다시 눈을 감았다. 멧새 잡는 꿈이라도 꾼 걸까. 그는 고양이 머리 위에 놓인, 농경문 청동의기 뒷면에 음각된 새들을 유심히 바라보았다. 목이 길고 몸이 뭉툭한 여러 마리의 오리들이 고개를 들어 한쪽 방향을 바라보고 있었다. 반대편 높은 나뭇가지에는 아주 볼품없는 새가 앉아 있는데 안타깝게도 꼬리와 한쪽 다리 부분이 깨어져 나간 것이었다. 무슨 뜻을 담고 있는 그림일까. 따돌림이거나 질시, 또는 공동체 내 계급이나 순위 다툼 따위를 상징하는 것 같지는 않았다. 그러면 저 이지러진 새에 대한 다른 놈들의 응시는 무언가. 수천 년 세월 동안 깊은 땅속에서 갇혀 있다 나온 새들은 그에게 마치 어떤 비밀스러운 말을 건네려는 듯 주둥이를 벌리고 있었으나, 끝내 침묵하고 있었다.

이런저런 생각에 빠져 있을 때 전화벨이 크게 울렸다. 그의 발이 컴퓨터와 연결된 전선줄에 걸려 지체하는 동안에도 몇 번이고 반복해서 울려댔다. 이토록 늦은 밤, 그것도 휴일 저녁에 전화를 걸 사람이 누굴까 짐작해보았지만 떠오르는 사람이 없었다. 휴대전화로 걸려오지 않는 걸 보면 멀리 이국땅으로 이주해 간 형이나 부모, 혹은 가까운 친구의 사사로운 전화는 아니었다. 흥청대는 경음악과 시끄럽게 떠들어대는 소리가 뒤엉킨 속에서 잘 돌아가지도 않는 혀로 고함을 질러대고 있는 것은 바로 매부리코 박이었다. "염병할, 잘 들어." 박은 잔뜩 취해 있었다. "그깟 유물 때문에 공사 일정이 미뤄지면 매달 이자 손실만도 얼마나 되는 줄 아나?" 음악이 흐느적대는 재즈로 바뀌었다. "지금까지 참은 것만도 복장 터지는데 기간을 연장하겠다고 또 신청했다면서?" "사정은 압니다만 아무래도 고대 농경 흔적이……." 박이 그의 말을 잘라버렸다. "짓던 농사도 팽개치고 떠나는 마당에 그깟 흔적이 뭔 말라빠진 소리야? 최첨단 시설이 들어설 거라구, 최, 최첨단 산업단지가. 거 노래 그만 부르고 조용히들 해." 격정적인 음악이 갑자기 멈췄다. "배지 부르니까 땅이나 뒤적이는 땅강아지 새끼들아, 돈이 어디서 나오는지도 모르고……." "뭐요? 너무 지나친 거 아닙니까?" 그는 미간 주름을 깊게 그리며 목소리를 높였다. 그러나 늘 그렇듯이 박은 빨리 발굴을 끝내지 않으면 어떤 일이 일어나도 책임 못 진다는 협박과 아주 더러운 욕을 잔뜩 퍼부은 뒤 전화를 뚝 끊었다. 그는 수화기를 거칠게 내려놓았다. 언제나 그렇지만, 이제는 무던하게 속을 삭일 때가 된 것도 같은데 이런 따위의 협박을 받으면 치미는 분노를 참을 수 없다.

왜 그랬을까? 그는 발굴현장에서 일하게 된 까닭을 스스로에게 다시 물었다. 몇 해 전까지만 해도 그는 금융회사에 다녔었다. 상부의 지시에 따라 하루 종일 일하다 보면 그의 창의력이란 휴일 오후 어디로 놀러 갈까 고민하는 정도에만 발휘되었다. 그는 몹시 우울해져버렸다. 그렇게 하루하루를 보내던 어느 날,

사라져버린 날들 165

문득 서해안의 패총 발굴현장을 떠올렸다. 그가 사랑하는 여자를 잃고, 시위대와 경찰의 대치로 아수라장이 된 도시를 떠나 발굴단장으로 있는 선배를 만나러 갔다가 머물게 된 곳이었다. 검은 모자를 깊게 눌러쓰고 온종일 삽질을 하다 보면 그는 때때로 조개 무덤 속으로 파고들어 묻혀버리고픈 충동을 느끼곤 했다. 학생과 노동자들의 주장이 그토록 불온하게 여겨질 줄 몰랐고, 경찰이 그토록 무자비하게 나올 줄 몰랐고, 도망치는 군중 틈에서 잠시 손을 놓았던 여자가 그날 밤 뺑소니차에 치여 주검으로 발견될 줄은 꿈에도 몰랐던 시간으로 돌아갈 수 있기를 바랐다. 하지만 기계로는 절대로 해결하지 못하는 구덩이, 오로지 육체만을 필요로 하는 구덩이, 파도 파도 조개껍질만 나오는 구덩이는 결코 그를 묻어주지 않았다. 그렇게 서너 달이 지나갔다. 침묵하고 있던 패총에서 갑자기 유물들이 쏟아져 나왔다. 당시 사람들이 먹고 버린 조개껍질의 강한 알칼리성 때문에 거의 손상되지 않은 저울돌추, 뼈바늘과 낚시 도구, 무문토기, 그리고 여러 호의 주거지가 발견됐다. 낡고 죽은 조개무덤으로부터 새롭고 싱싱한 문화가 발굴된다는 흥분이 심한 우울증으로부터 그를 구원했다.

그 최초의 경험, 자신의 육체를 소진시킴으로써 절망에서 헤어나올 수 있었던 경험이 그를 다시 발굴현장으로 불러들인 걸까. 하지만 이제 그는 대원들 틈에 섞여 정신의 휴식을 취할 수 있는 처지로부터 벗어나 있었다. 그는 현장 상황을 파악하고, 지휘하고, 보고하고, 협상하고, 또 때론 업자들과 혹은 행정담당자와 싸움질을 해야 하는 것이다.

발굴작업에 대한 회의가 밀려들었다. 어차피 완벽한 발굴이 아닌 바에야 땅속에 조용히 살아 숨 쉬도록 유물을 놔두었다가 먼 훗날, 어느 좋은 날에 찬연한 고대유적으로 되살아나게 하는 편이 나을지도 모른다. 그러나 현실은 유적을 그대로 놓아두지 않는다. 요즈음 유적이란, 고집스런 고고학자의 발굴에 대한 집착이 아니라, 개발업자들의 불도저에 의해서 더 많이 세상에 드러난다. 그것도 경외와 축복이 아니라 '재수 옴 붙었다'는 더러운 멸시와 함께. 한마디로 유적지 발견은 돈벌이는커녕, 사업을 망치는 보증수표일 뿐이다. 그러고 보면 매부리코만 탓할 일도 아니었다. 문화재관리청의 보상이란 게 고작 하룻저녁 술값에 불과한 판에, 개발에 목숨을 건 업자들이 문화유적에 경외감을 표할 수 있겠는가.

창문을 열고 그는 숨을 크게 몰아쉬었다. 마을 입구의 하나 남은 불빛이 그의 시선을 끌었다. 혹냄댁의 가겟집이었다. 귀 뒤로 콩알만 한 혹을 달고 태어나 그렇게 불려왔다는 혹냄댁은 이틀에 한 번씩 숙소에 들러 청소와 요리를 해주고 있는데 일을 시원스럽게 잘하는데다 인정도 많아 대원들이 모두 좋아한다. 그는 불이 켜진 가겟집으로 향했다. 술이라도 한잔 해야 잠들 수 있을 것 같았다.

마을은 어둠에 잠겨 있었다. 어둠 속에서 가끔씩 가창오리 떼가 울어댔다. 가겟집이 가까워지자 흥얼대는 노랫소리가 들려왔다. 귀에 익은 목소리였다. 가게 문을 열고 들어서니 혹냄댁은 개다리소반 위에 풋고추와 된장, 말린 가자미 구이를 안주 삼아 혼자 술을 마시고 있었다. 소주 반 병이 비워져 있었다.

"단장님, 하도 적적해 마시고 있시유. 으쩌다 말 한마디 건넬 사람도 없는 동네가 됐을까유?"

간이의자를 끌어다 맞은편에 앉는 그에게 혹냄댁이 술잔을 내밀며 말했다.

"이웃들이 생각나서 그러세요?"

"생각이 다 뭐여유. 잠은 안 오고 사람덜 얼굴이 막 디밀쳐 겹치는 기 미치겠시유. 지가 가겟방을 오래 하다 보니 마을 사람덜 부엌에 숟가락이 몇인지꺼정 죄 알았잖유. 애고 으른이고 죄 우리 집엘 들르니까."

"누가 제일 생각나세요?"

"질이고 뭐고 읎슈우. 그저 예산댁도 생각나구, 이 동네서 길쌈을 질 잘하던 여편네였는데, 거도 생각나고 또 아들이 많아서 늘상 손주를 업고 댕기다가 허리가 꼬부라진 진태 할머니도 생각나구, 또 뭐시냐, 요 앞 핵교 선상님도 생각나구. 그 선상님은 참 누구든지 보면은 깍듯이 인사하고, 동네 코흘리개들이 인사하면 한결같이 답을 주시곤 했지유. 멩호구나, 그래, 순철이, 그래 명숙이, 하면서. 지 외당숙이었던 아저씨두 생각나고. 나 어렸을 때만도 부자로 살었는데 아들이 사업한다고 전답 다 팔아묵고 늘그막에는 방앗간을 했시유. 거기서 쌀 많이 갖다 먹었지유. 그 집 막내아들이 오토바이 타고 댕기다가 난중에 읍내서 아가씨를 델꼬와 살았는데, 새댁이 애를 낳어유. 애기가 아주 이뻤시유. 몽실몽실헌 게. 개눈박이 송가는 요 앞집에서 살았는디유, 동니서 아매 고기를 질 잘 잡았을걸유? 또 장구쟁이 칠복이 영감. 칠복이 영감님은유, 키가 크고 늘상 술이 곤드

레가 돼서 다녔지만 장구 치구 타령 뽑는 것만은 기맥혔지유. 그 영감탱이가 저녁마다 찾아와서는 술 먹자 해서 지도 그 영감한테 술 배웠지유. 암튼 사람덜 생각이 똑 몰개 밀어닥치득기 하더란 게유. 도통 잠이 안 와 이러구 앉았는 거유. 저놈의 오리 떼 소리 땜에 맘이 더 싱숭생숭헌가 봐유. 지놈들도 서운헌 게 있넌지.”

"오리 떼가 유난한 것 같지요?”

"유난할 뿐유? 아매도 예년보담 열 배는 더 왔는가뷰. 어디서들 그리 날아오는 겐지. 지가 어려선유, 오리 떼가 많이 오믄 풍년 든다구 좋아했슈. 당산에 솟대 걸어놓고 동네잔치허고 했지유. 근디 웬 풍년이래유, 짓던 농사 다 내팽개치고 이사 가뿌렀는디.”

그는 묵묵히 술잔을 넘겼다. 흑냄댁은 그 뒤에도 한참 동안 동네 사람들에 관해, 그리고 마을에 전해 내려오는 옛이야기 따위에 대해 들뜬 표정으로 끝없이 늘어놓았다. 그 중에 천둥새라는 이 고장 전설이 흥미를 끌었다. 날 때부터 병신이었던 새끼오리가 시난고난 끝에 까마득한 우주를 날아가 가뭄에는 비 내리고 홍수에는 떠내려가지 않기를 비는 인간 세상의 바람을 하늘에 전하게 되었다던가. 그는 청동의기 속 일그러진 새의 비밀이 밝혀질지 모른다는 기대에 차서 자세한 이야기를 청했다. 하지만 흑냄댁도 그 이상은 알지 못한다고 했다. 밤이 깊어서야 그는 가겟집에서 나와 숙소로 향했다.

마을길 양편의 버려진 논밭에는 괭이밥과 쐐기풀, 명아주, 쑥부쟁이가 어둠 속에서 고요히 잠들어 있었다. 그는 생각에 잠

기어 마을길을 올랐다. 수천 년 전, 이 산야에 터를 잡고 농경을 시작했을 고대인들. 푸른 청동의기에 농경 그림과 바다오리를 그려 넣음으로서 풍요를 기대했던 사람들. 가을이면 어김없이 찾아오는 철새를 보며 천둥새 전설을 만들어낸 사람들. 그들은 농경으로 얻은 놀라운 수확물에 얼마나 찬탄했을까. 늘어난 낟알이 언제까지고 자신들을, 혹은 그 자손들을 풍요와 행복 속에 살아가게 해주리라 믿었을까. 그랬을 거다. 남아도는 양식이 폭풍과도 같이 돌변해 평화로운 공동체를 파괴하고, 지배자와 노예를, 전쟁과 기아를 낳게 된다는 걸 상상인들 했겠는가.

까마득한 우주로 날아가 인간의 소망을 하늘에 전했다는 천둥새. 그 오리의 후예인 가창오리 떼는 어쩌자고 이 어두운 밤 난데없이 울어대는 걸까. 최첨단 시설물에 서식지를 빼앗기게 된다는 걸 이미 아는 것일까. 익어가는 풀씨들이 발밑에서 사락거렸다. 다음 해 봄이면 시멘트와 콜타르 속에 갇혀버릴 씨앗들이 그의 마음을 무겁게 했다. 안산의 짙은 윤곽선 너머, 어둠이 파괴되어 부옇게 퇴색한 하늘을 향해 그는 길게 숨을 내쉬었다.

창문으로 스민 달빛이 운전대에 얼굴을 묻고 있는 여자를 비추었다. 규칙적으로 감지되는 미세한 등의 흔들림으로 봐서 흐느끼는 것은 아닌 듯했다. 그는 비로소 안심했다. 사실 낯선 여자의 눈물이란 그가 감당하고픈 게 아니었다. 그는 조금 피곤했고, 술기운과 함께 깊은 잠 속으로 빠져들 기회를 놓치고 싶지 않았다. 그렇다고 그냥 여자를 내버려둘 수만은 없었다. 불편한 차 안에서 자게 한다는 것도 마음에 걸렸지만, 그보다도 여자가 만약 외딴집에 살았던 사내와 아는 사이라면 건네줘야 할 유품이 있었다. 사내는 죽기 전에 어딘가로 떠날 생각이었는지 문지방 바로 앞에 가방을 놔두고 있었다. 집을 불사르기 전에 가방을 미리 빼놓았는데, 며칠 지나 안을 살펴보니 허름한 옷가지와 두어 권의 시집, 낡은 잡기장, 그리고 맨 아래에 여자의 사진이 들어 있었다. 잡기장을 들춰보았지만 신원을 확인할 만한 것은 마땅히 없었고 부치지 않은 편지가 한 통 끼워져 있었다. 수신인 이름 끝 자가 '남(男)'이었던 걸로 기억한다. 그런데 이런저런 핑계로 편지를 부치지 못하고 있다가 얼마 전에야 읍내로 나가는 대원에게 맡겼었다. 여자가 처음 마당에 들어섰을 때 곧바로 그 일을 생각해내지 못한 건 바로 그 '남(男)' 자가 들어가는 수신인의 이름 때문이었다.

그가 말 걸기를 망설이는 사이 여자가 상체를 일으켰다. 이마에서부터 희고 갸름한 턱 선을 타고 흘러내리는 검은 머리카락 탓인지 슬픈 기억을 떠올리게 하는 얼굴이었다. 서른 안팎으로 보이는 여자의 눈은 약간 젖어 있었다.

그는 이불이 놓인 방 귀퉁이에, 여자는 책상 앞에 앉았다. 그와 얼굴을 마주하고 앉은 여자는 두 손을 무릎 위에 놓고 있었는데, 사내의 죽음과 집을 태우게 된 과정을 듣는 동안 손가락으로 원피스 자락을 쥐었다 폈기를 반복했다. 다행히 울지는 않았다. 이야기를 다 끝내고 나자 그녀와 대면하고 있기가 좀 거북했다. 이불을 펴고 자리에 누웠더니 그것 역시 불편했다.

다른 방은 유물로 가득한데다 너무 차고 눅눅해서 부득이한 일이었다. 어느새 밤이면 불을 때야 할 정도로 가을이 깊어 있었다. 여자는 그가 넘겨준 가방에서 잡기장을 꺼내 읽기 시작했다. 가끔씩 가창오리 떼 울음소리가 어둠을 찢으며 날카롭게 들려왔다. 여자의 잡기장 넘기는 소리를 흘려들으며 그는 잠 속으로 빠져들었다. 새벽녘에 자동차 시동 거는 소리를 들었지만 쉬이 눈이 떠지지 않아 여자가 떠나는 걸 내다보지 못한 채 곧바로 다시 잠들었다.

아침에 일어나 밖으로 나가보니 자줏빛 자동차가 여전히 아그배나무 아래 서 있었다. 여자는 자동차 보닛을 열고 무언가 열심히 만져보고 있었다.

"고장이 났어요."

여자가 난처한 표정으로 말했다. 그는 여자보다 더욱 난처해졌다. 자동차 정비에 관해서 그가 가진 지식은 거의 없었기 때문이었다. 그가 할 수 있는 조치라고는 정비센터에 전화를 거는 정도였다. 그러나 읍내에 유일하게 있는 정비센터의 주인은 연휴라서 기술자가 없다고 했다. 그는 언제든 기술자가 돌아오면 연락해달라는 말을 남겼다. 오후가 다 지나도록 정비센터에서는 아무런 연락이 없었다. 만일의 경우를 대비해 그는 작은 방의 유물을 마루로 옮기고 나무장작을 팼다. 숙소 역시 오래된 집이어서 안방 이외에는 여전히 군불을 때게끔 아궁이가 남아 있었다. 전신에 땀이 나도록 열심히 도끼를 휘둘렀지만 매번 빗나가곤 했다. 봉당에 쪼그리고 앉아 있던 여자가 손으로 입을 가리며 처음으로 웃었다. 그는 동작을 멈추고 수건으로 땀을 닦았다. 여자가 말했다.
"우리 오빠는 장작을 아주 잘 팼는데."
"오빠라면……."
죽은 사내를 뜻하느냐고 묻는 그에게 여자가 고개를 끄덕였다.
"곧게 자른 장작을 차곡차곡 쌓아놓으면 참 보기 좋았어요. 그 장작에 눈이 쌓이면 얼마나 소담스러웠던지. 그래서 아버지한테 늘 칭찬을 들었지요."
"그랬군요. 오누이 간이었나 봅니다."
"꼭 그렇지만은 않아요."
"……."
"제가 열일곱이 될 때까지 한 번도 만난 적이 없었어요. 어느 날 갑자기 아버지가 오빠를 데려왔어요. 친오누이처럼 지내라고 하더군요. 오빠는 남쪽 항구도시에서 살았는데 부모님이 교통사고로 돌아가셔서 마땅히 갈 곳이 없었던가 봐요. 저보다 두 살이 많았지요. 이런 경우, 그러니까…… 자라면서 한 번도 만난 적이 없는 사람이 갑자기 오빠가 되었다면……."
"받아들일 수 없었겠군요. 그런가요?"
그가 넘겨짚으며 말했다. 여자는 아무 말 없이 멀리 바다 쪽으로 눈길을 주었다. 가창오리 떼가 저물어가는 수평선 위로 날아오르고 있었다. 시월 중순 이후 계속해서 불어난 오리 떼는 이제 수천 마리에까지 이르렀다. 마을 사람들이 미처 거둬들이지 못하고 떠나버린 들녘의 낟알들이 그토록 많은 오리 떼를 불러 모으는 모양이었다. 가창오리 떼는 구름처럼 겹쳐졌다 흩어지기를 반복하며 빨간 노을 속에서 유려한 군무를 펼쳤다.

그때 굉음을 내는 비행기가 날아와 새들을 쫓아냈다.
"어머, 저건 진짜 비행긴가요?"
"웬걸요. 근처 공군 비행장에서 보내는 모형비행깁니다. 새들이 비행기 엔진 속으로 들어가면서 내는 엔진 사고를 막기 위해서라더군요."
"새들도 자살을 하나요?"
놀란 표정으로 물어오는 여자 얼굴에서 언뜻 사진 속의 앳된 모습이 엿보였다.
"그럴 리가 있나요. 프로펠러에 자기도 모르게 빨려 들어간다지요, 아마."
대답하고 나서 그는 희경을 생각했다. 희경 역시 강한 소용돌이 속에 빨려 들어갔다. 그해 팔월, 그 엄청난 주장과 폭력과 아우성이 햇빛 속에서 소용돌이치던 날에. 여자가 다시 한마디 했다.
"사람들은 왜 새를 쫓으려드나 몰라. 공군 비행기를 없앨 생각은 않고……."
서툰 도끼질로 얻어낸 몇 개의 나뭇조각을 모아 그는 아궁이에 불을 지폈다. 연기가 어찌나 심하던지 지켜보던 여자가 달려와서 마른 솔가지를 넣고 풀무질을 했다. 쇠부엉이가 울고 묻어둔 감자가 익을 무렵, 아궁이 앞에서 불을 쬐던 여자가 다시 말문을 열었다.
"저에게는 오빠 둘이 있었대요. 그런데 제가 태어나던 해에 강에서 헤엄치다 그만 잘못됐다나 봐요. 그래서 뒤늦게 낳은 저에게 아버지는 남동생을 보라고 정남이라는 이름을 붙여주었지만 어머니는 더는 아이를 낳지 못했어요. 제가 사춘기에 접어들 무렵, 아버지는 민수 오빠를 데려와 아들 삼아 키우겠다고 했어요. 아버지는 오빠를 학교에 보내 고등학교를 마치게 한 뒤 농사일을 가르치면서 무척 정을 주었죠. 시를 쓰는 농부가 되는 게 꿈이었던 오빠. 부지런하고 마음이 깊어 늘 아버지 마음을 즐겁게 해주었는데……. 후후. 적어도 저와 뒷산 두렁바위에서 만나는 걸 들키기 전까지는.

집안이 발칵 뒤집혔지요. 아버지는 하나뿐인 딸이 기껏 남의 집 농사나 지으면서 살아갈 놈하고 붙어사는 꼴은 죽어도 못 본다며 고래고래 소리 질렀어요. '기껏 그렇게 살아갈 놈…….' 아버지는 밖에서 민수 오빠가 듣고 있다는 걸 다 알면서도 계속 심한 말을 퍼부었어요. 그날…… 오빠는 말없이 집을 나갔고 밤이 깊도록 돌아오지 않았지요. 그 다음날에도, 그 다음날에도. 당신이라면 그런 상황에서 어떻게 했겠어요?"

"글쎄요……. 견디기가 쉽진 않았겠군요."

"낡은 바지에 슬리퍼를 신은 채로 나가버린 오빠를 찾아 나 역시 무작정 집을 나섰어요. 하지만 어디서 그를 찾겠어요. 일주일 만에 거지꼴이 되어 다시 집으로 돌아오니 아버지가 몸져 누워 계시더군요. 겨우내 앓던 아버지는 결국 이듬해 봄에……. 다 제 탓이에요. 아버지 장사를 치르고 어머니와 전 이곳을 떠났지요. 자욱한 안개에 쌓여 한 치 앞도 보이지 않던 새벽에. 하기야 안개가 아니면 우리 모녀를 배웅하는 사람이 있었을까……."

장작을 올려놓는 여자의 손이 가늘게 떨렸다. 그리고 잠시 뒤엔 어깨를 흔들며 흐느꼈다. 그는 그녀의 어깨를 두 손으로 잡아주었다. 그녀가 젖은 목소리로 물었다.

"그 사람…… 어땠나요? 예전에는 건장한 체격에 혈색이 좋았는데…… 여전했나요? ……그러니까, 적어도 겉모습만은 말예요."

그는 언젠가 발정기가 되어 며칠째 돌아오지 않는 방울이를 찾으러 외딴집 쪽으로 갔다가 담 너머로 본 사내를 떠올렸다. 등이 굽고 검은 수염으로 얼굴이 가려진, 손가락 세 개가 잘려나간, 마을 사람들조차 알아보지 못하도록 망가져버린 육체를.

"그래요. 체격이…… 좋더군요. 미남인데다."

그는 고개를 끄덕이며 미소 짓는 걸로 거짓말을 은폐했다.

"전 아주 오랫동안 그를 잊을 수가 없었어요. 그에 대한 기억을 몰아내려 하면 할수록 더욱더 끈질기게 떠올랐지요. 어느 날, 전 집 앞 골목으로 들어서자마자 뒤돌아서서 소리쳤어요. 꺼져버려, 제발! 가로등 아래 주저앉아 한참을 울다 보니 발밑에서 웅크리고 있는 제 그림자가 보였어요. 순간, 그림자가 그 사람처럼 여겨졌어요. 발바닥에 붙어서 평생 함께해야 하는 그림자……. 그제야 마음이 편안해지더군요. 누구든 제 그림자를 떨쳐내려고 애쓰지는 않잖아요?"

여자가 동의를 구하는 눈빛으로 그를 올려다봤다. 바다처럼 젖어 있는 여자의 눈동자에는 기이한 힘이 있었다. 바라다보는 자의 마음을 되비치는, 가슴속에 묻어두었던 사람을 떠올리게 하는 힘이었다. 그것은 어쩌면 세파 속에서도 쉬 사라지지 않는 선천적인 것일 수도 있고, 슬픈 사랑을 앓은 결과일 수도 있었다. 그는 여자의 눈동자에 희경을 던졌다.
 그날 밤, 낯설지만 낯설지만은 않은 여자와 어떻게 잠자리를 할 수 있었는지 그로서도 알 수 없는 일이었다. 마치 사람들이 수면에 이르는 길을 잘 모르더라도 잠들 수 있는 것과 같았다. 그는 오랜만에 희경의 꿈을 꾸었다. 젊은이들이 많이 다니는 거리였는데 희경은 쉬지 않고 걷고 있었다. 걸을 때마다 희경은 옆구리에서 하얀 새털을 뽑아 공중에 뿌렸다. 깃털에 씌어진 어떤 글자에 놀란 사람들은 황급히 자리를 떴다. 어떤 젊은이들은 깃털을 짓밟고, 침 뱉고, 하수구에 처박아버렸다. 그는 희경을 쫓아가려 발버둥 쳤지만, 희경은 앞으로, 앞으로만 걸어가 차츰 멀어져갔다. 그는 희경을 불러댔고, 목이 터져라 불러댔고, 또 불러댔다. 마로니에 공원과 맥도날드와 소극장과 오락실과 카페와 노래방 앞을 지난 희경이 갑자기 몸을 돌려 말없이 그를 바라보았는데, 그 순간 그녀의 몸이 검은 맨홀로 빨려들더니 결국 그의 눈앞에서 사라져버렸다.
 다음날 아침, 그는 깍지벌레들이 알을 낳는 갈대밭을 지나 바닷가로 산책을 갔다. 죽은 가창오리 수천 마리가 수면 위에 까맣게 떠 있었다. 급파된 수의과학 검역원과 환경연구원들이 죽은 새들의 사인을 밝히려 내장을 들춰보고 있었다. 물컹대는 검붉은 내장을 하얀 핀셋이 마구 휘저어댔다. 그들은 장과 심장 파열이 있을 뿐 떼죽음의 원인을 알기 힘들다면서 정밀검사용으로 쓸 죽은 새들을 비닐봉지에 담았다. 옆에 서 있던 흑냄댁은 연신 천벌인가 보네, 천벌인가 봐, 하며 공포에 찬 눈길로 그 모습을 지켜보았다. 숙소로 돌아오니 자동차는 이미 고쳐져 있었다. 아주 간단한 고장이었던지 정비공이 핀잔을 주며 돌아갔다. 떠날 준비를 마친 여자가 고개를 숙이며 마지막 인사를 했다. 그는 말없이 손을 흔들어주었다.

오후에 현장으로 올라가 흙을 만지면서 그는 평소처럼 세월을 거두어내는 기분을 느꼈다. 모든 것을 덮어버린 흙이었다. 고대인들이 불을 지피고, 곡식을 찧고, 사냥을 나가고, 밤이면 곯아떨어진 아이들을 옆으로 밀쳐내고 숨죽이며 사랑을 나누었을 집터. 그 위로 갈대 지붕이 무너져내리고, 햇빛과 바람과 별빛이 지나고, 흙이 쌓이고, 쑥이 돋고, 나무가 자랐으리라. 그리고 수천 년 동안 아무도 몰랐던 것이다. 한때 그곳에서 있었던 모든 비밀들을.

잠자리 한 마리가 날아왔다. 날개의 옅은 그림자가 주거지 바닥 여기저기에서 하늘댔다. 수십억 년 전부터 지구상에 살았다는 잠자리는 공룡이 소멸되어가는 과정을 지켜보았듯이 인류의 탄생과 번영의 끝을 지켜보려는 걸까. 잠자리는 트롤을 쥔 그의 손등을 스치며 공중으로 날아올랐다. 날개의 부드럽고도 날카로운 접촉에 그는 짧은 희열을 느꼈다. 그러나 희열의 순간이란 눈을 감았다 뜨는 찰나 사라지고 다시 지루하고 고통스럽기까지 한 현실이 이어지기 마련이라는 걸 그는 가슴 시리도록 잘 알고 있었다. 잠자리는 멀어져갔다. 가을 저녁을 향해 휘발되어가는 시간의 그물망을 유유히 헤쳐가며. 멀리 해안도로를 달려오는 대원들의 자동차가 보였다.

비 내리는 성탄절 전야에 발굴조사단은 해단식을 했다. 읍내로 가니 상점 바깥에 내놓은 인조 잣나무의 하얀 솜이 비에 젖어 축축 늘어져 있었다. 원치 않는 현실의 빗방울이 비현실의 눈 위로 떨어지는 광경은 그에게 인간이란 진실보다는 진실을 흉내내기에 더 익숙한 존재일지 모른다는 생각을 하게 했다. 취기가 돌자 대원들은 매부리코에 대한 욕설을 쏟아냈다. 그들은 매부리코가 권력층을 끌어들이고 상부를 매수해 발굴을 조기종결시켰다고 믿고 있었다. 내막이야 알 수 없지만 십이월에 접어들어 내려진 상부의 최종 결정은 그런 의혹을 사게 했다. 그가 수차례에 걸쳐 간곡하게 요청했던 걸 감안해 농경을 했을 것으로 추정되는 일부 지역을 포클레인으로 몇 번 시굴하도록 허락한다는 것뿐이었다. 형식적이고 거친 시굴의 결과는 뻔한 거였다. 성탄절 전야인데도 불황 탓인지 거리의 사람들 표정은 밝지 않았다. 쓸쓸한 남자들이 짧은 사랑을 찾아 뒷골목을 서성이는 한밤에야 단원들은 섬과 육지를 잇는 다리를 건너 뿔뿔이 흩어졌다.

 그가 여자의 편지를 받은 것은 이듬해 음력 정월 무렵이었다. 며칠 묵으면서 발굴 보고서를 마무리하려고 다시 진배마을에 들렀을 때, 언제 배달되었는지 모르는 편지가 숙소 문틈에 꽂혀 있었다.

 ……지난달부터 뱃속의 아기가 자신의 존재를 알려오고 있습니다. 한밤중에 저를 깨워 저녁에 먹었던 음식들을 거부하곤 하지요. 오늘 아침까지 당신에게 편지를 쓰지 않을 작정이었습니다. 아니, 정확하게는 탐스럽게 내리는 하얀 눈을 바라

보다가, 쌓아놓은 장작 위로 눈이 소복이 내리면 세상이 이불 덮은 것처럼 따스하게 느껴지던 시절, 그리운 그 시절의 민수 오빠를 떠올리기 전까지. 그 순간 문득 제 몸속의 생명이 민수 오빠의 아이라는 생각이 들더군요. 마찬가지로 그날 밤 당신의 입에서 터져나오던 희경이란 여자의 아이라는 것까지. 혹여 이 생명체가 당신이나 제 가슴속에 남아 있던 연인들이 보낸 선물이라면……

그는 눈 내리는 한겨울의 바닷가 마을을, 새와 사람과 고대인들의 유적마저 상실한 불임의 땅을, 아득한 고독의 수평선을 한참 동안 서서 바라보았다.

(『내일을 여는 작가』 2001년 가을호)

자정의 불빛

언젠가 동네 편의점에서 나오다가 우연히 퇴근길의 마웅을 만났어요. 새벽 두시였던가. 아주 사소한 일, 세상의 단춧구멍을 메우기 위해, 아무도 기억하지 않을 그 일을 위해 그는 스물세 살 젊음을 쏟아붓다가 늦었던 거지요. 단춧구멍으로 빠져나가는 하루, 젊음, 그리고 고향에 대한 그리움.

'개동건'이란 이름을 접하지만 않았어도, 오늘 오후 나는 일찍 귀가할 작정이었다. 연일 거래처 사장들과 술자리를 갖느라 온몸이 눅진한 게 몸살기마저 느껴졌기 때문이다. 아침 겸 점심으로 해장국을 들이켠 내가 사무실을 지키겠다고 했더니 사무국 직원까지 모두 점심을 먹으러 나갔을 때였다. 나는 오랜만에 혼자 남아 있었다. 벌써 두시가 가까워왔고, 사실 토요일에는 이 시간 이후 새로운 업무가 생기는 경우란 드물었다. 나는 동료들이 들어오자마자 가방을 챙겨 나갈 심산으로 미리 겉옷까지 걸친 채 회전의자에 앉아 있었다. 창문을 조금 열고 담배에 불을 붙이는데, 누군가 사무실 문을 열고 들어서는 게 느껴졌다. 나는 황급히 담뱃불을 짓눌렀다. 여직원들이라면 금연 구역 운운하며 한마디할 게 분명했기 때문이었다.

"개동건 씨 계십니까?"

씩씩한 사내 목소리에 뒤를 돌아보니 우편집배원이었다.

"네? 그런 사람 없는데……."

얼결에 잘못 들었는가 싶어 우편물의 주소를 살폈다. '한양빌딩 705호(명진회계사무소) 개동건 앞'이라고 정확하게 적혀 있었다. 보내는 이를 살펴보았다. '개형철'.

"아, 예. 제 앞으로 온 겁니다."

나는 도장을 건네주면서 멋쩍게 웃어 보였다. 우편집배원은 의아하단 듯이 힐끗 나를 쳐다보더니, 빙그레 웃으며 도장을 꾹 찍었다.

"하도 희한한 성씨라서. 십 년 넘게 이 노릇을 했지만 개씨는 처음 만나봅니다. 형제분인가 보지요?"

"아, 예. 그게 아니고…… 그저 장난을 좀 치느라고."

배달원은 고개를 끄덕이며 그러면 그렇지, 하면서 사무실을 나갔다. 형철의 실없는 장난에 코웃음을 치면서도 나는 황급히 우편물을 개봉했다. 짤막한 용건이 적힌 종이와 함께 대학연극제 팸플릿 하나, 초대장 두 장이 동봉되어 있었다.

'임박하게 보낸다. 후배들이 본선에 진출했으니 시간 있으면 들러라.' 미친 자식, 싱겁기는. 나는 엷게 실소하면서 빠르게 가방을 챙겼다. 연극이라……. 한때 그런 것에 빠졌던 적이 있었지. 스무 살 얼치기 시절에. 오래전의 내가, 먼 과거로부터 성큼성큼 걸어나왔다.

당시의 나는 회계학과에 입학했지만 공부에는 전혀 관심이 없어 연극반을 기웃거리는 재미로 학교에 다녔다. 하루가 멀다 하고 이어지는 술자리에 끼어 대학 연극의 진로가 어떻다는 등, 그 실험성 결여가 문제라는 등, 지껄여대는 선배들의 말을 들어주다 학교 근처 하숙방에서 눈을 뜨는 게 하루 일과나 다름

없었다. 선배 중에는 '개(犬)'가의 종손이라는 괴짜가 있었는데 긴 바바리코트에 수염을 덥수룩하게 기르고 툭하면 술에 취해 아무 데나 쓰러져 잠들어버리곤 했다. 그는 염세주의자였던지, 인생이란 썩은 동아줄에 매달려 절절매면서도 간간이 떨어지는 꿀맛으로 살아가는 신세라고 중얼거리곤 했다. 그의 하숙집을 밤늦게 들락거리며 휩쓸린 탓에 붙은 별명이 '개동건', '개형철'이었다. 최 선배를 특별히 추종했던 건 아니고 다만 최 선배가 약삭빠른 개인주의자가 아니었기에, 아니, 그보다는 찾아오는 후배들에게 늘 후한 밥상과 따뜻한 잠자리를 제공하는 선배였기 때문에 그를 따라다녔는지도 모른다. 어떻든 구멍탄 갈아대는 자취방에 들어가기 싫어하던 형철이나, 젊은 여자랑 살면서 가끔씩 집이라고 찾아와 아비 노릇이랍시고 훈계를 해대는 아버지를 대면하기 싫어하는 나는 그의 하숙집 밥상을 넘름대는 단골일 수밖에 없었다.

빗방울이 투둑투둑 창을 두들겨댔다. 우산을 가져왔던가, 하는 걱정이 반사적으로 튀어올랐다. 의식의 밑바닥에 단단히 자리잡은 가난의 기억. 차를 갖고 다닌 지가 벌써 십 년째 아닌가. 그런데도 나는 왜 늘 비가 오면 움찔움찔 놀라 허둥대며 우산을 찾아야 하는 거지? 비참했던 스무 살 시절, 우산조차 없이 등교해야만 했던 치욕스러운 기억은 어쩌자고 이토록 오래 남아 나를 주눅 들게 하느냔 말이다. 알 수 없는 불쾌감이 스멀스멀 피어올랐다. 복도 쪽에서 까르륵 웃어대는 여직원들 웃음소리와 동료 회계사들의 목소리가 들려왔다.

초대권을 자세히 보았다. 오후 네시에 공연이 잡혀 있었다.

여의도에서 대학로까지 가려면 조금 빠듯한 시간이었다. 나는 직원들과 헤어지고 지하 주차장으로 들어섰다. 새로 산 중형 승용차를 보자 십 년 전에 처음으로 구입했던 와인색 중고차가 생각났다. 공인회계사 시험에 합격하고 얼마 지나지 않아 어머니는 여자들이 좋아하는 색으로 차를 고르라고 짧게 조언하는 걸로 혼인사업을 시작했다. 자신의 불행했던 결혼생활을 보상받으려는 듯이 어머니는 집요하게 나의 혼사에 매달렸다. 예상했던 대로 주말마다 내 시간은 무단으로 침범당했다. 성당에 다니는 어머니는 아는 사람들이 수없이 많았기에 맞선 자리도 쉬지 않고 줄을 섰다. 첫번째로 만난 여자는 꽤 발랄해 보이는 인턴 과정의 의학도였다. 그러나 나는 시종 그녀의 질문에 짧게 대답했을 뿐 전혀 관심을 두지 않았다. 그때까지 나는 한 여자에 대해 미련을 떨쳐버리지 못하고 있었다. 복학하자마자 처음으로 사귀었던 연극반 후배, 서진임.

너무 무뚝뚝한 것 같다며 초조하게 이쪽의 반응을 살피던 의학도는 첫 선이라는 이유에서 그나마 기억에 남아 있을 뿐, 그 뒤로 만난 아가씨들은 한둘을 제외하고 대부분 기억조차 나지 않는다. 만나서 자기소개 하고, 점심이나 저녁을 불편하게 먹어 치우고, 가끔 생맥주 잔까지 기울였지만 도대체가 낯설 뿐이었다.

광화문을 지나 이화동 로터리에 다다르자 빗줄기가 제법 굵어졌다. 미처 우산을 준비하지 못한 사람들이 종종걸음 쳤다. 비에 젖은 가로수들의 선명한 초록빛이 싱그럽게 눈에 들어왔다. 라디오에서는 바흐의 〈무반주 첼로 조곡〉이 굵은 선율로 흘러나왔다. 열번째쯤 됐던가? 첼로를 전공했다던 코맹맹이 여자가? 전형적인 프로테스탄트 가문 출생의 바흐는 그 신앙적 생활관과 음악관으로 해서 많은 사람들의 공감을 얻는다고 여자는 차근차근 설명했었다. 신앙적 구도, 첼로의 성서……. 그런 거룩한 단어들을 연거푸 들먹이며 고상한 체하던 여자를 나는 몇 번 더 만났을 게다. 여자는 생각보다 속물이었다. 길을 걷다 말고 쇼윈도의 핸드백을 탐내며 은근히 사주길 바라는 여자라니. 나는 아버지로부터 경제적으로 빨리 독립해야겠다는, 그래서 돈에 매여 육십이 다 되도록 치욕스런 폭력과 외도를 지켜봐야 하는 어머니를 구원(?)하겠다는 일념으로, 남들보다 빨리 자리를 잡기 위해 무진 애를 쓸 때였다.

내가 대학 1학년 때의 아버지는 절정에 달해 있었다. 아버지의 세번째 여자는 보통내기가 아니어서 작은 포목점을 운영하던 아버지의 돈을 고스란히 챙겨갔다. 그러니 한 달에 두어 번 빈손으로 집에 들어오는 아버지한테 어머니가 싫은 소리를 할 밖에. 아버지는 심하게 주먹을 휘둘렀고, 어머니는 악, 악, 비명을 질러댔다. 빌어먹을……. 왜 이렇게 막히는 거야. 나는 다시 담배를 빼어 물었다. 후욱, 습기를 머금은 바람에 성냥불이 심하게 일그러졌다. 가까스로 불을 붙이자마자 불꽃은 오른손 엄지와 검지를 뜨겁게 톡 쏘았다. 신호가 났는지 앞차들이 꾸물꾸물 움직였다.

대학 1학년 내내 개가의 종손에게 얹혀살면서 나는 죽도록 세상을 조롱했었다. 강의실 따위는 어디 붙었는지도 몰랐다. 아침부터 저녁까지 학사주점을 전전하거나 연극반의 소극장에서 허기와 어둠을 즐겼다. 검은색 커튼으로 창문을 가린 극장 안은 대낮에도 칠흑같이 어두웠다. 그 어둠에 파묻혀 어서 날이 어두워지기만을, 아니 누군가 일찌감치 수업을 끝내고 올라와 아침부터 주린 창자를 채워주길 간절히 바랐다. 그렇게 기다리는 동안만은 아무런 고민도 하지 않을 수 있어 좋았다. 씨발, 배고파. 배고픈데 무슨 놈의 고민이냔 말이야. 그럴 때 제일 반가운 사람이 바로 개가의 장손이었다. 그는 어디서 돈이 솟는지 슈크림빵에, 새우깡, 때로 진토닉과 토닉워터까지 잔뜩 사 들고 소극장 문을 어깨로 밀며 들어왔다. 그러면 나는 속으로 이 평생 빌어먹을 얼간이 놈아, 하고 욕해주면서 흔쾌히 그것들을 먹어치웠다.

그렇지만 주말에는 아무도 찾아오지 않아 할 수 없이 집으로 가야 했다. 어느 여름날이었던가. 소극장 밖으로 나오니 비가 내렸다. 집에 들어가본 지는 한참 됐고 우산을 살 돈은 더욱이 없는 뻔한 사정이었기에 체면 불구하고 비를 맞으며 정문 쪽으로 걸어갔다. 처음엔 일부러 호기로운 체하며 천천히 걸어갔지만 장대비가 내렸기에 그것도 퍽 힘들었다. 그때 서너 명의 계집애들이 등 뒤에서 재잘거리는 소리가 들려왔다. "저 갈비씨 좀 봐. 꼴사납다, 얘." 돌아보지 않아도 계집애들의 손가락질을 등 뒤로 느낄 수 있었다. 고개를 숙여 빠르게 아래를 훑어보았다. 고 삼 시절 내내 체력장 준비로 단련되었던 몸은 어디에도 없고 비 맞은 말라깽이 노새 한 마리가 있을 뿐이었다. 나는 내친김에 더욱 괴짜 행세를 하기로 마음먹었다. 멀쩡한 정신으로 비를 맞고 다닌다면, 얼마나 더 처참해 보일 것인가를 이미 충분히 계산하고 있었다. 꽃무늬가 알록달록한 여학생의 우산 속으로 쳐들어가 팔짱을 꼈다. 어쩔 줄 몰라하며 얼굴을 붉히던 여학생은 잠시 뒤 물방울이 뚝뚝 떨어지는 나의 구질구질한 옷차림을 아래위로 훑어보며 독사처럼 차갑게 쏘아붙였다. "병신 자식. 미치려면 고이 미쳐."

핸들에 고정되었던 손을 들어 내 얼굴을 세게 문질렀다. 지난 과거가 떠오르자 까닭 없이 쑥스럽기도 하고 부아가 치밀기도 했다.

수모와 방황의 대학 1학년. 그해 겨울이 되기 전에 나는 논산훈련소로 자진 입대했다. 논산에서의 나는, 어머니의 염려와는 정반대로 모범 훈련생이었다. 군대생활 역시 착실하게 해냈다. 더는 괴짜인 척할 필요가 없었던 것이다. 붕괴된 가정은 멀리 떨어져 있고, 의식주 따위는 국가에서 책임져주는, 누구나 평등하게 학대받을 수 있는 군대라는 사회가 나를 번듯하게 해주었던 것이다. 세상이란 고집스럽고 편협한 늙은이와 같다고 해야 할까. 그 앞에서 조금만 비위를 맞추고 아양을 떨면, 그새 요즘 보기 드문 젊은이란 칭찬을 아끼지 않는.

복학하자마자 나는 새벽부터 밤늦도록 도서관에서 살았다. 공인회계사 시험을 보겠다고 작정했다. 특별한 이유는 없었다. 그 직업이 그럭저럭 돈을 번다는 이유 하나뿐. 1학년 2학기를 마칠 때에는 학과에서 수석을 했다. 게다가 학교에서 지은 고시생 전용 기숙사 선발 시험에까지 합격했다. 학교 다니기가 한결 수월해졌다. 스물이 갓 넘은 후배들은 하나같이 형님, 형님, 하며 따랐고, 교수님들은 군대가 사람 만들었다는 표현을 종종 하며 수업시간마다 치켜세웠다.
"……이 곡은 첼리스트들의 성서처럼 되어 있지만 바흐가 죽은 뒤 이백 년가량이나 묻혀 있어서 전혀 연주되지 않았다고 합니다. 현대 최고의 첼리스트였던 카살스가 바르셀로나의 헌책방에서 먼지를 뒤집어쓴 채 버려져 있는 악보뭉치를 우연히 발견하기 전까지……."
 여자 아나운서의 목소리는 침착하다 못해 숨이 막혀올 지경이었다. 저토록 가라앉은 목소리를 가진 여자라면 잠자리에서 제대로 흥분할 수 있을까, 생각하며 라디오를 껐다. 도심의 소음이 빗소리에 섞여 차 안으로 몰려들었다. 주말의 대학로는 사람들과 자동차로 몹시 혼잡했다.
 "근처에 유료주차장이 있습니까?"
 주말 대목에 지지 않으려고 경쟁적으로 목소리를 높이는 연극 홍보요원에게 물었다. 까만 챙 모자를 눌러쓴 청년이 길 건너쪽을 손가락으로 가리켰다.
 "잠시 뒤에 〈말하는 여자〉를 절찬리에 공연합니다. 꼭 보러 오세요."
 챙 모자는 열린 창틈으로 할인티켓을 던지고는, 꾸뻑 절까지 했다. 연극 공연에도 '절찬리에'라는 수식어를 붙이던가? 부질없이 그런 걸 따져보면서 차에서 내렸다. 공연장 건너편의 유료주차장에 차를 댔기 때문에, 추적추적 내리는 비를 맞아야만 했다. 우산을 사려고 둘러보았지만, 멀리 버스 정류장에서나 팔았다. 밝은 카키색 양복이 비에 젖어 검게 얼룩졌다. 난감했다. 말끔한 신사 차림의 모습을 사람들에게 보여주기란 이미 글렀다 싶어, 그냥 보통 걸음으로 걸었다.
"야, 개동건 이 자식…… 비 맞고 다니는 건 여전하네?"
횡단보도에 겨우 다다랐을 즈음, 인파 속에서 누군가 달려와 알은체를 했다. 자세히 살펴보니 개가의 종손이었다. 그는 수염이 더부룩한 얼굴을 잔뜩 구기며 히죽히죽 웃고 있었다. 굵은 주름이 얼굴 전체의 인상을 몰라보게 바꾸어놓고 있었다.
"형, 정말 오랜만이다. 그래, 어떻게 지내?"
"나야 뭐…… 그냥저냥 지낸다. 그런데 너, 이 자식. 한 번 연락도 없냐?"
자못 섭섭하다는 표정을 지어 보인 뒤, 그는 나를 위아래로 찬찬히 뜯어보았다.
"히야, 너 신세 좋아졌구나. 그래, 장가는 갔어?"
"그럼. 참한 색시 하나 들여다 놨지. 형은?"
"자식, 형님 제치고 장가나 가고……. 난 요즘 목수 한다, 인마."
"목수? 언제 그런 기술을 다 배웠어?"
"한 육 개월 됐다. 이제 겨우 대패질 정도 하지."
여전히 히죽히죽 웃어대느라 벌어진 입술 사이로 쥐처럼 작고 뾰족한 이빨이 드러났다. 서(鼠)가의 종손이 더 잘 어울리겠군. 나는 이미 오래전부터 그를 경멸해왔다. 돈푼이나 있는 집에서 세상모르고 자라나 철없이 행동하는 얼간이, 혹은 낙오자. 그러나 오늘의 그는 측은해 보였다. 내 안정된 생활과 지위가 그 정도의 아량은 보장해주었다. 최 선배의 우산 속으로 들어섰다. 썩은 술내가 역했다. 그는 아직도 예전의 무질서한 생활에서 벗어나지 못한 게 분명했다.

양반 시늉도 오래 하다 보면 몸에 배기 마련인가 보다. 복학과 함께 시작된 나의 모범적인 행동은 그 뒤로도 계속되어 강의실과 기숙사, 그리고 고시생 전용 도서관 사이로 오락가락하다 보니 어느새 3학년이었다. 나는 학비 면제에다 생활보조 장학금까지 받는 덕분에 이제 주머니가 제법 여유로워졌다. 게다가 어머니는 매달 용돈을 부쳐왔다. 세번째 여자와 헤어진 뒤, 아버지는 더는 딴살림을 차리지 않았다. 그렇다고 아버지가 어머니에게 더 잘해주거나 젊은 여자를 탐하지 않는 건 아니었다. 다만 고정된 외도의 상대를 정하지 않았다는 것뿐이었다. 어쨌든 그 뒤로 어머니는 다시 생활비 정도는 받게 되었는지 한 달에 한 번씩 용돈을 보내오셨다. 하지만 아버지 손에서 나온 돈은 내게 이미 순결성을 잃은 것으로 간주되었다. 그다지 달갑지 않은 돈이었기에 나는 조금 헤프게 썼다.

진임을 처음 만나던 날, 나는 오랜만에 '개가의 종손'을 만나 술이나 사주려고 했다. '개가의 종손'은 겨우 방위복무로 국방의 의무를 마쳤기 때문에 휴학을 밥 먹듯이 했는데도 벌써 4학년이었다. 여전히 정처 없이 떠도는 그를 만나러 나는 연극반으로 찾아갔다.

토요일 오후라서 그런지 실내에는 아무도 없었다. 나는 아무도 없는 텅 빈 공간, 그 유혹적인 암전 상태의 소극장 문을 설레는 마음으로 열었다. 절은 술내와 곰팡내가 훅 끼쳐왔다. 야릇한 흥분과 함께 입대 전의 추억들이 밀려왔다. 계단식 나무 객석은 걸을 때마다 삐그덕, 삐그덕 간지럼을 탔다. 나는 유쾌한 건지 불쾌한 건지 알 수 없는 묘한 감회에 젖었다. 객석에 앉아 어둠을 응시했다. 불과 몇 년 전, 썩은 술내를 풍겨대며 괴짜 연기를 하던 내 모습이 빈 무대 위에 그려졌다. 미친 짓이었지……. 하지만 달리 방법이 없었어……, 하며 독백하고 있을 때였다. 살며시 문 열리는 소리가 나더니 한 뼘 넓이의 빛줄기가 어둠을 대각으로 갈랐다. 그 빛 속에는 한 여학생이, 호기심과 기대감으로 가득 찬 눈길로 안을 들여다보는, 청바지 차림의 여학생이 서 있었다.

"누군가 있으리라고는 생각지 못했어요. 가끔 이 시간에 들르곤 했었는데 늘 비어 있었거든요."

죄라도 지은 듯이 미안해하면서도 여학생은 얼굴 가득 환한 미소를 띠고 있었다. 처음으로 대해보는 따뜻한 눈길이었다. 진임은 그렇게 만난 여자 후배였다. 철학과 학생회에서 일하는 3학년 서진임. 2학년까지 연극반 활동을 하면서 사회비판적인 연극을 주장하다가 극회 활동을 중단했다던, 때때로 소극장이 생각날 때면 혼자 올라와보곤 한다던…… 진임이.

소극장에서 마주친 뒤로 우리는 약속이라도 한 것처럼 자주 마주쳤다. 그즈음에 나는 오래된 석조건물 위로 햇살이 쏟아지는 이른 아침이면 학생회실과 연결된 상경대 건물 난간에서 자판기 커피를 뽑아들고 교정을 바라보곤 했는데, 마침 동료들과 대동제 준비를 하느라 바쁘게 움직이는 진임의 모습이 자주 눈에 띄었다. 처음에 우리는 커피를 마시며 몇 마디 가벼운 대화를 나누었다. 그러다가 차츰 학교 후문에 있는 허름한 밥집에서 아침이나 점심을 함께하게 되었다. 1987년의 여름을 가두시

위와 철야농성으로 보내던 진임은 늘 배고파했고, 어쩌다 식당에라도 가면 밥 한 그릇을 뚝딱 해치웠다. 그런 진임이 내겐 더욱 믿음직스러우면서도 사랑스러웠다.

2학기에 들어서고 얼마 지나지 않아, 단발머리 맨 얼굴로도 더없이 예쁜 진임의 사진이 교내 여기저기에 나붙었다. 고시반 후배들이 내게 달려와 일렀다. "헹님! 헹님 애인 사진이 말임더, 교정에 쫙 붙었심더. 큰일 한번 할라카네예." 고시반 선후배들과 처음으로 학생회장 선거 유세장에 앉아 보았다. 부총학생회장 후보로 나온 진임은 까만 치마에 흰 저고리 차림으로 나와, 또랑또랑 말도 잘했다. 그런데 그날 이후로 진임은 쉽게 만나지지 않았다. 요란스런 대통령 직선제가 결국 노태우 당선으로 끝나고, 그해 겨울 내내 떠들썩하던 칼(KAL)기 대자보 사건을 정부가 학생회 탄압의 기회로 삼으면서 진임은 수배 상태에 놓이게 되었다. 비행기 폭파범 김현희란 여자도 반반한 얼굴 덕에 살아남았는데, 우리 진임이는 왜 숨어 다녀야 하는가. 나는 처음으로 정부가 하는 짓에 침을 뱉었다. 진임의 밥이나, 혹은 식후의 따뜻한 차가 되지 못한 아버지의 돈은 겨울 내내 주머니에 쌓여갔다.

이듬해 봄이 되어서야 진임은 총학생회 주최의 신입생 환영회에 얼굴을 내밀었다. 집회장 구석에 앉아, 수천 명의 학생들과 함께 나누어 봐야 하는 진임은 내겐 너무 감질났다. 나는 우리가 자주 만났던 학생회관 앞의 벤치에 앉아 진임을 기다렸다. 회계학 두꺼운 책표지를 드러내놓고 있자니 몹시 민망스러웠다. 대학 4학년이 되도록 내내 이런 책에만 매달리고 있는 나

같은 학생들이 진임의 속을 얼마나 태우는가를, 나는 알고 있었다. 최루탄 냄새 속에서 살아가는 진임에 비하면 나 자신이 너무나 비겁하게 여겨졌다. 차차 벤치에 앉아 있기가 죄스러워져 일어서려는 순간이었다. 그런 나를 알아보고 진임이 또박또박 내게로 걸어왔다.

"형. 나 무척 배고파. 우리 밥 먹으러 가자. 응?"

진임의 시원한 숟가락질을 지켜보면서, 나도 흰쌀 밥이 되고 싶다고 느꼈다. 그녀의 몸속으로 들어가 웃음이 되어 나오고, 걸음걸이가 되어 나오고, 혹은 독재타도의 카랑카랑한 목소리가 되어 나올 수 있다면……

연극은 벌써 막이 올라 있었다. 「이화부부 일주일」이란 오래된 극본을 각색한 거라고 옆에 앉은 형철이 설명했다.

"요즘 같은 불경기에 영업이 거저 될 리 있어요? 무조건 발로 뛰어야지. 당신 그렇게 술만 퍼마시다간 당장에 쪽박이에요."

아내 역의 여자가 빗자루를 휘두르며 소리쳤다.

"아침부터 잔소리는. 밥이나 줘. 또 무국이야?"

남편 역의 키 큰 배우가 어눌하게 말했다.

"무국에 소 내장이 도오옹동 떠 있는 거 안 보여요? 그것도 무리한 거라구요."

'도오옹동'이란 발음과 배우의 동그랗게 치켜뜬 눈이 익살스러워, 관객들 사이에서 자잘한 웃음이 나왔다. 명퇴 황퇴 들먹이는 세태 풍자적인 연극이었다. 희극적 요소를 가미해 그럭저럭 재미있었지만 수상작으로는 힘들 것 같았다.

자정의 불빛

막이 내리고, 객석에 불이 켜졌다. 관객들이 빠져나간 뒤에 낯선 후배들이 이놈저놈 인사를 해왔다. 몇몇 아는 동기나 선후배들도 반갑게 악수를 청해왔다. 형철은 재미있느냐고 초조하게 물어왔다. 나는 억지로 고개를 끄덕여주었다. 팸플릿에 표기된 연출자는 낯선 후배였지만 실제 극을 지도한 것은 형철이라는 걸 쉽게 알 수 있었다. 형철은 지금 방송 프로덕션에서 일하고 있다. 재활용품을 이용해 장난감을 만드는 걸 가르쳐주는 어린이 프로그램을 책임 제작하고 있어서 그럭저럭 월급은 받고 있지만, 여전히 연극에 대한 미련을 버리지 못하는 눈치였다. 나의 등장을 자신에 대한 변치 않는 우정쯤으로 여겼는지, 형철은 한결 격의 없이 대했다. 그러나 나는 사실 그의 연출 실력 따위에는 관심이 없었다. 나는 행여나, 하는 마음으로 사방을 둘러보았다. 진임이 기수 중에 회장을 맡았던 후배가 다가와 인사를 했다. 그에게 진임의 소식을 물어보고 싶은 맘이 굴뚝같았지만, 새삼스레 군다는 게 마음에 걸렸다. 하긴, 연극반 사람들과 썩 좋은 관계는 아니었으니…… . 그렇게 체념을 하고 자리를 옮기려는데 분장실 구석에 앉아 있는 진임이 눈에 띄었다. 숨이 콱 막혀왔다.

술과 웃음과 과장된 농담이 뒤섞인 뒤풀이 분위기는 무르익어갔다. 오랜만에 만난 졸업생들 역시 예전의 우정을 확인하려는 듯 주저 없이 마셔대고 장난쳤다. 짓궂은 선배들이 건네는 술잔을 더끔더끔 받아 마신 여주인공은 취한 나비처럼 이리저리 자리를 옮겨 다녔다. 누군가 넥타이를 풀어헤친 채 탁자 위로 올라가 술잔을 높이 들면서 큰 소리로 외쳤다. "자아, 여러분. 본선에 진출한 자랑스러운 후배들을 위하여, 대상 수상의 영광을 기대하며 격려의 축배를 듭시다아. 위하여!"

술과 담배로 탁해진 실내의 공기가 천장 끝까지 뿌옇게 찼다. 라스베이거스의 부랑자들처럼 아우성치는 사람들 틈에 있던 진임이 갑자기 밖으로 뛰쳐나갔다. 나도 그녀를 따라 밖으로 나갔다. 어느새 비는 그쳐 있었고 날벌레들이 초여름의 밤하늘을 날아다녔다. 음식점 정원 한쪽에서 스프링클러를 틀어 손을 씻는 진임이 보였다. 시원한 물줄기는 검푸른 하늘을 향해 솟구치더니 알알이 분산되어 다시 잔디 위로 떨어져내렸다.

"아직도 장난꾸러기군."

진임은 놀란 표정으로 돌아봤다.

"아주…… 오랜만이지? 어쩐지, 오늘은 꼭 나타날 것 같았어."

"……"

"자리를 옮겨서 얘기를 했으면 좋겠는데……. 아니, 꼭 그러고 싶어."

나는 비스듬히 옆을 바라보던 시선을 거두고, 또렷이 진임을 응시했다.

"……"

"가기 싫은가?"

"아니에요. 가방을 가져올게요."

우리는 근처의 카페로 들어갔다. 문을 열고 안으로 들어가자 은은한 커피 향이 맡아졌다. 문득 학교 근처에 있었던 '까뮤'라는 이름의 찻집이 생각났다. 통나무 냄새가 좋았던 찻집. 그곳으로 갈 때면 나는 늘 큰길을 피해 골목길을 택했지. 주택가의 구불구불한 골목이라서 조금 더 멀지만 남의 눈에 띄지 않아 자주 이용하던 길. 가로등 불빛 아래 빨간 깨꽃이 조명을 받은 배우처럼 화려하게 드러나던 길. 진임을 만난다는 기쁨과 설렘에 누군가 뒤를 밟을지도 모른다는 두려움을 뒤섞으며 도망치듯 자꾸만 뒤돌아보던 길. 그 골목 끝의 작은 성당을 끼고 돌면 보이던 검은 바탕에 하얀 글씨의 '까뮤'. 아직도 남아 있을까?

"모카커피로 주세요."

진임은 망설이는 기색 없이 주문을 했다.

"전에는 커피 마시면 어지럽다고 했잖아."

"그랬던가? 하기야…… 그땐 밥을 먹지 못하는 날이 많았으니까요. 늘 지쳐 있었고."

웨이터가 따끈한 커피 두 잔을 내려놓고 갈 때까지 어색한 침묵이 흘렀다. 그 순간을 모면하기 위해 담배를 빼물었다. 무심히 진임의 손을 응시하다가 문득, 그녀도 담배를 피웠었다는 데 생각이 미쳤다. 재떨이를 그녀 쪽으로 바짝 밀었다.

"담배 끊었어요."

진임이 담배를 너무 많이 피울 때면 내가 자주 빼앗곤 했던 일이 떠올랐다. '담배가 건강에 좋지 않다는 건 알아요. 그렇지만 여자라서 금지된 일이 너무 많은 이 사회를 거역하고 싶어요. 가부장적 질서에 길들여진 나 자신의 껍질을 벗어던지려면…….' 담배 하나에도 거창한 의미를 부여하던 진임. 그로부터 오랜 세월이 지난 지금의 진임은 수줍은 듯 양쪽 볼에 웃음을 숨겼다. 조금씩 긴장이 풀렸다.
"그렇게 고집을 피우더니…… 어떻게 끊을 생각을 다 했어?"
말을 놓으면서도 존대를 할까, 망설였다. 서른을 훌쩍 넘긴 여자를 가볍게 대할 수만은 없었다.
"글쎄요. 납땜 연기 때문이라고 해야 할까. 공장에 들어가 첫 야근을 한 날, 집으로 들어오자마자 제일 먼저 한 일은 담배를 피우는 거였어요. 지칠 대로 지친 상태였지만 온몸의 세포는 밥보다도 더 절실히 니코틴을 원했으니까. 목마른 나그네처럼 서너 모금 급하게 빨아대고 나니, 허기진 끝이라 그런지 머리가 핑 돌더군요. 그리고 다음 순간 눈에 들어온, 손끝에서 모락모락 피어오르는 하얀 연기……. 섬뜩했어요. 그 연기는 바로, 환기통도 제대로 없는 작업장 안을 뿌옇게 채워가던 납땜 연기, 꼭 그걸 닮아 있었거든요. 뜨거운 인두 끝으로 납을 태울 때마다 비웃듯이 모락모락 피어나던 하얗고 무시무시한……."
진임은 머리를 가볍게 흔들며 힘없이 웃었다. 어딘가 전과는 다른 낯섦이 느껴졌지만 뚜렷이 감지되지 않았다. 예전에도 그녀의 눈이 저렇게 슬퍼 보였던가.
"선배는, 여전해요. 조금 더, 뭐랄까…… 윤기 있어진 것 말고는."
"하하하, 윤기? 그래, 어쩌면 그럴지도 모르지. 그쪽도 예전보다 좋아 보여. 세상 살기가 나아진 탓이겠지."
그녀의 눈가에 깊어져 있는 잔주름을 바라보면서, 그렇게 말해주길 잘했다고 생각했다.
"나아졌다? 글쎄요……. 하긴 먹고살 만큼은 버니까."

그녀는 학원에서 학생들을 지도하면서 혼자 산다고 말했다.
"그럼, 저녁에 일을 하겠구나. 나하고는 정반대로."
"학원에서 집까지 조금 멀기 때문에, 일을 마치고 집에 돌아오면 대부분 자정이 넘어 있어요."
"피곤하겠네."
"낮에 자둬서 그런지 괜찮아요. 공장 일 그만두고 학원에 나간 처음 얼마간은 낯선 밤 시간을 주체하지 못해 억지로 이불을 덮어쓰곤 했는데, 이젠 괜찮아요. 낮에 하지 못한 청소나 빨래도 하고, 음악 들으면서 잡지책을 뒤적이다 보면 새벽녘쯤 해서는 곯아떨어지거든요."

그리고 보니 그녀 얼굴이 조금 부은 듯도 하고 창백하기도 했다. 불규칙한 생활을 하는 게 뻔해. 술도 조금 해야 잠이 올걸? 나는 짐작할 수 있었다. 오래 뒤척인 뒤에 늪처럼 빠져드는 잠, 기억조차 되지 않는 잡스러운 꿈들. 한낮이 되어서 억지로 눈을 뜨면 어김없이 찾아오는 지긋지긋한 열패감······. 그녀는 예전의 내가 겪었던 고통에 시달리고 있는 듯했다. 그런데 왜, 하필 진임인가? '개가의 종손' 따위라면 몰라도. 개가의 종손과 서진임. 그 둘은 전혀 다른 방식으로 세상을 살았는데, 어째서 결국 비슷한 처지가 되어 있는 거지?

예전의 진임은 새벽에 일어나는 걸 좋아했다. 기숙사에서 이른 아침을 먹고 교정을 내려다보고 있으면 아침 일찍 등교하는 진임을 만날 수 있었다. 언젠가 왜 그렇게 일찍 등교하느냐고 물었을 때 진임이 했던 말이 떠오른다. "아버지는 언제나 새벽이면 나를 데리고 들을 한 바퀴 돌았어요. 가을날의 싸한 새벽 공기, 논둑 길 양옆으로 하얗게 피어나던 억새풀, 익어가는 벼 줄기마다 앉은 아침 이슬, 그 위를 눈부시게 비추던 투명한 아침 햇살. 덜 깬 눈을 비비면서도 굳이 마다 않고 아버지를 따라나섰던 건 아마도 그 찬란한 아침 때문이었을 거예요. 아버지는 깡통을 잔뜩 달아놓은 새끼줄을 뒤흔들어 워이 워이 참새를 쫓았고, 그 옆에서 거들어주던 내 눈가에 고였던 졸음마저 말끔히 쫓아내곤 했지요. 언젠가 아버지가 말씀하셨어요. '사람은 평생 새로운 걸 배우고 시작할 수 있어야 한단다. 그리고 글을 읽든 일을 하든, 이른 새벽에 시작해야 하지'라고." 그렇게 말하던 때의 진임은 얼마나 생기발랄했던가.

"선배는 늘 돌아가신 아버지를 생각나게 했어요. 글쎄, 왜인지는 잘 모르지만……. 언제나 아침 일찍 만나곤 해서일까? 아마 그래서 선배를 좋아했나 봐."

진임은 부끄러운 듯 손바닥으로 뺨을 만졌다. 전에 없이 화장을 한 그녀의 얼굴……. 하지만 어쩐지 그늘져 보였다.

"그때…… 왜 전화를 받지 않았는지 듣고 싶어. 회계사 시험이 끝나면, 내가 학생회실로 연락하기로 했던 약속…… 기억나?"

그런 약속을 한 것은 처음으로 시내에서 만나 저녁식사를 한 날이었다. 그날 진임은 페레스트로이카의 영향으로 국내에서 개봉된 소련 영화 〈모스크바는 눈물을 믿지 않는다〉를 보자고 했다. 인텔리에게 배반당한 어느 여성 노동자의 삶과 사랑을 다룬 영화였다. 비 내리는 모스크바, 포장지도 없이 건네주던 꽃다발, 불륜, 어두운 실내와 어두운 과거, 속으로 잦아들던 눈물, 아침이면 요란하게 울어대던 자명종 시계, 열차에서 만난 노동자 사내, 자작나무 숲, 부드럽고도 강한 인상의 노랫가락, 그리고 황금의 손……. 진임은 그 영화를 보고 나서 나에게 소감을 물었다. 그 질문에 나는 뭐라 대답했던가. 할리우드 영화에만 익숙해 있다가 동구권 영화를 처음 봐서 그런지 매우 낯설다고, 그들도 우리처럼 사랑하고 이별한다는 게 이상하다고, 그렇지만 다행스럽기도 하다고 말했던 것 같다. 바보처럼 우물쭈물 더듬거리면서. 그러고 나서 얼굴이 벌겋게 달아오른 나는 엉뚱한 말을 늘어놨다. "난 꼭 고시에 붙어야만 돼. 그래야만 어머니와 동생들을 돈과 여자밖에 모르는 아버지로부터 독립해서 살게 할 수 있어." 그러고 나서 끝내 무모한 고백까지 했다. "그렇지만 진임이 너랑 함께라면 나도 노동 현장에 뛰어들겠어." 그러자 진임이 희미하게 웃으며 말했다. "노동 현장엔 그런 식으로 가는 게 아냐, 형." 진임의 눈에 맑은 눈물이 살짝 비쳤고, 난 머리가 어지럽도록 길게 담배를 빨아들였다.

입속으로 흘러드는 모카커피는 차게 식어 있었다. 나는 깍지 끼었던 손가락을 풀면서, 한결 침착해진 목소리로 말했다. 말하자면 십여 년 만에 하는 진실게임 같은 거였다.

"한참을 찾았어. 이차 시험을 치른 뒤 밤새도록 학생회실로 전화하면서 비로소 네 집도, 전화번호도 모른다는 사실을 깨달았어. 어이없었지. 그래도 다시 만나게 되리라는 막연한 기대를 하며 기다렸는데, 그 이후로는 한 번도 우연히 만나지지 않더군. 나중에 너의 자취방을 알아내 찾아갔을 땐……."

"이미 떠난 뒤였겠지요. 그해 겨울에 바로 공단으로 갔으니까. 그리고 일부러 연락을 피했고."

"왜 그랬지?"

나는 상체를 진임이 쪽으로 기울이며 추궁하듯 물었다.

"영화 보던 날 생각했어요. 사랑. 사회주의 국민들도 사랑을 하는구나. 하지만 변혁을 하겠다는 내가 사랑을 하고, 가정을 꾸릴 수 있을까? 노동자나 혁명가도 아닌 소시민의 가정을? 그러고도 계속 역사의 거센 물결을 탈 수 있을까? 나는 고민을 그런 식으로밖에 할 줄 몰랐어요. 편협했지요. 삶에 대한 정열과 신념은 넘쳐흘렀지만, 때론 너무 경직되어……."

진임은 찻잔을 입으로 가져갔다. 희고 가는 손가락이 가늘게 떨고 있었다.

"어느 날 문득, 선배에게 너무 심하게 했다는 생각이 들었어요. 그래서 만나게 되면, 오늘처럼 이렇게 우연히……. 그러면 꼭 말해야 된다고 생각했어요. 미안해요, 소중한 감정이었는데 함부로 대해버려서. 자신이 없어서 피했던 거예요."

진임은 탁자 아래로 시선을 떨어뜨렸다. 얼마쯤 뒤 다시 고개를 든 그녀는 "겨우 스물셋이었는걸요. 에돌아가는 길을 모를 나이죠"라며 밝게 웃었다. 그녀의 뒤늦은 고백이 조금은 당혹스러웠지만 싫지 않았다. 역시 나 혼자 바보짓 한 건 아니었군. 갑자기 몸에서 긴장이 풀리면서 기분이 좋아졌다. 나는 천천히 등받이에 몸을 기대었다. 그러고는 느긋하고 또렷한 목소리로 물었다.

"이젠…… 날 받아줄 수 있겠어?"

어느새 자정이 가까워져 있었지만 그때까지도 술자리를 파하지 못한 연극반 사람들이 길거리에서 배회하는 게 보였다. 진임과 나는 그들의 눈을 피해 어두운 골목으로 들어가 벽면에 기대었다. 은밀한 느낌이 진임과의 사이에 있던 오랜 시간의 간격을 좁혀주는 것만 같았다. 그녀의 고른 숨결이 나의 앞가슴을 간질이며 긴장시켰다. 키스를 해도 괜찮을까? 강한 욕구가 일었다. 아냐, 아직 너무 일러. 나는 그녀를 놀라게 하지 않으려고 참았다. 사람들이 사라진 걸 확인한 뒤, 재빨리 주차장 쪽으로 그녀를 끌었다. 새 승용차는 어둠 속에서도 가로등 불빛을 받아 번쩍였다.

"어떤 꼬마의 발자국이에요. 요즘 속이 좋지 않아서 병원에 들렀는데 파업 때문에 어찌나 붐비던지……."

진임은 원피스 자락에 흐릿하게 남아 있는 발자국을 가볍게 털며 변명하듯 말했다.

"너무 이기적이야."

"네?"

"노동자들 말이야. 환자를 볼모로 파업을 하겠다고 하니."

내 말에 진임이 조심스럽게 반박했다.

"사실은…… 임금을 조금씩 덜 받더라도 감원을 막자는 주장이던데……. 게다가 노조 관련자들만 선별 해고를 했다니……."

"무슨 소리야. 그런 건 다 국민들한테 환심 사려는 수작이야. 업무상 경영주들을 가끔 만나는데, 요즈음 경기가 어떤지 알아? 너나없이 죽겠다고 야단이야."

끼이익, 나는 급브레이크를 밟았다.
"저 자식 뭐야!"
인도에 있던 늙은 청소부가 별안간 차도 쪽으로 쓰러졌다. 빌어먹을! 재수 없게 하필 내 차 앞에서 넘어지다니. 당장이라도 욕을 퍼붓고 싶었지만 진임이 앞이라서 입술을 깨물 수밖에 없었다. 다행히 그자는 느린 동작으로 일어나 비척대며 다시 길을 걷기 시작했다. 안도의 한숨이 절로 나왔다.
"저 사람 병, 병원에라도 데려가야 하는 거 아니에요?"
놀란 진임은 말까지 더듬었다.
"괜찮아! 멀쩡한데 뭘."
나는 그녀를 안심시키기 위해서 급히 차를 몰아 현장에서 벗어났다. 가로등 빛이 만든 가로수 그림자들이 차 안을 어지럽혔다.
"미안해."
잠시 뒤에 나는 진임에게 사과했다.
"예전에 진임이랑 소련 영화를 보고 난 뒤 노동자들에 대해 다르게 생각해보려고 했지만 잘 안 되더군. 황금의 손 어쩌고 하면서 노동자만 추켜대던 사회주의 국가들 좀 봐. 결국은 무기력하게 넘어갔잖아? 모스크바는 이미 희망 자체를 상실한 지 오래야. 술집에 가면 온통 러시아 무희들로 들끓는 판이라고."
차 안의 공기가 답답했는지 진임은 창문을 열었다. 열린 창으로 밤바람이 세게 밀고 들어왔다.
"어차피 주사위는 미국 쪽으로 던져졌어. 그 질서 안에서 살아남기 위한 경쟁만이 남았지. 게다가 이젠 정보화 시대야. 문제는 머리지, 머리. 그깟 노동자 손……."
 나는 이상할 정도로 자신만만해 있었다. 그토록 당당하던 진임이 주눅 들어 있는 만큼 내 견해에 더욱 확신이 갔다. 적어도 난 삶을 반성해야 할 만큼 잘못 살진 않았으니까.
 진임의 귀밑머리가 바람결에 나부끼면서 창백한 뺨이 드러났다. 그녀의 야윈 뺨에서 예전의 활기와는 전혀 다른, 슬프고도 절망적인 아름다움이 느껴졌다. 불같은 기운이 아랫도리로 뻗어왔다.
 "그런데 이상하지? 요즘은 제조업 노동자들이 별로 없어. 내가 어렸을 때만 해도 동네 아저씨나 가난한 친척 누이들이 공장에서 많이 일했는데, 지금은 다 서비스업종에서 일하거나 하다못해 구멍가게라도 운영하더군."
 진임은 조수석 앞에 부착해놓은 CD 상자를 만지작거렸다. 귀여운 강아지 캐릭터가 그려진 그것은 지난번 내 생일에 딸아이가 선물로 준 거였다.
 "그럼…… 우리가 입고 먹고 쓰는 것들은 다 어디서 난 것들이지요? 하다못해 이 상자까지. 누군가 만들지 않는다면 말예요. 제가 사는 회현동 언덕에는 남대문 시장에 납품하는 작은 공장들이 많이 있는데 창문 너머로 들여다보면 까무스름한 동남아 사람이 대부분이에요. 그 중에는 옆집 지하 방에 사는 킨마웅이라는 미얀마 젊은이도 있어요. 눈이 매우 크고 깊어 보이는 그 남자는 하루 종일 블라우스에 단추를 달다가 밤늦게 집으로 돌아가죠."
 "뭐라구? 크게 좀 말해. 잘 안 들려."

"언젠가 동네 편의점에서 나오다가 우연히 퇴근길의 마웅을 만났어요. 새벽 두시였던가. 아주 사소한 일, 세상의 단춧구멍을 메우기 위해, 아무도 기억하지 않을 그 일을 위해 그는 스물세 살 젊음을 쏟아붓다가 늦었던 거지요. 단춧구멍으로 빠져나가는 하루, 젊음, 그리고 고향에 대한 그리움. 그 나이 적의 나는 어땠던가, 생각해봤어요. 어쩌면 단춧구멍 메우는 일보다 더 의미 없이 시간을 흘려보낸 건 아닐까. 한 번도 누군가의 옷매무새를 여며주지 못한 채……."

"창문을 닫을까? 바람 소리 때문에 잘 안 들려. 단추가 떨어지면 물론 옷을 여밀 수 없지. 그게 어쨌단 거야?"

갈수록 엉뚱한 말을 하는 진임이 때문에 난 조금씩 짜증이 났다. 창문을 닫고 냉방기를 작동시켰다. 그제야 비로소 진임이 말이 제대로 들렸다.

"아니에요. 그보다…… 자본주의는 과연, 지구를 지킬 수 있을까? 인류의 미래를 걸어도 될까? 미국인의 비만과 후진국의 영양실조, 아니면 공해나 마약, 대량학살 같은 것들을 해결할 수 있을까. 평등이나 행복, 양심. 양심? 그래요, 양심……."

진임은 꿈을 꾸는 듯 잠꼬대처럼 중얼거렸다. 나는 큰 소리로 웃음을 터뜨렸다.

"하하하. 왜 이래? 독수리 오형제라도 된 거야? 그런 생각은 모두 퇴물이야. 진보? 우스운 소리 마. 그런 이념의 상품가치는 이미 추락했어. 쇼윈도에는 세계화의 추세에 맞춘 신세대들이 즐비하지. 과거를 돌이키는 것만으로도 촌스러운 일이야. 아, 그만. 이제 그런 얘긴 그만 하자."

나는 양미간이 일그러지는 걸 참고 억지로 웃어 보였다. 부풀어 있는 아랫도리가 바지 속을 비좁게 하고 있었다. 그녀를 화나게 하면 안 돼, 아직은. 어느새 자동차는 한밤의 명동을 지나고 있었다. 자정이 지난 명동 뒷골목은 생각보다 어두웠다. 빈 음료수통, 비닐봉지 따위가 젖은 도로 위에서 이리저리 뒹굴었고 더러 만취한 사람들이 보였다. 나는 근처 아무 여관이라도 잡으려고 사방을 두리번거렸다. 그때 멀리 일렁이는 불빛이 보였다. 진임이 물었다.

"무슨 불빛일까요?"

"명동성당 쪽인 걸 보니, 외국인 노동자들이로군. 벌써 한 달이 넘게 저러고 있다지? 이젠 내 나라 사람도 모자라서 남의 나라 새끼들까지 설쳐대니, 원."

"추워요."

진임은 손바닥으로 팔뚝을 감싸며 말했다.

"춥다구? 그럼 진작 말하지 그랬어. 냉방을 끄면 될 걸."

"그럴 거 없어요. 그만 내릴 거니까. 차를 세우세요."

나는 잘못 들은 거겠지, 싶어 그대로 속력을 유지하며 달렸다.

"어서요. 차를 세우라구요!"

날카로운 진임의 목소리가 좁은 차 안을 울렸다. 나는 엉거주춤 브레이크를 밟았다. 차가 멈추자 진임은 말 한마디 없이 내렸다. 그리고는 뒤도 돌아보지 않고 빠르게 걸어갔다. 백미러에 비친 그녀의 가녀린 몸피는 점점 작아지더니 한순간에 어둠과 빌딩 사이로 사라져버렸다.

잔뜩 부풀어 있던 아랫도리가 머쓱했다. 마웅이라 했던가, 알고 지낸다는 자식이? 고작 그딴 외국인 새끼한테 가겠다는 거야, 뭐야. 울화가 치밀었다. 그때 안주머니에 들어 있던 휴대전화가 울렸다.

"야 임마, 개똥건! 너 어디로 사라진 거야? 사내놈이 치사하게……. 벌써부터 마누라한테 쥐여 사냐? 쥐새끼처럼 도망이나 가고 말이야……."

취한 형철의 목소리였다. 나는 아무 대답도 하지 않았다. 도대체, 진임한테, 내가, 뭘 잘못한 거지? 생각에 빠져 있는 동안 형철은 계속해서 오물을 쏟아 붓듯 개똥건— 개똥건— 불러댔다.

(『비평과 전망』 2003년 하반기호)

물밑에 숨은 새

비행화살 알아요? 그것은 끝이 뾰족한 쇠꼬챙이예요. 목공용 연필보다 더 굵지 않지요. 이것을 비행기가 공중에서 투하한다는군요. 물론 이 책의 주인공이 전쟁터에서 겪은 얘기죠. 이것이 머리에 맞으면 관통하여 발뒤꿈치에 가서야 밖으로 나오게 되지요. 머리에서 시작되어 발뒤꿈치까지 단번에!

1

"당신, 귓불이 왜 그런 거요?"
 등 뒤에서 들려오는 낯선 목소리에 여자는 고개를 돌렸다. 창문을 뚫고 들어온 오후 빛이 가냘프고도 집요하게 병실 안을 비추고 있었다. 움직이는 거라고는 규칙적으로 떨어지는 링거액뿐 실내에는 아무도 없었다. 침상 위에는 물론 두 명의 환자가 있지만 모두 잠들어 있었다. 여자는 혹시나 해서 돌보고 있는 중증의 뇌경색 환자 얼굴을 살폈다. 의식불명의 노인 얼굴엔 아무런 표정도 잡히지 않았다. 잘못 들은 걸까.
 여자는 철제 캐비닛의 손잡이를 잡아 오른쪽으로 힘주어 돌렸다. 그때 또다시 누군가의 말소리가 들렸다. 맞은편 창가 침상에 누워 있는 환자를 주의 깊게 살폈다. 안으로 들어간 이마, 뭉툭하면서도 높은 코, 그에 비해 곧고 섬세한 인중……. 서른다섯에서 마흔 사이로 보이는 사내 얼굴은 창백하면서도 침울

해 보였다. 그는 잠든 것처럼 눈을 감고 천장을 향해 똑바로 누워 있었는데 자세히 보니 담요 밑으로 드러난 발가락이 꼬물거리고 있었다.

"그 귓불 말이요. 누구한테 된통 물렸나 보지?"

사내는 눈을 감은 채 입술도 움직이지 않고 말했다. 어쩐지 시비조로 들렸다.

"전남편한테 된통 물리고는 헤어졌나? 그렇군. 그래서 설인데도 갈 데가 없나 보군."

여자는 아무 대답도 하지 않고 미간을 찡그리며 사내를 노려보았다.

"전남편이 아니라면, 전 애인한텐가?"

누가 그런 소문을 퍼뜨리기라도 한 걸까. 여자는 언제나 껌을 씹어대며 쉬지 않고 떠들어대는 금자 씨 얼굴을 떠올렸다. 금자 씨는 병실 문 쪽의 당뇨 합병증 환자를 돌보는 간병인이다. 언젠가 금자 씨가 왼쪽 귓불에 있는 선명한 상처에 대해 하도 궁금해하기에 어느 미친개한테 물렸다고 얼버무린 적이 있었던 것이다. 하지만 그녀는 사내가 입원하기 직전에 설 휴가를 얻어 집으로 가버렸기 때문에 둘은 만난 적도 없을 터였다.

"그렇게 뚫어져라 노려보지만 말고 가까이 와봐요. 안경을 집을 수가 없어서 말이야."

눈을 감고 누워만 있던 사내는 몸을 일으키려는 동작을 해 보이다가 이내 얼굴을 일그러뜨리며 도로 누워버렸다. 그의 팔에 연결된 수액이 심하게 출렁였다. 마지못해 여자는 서랍 속에 있는 은테 안경을 찾아 사내에게 내밀었다. 사내는 마비되지 않은 쪽 손으로 안경을 받아 뭉툭하면서도 높이 솟은 콧잔 등에 익숙하게 걸쳤다. 찌그러진 안경테가 그의 얼굴을 다소 희극적으로 만들었다. 안경알 안쪽에서 몇 차례 깜빡거리는 사내의 눈은 의외로 순하고 맑았다.

"그런 소동 속에서도 안경알만은 말짱하군. 정말 신기해. 그렇지 않소?"

사내는 어떻게든 말을 걸어보고 싶은 눈치였다. 하긴 명절 때는 누구나 견디기 힘들다. 더구나 하루가 먼지처럼 낡아버리는 오후에 낮잠에서 깨어났다면 더욱. 잠에서 깨어나는 순간의 낯섦과 혼란, 사물이 제자리를 찾기까지의 불안을 겪고 나면 가슴속엔 이미 쓸쓸함이 번져 있기 마련이니까.

사내가 소동을 피우며 응급실을 통해 이곳에 들어온 것은 어제 정오 무렵이었다. 여자는 마침 환자 보호자에게 연락할 일이 있어서 공중전화기가 있는 일층 로비에 서 있었다. 응급실 문이 벌컥 열리더니 웬 사내가 119 소방대원의 들것에 실려왔다. 사내는 머리가 깨질 것 같이 아프다며 비명을 내질렀고 함께 온 두 명의 젊은이들 역시 얼굴이 벌겋게 상기되어 있었다. 바닥에 뒹굴었던 흔적도 여기저기 남아 있었는데 스포츠머리에 귀고리를 한 청년은 코피를 흘렸는지 셔츠가 엉망이 되어 있었다. 몇 시간쯤 뒤에 사내는 여자가 있는 병실에 입원했다. 젊은이들은 가버렸는지 보이지 않았고 사내의 누이라는 여자가 훌쩍거리며 따라 들어왔다. 하지만 그녀 역시 하룻밤을 지새운 뒤엔 집으로 가고 오늘은 사내 혼자 남게 되었다. 아침나절, 의사가 회진하러 들어오자 사내는 당장 퇴원하겠다고 했다. 여자가 보기에도 한쪽 팔에 약간의 마비 증세가 있는 것 말고는 큰 문제가 없는 듯했다. 하지만 의사는 두개골 뒤쪽 혈관에 이상이 있을 수 있으니 자세한 검사 결과가 나오기 전까지는 병원에 남아 있어야 한다고 말했다. 사내는 손으로 자신의 뒤통수를 만졌다. 도대체 어디에서 고장이 생긴 거야,라고 중얼거리면서. 그러고는 하루 종일 멍하니 천장을 바라보다가 잠이 들었던 것이다.

……한때, 나의 미래였을 시간 위를 걷고 있네, 위워, 미랜, 언제나 찬란한 환상 속에 있었지, 위워, 하지만 지금, 그때의 미래 위에서 울고 있네…… 젠장. 사내는 노래를 하다 말고 옆구리로 손을 가져갔다. 물론 마비되지 않은 쪽 손으로. 젊은이들과 땅바닥을 뒹굴면서 심한 타박상을 입은 눈치였다. 꽤나 불안해 보였다. 자신의 뒤통수에서 길을 잃어버린 피들이 언제 발작을 일으킬지 모르는 상황 탓이겠지. 아니면 이룬 것도 없이 한 해를 보내야 하는 섣달그믐 때문이든지.

창밖에서 열차 지나는 소리가 들려왔다. 언제부턴가 여자는 이 소리에, 발바닥에서 시작된 한 점의 지루함이 서서히 전신에 퍼져 꼼짝도 할 수 없는 상태에서 들리는 덜컹거림에 익숙해 있었다. 그것은 신촌발 오후 다섯시 열차가 내뿜는 숨소리였다. 닳아빠지고 구겨진 하루를 힘겹게 토해내는 듯한.

여자는 창문에 바람막이로 쳐놓은 반투명의 비닐을 들추었다. 철길 위로 열차가 달려가고 있었다. 어린 시절 여자는 기찻길이 지나는 마을에서 살았다. 어린 눈에 비친 열차는 언제나 미래를 향해 달려가는 것처럼 보였다. 밝은 빛 속으로 달려가는 열차. 그 열차를 타고 가서 내린 곳에는 꿈과 행복이, 혹은 인생의 비밀이 열대과일처럼 선명한 빛깔과 향기를 뿜으며 열려 있을 것만 같았다. 사내가 다시 노래를 흥얼댔다. ······한때, 나의 미래였을 시간 위를 걷고 있네······. 열차가 지나간 철길 위로 저녁 빛이 고즈넉하게 내려앉았다. 등 뒤에서 가래 끓는 소리가 요란하게 났다.

2

흡입펌프와 연결된 노란 호스를 환자 목구멍에 넣고 여자는 가래를 빨아올렸다. 무표정했던 환자 얼굴이 고통스레 일그러졌다. 빨갛게 달아오른 얼굴은 차차 보랏빛으로 변해갔고 금방이라도 숨이 넘어갈 듯 헉헉댔다. 그러나 여자는 동작을 멈추지 않았다.

"할아버지, 마저 빼버리지 않으면 잠시 뒤에 또다시 이 짓을 해야 해요. 언제든 빼내야 하는 거라면······."

환자 눈이 둥그렇게 떠졌다. 한 점 빛도 없이 시르죽어 있던 눈동자에 불안과 고통이 가득 차올랐다. 이윽고 눈동자는 원망과 노여움으로 일렁였다. 여자는 눈길을 피해 고개를 옆으로 돌리고 흡입펌프의 스위치를 내렸다. 환자는 비로소 고통에서 놓여나 천천히 누런 낯빛을 되찾았다. 늘어진 눈꺼풀도 편안히 닫혔다. 마치 죽음을 향해 조용히 다가가는 것처럼 보였다. 여자는 이마에 맺힌 땀을 손등으로 닦아내며 숨을 몰아쉬었다.

여자가 환자와 함께 병원에 들어온 지 벌써 육 개월째다. 육 개월 동안 조금씩 미끄러져 내리기만 한 환자는 이제 회복될 아무런 희망도 없이 지루하고 고통스럽게 생의 마지막 순간을 기다리고 있다. 뇌졸중으로 쓰러지기 전까지 환자는 렌트카 사업을 하는 아들네 가족과 살았는데 여든이란 나이에 비해 무척 정정했다고 한다. 하긴, 여자가 지하철 승강장의 간이의자에서 의식을 잃은 환자를 발견한 순간에도 할아버지는 매우 말쑥한 양복차림에 지팡이 대신 한 다발의 꽃을 들고 있었다. 흔한 장미나 국화가 아닌 보랏빛 리시안서스를. 이 할아버지는 도대체 어디로 가려 했던 걸까. 마지막 순간까지 손에 쥐고 있었던 열차표의 종착역에서 누군가를 만나기로 했던 걸까. 바람 부는 종착역, 썰물처럼 빠져나가는 타인들, 두리번대는 시선, 하나의 낯익은 얼굴, 그윽한 장미 향기, 오래된 추억……

캐비닛을 열어 황금빛 유리병을 꺼냈다. 그러고 나서 누워 있는 환자의 상체를 일으켰다. 탄력을 잃은 환자 얼굴은 무른 반죽처럼 아래로 축 늘어졌다. 환자 뺨을 가볍게 두드리며 여자는 큰 소리로 말을 붙였다.

"코끼리 할아버지, 눈 좀 떠봐요. 하루 종일 잠만 잘 거야?"

코끼리 할아버지는 금자 씨가 붙여준 별명이다. 환자가 온종일 코와 연결된 A튜브를 통해 액체를 들이마시기 때문에 그렇게 붙여주었다. 뿌연 미음에 항생제, 영양제…… 다시 미음, 항생제, 영양제…… 그리고 황금빛 액상 청심원. 여자는 황금빛 한약을 주사기에 담아 A튜브와 연결시킨 다음 피스톤을 눌렀다. 청심원 한 병 값과 여자의 하루 일당이 똑같다는 사실 때문일까. 순간 여자는 자기의 젊음이 액상으로 변해 환자 몸속으로 스며드는 느낌을 받았다. 그다지 유쾌하지 않은 기분을 떨치려 여자는 언젠가 금자 씨가 했던 말을 떠올렸다. "그래도 난 이 직업에 보람을 느껴. 어떤 면에선 우리가 의사보다 더 나을걸? 마음먹기에 따라 중환자들을 도울 수 있잖아." 금자 씨는 사자 갈기를 연상시키는 파마 머리를 여자 어깨에 바짝 붙이며 낮게 속삭였다. "우린 환자를 고통으로부터 영원히 벗어나게 해줄 수 있으니까." 금자 씨는 간병인 노릇을 오래 한 사람 특유의 대담함으로 아무렇지 않게 말했다. 그녀 표현에 의하면 그것은 아주 식은 죽 먹기라고 했다. "물론 그런 일은 실수로 처리되니까 법적으로 크게 문제가 되지 않아. 다만 임종을 지키지 못한 가족들의 원망을 조금 살 테지. 어쩌면 그 반대로 사례비를 받을지도 모르고." 금자 씨는 가끔 지나친 데가 있다. 하지만 어쩌면 그 말이 사실인지도 모른다. 머지않아 봄이다. 봄이 되면 환자의 아들도 가족과 함께 어디 먼 데로 여행을 가고 싶어질 테지. 주말이면 찾아와 병원비와 간병비를 내야 하고, 늘 슬프거나 혹은 남들 앞에서 슬픈 표정을 지어야 하고, 심지어 아내와의 잠자리에서조차 문득문득 죽음을 떠올려야 하는 나날들……. 차가운 죽음 덩어리를 옆구리에 끼고 사는 기분이겠지. 가끔 환자 아들에게 전화를 하면 그는 매번 이렇게 물었다. "앞으로, 얼마나 버티실까요?" 그 말은 어쩐지 '제발, 어떻게 좀 해주실 수 없나요?' 하는 것처럼 절실하게 들렸다.

　여자는 갑자기 어떤 의무감에 휩싸였다. 시베리아의 추크치 부족인들처럼 잔치를 벌여놓고 늙은 아버지 뒤로 몰래 다가가

물밑에 숨은 새　219

바다표범 뼈로 급소를 찌르는 막내아들 역할을 해야 하는 게 아닐까. 사람들은 바다표범을 먹고, 위스키를 마시고, 노래를 부르고, 북을 친다. 웃음과 관능이 곳곳에서 바람처럼 모였다 흩어진다. 이윽고 잔치가 절정에 이르면 막내아들은 오줌을 누러 숲으로 들어가는 시늉을 하며 무리에서 빠져나온다. 그는 늙은 아비의 뒤로 소리 없이 다가간다. 장작불은 활활 타올라 늙은 아비의 얼굴을 환희로 비춰주고, 다가오는 그림자를 숨겨준다. 높이 치켜든 팔의 단단한 근육질은 팽팽하게 긴장되어……. 힘주어 피스톤을 누르던 여자는 주사기를 A튜브에서 분리해 쓰레기통에 버렸다. 그러고는 허리를 굽혀 환자 귀에 대고 속삭였다.

"할아버지, 아시죠? 누구든 한 번은 죽게 마련이란 걸. 어떤 사랑이든 이를 악물고 견뎌야 하는 실연의 순간이 닥치기 마련인 것처럼 말예요."

창밖으로 다시 열차가 지나가고 있었다. 노을을 향해 달리는 열차 소리는 마지막 희망처럼 초조하게 들려왔다.

3

여자는 자신의 몸에 와 닿는 사내의 집요한 시선을 느꼈다.

"당신, 좋았던 적을 얘기해봐요. 어쨌든 행복한 순간이 있었을 거 아냐. 그러니까 그 나이까지 살고 있지. 안 그래?"

여자는 구제불능이로군, 하고 사내를 쳐다보지도 않은 채 혼잣말했다. 그러고는 들고 있던 책을 펼쳤다. 무질의 『지빠귀』라는 소설이었다.

"괜히 책 읽는 척하지 말아요. 눈에도 들어오지 않을 텐데."

사내가 조롱하듯 말했다. 무슨 얘기를 하고 싶은 거지, 저 사람? 그저 아무 얘기나 하지 않고는 못 견디겠다면……. 여자는 책에서 눈을 떼지 않고 말하기 시작했다.

"당신이 누워 있는 그 자리에 얼마 전까지 있던 환자에 대해서 말해줄까요? 그 남자는 마흔여덟이었는데 갑자기 한마디도 말을 못하게 됐대요. 귀 뒤쪽에 있는 혈관이 터졌다더군요. 이제 보니 그때가 행복했던 것 같아요."

조롱기가 담긴 여자의 말에 사내는 아무 대꾸도 하지 않았다.

"그래도 그 경우는 좀 나은 편이지요. 그 전에 두 달 머물렀던 환자는 하루 종일 웃기만 했어요. 의사 선생님이 회진 돌 때마다 좀 어떠세요, 하고 물으면 배를 움켜쥐고 웃어대는데 눈에서는 눈물이 흘러내렸어요. 어떤 사람은 하루 종일 울기만 했고, 어떤 사람은 하루 종일 심한 욕을 해댔어요. 모두 머릿속 혈관에 고장이 난 거지요. 마치 비행화살을 맞은 사람들처럼."

여자는 곁눈으로 사내의 반응을 살폈다. 하지만 사내는 입을 꾹 다물고 있을 따름이었다.

"비행화살 알아요? 그것은 끝이 뾰족한 쇠꼬챙이예요. 목공용 연필보다 더 굵지 않지요. 이것을 비행기가 공중에서 투하한다는군요. 물론 이 책의 주인공이 전쟁터에서 겪은 얘기죠. 이것이 머리에 맞으면 관통하여 발뒤꿈치에 가서야 밖으로 나오게 되지요. 머리에서 시작되어 발뒤꿈치까지 단번에! 그러니

물밑에 숨은 새 221

까 당신 정도면 아주 운이 좋은 경우라고 여기세요."

말을 마치고서 여자는 고개를 들어 사내를 쳐다보았다. 그러고는 그가 아무 말이든 하기를 기다렸다. 어느새 어둠이 창문을 통해 실내로 스며들고 있었다. 사내는 등에 베개를 고이고 비스듬히 누워 있었는데 매우 평온해진 얼굴이었다. 마치 방금 전에 넘어간 해가 이제껏 그를 심술궂게 만들었을 따름이라는 듯이.

어둠 속에서 사내의 실루엣이 홍수 뒤에 쓰러진 수목처럼 보였다. 배 위에 올려놓은 마비된 손은 꺾인 가지처럼 꼼짝하지 않았고 머리카락은 사방으로 뻗어 있어 뿌리를 드러낸 것처럼 보였다. 얼마쯤 지나자 사내가 입을 열었다. "바깥 날씨가 따뜻해지기 시작한 초봄이었을 거요." 마비된 손을 반대편 손으로 쓰다듬었다. 여자는 자신도 모르는 새에 사내의 말에 귀를 기울였다. 뜻밖에도 사내는 어릴 적에 자기 집 거실로 들어왔던 멧새에 관한 이야기를 했다.

"처음에 난 새를 밖으로 내보내려고 애썼소. 빗자루를 들고 연신 워워, 쫓았는데 새는 번번이 벽에 부딪히면서 실내로 더 깊이 날아들더군. 출구를 찾지 못했나 봐. 그때 마침 집 근처 시장에서 철공소를 하는 아버지가 들어왔지. 아버지는 급히 창문을 닫더니 새를 구석으로 몰더군. 나는 아버지의 커다란 손아귀에 들어간 새를 건네받았소. 노랑부리에 보드랍고 따뜻한 갈색 깃털을 지닌 새였는데 내 손안에서 파르르 몸을 떨더군. 몸속으로 전류가 흐르는 것 같았지. 아버지는 큰 고무나무에 새장을 사다 걸고 모이와 물을 줬소. 하지만 새는 아무것도 먹지 않고 밤새도록 울어댔지. 예리한 칼날로 살갗에 상처를 낼 때처럼 가늘고, 높고, 절망적인 소리로. 아버지는, 처음이라 그래, 내일 공터에서 지렁이를 잡아다 주면 금세 나아질 거다,라고 말하더니 코를 골더군. 그렇지만 난 쉬이 잠들 수 없었소. 다음날 아침 날이 밝자마자 난 새한테로 달려갔지. 새는 그 부드럽던 깃털이 다 빠진 채 죽어 있더군. 배를 드러내고 앙상한 발을 가지런히 모은 채. 밤새 쇠창살에 몸을 부딪치며 날아오르려고 발버둥 쳤나 본데……."

 사내는 자신을 창문으로 잘못 들어온 새라고 여기고 있는 걸까? 그래서 그토록 퇴원하겠다고 억지를 부렸던가? 그렇다면 여자와는 정반대였다. 여자는 일부러 온실 속으로 찾아든 새와 같았다. 바깥세상의 찬바람과 뙤약볕, 절망, 그리고 사랑과 꿈. 그런 것들로부터 벗어나 3인 병실로 날아든 뒤 좀처럼 나가려 들지 않는 새. 암전된 공간에서 필름이 돌아가듯 돌연 지나간 추억이 여자의 눈앞에 떠올랐다. 조각난, 암울한 순간들……. 여자가 누그러진 목소리로 물었다.

 "그래서요?"

 "그 뒤로 창문을 열 때마다 새가 날아들까 봐 가슴이 뛰었지. 하지만 다시는 새가 날아들지 않았소. 스물여섯이 될 때까지."

 사내는 잠시 자신의 마비된 손을 잊기라도 한 듯 매우 행복한 표정을 짓더니 이야기를 계속했다. 여자는 들고 있던 책장을 덮어버리고 사내의 말에 빠져들었다.

 "스물여섯이 되던 해에는 제약회사 영업부에서 일했는데, 저녁이면 젊은이들이 몰려드는 록카페에 들러 맥주를 마시다 집으로 돌아가는 게 유일한 낙이었소. 그날도 난 초저녁부터 카페에 앉아 친구와 맥주를 마시며 우스갯소리를 하고 있었을 거요. 스피커에서 흘러나오는 시끄러운 팝송을 들으면서. 마침 출입구 쪽에서 쨍그랑 쇠종이 울리더니 커다란 가방에 챙이 넓은 모자를 깊이 눌러쓴 여자가 나타났소. 작은 몸집에 비해 가방과 모자가 너무 커서 어딘가 우스꽝스러워 보였지. '내 사촌 동생이야'라고 말하면서 친구가 여자를 향해 손을 번쩍 드니까 그 여자는 친구 옆에 와 앉았는데, 모자도 벗지 않은 채 가방 속에서 물건을 꺼내놓더군. 헝겊 인형, 열쇠고리, 플라스틱 물잔, 팝송 테이프, 슈크림 빵, 그림붓과 팔레트, 필름, 트로피, 목도……. 마치 마술사의 손처럼 끊임없이 무엇인가를 끄집어내고 있었지만 대부분 낡거나 오래된 물건들이었소. '연극 무대에서 썼던 소품이래.' 친구가 어리둥절해 있는 내게 눈을 찡긋하더니 탁자 위의 물건 중에서 삐에로가 매달린 열쇠고리를 집더군. '오빠, 그거야말로 행운의 열쇠고리야. 주인공 해릭이 그 열쇠고리를 잃어버렸는데 꿈속의 여인이 찾아주거든.' 여자는 감격한 듯한 목소리로 말하면서 친구 주머니에서 나온 몇 장의 지폐를 받더니 순식간에 주머니에 넣었소. 그 순간 나도 무언가를 하나 집고 싶기에 눈을 이리저리 굴리다가 필름을 집으며 '이건 어때요?'라고 물었지. 여자는 '아, 그건, 그건 팔지 않는 건데……'라고 말하면서 모자를 벗어 땀을 닦더군요. 모자 속에 감추어졌던 얼굴이 나오는 순간 나는 쿵, 가슴이 내려앉았소. 사방으로 뻗치는 짧은 커트 머리에 소년처럼 빨간 볼과 입술……. 여자는 자꾸 다른 것으로 골라보라고 권했는데 이것저

것 만져보다가 다시 필름을 골랐지. 난 처음 손이 간 것에 어떤 운명이 있다고 믿는 편이니까. '좋아요. 특별히 오빠 친구니까. 정말 운이 좋은 분이네요.' 여자는 그렇게 말하면서 부끄러운 듯 얼굴을 붉히더군. 여자는 내게서 받은 돈으로 자기네 극단의 새 연극에서 쓸 소품을 장만할 거라며 새 작품에 대한 얘기를 늘어놓았소. 짧은 커트 머리를 이리저리 흔들고 긴 속눈썹을 깜빡이며. 마치 한 마리 굴뚝새처럼. 그래요, 앵두나무 가지 위에 앉아 하루 종일 노래하는 봄날 오후의 작은 새처럼 말이오. 다음날 여자에게서 산 필름을 현상했소. 연극무대와 배우, 스텝진의 기념사진 틈에 수영복 차림의 여자가 보석처럼 박혀 있더군. 작지만 아주 예쁜 몸이…….”

이야기에 열중하던 사내가 갑자기 돌아누우며 중얼거렸다. "완전히 돌았군! 뭣 때문에 내가 이런 얘길 하는 거지? 하루 종일 웃기만 했다던 환자처럼 종일 주절대고만 있잖아, 이거.”

4

바깥 날씨는 꽤 추운 모양이었다. 가로등 불빛 아래로 지나는 사람들마다 두꺼운 외투 깃에 얼굴을 묻고 종종걸음쳤다. 하지만 병실 안은 온실처럼 따뜻하기만 해서 바깥 풍경이 오히려 비현실적으로 보였다. 사내는 지난 몇 년간의 일들을 떠올리며 이야기를 이어갔다.

여자와의 혼인을 앞두고서야 사내는 자신이 그리 넉넉한 편이 못 된다는 걸 알게 됐다. 저축해놓은 약간의 돈—언제든 마음만 먹으면 한 달쯤 아프리카 여행을 할 수 있다고 여유 있게 생각하던 거였다—과 부모로부터 뜯어낸 얼마를 합치더라도 빌릴 수 있는 집이 별로 없었다. 그는 은행에서 미래를 저당 잡히고 융자금을 받아냈다. 어쨌든 칼슘 약을 팔고 있었고 앞으로도 팔 테니까.

　혼인한 뒤 그는 전보다 일찍 출근했다. 오전에는 고객 관리를 했고 무엇보다 자신의 머릿속 풍선을 잔뜩 부풀리는 작업을 했다. '희망', '미래', '하면 된다' 따위를 쑤셔넣고 오후에는 고객을 찾아 거리를 돌아다녔다. 그즈음엔 신기하게도 칼슘 약이 잘 팔렸다. 이듬해 봄에 그의 아내는 딸을 낳았다. 그는 좀더 바쁘게 움직였다. 셋이 먹고살아야 하니 별수 없었다. 그리고 얼마 안 있어 아들이 태어났다. 그는 이제 팀장이 되어 있었다. 그의 밑에서 누군가 약을 많이 팔아준다면 크게 걱정하지 않아도 되는 상황이었다. 하지만 새로 들어온 신입사원들은 생각처럼 칼슘 약을 잘 팔지 못했다. "사람들이 칼슘 약을 잘 먹지 않아요." 신입사원들은 어린애처럼 칭얼댔다. "그건 잘 몰라서들 그래. 칼슘이 부족하면 뼈에 구멍이 뚫려버린단 말이야. 슈웅슝." 그는 손가락으로 구멍을 만들어 보이며 그 속에 입술을 대고 바람 지나는 소리를 내곤 했다. 하지만 대부분의 신입사원은 입사한 지 두세 달이면 그만둬버렸고 남아 있는 사원들도 다른 일자리를 찾아다니는 눈치였다. 그는 부하 직원들을 데리고 늦도록 술을 마시면서 다독거려야 했다. 심지어 혀가 굳도록 전화질을 해서 판 영업실적을 나눠주면서 그들 머릿속 풍선에 희망, 미래, 낙관, 할 수 있다 따위를 불어넣어야 했다.

그는 술을 자주 그리고 점점 더 많이 마시게 되었다. 저녁에 집으로 돌아갈 때면 머릿속 풍선이 바짝 쪼그라들어 그를 미치도록 힘들게 하기 때문이었다. 그는 이제 찌그러진 풍선에다 다른 것을 잔뜩 쑤셔넣고 다녔다. 짜증, 모멸, 절망, 나쁜 자식, 더러운 세상, 주먹을 날려버려……. 아이들은 무럭무럭 잘 자랐고 아내도 건강했다. 아니, 그럴 거라고 믿었다. 아내가 가끔 낮에 전화를 해 질질 짜곤 했지만 그 정도는 아무 일도 아니라고 생각했다.

첫아이를 낳고 그의 아내는 자주 울었다. 뜻밖이었다. 아이는 나무랄 데 없이 귀엽고 사랑스러웠다. 하지만 아이는 자주 경기를 했고, 아내는 생각보다 대범한 성격이 못 되었다. 아내는 자신의 젖꼭지를 물고 떨어지지 않는 아이가 마치 자신의 발목을 잡고 평생 놓아주지 않을 것만 같다고 했다. 그즈음 아내가 대할 수 있는 성인이란 겨우 남편인 그가 전부였다. 간혹 아내는 사람들로부터 멀리 유배당한 기분에 휩싸인다고 했다. 그 때문인지 아내는 그에게 자주 전화를 했다. "언제 들어와요. 빨리 들어와요. 오늘은 애가 종일 낮잠 한 번 안 자고 보챘어요. 이러고 사는 건 정말 힘들어." 처음에는 애원조로, 혹은 화난 태도로, 그러다가 끝내는 울어버리곤 했다. 다행히 그는 아내의 전화 내용을 재빨리 잊어버릴 수 있었다. 그래야만 새로운 고객을 만나 상쾌한 표정으로 칼슘 약을 팔 테니까. "이 팔팔한, 기운 넘치는, 혈색 좋은 얼굴을 보세요. 다 칼슘 덕이에요." 하지만 그의 혈색은 갈수록 나빠져갔다. 그의 아내의 **뺨과 입술**

에서도 붉은 기운이 서서히 사라져갔다. 아이들이 자라면서 그녀는 조금씩 자기 시간을 낼 수 있었다. 그러나 그는 어느새 아내에게 냉담해져 있었고 둘 사이엔 매우 제한된 단어만이 소통됐다. 밥, 와이셔츠, 출장 준비, 생활비……

 아내는 예전의 일을 다시 하고 싶어했다. 하지만 극단은 경영난으로 이미 오래전에 문을 닫은 상태였다. 아내는 이런저런 학원으로 휩쓸려다니기 시작했다. 홈패션을 배운다거나 헤어커트기와 가위를 사서 자신의 머리를 잘라보기도 했다. 그러나 모두 오래가지 않았다. 재미도 없고, 손재주가 따라주지도 않는 눈치였다. 아내는 다시 투정을 부리게 되었다. "머리모양이 바뀌었는데 여태 몰랐어? 우리 집 전화번호를 기억이나 해? 옆집 부부는 저녁이면 매일 근처를 산책하는데, 잘난 당신은 언제나 술에 절어 살고 있잖아!" 그는 더는 참을 수가 없어 앞에 있던 숟가락을 바닥에 내던졌다. "제발 그만 해. 당신 같은 여잔 정말 지겨워!" 침과 밥알이 아내 얼굴로 쏟아졌다. 순간, 적의로 가득 찬 아내의 눈에서 불꽃이 새파랗게 일렁였다.

 아내에게서 귀가 간지럽다는 소리를 듣게 된 건 그즈음부터였다. "귀가 가려워요, 여보. 미치도록 귀가 가려워." 세상에! 고작 집에 앉아서 그런 투정이나 하다니. 심지어 아내는 그가 중요한 고객을 상대하는 시간에조차 불쑥 전화해 귀가 간지러워 미치겠어요,라며 하소연했다. 어느 날 그는 "누군가 당신 욕을 하는가 보지." 하고는 전화를 끊어버렸다. 그러고는 저녁에 집으로 돌아가 들고 있던 가방을 마룻바닥에 내던졌다. 계약서류, 홍보책자, 볼펜, 인주, 신문지, 담배, 지갑, 동전, 그리고 칼슘 약까지 쏟아낸 가방은 창자를 드러내고 쓰러진 한 마리 짐승 같았다. 아내가 소리를 지르며 덤벼들었고 그는 닥치는 대로 물건을 집어던졌다.

아내의 귓속에선 차차 진물이 흘렀고 심한 악취가 났다. 결국 아내는 이비인후과 의사의 권유로 신경정신과 치료를 받게 되었다. 신경정신과 의사는 아내가 자신을 학대하고 있다고 했다. 분출구를 찾지 못한, 타인과 세상에 대한 분노. 그것이 원인이 된 자기 학대…… . 밖을 향해 쏘았지만 세상의 벽에 부딪혀 다시 자신에게 되돌아오는 화살 같은 거라고 의사는 덧붙여 설명했다.

"아내가 먼저 화살을 맞았소. 그리고 아내가 떠난 날로부터 꼭 일 년 만에 내가 화살에 맞은 거지. 그것도 비행화살에."

사내는 허공을 향해 웃었다. 공허한 웃음소리는 병실을 빠져나가 복도로, 차가운 거리로 퍼져나갔다.

5

사내가 실려오던 순간에 여자는 병원 로비에서 환자 아들에게 연락을 하고 있었다. 설 연휴 동안 환자를 어디서 돌볼 것인가를 의논하기 위해서였다. 일 주일 전까지만 해도 환자의 아들은 자신의 집으로 모시겠다고 했는데 갑자기 사정이 어렵다고 했다. 딸아이가 독감에 걸렸다던가. 수화기를 내려놓고 여자는 한동안 그 자리에 서 있었다. 갑자기 휴가가 사라져버렸으니 며칠간의 망설임과 고민이 부질없어진 셈이었다. 설 연휴에 오빠네 집에 들르기로 되어 있었다. 명절 음식을 배불리 먹고, 실컷 잠을 잔 다음, 조카들에게 영화 구경을 시켜줄 생각이었다. 중풍으로 쓰러지신 어머니를 십 년이나 돌본 오빠 내외에게 줄 선물을 미리 생각해두기도 했다.

그러고도 시간이 남는다면, 남자 친구 동혁을 만나볼 생각이었다. 며칠 전부터 동혁에게 전화를 걸어 뭐라고 첫마디를 꺼내야 할지를 고민했다. 나야,라고 해야 할까? 그 다음에 그쪽에서 어떻게 나올지는 예측할 수 없었다. 동혁은 아마 고함을 칠 것이다. '도대체 어디에 있었던 거야? 자그마치 육 개월 동안이나. 나를 이렇게 골탕먹여도 돼?' 그러고 나서 당장 만나자고 한다면? 그렇게 되면 여자로서는 그 제의를 뿌리쳐야 할지 받아들여야 할지 판단이 서지 않았다. 하지만 만약 나야, 하는 목소리를 동혁이 미처 알아채지 못한다면 어떻게 해야 할지가 더 걱정이었다. 그럴 바에야 차라리 '정수연이야. 그동안 잘 지냈어?'라고 정중히, 적당한 거리감을 갖고 자신을 밝히는 게 낫지 않을까. 그런 다음엔 아주 침착하고 편안하게, 조금 들뜬 목소리로 지난 육 개월을 해명하는 거다. 새로 직장을 얻었어. 아주 바빴지. 보수도 괜찮아서 돈도 꽤 모았어. 버는 만큼 쓸 시간이 있어야지. 말을 마치고 나서 한 번쯤 웃어주는 것도 괜찮겠지. 농담이라고 받아들여도 좋고 아니어도 상관없는 애매한 웃음을. 하지만 어쩌면 그렇게 길게 통화할 수 없을지도 모른다는 생각도 들었다. 아니, 그게 가장 정확한 예측이었다. 명절 연휴 동안 그는 아내를 포함한 가족들에 둘러싸여 있을 게 뻔하니까.

전화했을 때 동혁이 마침 혼자 방에 있다거나, 혹은 마당을 서성이며 담배를 피우다가 아무도 모르게 여자의 전화를 받게 될 가능성이란 너무도 희박했다.

여자는 달랑대는 블라우스 단추를 빙글빙글 돌려대며 병실로 올라가는 엘리베이터 앞으로 걸어갔다. 마침 엘리베이터에서 금자 씨가 내렸다. 커다란 가방을 어깨에 멘 금자 씨는 평소의 냉소를 떨치고 활짝 웃고 있었다. 여자가 "환자는?" 하고 묻자 금자 씨는 "큰딸네서 보살피기로 했어"라고 대답했다. 로비는 외출허가를 받은 환자와 보호자들로 북적대고 있었다. 여자가 다시 "좋겠네. 며칠이나?" 하고 물었다. 금자 씨가 여자 귀에 대고 농담조로 말했다. "사흘. 사흘 뒤까지 환자가 살아 있다면." 그러고는 깔깔 웃었다. 말은 그렇게 해도 여자는 금자 씨가 누구보다 환자를 정성껏 돌본다는 사실을 잘 알고 있었다. 누워만 있는 환자에게 욕창 한 번 생기지 않게 하고, 물리치료도 열성적으로 시키며, 무엇보다 특유의 붙임성으로 환자를 즐겁게 하는 재주가 있었다. 금자 씨는 자신의 목뒤에 손을 짚고 고개를 좌우로 움직이며 말했다. "어째 뒷목이 뻐근한 게 안 좋아. 이번 환자 마무리 지으면 한동안 좀 쉬어야겠어." 그러고 보니 화장을 했는데도 금자 씨 얼굴빛은 좋지 않았다. 간병인으로 칠 년째 일하고 있는 금자 씨는 병원에서 번 돈으로 고등학생 아들과 중학생 딸을 키운다. 노름과 여자에 빠져 내내 말썽만 피우던 남편은 오래전에 집을 나가 이제는 소식조차 없다고 한다. 출입구로 걸어가는 금자 씨에게 여자가 엉덩이에 실밥이 붙었다고 농담하자 그녀는 히죽 웃으며 엉덩이를 좌우로 마구 흔들어댔다. 그 커다란 엉덩이를 아무렇지도 않게.

금자 씨가 열고 나간 문으로 싹둑 잘려 들어온 바깥 공기가 뺨을 차갑게 스쳤다. 바로 그 순간에 응급실 문이 벌컥 열리면서 사내가 119 대원들이 끄는 들것에 실려 병원으로 들어왔다. 말처럼 씩씩대며 "재수 없어"를 연발하는 두 명의 젊은이들과 함께.

사내는 응급차에 실려 병원으로 올 때의 일을 하나도 기억할 수가 없다고 한다. 무엇보다 사내는 그날 예정되었던 아내와의 점심약속을 지키지 못한 걸 염려하는 눈치다. 덜컹대는 창문 쪽으로 다가가더니 사내는 "아내에게 점심을 함께 하자는 제의를 받은 건 쓰러지기 하루 전이었소"라며 병원에 오기 전 상황을 이야기했다.

한 달간 입원했던 사내의 아내는 몸이 좋아질 때까지 친정에 있겠다고 했는데 좀처럼 돌아오지 않았다. 그런 아내가 그날 아침에 전화로 그들이 처음 만났던 록카페에서 만나자고 했다. 이상하게도 모든 일이 잘 풀릴 것 같은 예감에 그는 아침부터 서둘렀다. 낡은 자동차를 깨끗이 닦고, 혹시 아내를 태우게 될지 몰라 차 안도 정리했다. 물론 이리저리 나뒹굴던 칼슘 약까지 말끔하게. 그는 여전히 칼슘을 팔고 있었지만 실적은 예전보다도 훨씬 못했다. 워낙 경기가 좋지 않았으니까. 그의 밑에 있던 팀원들도 이제는 몇 명 남지 않았다. 하지만 그날은 여러 통의 칼슘 약을 사기로 한 고객과 오전 중에 약속이 되어 있었다. 고객 사무실은 시내의 복잡한 골목에 있었는데 그는 아내를 데리고 교외로 갈 생각으로 차를 끌고 갔다. 예상대로 시내는 복잡했다. 그는 시내를 몇 바퀴 빙빙 돌았다. 어느새 시곗바늘은 고객과 만나기로 한 시간을 넘어가고 있었다. 얼굴이 벌겋게 달아올랐다. 영업사원에게 약속시간은 목숨보다 중한 거였다. 게다가 아내와의 약속시간도 다가오고 있었다. 차 안은 담배연기로 가득 찼고 그의 얼굴은 닭 볏처럼 새빨개졌다. 그는 '주차금지'라고 씌어져 있는 팻말을 한쪽으로 치우고 주차를 해버렸다. 고객에게 약을 넘기고 나오기까지 기껏 이십 분 정도면 충분할 거라고 예측하면서. 그런데 공교롭게도 고객은 급한 볼일이 있다면서 삼십 분만 기다려달라는 쪽지를 남긴 채 보이지 않았다. 예상했던 이십 분에 삼십 분이 더해졌다. 그는 다시 초조해졌고 담배를 꺼내 물었다. 네번째 담배에 불을 붙일 때는 손이 가늘게 떨려왔다. 그때 밖에서 고함 소리가 들려왔다. 정확하게 그의 자동차 번호를 불러대고 있었다. 뛰어 내려가니 젊은이 둘이 험악한 표정으로 그를 기다리고 있었다. 스포츠머리에 귀고리를 한 청년이 다짜고짜 그에게 주먹을 날렸다.

"아내가 어떤 상태인지 궁금해요. 화났을 테지? 아마 그럴 거야. 당신 생각을 말해봐요. 당신이라면 어떻겠소. 물론 사람마다 다르겠지만…… 어떻겠소?" 사내는 초조한 기색을 숨기지 못하고 여자에게 얼굴을 들이대며 물었다. 병원에 실려왔다고 말하면 그래도 조금 수그러들지 않겠느냐고 말했다. 그러더니 어깨를 으쓱하며 "제기랄. 내 목소리를 듣자마자 자초지종을 말하기도 전에 전화를 끊어버릴 거야, 아마. 여자들이란 도대체 속을 알 수가 없다니까." 하고 고개를 가로저었다. 사내는 수액

바늘이 꽂힌 손을 들어 거칠게 얼굴을 문질러댔다. 그의 손목에서 역류한 피가 튜브를 붉게 물들였다.

6

여자는 벽에 몸을 기댔다. 거리를 휘젓던 바람은 안으로 들어오려는 듯 거칠게 창문을 두드려댔고 창틀 아래쪽에선 난방기가 딸깍거렸다. 따뜻한 온기는 창문에 미세한 물방울을 만들었다. 자잘한 물방울들은 골목의 노란 가로등, 거리의 현란한 네온을 파스텔 톤으로 연하게 만들어갔다. 성에 낀 창문 안쪽에 있으면 이곳도, 아니 여자의 삶도 때로 안온하게 여겨졌다.
"당신은 어째서 이런 곳에 있는 거요?"
사내가 물었다. 여자는 잠결처럼 몽롱해진 상태에서 대답했다.
"나는 병원 생활이 좋아요. 습관대로 살 수 있어서. 하루 종일 똑같은 동작을 되풀이하는 대신 정신만은 자유로울 수 있으니까. 게다가 이 환자는 나무랄 데가 없어요. 나한테 어떤 것도 요구하지 않잖아요? 특히 애정 따위는. 기계적인 대응만으로도 언제나 저를 고맙게 여기죠."
"난 이곳이 싫소. 오늘 같은 밤엔 더욱. 혼자란 걸 들춰서 살갗 속을 헤집는 것 같아."
어디선가 하모니카 소리가 들려왔다. 여자는 그 소리에 귀를 기울였다. 눈앞에 하나의 정경이 떠올랐다. 근처 야산에 자리잡은 자그마한 집, 차고 매운 겨울바람 냄새, 자잘한 웃음, 김이 나는 솥에서 막 꺼내어진 만두, 설빔으로 산 새 스웨터. 그러자 어린 새처럼 가슴으로 파고들어 파르르 떨어대는 고독이 느껴졌다. 고독하다는 것, 그것은 이미 낯익은 친구와도 같았다. 인생이란 어차피 고통, 아니면 권태로 직조되는 것이 아니겠는가. 단조로우면서도 늘 시끄러운 소음으로 가득 찬 병원생활 속에서는 고독조차 얼마나 귀한가.

사내는 더는 말을 하지 않았다. 간호사가 들어와 그의 팔에서 바늘을 빼주고 갔다. 그는 비로소 해방됐다는 듯 팔다리를 움직여보았다. 그의 오른팔은 그러나 쉽게 움직여지지 않았다. 그의 이마로 불안이 스쳐갔다. 그는 벽을 향해 웅크리고 누웠다. 창유리에 맺혔던 물 알갱이들이 무늬를 그리며 축축이 흘러내렸다.

앉아 있던 보조침대에서 일어나 여자는 병실 밖으로 나왔다. 기저귀를 사야 했다. 환자 오줌을 받아내는 그것이 없으면 밤에 편히 잘 수 없다. 숙면을 위해 필요한 것은 더는 동혁의 어깨가 아니다. 복도는 매우 조용했다. 당직 간호사가 하품을 하며 졸린 눈으로 차트를 넘기고 있었다. 복도 끝에 이르자 휴게실에서 텔레비전 소리가 들려왔다. 연예인들의 요란한 함성과 방자한 웃음이 새해를 맞고 있었다. 누군가 잠들지 못하고 있나 보다. 사내가 누워 있는 침대에는 꿈에 시달리기 싫어서 잠들지 않으려고 발버둥 치는 환자가 얼마 전까지 입원해 있었다. 삼십 년 동안 청계천에서 재봉 일만 하다가 디스크에 걸렸다는 그 아주머니는 일을 그만둔 지 수년이 지났건만 아직도 새벽녘이면 꼭 손가락 박는 꿈을 꾼다고 하소연했다. 손톱 위로 올라선 재봉 바늘이 후닥닥 지나고 나면 비 그친 솔숲에 버섯 돋듯이 일렬로 쪼르륵 빨간 피가 솟아나는데, 바늘이 손톱을 지나 손등, 팔뚝 그리고 마침내 자신의 심장을 향해 다가올 즈음에야 비로소 아악, 비명을 지르며 깨어난다고 했다. 그런 날이면 아주머니는 그 지긋지긋한 재봉틀이 이젠 꿈에까지 나타나 괴롭힌다고 투덜대면서 오줌 지린 속옷을 벗어놓곤 했다.

아주머니가 꿈 타령을 할 때마다 여자는 매번 동혁이 했던 말을 떠올려야 했다. 진실, 꿈, 무의미한 관계……. 언젠가 동혁과 여자는 경의선 열차를 타고 여행한 적이 있었다. 왜 하필 경의선 열차를 탔는지 분명히 알 수 없다. 하지만 어디로든 떠나지 않고는 견딜 수 없게 하는 무엇이 그들을 기차역으로 가게 했던 것만은 분명했다.

경의선 열차는 처음이었다. 평일 낮이라서 열차 안에는 사람들이 그다지 많지 않았다. 그들 맞은편에는 중절모를 쓴 농부가 앉아 있었는데 수색역을 지날 때쯤 잠이 들어버렸다. 농부가 잠들자 동혁이 여자 어깨에 팔을 둘렀다. 동혁의 기다란 왼팔은 여자 겨드랑이를 파고들었고 기어이 젖가슴을 어루만지기 시작했다. 동혁의 손에서 땀이 느껴졌다. 봄이었지만 날은 한여름처럼 무더웠다. 창밖의 새로 돋은 나뭇잎들마저 축축 처져 생기를 잃고 있었다. 노루처럼 긴 동혁의 목에 뺨을 대자 진한 살냄새가 풍겨왔다. 머릿속이 어지러웠고, 강렬한 갈증이 일었다. 그때, 건너편 농부가 별안간 눈을 번쩍 떴다. 꿈을 꾸었는지 농부는 황망한 시선으로 사방을 둘러보았다. 그 순간 농부와 여자의 눈이 마주쳤다. 농부는 무심한 눈길로 바닥에 쓰러진 삽을 주워들더니 가슴에 꼭 끼고는 다시 눈을 감았다. 하지만 농부의 입가에는 엷은 미소가 번져 있었다. 다음 역에서 동혁은 돌연 여자 손을 끌더니 열차에서 뛰어내렸다. 한참을 돌아다닌 끝에 그들은 허름한 여인숙을 찾아냈다. 마당 한복판에 빨간 작약이 피어 있는 집이었다. 신을 벗고 툇마루로 올라서자 주인이 동혁의 구두와 여자의 샌들을 나란히 놓아주었다. 툇돌 옆에는 검둥개가 한가로이 졸고 있었다.

그날 동혁은 여자 귀에 대고 "매일 밤 너를 만나는 꿈을 꿔. 잠에서 깨어나면 옆에는 언제나 아내가 누워 자고 있지. 혼자인 넌 그 기분 모를 거야." 하고 말하면서 깊이 한숨을 쉬었다. "꿈은 왜 꾸는 걸까?" 여자가 물었다. 그러자 어둠 속에서 길게 담배연기를 뱉으며 동혁이 말했다. "꿈이 없다면 진실이란 영원히 사라지거든. 생각해봐. 이 방을 나서는 순간 우린 아무런 관계도 아닌 거야. 꿈이 아니라면 진실이란 살 데가 없지 않겠어?"

여자가 매점이 있는 일층에 가려고 엘리베이터를 기다리는데 복도 창으로 종착역을 회귀해 돌아오는 열차가 보인다. 불을 밝힌 열차는 물푸레나무 가지 사이로 느리게 지나간다. 다시 조각난 기억 하나가 조용히 여자를 흔든다.

간병인으로 병원에 들어오기 사흘 전, 역 근처에서 동혁을 만났다. 가늘게 떨어지기 시작한 빗방울이 찻집 창문을 어지럽힐 즈음 동혁이 들어섰다. 동혁은 험악한 표정으로 다가와 여자를 내려다보며 말했다. "왜 이래? 곤란하게 하지 말랬잖아." 들고 있던 그의 우산 끝에 빗방울이 맺혔다가 뚝 떨어졌다. 동혁이 왜 그러는지 여자는 알고 있었다. 그의 휴대전화에 남겨놓은 메시지 때문이었다. 그에게는 지켜야 할 가정이 있으니까. 게다가 머지않아 기초의회로 진출할 포부를 갖고 있으니까. 그의 표현대로라면 '『선데이서울』에 사진 실릴 일'이 생기면 그야말로 끝장이었다. 동혁은 우산을 의자 옆에 내팽개치고 맞은편 의자에 깊숙이 앉았다. 그러고는 왼손을 이마에 괸 채 오래도록 아무 말도 하지 않았다. 나비넥타이를 맨 종업원이 주문을 받으러 왔다. 여자는 흑맥주를 시켰다. 동혁은 커피를 주문했다. 창틈으로 마른 흙 젖는 냄새가 흘러들었다.

두번째 병마개를 땄을 때 동혁이 여자를 힐끗 쳐다보았다. 대낮부터 웬 술이냐는 표정으로. 그는 분명 화가 나 있었다. 와이셔츠 안쪽으로 자줏빛 손톱자국이 보였다. 동혁에게서 그의 아내를 그토록 생생하게 발견한 건 아마 처음이 아닌가 싶었다. 여자는 후후 웃었다. 동혁은 들고 있던 커피 잔을 거칠게 내려놓으며 말했다. "재미있다는 표정이군. 갈수록 왜 그래? 속이 꼬인 사람처럼." 여자는 웃음을 거두었다. 그를 화나게 하고 싶지는 않았다. 화나게 하다니. 동혁이야말로 세상에서 의지할 수 있는 유일한 사람인데. 게다가 그는 벌써 석 달째 여자의 집세와 카드 값을 대신 내주고 있었다. 여자는 수개월째 직장에 다니지 못했다. 스물일곱부터 한동안 여자는 IT 업종에서 웹디자이너로 일했는데 그 일을 배우기까지 꼬박 이 년이 걸렸다. 하지만 그 기술을 딱 이 년 팔 개월 쓰고 나니 이미 퇴출 대상이 되어 있었다.

여자는 잔을 비우고 다시 채웠다. 맥주 거품이 넘쳐 잔의 바깥 표면을 적셨다. 넘친 맥주를 닦는 여자 손끝을 바라보는 동혁의 눈길은 차가웠다. 그 눈길은 마치 흑맥주를 좋아하는 여자 입맛을, 손끝이 야물지 못해 늘 허둥대는 모습을, 냅킨을 겹쳐 잡은 마른 손을, 심지어 손톱 주위에 생긴 손거스러미조차 경멸하는 듯 보였다. 저 남자가 정말 얼마 전 함께 침대 위에서 바지를 벗었던 남자가 맞을까. 급하게 벗은 탓에 주머니에서 수첩을 떨어뜨렸던 그 남자일까. 그날 밤 달빛처럼 부드럽게 속살로 파고들던 남자는 어느새 팔십 센티미터 밖의, 지금의 여자로서는 손댈 수조차 없는 먼 곳으로 가 있었다.

'나…… 수연인데, 집에 수첩을 떨어뜨리고 갔어. 사무실 앞으로 가져갈까?' 남겨놓은 메시지를 하필 동혁의 아내가 듣게 된 사정은 알 수 없었다. 모든 필연이란 다양한 우연의 모습으로 다가오기 마련이니까. 여자는 가끔 그의 아내가 궁금했다. 통속 드라마에서처럼 어느 날 들이닥쳐 머리채를 잡을 여자인지, 아니면 몇 푼의 돈을 내밀고 차갑게 돌아설 여자인지, 그도 아니면 울고불고 매달리며 사라져달라고 애원할 여자인지. 예상외로 그의 아내는 손톱자국만 뚜렷이 만들어 동혁을 내보냈다. 여자와는 어떤 인연도 만들고 싶지 않다는 듯이. 그리고 동혁은 아내를 자신의 등 뒤에 안전하게 두고 여자에게 화를 내고 있었다. "네가 뭔데 내 아내를 화나게 하는 거야? 조심성 없이."

여자는 들고 있던 유리잔을 바닥에 내동댕이쳤다. 잔이 깨지면서 유리 파편이 여자 귓불에 깊이 박혔다. 놀란 동혁이 달려와 파편을 떼어내려 했다. "놔!" 여자는 동혁의 손을 세게 뿌리쳤다. 유리는 길게 귓불을 찢으며 바닥으로 떨어졌다. 찢긴 귓불에서 붉은 피가 뚝뚝 떨어져 흰 블라우스를 적셨다.

  병원 로비는 응급실로 연결된 통로에만 형광등이 켜져 있어서 어두웠다. 매점 문도 굳게 닫혀 있었다. 어느새 자정이 넘은 걸까. 뒤돌아서려는데 매점 옆에 놓인 전화부스가 여자 눈에 들어왔다. 순간 동혁의 전화번호가 머릿속을 빠르게 헤집고 지나갔다. 가슴이 뛰고 손끝이 가늘게 떨려왔다. 이어 동전 떨어지는 소리가 철커덩, 귓속을 울렸다. 전신이 심연 속으로 침몰하는 느낌이 들었다. 물속에서처럼 아득한 소리가 먼 데서 들려왔다. 여보세요. 자다가 깬 걸까. 하지만 분명 동혁의 음성이었다. 남도의 억양이 미세하게 남아 있는, 조금 탁하고 지친 듯한. "여보세요." 저쪽에서 재차 이편의 반응을 요구했다. 여자는 아무 말도 하지 못했다. 거칠어지는 자신의 숨소리에 놀라 손바닥으로 수화기를 막아버렸다. "여보세요!" 저쪽의 목소리는 이제 졸음을 떨쳐버리고 강한 불쾌감을 드러냈다. 땀이 밴 손바닥에 힘을 준 채, 여자는 꼼짝 않고 서 있었다. 등줄기로 식은땀이 흘러내렸다. "어떤 새낀데 정초부터 전화장난이야?" 딸깍, 하는 소리와 함께 차가운 정적이 무겁게 내려앉았다. 머릿속이 어지러웠다. 여자는 수면 밖으로 솟구쳐오르듯 고개를 뒤로 젖히고 길게 숨을 몰아쉬었다. 동혁은 이런 시간에 걸려오는 침묵의 의미를 알아채지 못했다. 어느새 모든 것을 잊은 걸까. 수화기를 내려놓고 돌아서려는 순간, 전화벨 소리가 들려왔다. 사방을 둘러보았다. 방금 전에 내려놓은 공중전화기에서 나는 소리가 분명했다. 전화벨 소리는 쉬지 않고 울려 텅 빈 로비를 뒤흔들었다. 엉겁결에 수화기를 들었다. "여보세요. 여보세요. 대답하세요." 다급한 동혁의 목소리였다. "혹시…… 당신 지금 어디야? 발신자란에 공중전화번호가 찍히던데……." 어느새 여자 손에서 떨어져나간 수화기가 수없이 원을 그리며 출렁였다.

7

설날 아침에는 일반식이 가능한 환자들에게 떡국이 나왔다. 노란 달걀지단에 김 부스러기, 파, 수육을 고명으로 얹은 떡국 냄새가 구수했다. 그런데도 사내는 음식이 넘어가지 않는지 반 이상을 남겼다. 여자는 그의 식판을 복도로 내놓는 일을 도왔다. 사내가 말했다.
"고맙소. 오후에는 누군가 올 거요. 누나든, 간병인이든."
"다행이군요."
잠시 후 사내가 다시 말했다. 몹시 들떠서 약간 떨리는 목소리였다.
"그리고…… 아내도 온대요."
할아버지 환자가 오랜만에 눈을 크게 떴다. 얼굴을 가까이 대고 눈을 바라보았다. 오랜 어둠에서 벗어난 흐린 눈동자가 불안하게 흔들리고 있었다. 요의를 느끼는 걸까. 이불을 걷어내고 환자복을 벗기자 뼈만 앙상한 다리와 엉덩이, 그리고 시든 성기가 드러났다. 이미 생식기로서의 기능을 상실한 그것은 드문 드문 남아 있는 검은 터럭들 속에서 마치 깊이 잠든 아이처럼 편안해 보였다. 귀두 끝에 매달린 비닐봉지에는 소변이 고여 있지 않았다. 혹시나 해서 시트 위에 신문지를 깔고 환자를 모로 눕혀 배변을 도왔다. 하루 세 번씩 투입시킨 액체들은 죽어가는 육체의 어둠을 뚫고 사흘 반나절 만에 밖으로 빠져나왔다. 금자 씨가 있었다면 분명 농담조로 이죽거렸을 거다. '넣은 대로 고스란히 소화돼서 나오는 게 신기할 때도 있어. 생각해봐, 몰래 빠져나가 무슨 짓을 하는지 모르는 남편보다야 백번 낫지. 안 그래? 게다가 꼬박꼬박 돈까지 주니 말이야.' 그러고는 거침없이 웃어댔겠지. 자리를 깨끗이 치우고 욕창 방지를 위해 피부에 항생제 가루를 뿌린 뒤 환자복을 갈아입혔다. 금자 씨는 내일 오후에나 돌아올 것이다. 어렵게 얻은 휴가이니 어쩌면 밤늦게나 돌아올 수도 있다.

　점심식사 후에 여자는 환자를 휠체어에 태워 물리치료실로 갔다. 물리치료실은 평소보다 한가해서 기다리지 않고 코스를 돌 수 있었다. 마지막으로 T테이블 치료 기기 앞에 다가갔을 때, 환자가 여자 손을 꽉 잡고 놓지 않았다. 오랜만에 의식이 돌아온 것 같았다. 환자는 처음 병원에 들어왔을 때만 해도 자주 의식을 회복하곤 했는데 그 시간이 갈수록 줄어 최근에는 며칠 동안 내내 잠만 잤었다. "할아버지, 눈떴네? 나 알아보겠어요?" 환자는 잡은 여자 손에 힘을 주고 고개를 저으며 치료를 거부했다. 나약한 육체가 온 힘을 다해 보내오는 완강한 몸짓이었다. 죽음보다 못한 삶이 주는 고통 때문일까. 환자 눈에 맑은 액체가 고였다. 환자 눈동자는 소멸되어가는 생명 특유의 슬프고도 찬란한 빛을 발하고 있었다. 치료실을 나오는데 뒤에서 어떤 아주머니 말소리가 들렸다. "아이구, 참 효손이네." 그러자 사정을 알고 있는 누군가 옆구리를 찌르며 말을 고쳤다. "간병인이야."

산책 삼아 일층으로 내려가니 로비는 설 휴가를 보내고 돌아온 환자와 가족, 방문객 들로 번잡했다. 노란 풍선을 든 어린 남자아이가 고함을 지르며 뛰어다녔다. 환자는 정신이 팔린 듯 한참 동안 아이를 쳐다보더니 조용히 미소 지었다. 풀숲을 헤치듯 자신의 과거 속으로 걸어들어가 장년기의 자기를, 청년기의 자기를, 소년기의 자기를, 그리고 마침내 유아기의 자기를 찾아낸 걸까. 뛰어다니던 아이가 환자에게 다가와 신기하다는 듯 쳐다보았다. 아이는 이윽고 작은 손을 내밀어 출렁이는 수액, 휴대용 산소호흡기, 휠체어 바퀴를 꼬물꼬물 만졌다. 환자는 꼼짝없이 앉은 자세로 눈부신 듯 아이를 바라보았다. 창문 너머로 회색 하늘이 보였다. 두터운 구름층은 금방이라도 눈을 뿌릴 것처럼 보였다. 철로 변에 심긴 물푸레나무 우듬지에 남아 있던 몇 장의 나뭇잎이 바람에 조심스레 흔들렸다. 흰 눈은 아직 내리지 않고, 오랜 기다림이 있는, 창백한 오후였다.

병실이 있는 위층으로 돌아오니 어느새 해가 기울어져 있었다. 보랏빛 원피스를 입은, 작지만 아주 매력적인 여자가 병실에서 나와 복도를 지나갔다. 병실 안에서는 전화기가 요란하게 울리고 있었다. 그런데도 사내는 아랑곳없이 창밖만을 바라보고 있었다. 여자는 창가로 달려가 수화기를 들었다. 금자 씨 목소리가 거침없이 쏟아졌다.
"아이구, 내 팔자야. 아무래도 제명에 못 죽지. 이런 염병할 놈의 서방, 명절이라구 집으로 기어들어 와서는 내내 술타령에 온갖 주정 다 부리더니 오늘 새벽에 글쎄 도망쳐버렸잖아. 하필 버스비 하나 안 남기구 지갑째 홀랑 집어들고 말이야. 부탁인데, 지금 택시 잡아타구 갈 테니 택시비 갖고 병원 입구로 좀 나와줘. 아이구, 지지리도 못난 내 팔자……."

여자는 수화기를 내려놓은 뒤 가방에서 지갑을 찾았다. 그때 뒤에서 사내의 무거운 목소리가 들려왔다.

"아내가 왔었소."

사내는 여전히 등을 보인 채 창밖을 향해 서 있었다. 지나치게 긴 허리가 금방 쓰러질 것처럼 무기력해 보였다.

"마지막으로 얼굴 한 번 보려고 왔대요. 이젠 연락도 하지 말라더군. 애인이 생겼다나."

그리고 나서 사내는 웃기 시작했다. 한참을 이어가던 그의 웃음소리는 차차 흐느낌으로 변해갔다. 그는 손을 들어 눈물을 닦으려고 했지만 쉽지 않아 보였다. 역시 마비된 오른손이 문제였다. '이제 그는 왼손 쓰는 것을 배워야 할 거야. 그것도 한 손만으로 생활하는 법을. 하지만 왼손에 완전히 익숙해질 때까지는 누군가 그를 도와줘야겠지.'

여자는 슬픔으로 얼룩진 사내의 얼굴을 닦아주었다. 사내가 여자 품에 얼굴을 묻었다. 언젠가 그의 방으로 날아들었다던 새처럼 부드러운 머리카락을 파르르 떨어대며. 여자는 생각했다. '새가 날아든 때에 그는 아직 너무 어렸을 것이다. 세상일이란 게 그리 맘대로 되지 않는다는 걸 깨닫기에는. 그러나 이제는 그도 알겠지. 햇빛 속을 달려간 열차, 그 열차를 타고 가서 내린 곳엔 꿈과 행복이, 인생의 비밀이 선명한 빛깔과 향기를 뿜으며 열려 있지 않다는 사실을 이미 내가 알고 있는 것처럼.' 여자는 어느 잡지에선가 읽은, 철새들의 이주에 관한 이야기를 낮은 목소리로 그에게 들려주었다.

"오래전부터 북반구 사람들은 궁금해했대요. 겨울 동안 보이지 않던 제비들은 대체 어디에 있었을까, 궁금해했대요. 일부 사람들은 겨울잠을 잤다고 생각하는가 하면, 어떤 사람들은 달에 갔던 거라고 했다지요. 제비가 두 달이면 달까지 날아갈 수 있다고 수학적으로 계산한 학자도 있었어요. 16세기 스웨덴의 대주교는 제비들이 호수와 습지 바닥에 떼지어 모여 물속에서 겨울을 난다고 주장했고, 심지어 자신의 저서에 삽화까지 그려 넣었어요. 어부들이 제비가 그득한 그물을 끌어올리는 장면이었지요. 습지 바닥에 모여 긴 겨울을 견디는 제비들, 겹쳐진 날개, 반쯤 감긴 눈, 나머지 반쯤 뜬 눈에서 흘러나오던 간절한 바람……. 궁금해요, 난. 긴 겨울 끝에 봄은 왔을까. 얼어붙은 수면 위로 햇볕 쏟아지고 향기로운 훈풍이 젖은 날개를 말리는, 그런 봄을 새들은 맞이했을까. 우연한 축복처럼 그렇게?"

창밖에서 열차 지나가는 소리가 들려왔다. 여자는 고개를 돌려 밖을 내다보았다. 신촌발 오후 다섯시 열차가 겨울 호수의 짙은 물빛을 가르고, 아득한 수평선을 지나, 붉은 노을 속으로 달려가고 있었다.

(『작가들』 2003년 상반기호)

또 다른 계절

나는 속으로 웃음을 삼키며 길게 하품을 한 뒤 우물가로 갔다. 우물의 수면이 훌쩍 올라와 있었다. 두레박을 깊이 던져 길어 올려야 했던 물은 팔을 뻗으니 손끝에서 찰랑댔다. 우물 턱에 허리를 대고 몸을 숙였다. 파란 하늘이 내려오고, 뭉게구름이 흐르고, 꼬리가 빨간 잠자리가 날고, 이제 막 솟아나기 시작한 내 가슴이 비쳤다

두터운 구름에 가린 겨울 해는 희미한 회색빛을 학교 운동장에 던지고 있었다. 운동장 둘레로 서 있는 측백나무가 부스스 몸을 떨 때마다 차고 눅눅한 바람이 불어왔다. 때때로 싸라기 같은 것이 흩날렸다. 나는 운동장 한가운데 서 있는 언니를 보자 우선 반가웠다. 교복 위에 감색 겨울코트를 걸치고 자줏빛 학생가방을 든 언니는 싸락눈을 발끝으로 문질러대고 있었다. 언니와 눈이 마주치자 나는 입술을 벌려 히죽 웃어 보였다. 하지만 언니는 웃지 않았다. 짙은 눈썹을 모으고 먼 곳을 쳐다보고 있을 따름이었다. 나도 금세 심각한 표정을 지으며 언니 곁에 섰다. 뒤돌아보니 1학년 교실이 있는 건물에서 남동생이 나오는 게 보였다. 남동생은 책가방을 오른쪽 어깨에 비스듬히 추켜올려 메고 왼팔을 앞뒤로 흔들며 신이 난 듯 뛰어왔다. 살얼음이 낀 흙탕물이 사방으로 튀고, 다갈색 가방에 든 학용품이 달그락거렸다. 오전 수업이 채 끝나기도 전에 혼자만 빠져나와 집으로 간다는 게 어지간히도 좋은 인상이었다. 우리는 문방구와 자전거포와 신발가게 따위가 즐비하게 늘어선 번화가를 지나 차부에 도착했다. 언니가 차 시간표를 알아보려고 매표구 쪽으로 다가갔다. 남동생과 나는 매점 옆의 출입구에서 언니를 기다렸다. 길 건너편으로 공터가 보이고 그 안쪽으로 서 있는 면사무소 건물이 눈에 들어왔다. 태극기와 새마을기를 포함한 여러 개의 깃발이 일제히 바람에 펄럭였다. 나라에서 하자는 게 너무 많아. 늦은 밤에야 퇴근해 긴 한숨 끝에 했던 아버지 말이 꿈결처럼 생각났다. 커서까지 야뇨증이 있는 나를 어머니는 밤이면 한 번씩 깨워 오줌을 누였다. 매운 어머니 손끝이 얼얼하게 남은 엉덩이로 차가운 요강이 와 닿고 쉬이, 오줌 소리가 들리고 나면 나는 눈 한 번 뜨지 않고 다시 이부자리에 꼬꾸라져버렸다. 하지만 그 순간 이상하게도 잠은 멀어지고 부모님의 낮은 대화 소리가 들리곤 했다. 뒤뜰에서 풋살구가 뚝뚝 떨어지던 밤이었던가. 늦은 시간에야 퇴근한 아버지는 더는 이 짓도 못해먹겠다고 한숨지었다. 나는 면사무소의 부면장인 아버지가 하루 종일 하는 일이 무언지 대충 알고 있었다. 일반미 소출이 적으니 통일벼를 심게 해라, 초가지붕을 개량해라, 논두렁 풀부터 깎아 무조건 퇴비를 해라, 그리고 지게로 물을 대서라도 모내기를 마쳐라, 따위의 지시를 내리는 거였다. 그런데다 최근 아버지는 강변의 둑 쌓기마저 상부의 반대로 추진되지 않는다며 몹시 곤혹스러워했다. 강에 둑을 쌓으면 하류의 대도시가 수해를 입기 때문이라고 했다. 잠시 뒤에 어머니가 끼니는 제때 하셨수, 하고 졸음과 근심이 뒤섞인 목소리로 물었다. 아버지는 낮에 모내기하는 집에 들렀다가 먹은 닭국이

영 소화가 되지 않는다며 트림을 무겁게 했다. 그날 밤 아버지는 소다 한 숟가락을 입에 털어넣은 뒤 겨우 잠들었다. 하지만 살구가 샛노랗게 익어갈 무렵, 아버지는 쓰러지고 말았다. 아버지는 서울 큰 병원으로 옮겨졌다. 한 달쯤 뒤에 퇴원했을 때 아버지 몸은 반으로 줄고 배엔 수술자국이 크게 나 있었다. 위를 잘라냈다고 했다. 닭뼈가 위에 가 꽂혔다던가. 그래서 급하게 병을 얻었다던가. 어머니는 우리에게 그렇게 말해줬지만 얼마 안 가 새로 지은 사랑채가 동티 났다더라, 위암이라더라, 수군대는 동네 사람들 말이 들려왔다. 아버지는 하루가 다르게 야위어갔고, 때때로 온 천지를 뒤흔들 듯 신음하기도 했다. 찬바람이 불면서 아버지는 볕이 잘 드는 사랑방으로 병상을 옮겼다. 늦가을 햇살이 눈부신 날이면 아버지는 가끔 툇마루에 앉아 햇볕을 쬐곤 했다. 넓은 바깥마당엔 동네 아이들이 자주 몰려와 놀았다. 아이들 틈에 끼어 사방치기나 고무줄놀이를 하다 문득 고개 들면, 물끄러미 나를 바라보는 아버지와 눈이 마주치곤 했다. 그럴 때 아버지는 마치 무거운 침묵을 거느린 것처럼 보였다. 그리고 그 눈길은 높은 곳에서 내려다보듯 멀고…… 아득했다.

남동생이 내 어깨를 툭 치더니 쥐고 있던 손을 펴 보였다. 백원짜리 세 개가 들려 있었다. 안 돼. 나는 동생이 턱짓으로 가리키는 매점 쪽을 돌아보지도 않고 단호하게 거절해버렸다. 왜 안 돼? 나 돈 있단 말이야. 동생에게 뭐라고 설명해야 할까. 난감했다. 아버지가 위독하단 얘기를 해봤자, 제대로 이해하지 못할 것 같았다. 한 시간은 기다려야 차가 온다면서 언니는 그냥 걸어가자고 했다. 차부를 지나면 길 양편으로 온통 밭이고 논이었다. 황량한 겨울 들판을 지나 불어오는 바람은 한결 차고 거셌다. 언니와 나는 바람을 거슬러 머리를 수그리고 걸어갔다. 뾰로통해진 남동생은 돌멩이를 발끝으로 툭툭 차대면서 뒤처져 왔다. 마을은 이상하게도 조용했다. 싸락눈이 희끗희끗한 지붕들은 유난히 낮아 보였고 마을 사람들은 한 사람도 보이지 않았다. 개조차 짖지 않았다. 집 앞 우물에서 휘잉휘잉 바람 부딪는 소리만이 들려왔다.

아버지는 아랫목에 길게 누워 있었다. 가슴부터 발끝까지 이불을 덮었는데 부피가 없어 자라 등처럼 납작했다. 거친 호흡에서 가룽가룽 가래 끓는 소리가 났다. 끝이 약간 굽은 코는 무서울 정도로 솟아 보였고 얼굴빛은 묵은 장판처럼 검누렇고 까실했다. 아버지 손을 잡은 어머니는 나는 어쩌라고, 나는 어쩌라고, 하며 매달렸다. 마당에서 발걸음 소리가 들려왔다. 그 소리는 마루를 쿵쿵 울리며 빠르게 다가왔다. 이윽고 방문이 벌컥 열리더니 읍내에서 고등학교에 다니는 큰언니가 아버지, 하며 들어섰다. 온 가족이 모이기를 기다렸던 걸까. 아버지는 내내 감고 있던 눈을 떴다. 마지막으로 무슨 말을 하려는지 입을 조금 벌리고 혀를 움직였다. 방 안에 정적이 차올랐다. 창호지를 댄 격자문에 사르락 사르락 싸락눈 부딪는 소리가 났다. 무슨 말을 하고 싶었던 걸까. 아버지는 벌어졌던 입으로 숨을 크게 들이쉬더니 갑자기 호흡을 멈추었고, 다음 순간 몸을 쭉 뻗었다. 모든 것이 정지했다. 짧고 거친 숨결, 가룽가룽 가래 끓는 소리, 미세하게 떨리던 속눈썹……. 반쯤 세어버린 머리카락만이 문틈으로 스며드는 바람에 가볍게 날렸다.
 맥을 짚고 있던 당숙부가 무너져내리는 신음을 토해냈다. 이윽고 천둥 같은 곡성이 사방에서 들려왔다. 잠시 뒤에 어머니가 의식을 잃고 방바닥에 쓰러졌다. 나는 어머니의 실신에 더욱 놀라 울음을 터뜨렸다. 격자문 창경 너머로 싸락눈이 하얗게 쏟아지고 있었다.

 잠에서 깨어 보니 방 안에는 밝은 햇빛이 가득 차 있었다. 여기가 어딜까. 얼떨떨한 가운데 사방을 둘러보니 사랑방이었다. 이불도 펴지 않은 채 아무 구석에나 처박혀 잠을 잤던가 보다. 자리에서 일어나 뒷문을 열었다. 바람 한 점 없이 맑은 겨울 날씨였다. 사랑채와 담 사이에 있는 대추나무는 잠든 것처럼 고요히 그림자를 늘어뜨리고 있었다.
 꿈이었을까. 그칠 줄 모르고 이어지던 곡소리, 문상객으로 번잡한 마당, 코를 찌르는 향내, 부엌으로부터 흘러나오던 돼지찌개 냄새, 상여가 나가고 땅을 파헤쳐 관을 내리던 신산스러운 풍경들까지도 한낮 꿈이었던 걸까. 나는 신을 꿰고 마당으로 나가보았다. 무수한 발자국들이 지푸라기와 함께 흩어져 있고 마당 한켠에서는 아직 잉걸불이 남아 푸른 연기를 피워올리고 있었다. 잿더미 위로 벽돌색 천이 눈에 띄었다. 타다 남은 아버지의 점퍼 자락이었다. 그제야 나는 어수선한 모든 기억이 꿈이 아니었다는 걸 깨달았다.
 책가방을 어디에 두었는지 통 기억이 나질 않았다. 집 안 구석구석을 뒤졌다. 언니들은 어느새 보이지 않았고 남동생은 안방에서 아직 자고 있었다. 내가 동생을 깨우려고 했더니 퉁퉁 부어 알아볼 수조차 없는 얼굴로 누워 있던 어머니가 말렸다. 그냥 둬. 어린 게 상주 노릇 하느라 얼마나 고단했겠니. 삼베로 된 상복에 두건 쓰고 바짓부리에 행전 친 동생이 지팡이를 들고 서 있던 모습이 떠올랐다. 아이고, 아이고, 하는 곡소리를 얼마나 잘하던지 보는 사람마다 눈가를 찍었다. 나는 동생의 상주 노릇이 아무래도 감쪽같은 연극처럼 여겨졌다. 돌멩이를 차대며 집으로 돌아오던 모습이 자꾸만 떠올랐던 것이다.

책가방은 건넌방 장롱 뒤쪽에 있었다. 며칠 새 먼지가 하얗게 앉고 윗목의 냉기로 뻣뻣하게 굳어 있었다. 나는 가방을 메고 학교로 향했다. 싸락눈이 녹아 질척이던 땅이 밤새 얼어 길은 몹시 울퉁불퉁했다. 속이 빈 탓인지 파인 땅을 디딜 때마다 몸이 자꾸 휘청댔다. 교실에는 서너 명의 아이들만이 있었다. 까치발을 하고 창문으로 안을 들여다보았다. 교실 뒤쪽에 새로운 그림이 걸려 있었다. 검은색 바탕에 아롱아롱 무늬가 새겨진 그림들은 남의 교실처럼 낯설어 보이게 했다. 담임선생님으로부터 아버지가 위독하단 말을 듣기 전까지 열심히 그렸던, 나비가 된 내가 꽃밭 위를 날던 상상화가 떠올랐다. 그것은 오래된 사진처럼 아득히 먼 옛날 일로 여겨졌다. 아버지를 잃은 아이는 이제 이전의 아이일 수 없는 걸까. 나는 억지로 어른들 세계로 끌려간 것처럼 두려움과 혼란, 비애감에 사로잡혔다.

아이들의 호기심 어린 시선을 피해 창가 쪽의 내 자리에 가 앉았다. 교실은 순식간에 웅성대는 소리로 차올랐고 난로에선 불쏘시개로 넣은 삭정이와 조개탄이 탁탁 소리를 내며 탔다.

나는 몸을 웅크린 채 기척 없이 자리에 앉아 있었다. 눈에 띄지 않게 있다가 자연스레 무리 속에 스며들고 싶었다. 하지만 뜻대로 되지 않았다. 아이들 중 누구도 나에게 말을 걸어오지 않았다. 향내가 밴 옷 때문일까. 아니면 내 몸체에 죽음과 불행의 기운이 배어 있는 걸까. 나는 교과서를 꺼내 책상 위에 펴놓았지만 한 줄도 눈에 들어오지 않았다. 교탁 옆의 넓은 공간에서 공기놀이를 하던 여자애들이 크게 웃어댔다. 고개를 든 순간 주근깨투성이 내 짝과 눈이 마주쳤다. 짝은 갑자기 웃음을 멈추고 어색하게 얼굴을 일그러뜨렸다.

학교가 파하자 서둘러 가방을 챙기고 교실을 나왔다. 우리 동네 아이들이 정문 쪽에 모여 있었다. 그 애들 역시 쭈뼛거리며 말을 걸어오지 않았다. 나도 아무 말 하지 않았다. 무슨 얘길 할 것인가. 지난 사흘간 내가 겪었던, 곡성으로 귀가 멍멍하고 내내 골치가 아팠던 경험을 말할 것인가. 교실에서 꼼짝없이 앉아 느낀 수치심을 말할 것인가. 아니면 우리가 그토록 무서워했던, 학교와 동네 사이의 야산에 있는 곳집에는 색색의 종이꽃과 천으로 꾸민 상여가 있을 뿐이더라는, 놀라운 사실을 가르쳐줄 것인가.

집에서 빨리 오랬어. 거짓말을 하고 나는 혼자 집으로 향했다. 마을로 접어들기 전, 산모퉁이를 끼고 돌면 바로 곳집이 보였다. 나는 눈을 들어 곳집을 똑바로 쳐다보면서 걸었다. 곳집에는 해골귀신도, 처녀귀신도 없어. 아버지가 탔던 상여가 있을 뿐이야. 나는 속으로 그렇게 말하며 걸었다. 그때, 곳집 문이 털컹이며 열렸다. 나는 뛰기 시작했다. 뒤에서 누군가 목덜미를 잡을 것 같았다. 숨이 턱에까지 찼을 때였다. 뒤에서 오토바이 소리가 들려왔다. 거칠고 요란한 소리는 분명 아버지의 오토바이 소리였다. 나는 반가운 마음에 고개를 돌려 뒤를 돌아보았다. 진회색 점퍼 자락을 펄럭이며 달려오는 사람은 아버지의 부하 직원인 경식이 아저씨였다. 가끔 아버지를 찾아 면사무소에 들어가면 머리를 쓰다듬거나 사탕 사 먹으라고 동전을 쥐여주던 아저씨였다. 그새 아버지의 오토바이를 차지한 걸까. 나는 손을 들어 소리쳤다. 태워주세요. 하지만 오토바이는 찬바람을 일으키며 지나쳐 갔다. 울컥 눈물이 솟았다.

바깥마당에 들어서니 대추나무 그림자가 사랑방 벽면에서 흔들리고 있었다. 금방이라도 툇문이 열리고 수염자국이 파란 아버지가 밖을 내다보고 앉아 있을 것 같았다. 나는 한달음에 뛰어가 신도 벗지 않은 채 무릎으로 툇마루를 기어 사랑방 문을 벌컥 열었다. 방에는 아무도 없었다. 대신 흰 광목으로 된 상청이 차려져 있었다. 촛대와 향로가 놓여 있었고 벽 쪽 중앙에는 아버지의 초상이 놓여 있었다. 넥타이를 맨 와이셔츠 위로 벽돌색 점퍼를 걸친 아버지는 눈가에 자잘한 주름을 만들며 환하게 웃고 있었다. 나는 무릎으로 기어 다시 마당으로 내려왔다. 대추나무 밑에는 타다 만 점퍼 자락이 바람에 살살 나부꼈다. 아버지 몸은 땅에 묻혔다. 아버지의 유품은 연기가 되어 공중으로 날아올랐다. 그리고 아버지의 영혼은……. 나는 고개를 젖혀 하늘을 올려다보았다. 구름 한 점 없이 파랗게 갠 하늘이 눈을 시리게 했다. 지난 밤, 아버지의 영혼은 하늘로 올라갔을까.

아버지 무덤엔 잔디가 파릇파릇 돋았다. 성글게 심긴 뗏장들은 부쩍 자라 빈틈을 메워갔고 황토 흙은 햇빛에 바랬다. 나는 무덤가에 앉아 마을을 내려다보았다. 아버지가 돌아가신 뒤 백 번째로 떠오른 해가 서쪽 하늘로 지고 있었다. 사위어가는 빛은 마을을 환하게 비추어 슬레이트 지붕과 부쩍 늘어난 텔레비전 안테나와 드넓은 벌판의 새로 돋아난 뽕잎들을 반짝반짝 빛나게 했다. 하루에만도 셀 수 없이 많은 새잎들이 나무마다 눈을 뜨고 있었다. 그러나 사랑방 옆 대추나무는 아직 검은 가지를 드러낸 채였다. 겨울 한파에 죽어버린 걸까. 아니면 집안 구석구석에 배어 있는 슬픔과 한숨 때문일까.

시멘트 바른 봉당을 뚫고 질경이가 돋아나도록 어머니는 자리에서 일어나지 않았다. 하루 세 번 울기 위해서만 일어나고, 그러기 위해 살아가는 듯 보였다. 끼니때마다 똑같은 반찬을 올려놓고는 상청 앞에서 어머니는 울고 또 울었다. 사랑방에서 새어나오는 울음소리는 마당을 지나 안방으로, 다락으로, 부엌으로, 그리고 나와 작은언니가 쓰는 건넌방의 낡은 장판 밑에까지 스며들었다. 어쩌면 내 몸속까지 퍼져 있는지 모른다. 겨울이 지나는 동안 나는 수수깡처럼 말라갔고 입가에는 온통 버짐이 피어났다. 작은언니와 남동생도 마찬가지였다. 어머니는 한꺼번에 십 년은 더 늙었다.

어머니는 가끔 찾아오는 동네 사람들과도 전혀 말을 하지 않았다. 예전에 어머니는 읍내의 지서장 부인이나 양조장집 부인, 신화당약국 부인 들과 계모임을 했고, 장터에서 만나면 빨간 차양을 댄 음식점에서 국밥을 사 먹으며 환담을 나누곤 했었다.

하지만 아버지가 돌아가시자 읍내 사람들은 다시는 찾아오지 않았다. 대신 동네 아주머니들이 시루떡이나 고구마 찐 것 따위를 들고 가끔 들여다봤다. 어머니는 누렇고 부석부석한 얼굴로 보일 듯 말 듯 고개만 끄덕이고는 다시 자리에 누웠다. 우리들도 말이 없어졌다. 특히 아버지에 대해서는 결코 말하지 않았다. 누구나 마음속으로만 아버지를 생각했다.

저녁상식이 사랑방으로 들어가고 어머니의 곡소리가 시작되면, 우리는 허기진 배를 쓸어내리며 제각각 집을 빠져나가거나 어딘가에 처박혔다. 작은언니는 어두운 부엌에서 영어책을 중얼중얼 읽어댔고, 남동생은 이 집 저 집 떠돌며 남의 밥상을 기웃거렸다. 어머니의 곡소리는 밤이 이슥토록 이어지곤 했다. 집 뒤에 있는 밭에는 뽕나무가 많았다. 오래된 뽕나무는 가지가 가늘고 짧은 데 비해 밑동은 넓게 벌어져 앉기가 좋았다. 뽕나무 밑동에 앉아 나뭇가지를 지나 들려오는 호곡 소리를 들으며 밤이 내리는 순간을 지켜보았다. 우울하면서도 감미로운 생각들이 수없이 떠올랐다 사라지고, 알 수 없는 결핍감과 가 닿지 못한 미래에 대한 막막함으로 머릿속이 혼미해졌다.

봄이 되자 때때로 나는 친구들과 놀다가 소리 높여 웃을 때가 있었다. 그러면 후닥닥 놀라 입을 다물었다. 이렇게 크게 웃다니. 하지만 볕이 따사로워질수록 웃음은 더 많아졌다. 차차 내 머릿속을 채우는 것은 친구들과의 놀이와 우스갯소리, 그리고 가슴속에서 피어나는 알 수 없는 열기였다. 특히 앞집으로 이사 온 옥란이와 놀 때면 나는 아버지를 까맣게 잊곤 했다.

우리 집에 부침개 있는데, 안 갈래?

토요일 오후, 옥란이가 봄 햇살에 눈을 찡그리며 말했다. 옥란이는 종종 먹을 걸 앞세워 허기진 나를 끌었다. 옥란이 아버지는 늘 떠돌아다니고 어머니는 굿판에서 장구 장단을 맞추는 일을 하러 다녔다. 그 때문인지 옥란이네는 가난했지만 늘 먹을 게 있었다. 부엌 선반에 올려진 소쿠리를 열면 녹두부침개며 옴자떡, 돼지 머리고기 따위가 담겨 있었다.

부침개를 집어먹어 기름 묻은 손을 흙벽에 쓰윽, 닦고 나서 우리는 방으로 들어갔다. 방은 한낮인데도 어두컴컴했다. 바닥에는 물주전자와 재떨이, 샛노란 오줌이 담긴 요강 따위가 어지럽게 뒤섞여 있었고 얼룩진 벽에는 옷들이 줄줄이 걸려 있었다. 다른 한쪽 벽에는 턱이 높아 발끝에 자꾸 차이는 작은 문이 있었다. 문을 열면 굴속처럼 어두운 방이 나왔다. 옥란이가 천장을 더듬어 소켓을 찰칵, 소리가 나게 돌렸다. 노란 알전구에서 빛이 쏟아졌다. 거기서 우리는 그림을 그리고, 옛날얘기를 꾸며대고, 종이인형에게 옷을 만들어 갈아입히면서 놀았다. 옥란이는 서른여섯 가지 색의 크레파스를 갖고 있었다. 서울에서 공장에 다니는 옥란이 언니가 사다준 거라고 했다.

어때?

꽃분홍색 크레파스를 입술에 바른 옥란이가 거울 앞에서 돌아서며 말했다. 옥란이는 묶었던 머리를 늘어뜨리고 허리를 죄자 아가씨처럼 보였다.

너도 발라봐.

옥란이는 내 입술에 빨간 크레파스를 문질렀다. 석유 내가 입 안에 확 풍겼다. 나는 옥란이와 나란히 낡은 장롱 문에 달린 거울 앞에 섰다. 안개 서린 듯 희뿌연 거울 속에는 어린 작부로 보이는 낯선 여자 아이 둘이 있었다. 오후 빛이 자잘한 먼지를 일으키며 창호지를 뚫고 들어와 우리의 입술을 도드라지게 비추었다. 마음 한구석으로 스산하면서도 음습한 바람이 일었다. 메스꺼워. 나는 침을 퉤퉤 뱉어내고 입술을 손등으로 아프도록 닦았다.

뽕나무 잎이 아이들 손바닥만큼 자라자 어머니는 신문지에 희끄무레한 누에알을 받아왔다. 해마다 소작 주었던 뽕밭을 돌려받아 올해는 직접 누에를 기를 거라고 했다. 누에알은 따뜻한 아랫목에 놓고 보름쯤 지나자 새까맣게 애벌레로 깨어났다. 잘게 썬 뽕잎을 얹으면 애벌레들이 올라와 야금야금 갉아먹었다. 애벌레들은 햇빛이 눈 녹이듯 조금씩 뽕잎을 먹어댔다. 하지만 밖에 한 번 나갔다 돌아오면 어느 결에 뽕잎은 사라지고 없었다. 누에들은 하루하루 충실하게 성장했다. 살이 통통하게 찐 누에들은 고개를 쳐들고 잠을 잤다. 잠에서 깨어 껍질을 벗고 나면 몸은 한층 더 커져 있었다.

어머니가 누워 있던 안방의 아랫목은 며칠 새에 누에들이 차지해버렸다. 누에들의 왕성한 생명력에 힘을 얻은 걸까. 어머니는 이제 전처럼 누워 있지 않았고 매일 울지도 않았다. 하지만 어지럼증이 심해 빨래를 하고 일어설 때면 우물 뒤 둔덕에 기대어 한참을 서 있곤 했다. 먼발치로 아버지의 무덤을 지켜보는 거였을까. 아니면 어느 여름밤, 마당에 모깃불을 지피고 미친 듯이 날아드는 나방을 쫓으며 아욱국을 먹다가 밀려서 오토바이 소리가 나면 그것이 아버지 것인지 아닌지 알아맞히다가 마당으로 성큼 들어서는 아버지를 환한 웃음으로 맞이하던, 누군가 벌떡 일어나 우물에 담근 수박을 꺼내 오던……, 그런 행복했던 순간을 떠올린 걸까. 어머니는 마당을 쓸다가도 어디선가 오토바이 소리가 들리면 문득문득 뒤를 돌아보곤 했다.

  누에가 자라는 속도만큼 뽕나무도 빠르게 무성해졌다. 가지는 내 키를 한참 넘어 하늘로 치솟았고 잎은 어른 손바닥만큼 커졌다. 누에는 이제 아버지가 계시던 사랑방을 천장까지 층층이 차지하고 밤낮으로 먹어댔다. 뽕잎을 잔가지째 꺾어다 얹어주면 대롱대롱 매달려 줄기가 하얗게 드러나도록 금세 해치웠다. 작은언니와 나는 학교에서 돌아오면 뽕잎을 따느라 쉴 틈이 없었다. 학교 숙제를 해가지 못할 적도 있었고 아침이면 늦잠을 자 지각도 자주 했다. 5학년이 되면서 교과과정은 부쩍 어려워져 성적도 갈수록 떨어졌다. 나는 방과 후에 일하지 않아도 되는 아이들이 누구보다 부러웠다. 작은언니는 그 때문에 날마다 어머니와 신경전을 벌였다. 책을 끼고 뽕밭에 갔다가 해 지도록 책만 보고 앉아 있는 언니에게 어머니는 빗자루 들고 달려들어 등짝을 때려댔다. 그런 날이면 작은언니는 밤늦도록 코를 훌쩍이며 공책에다 무언가를 썼고, 다음날에는 불도 끄지 않은 채 잠들었다가 다시 혼나기도 했다. 누에치기를 좋아하는 건 남동생뿐이었다. 남동생은 누에를 장난감처럼 여겼다. 손바닥에 올려놓고 이리저리 뒤집어가며 관찰하거나 얼굴에 대고는 어이 시원해, 하며 부르르 떠는 시늉을 했다. 어느 날인가는 재봉틀 서랍을 뒤지는데 물컹대며 잡히는 누에에 소스라치게 놀란 적도 있었다. 터져버린 누에의 시퍼런 혈액이 묻어난 손을 나는 징징 울면서 씻고 또 씻어댔다. 남동생은 땅바닥에 금을 긋고 한 걸음쯤 앞에 뽕잎을 놔둔 뒤 서너 마리 누에가 기어가도록 시합을 시키기도 했다. 하지만 그 시합에선 승자가 나오지 않았다. 누에는 아무리 배가 고파도 먹이를 찾아 기어가지 못했다. 누군가 먹이를 가져다주기를 가만히 기다리기만 하다 죽어버린 누에를 남동생은 멍청이, 멍청이, 욕해대며 뒤뜰 살구나무 밑에 묻어주었다. 마루 끝에 걸터앉아 그 모습을 지켜보던 어머니는 벌어다 주는 대로 받아먹던 시절이 좋았지, 하며 한숨을 포옥 쉬었다. 오디가 까맣게 익어갈 무렵부터는 뽕잎이 부족했다.

내일은 비가 온단다. 당숙부한테 부탁해놨으니까 벌 밭에 가서 뽕잎 좀 따오거라.

고추장 항아리에 생긴 가시를 주걱으로 걷어내며 어머니가 소리쳤다. 어머니는 부쩍 기력을 되찾아 목소리가 쩽쩽해졌다. 건넌방에서 작은언니의 볼멘 목소리가 들려왔다.

다음 주부터 시험이란 말예요.

시험이면 누에가 먹지도 않는다더냐? 누에 농사 망치면 그나마 학교도 못 댕겨, 이것아.

장독대 옆에서 풋살구를 줍던 나는 어머니 표정이 일그러지는 걸 보고는 재빨리 안마당으로 갔다. 문을 박차고 나온 작은언니는 손에 들었던 책을 마룻바닥에 소리 나도록 내던졌다. 작은언니는 희미한 형광등 아래에서 현실의 불행을 피하려는 듯 책에 몰두했다. '까닭 모르는 외로움에 휩싸일 때 외로움을 직시할 필요는 없습니다. 단지 스쳐 지나는 미풍을 지나듯 부드럽게 지나치면 됩니다.' 어느 날 난 언니의 공책 귀퉁이에서 이런 문장을 접하게 되었다. '요람과 무덤 사이에는 고통이 있습니다.' '육체는 흙으로 돌아가지만 위명은 천추에 전해집니다.' 지난겨울을 나면서 근시가 되어버린 작은언니가 투명한 안경알 너머로 바라보는 세계란 그런 걸까. 언니와 나는 자잘한 대추꽃이 후드득 소리를 내는 바깥마당을 나섰다. 우물에서 옥란이가 걸레를 빨고 있었다. 옥란이는 걸레를 우물 귀퉁이에 쑤셔놓고는 기다렸다는 듯 따라나섰다.

해는 구름을 넘나들며 서쪽으로 뚝뚝 기울어갔다. 모래밭은 하얗게 달구어지고, 강물은 점점 검푸르게 변해갔으며, 하늘에는 하루살이 떼가 어지러이 날아다녔다. 뽕나무는 한여름의 진한 풀 내를 뿜어대고 있었다. 우리는 밭머리에 있는 잠실 쪽으로 다가갔다. 수건을 둘러쓴 수십 명의 일꾼들이 부지런히 손을 놀려 뽕잎을 따는 게 보였다. 어디선가 아가씨의 노랫소리도 들려왔다. 맑고 고운 소리는 진녹의 뽕 숲을 흔들고, 초여름 저녁 어스름의 달구어진 공기를 흔들고, 젊은 일꾼들의 마음을 뒤흔들어놓을 듯 높았다. 알 수 없는 흥분과 열기가 가슴에 차올랐다. 키가 크고 손이 매운 옥란이는 처음 하는 일인데도 나보다 능숙하게 해냈다. 작은언니는 말없이 뽕잎을 따다가 개개비 울음소리가 들리면 시간을 재려는지 서쪽 하늘을 쳐다보곤 했다. 굵고 새까만 오디는 유난히 달고 맛있었다. 옥란이와 나는 금세 새파래진 서로의 입술을 보며 깔깔 웃어댔다. 들고 간 세 개의 자루에 뽕잎을 가득 따 넣었을 땐 어느새 사방이 어둑

어둑해 있었다. 잠실 옆 임시 막사에서 구수한 두부찌개 냄새가 흘러나오고 화덕에서는 생선비늘 타는 내가 코를 찔렀다. 당숙부가 저녁밥이 다 됐으니 먹고 가라고 하는데도 작은언니는 극구 사양했다. 나는 작은언니 옆구리를 찔러대며 먹고 가자고 졸라댔다. 결국 옥란이와 나만 남겨두고 작은언니는 먼저 집으로 갔다.

밤이 되자 강 안개가 희미한 물비린내와 함께 피어올랐다. 강가는 몸을 씻는 일꾼들로 붐볐다. 머리에 썼던 수건을 벗어 허리춤에 찬 일꾼들은 가까이서 보니 모두 스무 살 안팎의 젊은 이들이었다. 웃옷을 벗어던진 반바지 차림의 남자들이 강물로 첨벙첨벙 뛰어들면, 강가에서 팔을 드러내고 씻던 아가씨들이 화들짝 놀라 비명을 지르거나 눈을 흘기곤 했다. 저희들끼리 소곤대고 난 아가씨들은 뒤춤에 숨겼던 돌멩이를 강물에 던진 뒤 허리를 잡고 웃어댔다.

뭐 하는 짓들이야.

어느 틈엔가 나타난 당숙부 고함 소리에 웃음소리는 잠시 수그러들었지만, 당숙부가 가버리고 나자 금방 쿡쿡대며 되살아났다. 아가씨들이 젖은 머리를 밤바람에 말리며 잠실 쪽으로 사라진 뒤에야 옥란이와 나는 강물에 머리를 감았다. 귀밑으로 강물이 경쾌한 소리를 내며 흘렀다. 땀에 절어 소금기 있는 종아리로 작은 물고기들이 몰려와 쫑 쫑 입을 댔고, 발가락 사이로 모래알이 꿈틀대며 빠져나갔다. 머리를 감다 말고 손으로 바닥을 쓸어보면 새끼조개가 내밀었던 속살을 숨기며 새침하게 올라왔다. 뽕밭에서 일을 하고 나면 늘 머리에 거미줄 같은 것들이 하얗게 묻었다. 끈적끈적한 그것은 맹물로 잘 씻기지 않아 한 올 한 올 떼어내야 했다. 머리카락이 강물에 살살 풀려 내려가면서, 물살처럼 나도 어디론가 한량없이 흘러가고 싶어졌다. 거꾸로 바라보는 세상은 땅과 하늘의 경계가 모호해 별에조차 쉽게 가 닿을 것만 같았다. 사랑방 툇마루에서 아득하고 먼 눈빛으로 바라보던 아버지는 지금쯤 별이 되어 내려다볼까. 어디선가 휘파람 소리가 들려왔다. 그 소리는 강을 따라 점차 가까워졌다.

비누 빌려줄까.

어둠 속에서 누군가 손을 내밀었다. 옥란이가 어느새 네, 하고 대답했다. 얕은 물에 있던 내가 비누를 집어 옥란이에게 먼저 주었다. 옥란이는 비누를 한 번 떨어뜨렸던가 보다. 내가 쓰려고 돌려받았을 땐 모래알이 서걱서걱하게 박혀 있었다. 강물에 여러 번 씻었지만 모래알은 점점 더 깊이 박혔다. 내가 고개를 강물에 담근 채 비누를 건네주며 더럽혀서 죄송해요, 했다. 그는 알아듣지 못했는지 대답하지 않았다. 그의 손에 끼어 있던 차가운 금속성의 촉감만이 내 손끝에 남았다. 휘파람 소리는 다시 멀어져갔다. 누구일까. 저녁 먹는 내내 사람들 손가락만 눈에 들어왔다.

졸업하면 공장에 안 가고 여기서 일할 테야.

그렇게 말하는 옥란이는 오후만 되면 뽕 따러 가자고 성화였다. 하지만 작은언니와 나는 뒷밭 뽕잎을 따기에만도 바빴다. 가끔 비 오기 전에 뽕잎을 많이 준비해야 할 때만 벌 밭에 갈 수 있었다. 이삼 일에 한 번씩 잠을 자던 누에들은 막 잠을 자고 난 뒤론 무서운 속도로 먹어댔다. 날이 뜨거워질수록 비도 자주 왔다. 우리는 벌 밭에 들락거리면서 자연 일꾼들하고도 친해졌다. 특히 성격이 쾌활한 옥란이는 모르는 사람이 없었고, 그들 사정도 훤히 꿰었다. 몇 년째 잠실에서 일해 목돈을 마련한 총각이 도시에서 홀랑 사기당하고 돌아왔다는 얘기며, 고등학교에 다니다가 휴학했다는 남학생이 알고 보니 교도소 출신이라는 거며, 노래 잘하는 숙희란 아가씨가 밤이면 뽕밭에서 누군가를 만나더라는 것까지 알아내어 내게 알려줬다. 옥란이는 손가락에 반지를 낀 남자가 누구인지도 알아냈다. 육촌오빠와 같은 대학에 다닌다는 그는 방학하자마자 일을 도우러 왔다고 했다. 강가 어둠 속에서 기타를 치는, 훤칠하게 잘생긴 장발의 그를 뽕밭 그늘에 숨은 옥란이와 나는 얼마나 가슴 졸이며 훔쳐보았던지.

옥란이와 나는 밤에 몰래 나가 우물 뚜껑을 열어놓았다. 그러고는 우물가에 무성히 난 석잠풀과 쑥부쟁이를 꺾어 우물 턱에 있는 수위 조절용 구멍을 꼭 막았다. 내일 아침이면 물이 가득 찰 거야. 우리는 밤새 비가 많이 내리기를 빈 다음 각자 집으로 돌아갔다.

이를 어째. 도대체 누가 우물 뚜껑을 열어놓은 거야.

취직을 하겠다고 도시로 나갔다가 마땅한 자리를 얻지 못해 돌아온 큰언니가 아침쌀을 안치며 큰 소리로 말했다.

글쎄, 막둥이가 아니겠냐.

어머니는 남동생을 의심했다. 나는 속으로 웃음을 삼키며 길게 하품을 한 뒤 우물가로 갔다. 우물의 수면이 훌쩍 올라와 있었다. 두레박을 깊이 던져 길어 올려야 했던 물은 팔을 뻗으니 손끝에서 찰랑댔다. 우물 턱에 허리를 대고 몸을 숙였다. 파란 하늘이 내려오고, 뭉게구름이 흐르고, 꼬리가 빨간 잠자리가 날고, 이제 막 솟아나기 시작한 내 가슴이 비쳤다. 일렁이는 수면처럼 가슴이 뛰었다. 전날 밤, 어둠 속에서 지켜본 그의 모습이 떠올랐다. 그리고 큰언니의 모습마저도. 큰언니는 여름 동안 당숙부네 잠실에서 일을 돕기로 했다. 우리 집 누에들은 어느새 고치를 짓고 섶에 매달려 있었기에 별로 손이 가지 않았다. 하지만 당숙부네는 누에를 섶에 올려놓을 즈음부터 벌써 새로운 누에알을 부화시켜 여름누에를 치고 있었다. 어젯밤 큰언니는 늦게 돌아왔다. 열무김치 겉절이에 고추장을 비벼 뚝딱 밥을 먹어치우고 텔레비전 앞에서 몇 시간이고 웃어댄 뒤 낮 동안 받아두었던 미지근한 물을 끼얹고 났는데도, 언니는 돌아오지 않았다. 나는 큰언니를 마중한다는 핑계로 밖으로 나갔다. 우물에 박아둔 옹이가 빠지지 않았나 살펴본 다음, 고샅으로 발길을 돌리려는 순간이었다. 아랫집 담장가의 조릿대 숲에서 두런두런 말소리가 들려왔다. 감자 가루를 내려고 우물가에 놓아둔 두 개의 항아리 사이에 몸을 숨긴 나는 공포감과 호기심이 엇갈리는 상태로 귀를 곤두세웠다. 멀리서 휘파람새가 길게 울고, 조릿대 잎이 사각사각 부딪는 소리가 났다. 그리고 수군대는 남녀의 목소리가 들려왔다. 그것은 웃음소리로 뒤섞이더니, 차차 실랑이하는 소리로, 울음을 참아내는 듯한 숨 가쁜 소리로 변해갔다. 가슴이 뛰고, 머릿속이 어지러웠다. 썩은 감자 냄새에 숨이 막혀서일까. 항아리에 닿은 뺨이 뜨겁게 달아올랐다. 가늠할 수 없는 시간이 흘러갔다. 서쪽 하늘에서 먹구름이 몰려들고 빗방울이 떨어지기 시작했다. 큰언니가 집으로 들어가고, 늘어진 장발을 휘날리며 그가 마을길을 따라 어둠 속으로 사라지는 걸 지켜본 뒤 나는 겨우 일어나 집으로 갔다. 쥐가 나서 장딴지가 얼얼했다. 건넌방으로 들어서려던 큰언니는 마당에 서 있는 나를 보더니 여태 안 잤니, 하며 물어왔다. 언니의 목소리는 가늘게 떨고 있었다. 나는 일부러 선하품을 해대며 오줌 마려워서,라고 얼버무렸다. 그제야 큰언니는 안심한 듯 조심스레 방문을 열고 건넌방으로 들어갔다. 책상 앞에 앉아 있는 작은언니는 벌레 물린 종아리를 박박 긁어대고 가끔씩 마른기침을 해대면서도 여전히 책에서 눈을 떼지 않았다. 모기장 속에 머리를 밀고 들어간 나는 잠에 취한 척 비틀대다가 큰언니의 발을 세게 밟으며 쓰러졌다. 큰언니한테서 뽕잎 내와 비릿한 물 내, 그리고 옅은 꽃 향의 비누 내가 났다. 나는 벽을 향해 얼굴을 돌리고 눈을 감았다. 바람둥이 년. 속으로 그렇게 말해놓고 나는 깜짝 놀랐다. 그런 욕을 하다니. 이제껏 식구 중 누구도 그런 욕을 입에 담은 적은 없었다. 동네 아줌마들과 어울려 자주 막걸리에 취하는 어머니는 나날이 그악스러워지고, 그런 어머니에게 두들겨 맞는 작은언니는 더욱 지독하게 침묵을 고집하고, 나는 차차 욕지거리에 익숙해지고, 큰언니는 바람이 나 밤길을 다니고, 남동생은 아무 생각 없이 누에처럼 먹고 잔다. 우리는 모두, 어느새, 아버지를 잊은 걸까. 공연히 '타락'이라는 단어가 떠올라 마음이 우울해졌다. 창을 두드리는 빗소리가 조금씩 거세어졌다.

늦잠 끝에 헐레벌떡 뛰어나온 옥란이 입이 함박만큼 벌어졌다. 우리는 바가지로 물을 퍼 세수도 하고 발등에 붓기도 했다. 하지만 저녁을 먹을 때는 소독약 냄새가 나는 물을 먹어야 했다. 식구들은 물을 먹을 때마다 인상을 쓰며 내 머리를 한 대씩 쥐어박았다.

뒷산 왕자바위에는 끊임없이 검은 구름이 몰려들고, 비를 동반한 폭풍이 불었다. 아침마다 어머니는 밤사이에 옥수수 대가 모두 꺾였다느니, 고추가 곯아 다 빠졌다느니, 크지도 않은 대추알이 떨어져 걸을 때마다 밟힌다느니 불평을 늘어놓았다. 비는 유독 밤이면 더 쏟아졌다. 나흘째 폭우가 쏟아진 다음날이었다. 새벽 내내 들락거리던 어머니가 큰언니와 주고받는 소리가 들려왔다.

이를 어쩐다냐. 당숙부네 잠실이 온통 물에 잠겼댄다.

잠실이요? 그럼, 고치랑 일꾼들은요?

고치는 하나도 못 건지고 잠구를 챙기느라 때를 놓친 남자들은 결국 지붕에 올라갔대.

마루의 모기장 안에서 잠을 자던 나는 눈을 번쩍 떴다. 빗줄기는 여전히 지붕에서 미끄러져 처마 밑으로 억수같이 쏟아지고 있었다. 봉당에 놓여 있던 젖은 신발을 신고 나는 어머니와 큰언니를 따라 마을 뒤 언덕으로 올라갔다.

모래밭을 삼킨 강물은 둑의 기슭을 헝클어놓으면서 무섭게 불어났다. 뿌리째 뽑힌 흰 포플러나무가 성냥개비처럼 물살에 휘둘렸고, 장롱이며 양은솥, 주황색 플라스틱 함지, 낡은 초가 지붕, 그리고 겁먹은 소가 움머움머 울면서 둥둥 떠내려왔다. 군데군데 이가 빠진 잠실 지붕은 아직 무너지지 않고 힘겹게 버티고 있었다. 그 위에서 웃통을 벗어 흔들어대는 대여섯 명의 장정들이 눈에 띄었다. 마을 사람들은 들고 온 우산조차 내던진 채 초조하게 발을 굴렀다. 낮인데도 세상은 온통 어둠에 싸여 있었고 싸늘해진 공기 탓인지 온몸에 소름이 대톨대톨 돋아났다. 점심 무렵이 되어서야 멀리 읍내 쪽 하늘에서 헬리콥터가 한 대 날아왔다. 헬리콥터는 강 위로 낮게 뜨더니 긴 줄사다리를 내려뜨렸다. 잠실 지붕에 있던 사람 중 한 명이 사다리에 매달려 산기슭으로 옮겨졌다. 아이들이 아아, 탄성을 지르며 헬리콥터로 달려갔다. 사람을 내려놓고 나서 헬리콥터는 다시 하늘로 떠올랐다. 프로펠러가 요란한 소리를 내며 돌풍을 일으키자 아이들은 머리칼을 휘날리며 하늘을 향해 손을 흔들어댔다. 저런 철부지들 좀 보게, 뭐가 좋다고 시시덕거리는 게냐. 마을 어른 중의 누군가 호통 치는 소리에도 아랑곳 않고 아이들은 우르르 몰려다니며 킥킥 웃어댔다. 학교에 가지 않아도 된다는 것만으로도 아이들은 흥분해 있었다. 그런 동안에도 물은 계속 불어나서 잠실은 눈에 띌 정도로 휘청대기 시작했다. 비행기는 생각보다 움직임이 둔해 사람들을 구조하는 데 시간이 꽤 걸렸다. 헬리콥터가 다섯 번을 왕복하여 육촌오빠까지 구조하고 났을 때였다. 마지막으로 남겨진 오빠 친구를 향해 급하게 날아오르는 순간, 누군가 큰 소리로 외쳤다.

 강물이 역류한다아.

시뻘건 황톳물이 만조 때의 바닷물처럼 미친 듯이 치받으며 올라왔다. 한순간에 불어난 물은 겨우겨우 버티고 있던 기둥을 쓰러뜨리고 지붕 위에 있던 사람도 물살에 휩말려 사라져버렸다. 어머니 곁에 서 있던 큰언니가 젖은 땅에 쓰러졌다. 누군가 다시 외쳤다.

둑이 무너진다아.

강둑을 집어삼킨 강물은 마을로, 마을로 밀려들었다. 지대가 낮은 곳에 있는 정미소, 공동창고, 애견사육장이 순식간에 침수되고 말았다. 그때까지 설마 하며 지켜보던 사람들은 가재도구를 집어내려고 제각각 흩어져 집으로 달려갔다.

비가 그치고 나서도 일 주일이 지난 다음에야 물이 다 빠졌다. 몸체를 잔뜩 부풀려 수마로 변했던 강은 다시 예전처럼 태연히 누워 조심스럽게 흘렀다. 모래밭에는 개흙이 두껍게 쌓여 나뭇잎을 썩히며 말라갔고, 무너진 강둑의 풀은 한쪽으로 심하게 쓰러진 채로 무심히 꽃을 피워댔다.

가재도구를 빨아 널고, 부서진 담을 다시 쌓고, 깊이 파인 마을길을 고르게 가다듬고 나자 가을이 되었다. 마을은 수해의 상흔이 서서히 가셔 다시 예전의 모습을 되찾아갔다. 하지만 어른들의 얼굴은 여전히 어두웠고, 아무 때나 끙끙 한숨을 쉬었다. 때때로 마을회관에 모여 회의를 할 때면 노여움이 들끓어 핏대를 올리며 싸워댔다. 새로 생긴 하류의 댐이 수문을 닫지만 않았어도, 혹은 지지부진한 제방사업이 제대로만 이루어졌어도 마을이 물에 잠기지 않았다고 사람들은 믿고 있었다.

그리고 그 원망은 돌아가신 아버지에게 쏠렸다. 임시 둑이 그렇게 부실했던 것도, 공사가 늦춰진 것도 모두 아버지 탓이라고 했다. 어머니는 밤이면 다시 울기 시작했다.

우리 가족은 봄내 길러놓은 누에고치를 집 뒤의 뽕밭에 묻었다. 남동생은 그 중 젖지 않은 몇 개를 골라내어 뽕나무 가지에 걸어주었다. 안에 있는 번데기가 나방이 되어 날아오르기를 기다리며 아침이면 뛰어나가 확인을 했다. 작은언니는 밤마다 불을 켜고 소설책만 열심히 읽어댔다. 도시의 인문계 고등학교로 진학하고 싶어했지만 어머니는 근처의 상업고등학교에 들어가는 것만도 감지덕지인 줄 알라고 미리부터 쐐기를 박아놓았다. 투르게네프의 『첫사랑』이나 김동인의 「감자」를 나는 작은언니 몰래 훔쳐보았는데, 어떤 대목에서는 이유도 없이 얼굴이 빨개지고 온몸에 힘이 주어졌다. 알 수 없는 마음의 열기는 옥란이가 더 심했다. 옥란이는 밤이면 잠실에서 사귄 처녀들을 쫓아 읍내 거리를 쏘다녔다. 학교가 파하고 집으로 돌아오는 길에 옥란이는 여전히 나를 자기 집으로 끌었다. 노란 알전구에 불이 들어오고 퀴퀴한 방 안 공기가 익숙해질 즈음이면 옥란이는 내 손을 자기 옷 속으로 집어넣어 가슴을 만져보게 했다. 옥란이의 그것은 작고 오목한 접시를 엎어놓은 것처럼 솟아 있었고 우뭇가사리처럼 말캉했다. 내가 엄지와 검지에 힘을 주어 꼭 잡으면 옥란이는 아파, 아파, 하면서 자지러지게 웃어댔다.

어린애 심장만도 못한 것. 남들 다 멀쩡한데 뭣 때문에 혼자 쓰러져, 쓰러지길.

큰언니가 있는 건넌방에 흰죽을 쒀서 넣어준 어머니는 혀를 차며 말했다. 그러고는 앞치마를 부엌 문설주 대못에 걸어놓고는 밖으로 나갔다. 마을회관으로 가는 걸 거다. 건넌방에서 큰언니가 뛰어나오더니 수챗구멍에 왝왝 토해댔다. 마루에서 산수 문제를 풀다 말고 나는 마당으로 나갔다. 방금 먹은 죽이 그대로 하얗게 쏟아져나왔다. 벌써 여러 날째 큰언니는 그렇게 토해댔다. 등을 두드려주면서 만져지는 큰언니 몸은 우물 옆 조릿대만큼이나 말라 있었다. 찬물에 겨우 입을 가시고 일어서는 큰언니 눈가에 눈물이 맺혀 있었다. 창백한 얼굴은 그러나 어느 때보다 아름다워 나는 흠칫 놀라 뒤로 물러서고 말았다.

 마을 어른들 얼굴은 갈수록 험악하게 변해갔다. 추석이 되어 송편을 해도 서로 돌려 먹는 집이 없었고, 어쩌다 닷새 장에서 만나더라도 서로 외면하고 다녔다. 이번에는 수해로 인한 보상금이 문제라고 했다. 보상을 많이 받았다고 여겨지는 사람들과 덜 받았다고 믿는 사람들 간의 골이 나날이 깊어져갔다. 사람들은 우리 집이 보상을 너무 많이 받은 게 아니냐며 의심의 눈초리를 보내왔다. 눈총이 심해질수록 어머니의 울음소리는 곡소리로 변해갔다. 봄부터 키워낸 누에가 얼마나 하얗고 실하게 집을 지었는지를 마을 사람들은 모르기 때문일까. 전직 부면장 집이란 이유 말고도 사람들이 그런 의심을 하는 것은 부하 직원이었던 경식이 아저씨 때문인 것 같았다. 가을 들어 경식이 아저씨는 우리 마을에 자주 나타났는데, 그때마다 우리 집에 들러 어머니의 안부를 묻고 갔다. 아버지가 타고 다니던, 부르릉 엔진소리가 요란한 오토바이 소리 때문일까. 어머니는 언제나 경식이 아저씨를 반겼고 큰언니를 불러 미숫가루라도 내오게 했다. 큰언니가 쟁반에 받친 마실 것을 내밀면, 아저씨는 황송한 듯 두 손으로 잔을 받아 단숨에 들이마신 뒤 기다란 얼굴을 가을 산수유처럼 붉히곤 했다.

폭풍우에 떨어지지 않고 남은 대추가 가지 끝에 새빨갛게 익었다. 동네 아이들은 아침에 눈을 뜨면 우리 집 마당부터 달려왔다. 아버지가 돌아가신 뒤로 무섭다며 찾아오지 않더니 그래도 유독 굵고 단 대추 맛을 잊을 수 없었나 보다. 저녁이면 남동생은 어스름한 마당에서 대추를 주워 풀숲이나 담 밑의 후미진 곳에 숨겨두었다. 다음날 동네 아이들에게 숨은 대추를 찾아내는 재미를 주려는 속셈이었다. 그런 남동생의 노력이 나는 어쩐지 안쓰러웠다. 이불을 걷어차고 자는 남동생은 밤이면 하늘을 향해 무리 지어 날아오르는 누에나방 꿈을 꾸는 걸까. 바로 앞에 있는 뽕잎도 먹지 못하는, 기어갈 줄도 모르는 나약한 누에가 아닌, 날개를 펴고 활기차게 날아오르는 야생의 나방 꿈을. 입맛을 다시면서 잠꼬대를 해대는 남동생 이마에 나는 살며시 입을 대었다.

  가을에서 겨울 사이에는 안개가 심했다. 댐에 막혀 쉬 흐르지 않는 강물이 밤이면 투덜투덜 안개를 토해내는 걸까. 차고 축축한 물 알갱이는 밤새 마을과 마을을, 집과 집을, 그리고 사람과 사람 사이를 두껍게 가로막았다. 안개는 한낮이 되어야 미적미적 햇빛 사이로 모습을 감추었다. 동네 사람들 간의 갈등과 반목은 갈수록 심해졌다. 겨울이 다가오자 안개는 나뭇가지나 풀숲에 하얀 서리꽃을 피웠다. 문틈으로 스며든 찬 공기에 놀라 눈을 뜬 아침, 어머니는 다락에서 진동항아리를 꺼내왔다. 겉면이 테석테석하고 윤기 없는 그 항아리는 해마다 정월 초하루에 쌀과 돈을 넣어두는 곳이었다. 해가 바뀌기 전에 항아리를 열어 쌀로는 밥을 짓고 돈으로는 고사를 지내곤 했었다. 어머니는 진동항아리에 조심스레 손을 넣었다. 차르르 쌀알 구르는 소리가 나더니 신문지에 싸인 뭉치가 나왔다. 보상금이라 했다. 피해 액수에 비하면 보잘것없지만 작은언니를 원하는 학교에 보내고 큰언니 시집보내는 데도 보태려고 벼르던 거라며 어머니는 깊은 숨을 내쉬었다.

아무래도 이 돈은 마을을 살리는 데 써야겠구나. 돈이야 아무 때고 벌 수 있지만 아버지 오명을 이 기회에 벗지 못하면 평생 한이 될 것 같아.

고개를 잔뜩 숙인 작은언니의 무릎으로 무언가 똑 떨어졌다. 맑은 액체는 감색 교복에 스며들어 진한 먹빛으로 얼룩졌다.

상업고등학교 나와도 공부만 잘하면 대학 갈 수 있다더라. 그때까지는 무슨 수를 써서든 대학 입학금을 마련할 테니…….

어머니는 더는 말을 잇지 못했다. 아침부터 까치가 요란스레 울어댔다. 잠시 뒤에 바깥마당에서 누군가의 발걸음 소리가 들려왔다.

누가 오는갑다. 큰애 잘 들어라. 경식이 그 사람, 생각보다 속이 깊더라. 해 바뀌기 전에 조촐하게 혼례나 치르게 해달라는구나.

한 무리의 발걸음 소리는 안마당까지 가까이 다가왔다. 급하게 말을 마친 어머니는 눈가를 훔치며 일어나 방문을 열었다.

밖에는 옥란이 아버지와 서너 명의 어른들이 서 있었다. 마을 사람들은 기어코 면사무소로 찾아가 제방사업 건이며 보상 비리를 캐겠다고 들고 일어선 모양이었다. 옥란이 아버지가 어머니 팔을 끌었다.

등굣길에 만난 어머니는 면사무소로 향하는 사람들 틈에서 누구보다 당당히 앞질러 걸어갔다. 나와 옥란이는 길 양편으로 멀찌감치 떨어져 학교로 향했다. 객지를 떠돌다 돌아온 옥란이 아버지가 앞장서서 우리 집을 모함했던 것이다. 우리는 서로를 곁눈질로만 훔쳐보면서 각자 노란 편지봉투에 코스모스 씨를 받으며 갔다.

교실에는 남자 선생님이 교단 위에 서 계셨다. 벌써부터 배가 불러 있던 담임선생님이 밤새 아기를 낳았다고 했다. 새 담임 선생님은 아이들을 한 명씩 앞으로 불러내어 자기소개를 하라고 했다. 앞으로 나간 아이들은 주뼛주뼛 가족이랑 취미를 말하고는 후닥닥 제자리로 뛰어가 앉았다. 드디어 내 차례가 되었다. 나는 자리에서 꼼짝도 않고 앉아 있었다. 선생님이 몇 번이나 내 이름을 불렀다. 할 수 없이 앞으로 나갔지만 나는 입을 꼭 다문 채 옷자락을 검지에 말아 돌릴 뿐이었다. 화가 난 선생님이 굵다란 회초리를 들이대며 어서 말을 하라고 했다. 나는 겨우 입을 열었다. 저는 물개 마을에서 살구요, 셋째 딸이구요, 밑으로 남동생이 있구요, 어머니는 누에농사 짓구요, 아버지는…… 원래는…… 면사무소에…… 조금 무서울 때도 있었지만 아주 자상한 분인데요……. 원래는 그런 아버지가 계셨는데, 작년까지 그랬는데……. 그리고 나는 울었던가.

오후에는 바람이 불고 싸락눈이 흩날렸다. 남동생과 집으로 가다가 차부쯤에서 작은언니를 만났다. 고등학교 입학시험을 마치고 난 뒤라서 수업이 일찍 끝났다고 했다. 우리는 들녘을 지나 불어오는 찬바람에 고개를 수그리고 어깨를 웅크린 채 걸어갔다. 그때, 뒤에 처져 있던 남동생이 바람을 가르며 앞으로 뛰어갔다. 남동생 뒷모습은 일 년 새 훌쩍 자라 있었다. 집에 도착하니 큰언니가 녹두부침을 하고 있었다. 김치와 숙주나물, 돼지고기가 얹힌 노란 부침개를 보자 단 침이 입 안에 고였다. 큰언니는 아버지 제사상에 올려놓을 거라고 아무도 먹지 못하게 했다. 아버지가 정말 오늘 밤에 오시는 거야? 공연히 신이 나서 부엌을 들락거리는 남동생이 큰언니에게 묻고 또 물었다. 아버지가 돌아가신 지 꼭 일 년 되는 서글픈 날이지만, 지글대며 피어오르는 기름 냄새는 어쩐지 꼭 일 년 만에 맞는 잔칫날처럼 기분을 들뜨게 했다. 기름 냄새는 집 안을 속속들이 파고들어 눅눅하고 그늘져 있던 공기를 순식간에 바꾸어놓는 듯했다.

달빛이 잿간의 벽면을 비추어 땅바닥에 그림자가 어릴 때에야 어머니는 돌아왔다. 면사무소로 들이닥쳤던 사람들은 멀리 읍내에 있는 군청에까지 갔었다고 했다. 하지만 면사무소와 마찬가지로 군청도 제방사업에 관한 책임자가 없어서 결국 허탕을 치고 왔다는 거였다. 내일은 국토관리청으로 갈 거라고 말하는 어머니 표정은 엄숙하면서도 결연했다. 향을 피우고 아버지에게 잔을 올리면서 어머니는 한 번도 울지 않았다.

나는 기름진 음식을 너무 먹었던 걸까. 한밤중에 일어나 뒷간으로 갔다. 문을 당기는데 안에서 누구야, 하는 남동생 목소리가 들렸다. 넌 무섭지도 않니, 불도 안 켜게. 남동생이 다시 아랫도리에 힘 잔뜩 실은 목소리로 외쳤다. 다 컸는데 무섭긴 뭐가 무서워. 나는 대추나무 밑에 쭈그리고 앉았다. 고개를 들어 하늘을 보니 나뭇가지에 걸터앉은 보름달이 은사처럼 하얀 빛을 쏟아내고 있었다.

(『내일을 여는 작가』 2000년 겨울호)

미조(迷鳥)

다람쥐는 제 집 귀퉁이로 파고들어 몸을 동그랗게 말고 머리를 꼬리에 묻는다. 다시 잠을 자려는가 보다. 놈도 꿈을 꿀까? 도시의 베란다에서 살던 때의 꿈을? 할로겐 가로등과 네온사인과 자동차 불빛들이 어둠을 갈기갈기 찢어대는 꿈을? 미친 듯이 달려들어 기어코 상대의 목덜미를 물어뜯는 꿈을?

먼 산의 하늘이 황혼빛을 잃자 어둠은 순식간에 쏟아져 내려왔다. 사물의 윤곽도 빠르게 허물어져 강변을 따라 펼쳐진 드넓은 땅콩밭과 방죽 위의 왕버들, 산기슭에 흩어져 있는 마을의 폐옥들, 그리고 오른쪽으로 비스듬히 기울어진 가겟방 함석 지붕이 차차 흐릿해졌다. 이제 다리 위를 끊임없이 오락가락하고 있는 검은 그림자만이 희미하게 보일 뿐이다.
 강변 모래밭 한가운데 앉아, 눈 한 번 깜박이지 않고 나는 마을을 바라본다. 벌써 한참을 그러고 있는데도 그다지 춥지는 않다. 발가락 끝이 조금 시릴 뿐이다. 자동차 한 대가 헤드라이트를 밝게 켜고 읍내 쪽으로 질주해간다. 무릎 아래까지 내려오는 주름치마를 입은 여자의 모습이 순간 환하게 드러난다. 지나치게 가느다란 종아리다. 한쪽 다리는 유난히 더 가늘다. 아마 조금 짧은 쪽 다리일 거다.
 나는 세운 무릎에 얼굴을 묻어버린다. 강물이 수런대는 소리가 되살아난다. 강물은 먼 데로부터 달려와 내가 앉은 모래톱에 거친 모래를 남기고 흘러간다. 이윽고 힘이 실린 구두 소리가 들려온다. 높은 울림은 그대로 메아리쳐 돌아올 것 같다. 하지만 구두 소리는 읍내 쪽으로 조금씩 멀어져간다. 구두 소리는 작고 작아져, 끝내 침묵의 저편으로 사라져버린다. 남은 것은 강변의 억새를 스치는 바람, 희고 차가운 달빛, 그리고 깊어가는 밤이다. 여자는 이제 두 번 다시 마을로 돌아오지 않을지도 모른다. 차라리 그게 낫겠다. 여자의 물기 어린 검은 눈은 더는 감당할 수가 없다.

차가운 공기를 폐 깊숙이까지 들이마신 뒤 천천히 내뿜는다. 어디선가 피리 소리가 들려온다. 맑고 고운 떨림은 이른 봄밤의 공기 속으로 파고든다. 강물 위로 잘게 부서지는 달빛 때문일까. 분원 사기장이었던 할아버지는 이리저리 떠돌다 어느 달 밝은 밤, 강을 건너 마을로 들어왔다고 했다. 피리 한 자루가 든 낡은 슬대를 어깨에 맨 채 나룻배를 탔는데 달이 어찌나 밝던지 강바닥에서 자고 있는 물고기가 비칠 지경이었다던가. 할머니는 그때 이미 아버지를 뱃속에 담고 있었다고 했다. 그 애만 아니었어도……. 피리 소리에 꾀여 할아버지를 따라나섰다는 할머니는 돌아가기 전까지 같은 말을 되풀이했다. 하지만 그건 할머니 생각이 틀리다. 세상 어디에서 누구와 살았던들 가난뱅이 농사꾼 딸에 까막눈인 할머니가 호강하며 살았겠는가. 또다시 피리 소리가 들려온다. 그럴 리가 없다. 마을에는 피리를 불 수 있는 사람이 없다. 여자가 떠났으니 마을에는 이제 가겟방 할멈과 나뿐이다. 아니, 어쩌면 누군가 한 명쯤 더 살고 있는지도 모르겠다. 오늘 아침 발자국 하나를 발견했다.

뒷산 어귀에 있는 샘터에서다. 발자국은 희미했지만 샘 주변의 잔돌 위에 나란히 찍혀 있었다. 하지만 아마 등산객일 거다. 폐허가 되어버린 마을로 이사 오는 사람이 있을 리가 없다. 지난 겨울에만도 한 가구가 이사를 갔고 혼자 살던 노인이 둘이나 죽어나갔다. 마을의 쥐들은 비어버린 낡은 집의 천장과 구들을 들쑤셔대며 밤새도록 분탕질을 했다. 소름끼치게 찍찍대던 쥐 소리는 정월 대보름이 지나자 더는 들리지 않았다. 쥐가 훔쳐 먹을 양식조차 없는 마을이 되어버린 것이다.

고독한 거야, 지금? 나는 고개를 세게 젓는다. 오랫동안 의식의 밑바닥에 가라앉아 있던, 삼십여 년 전의 어느 날이 떠오른다. 햇빛이 사위어가는 저녁답이다. 마을 한가운데 있는 회관 앞이 사람들로 북적댄다. 아이들은 뛰어놀고 장정들은 무언가를 내려다보고 있다. 열댓 마리의 쥐가 마당 한가운데 널브러져 있다. 숨이 남아 있어 찍찍 울어대는 놈도 있고, 어떻게든 도망치려고 땅바닥에 발톱자국을 내며 발버둥 치는 놈도 있다. 한 달에 한 번씩 돌아오는 쥐잡기 날인가 보다. 까만 장화를 신은 털보 사내가 큰 소리로 떠든다. 요놈의 쥐새끼들 살찐 것 좀 보게. 우리 집 새끼들은 못 먹어서 눈깔만 때록때록한데. 장정들이 한꺼번에 웃음을 터뜨린다. 하나같이 새마을 표시가 된 초록 모자를 쓰고 있다. 거기에는 아버지도 끼어 있다. 키가 작고 양 소매에 검은 토시를 낀 사내가 아버지다. 토시를 낀 걸 보면 오름가마에 불을 때다가 잠깐 빠져나왔나 보다. 사내아이들은 빈 깡통을 차고, 숨고, 쫓고, 도망치고, 쉼 없이 소리 지르고 있다. 여자아이들은 고무줄놀이를 하고 있다. 머리끝까지 올라간 고무줄을 발끝으로 잡아 내리고 있다. 장정 중에 까만 장화가 쥐의 몸뚱이를 짓밟는다. 쥐는 작고 하얀 발을 가늘게 떨더니 꼬리를 축 늘어뜨린다. 뱃가죽이 터져 내장이 벌겋게 쏟아져 나온다. 까만 장화는 녹색 클로버 문양의 4H클럽 기념석 기단에 바닥을 쓱쓱 문지른다. 기단 모서리에 붉은 내장이 묻어난다. 등이 조금 굽은 이장이 마을회관으로 들어간다. 뒤이어 빠르고 경쾌한 노랫소리가 들려온다. 잘살아보세, 잘살아보세, 우리도 한번……. 쥐들은 여전히 꿈틀대고 도망치려고 발버둥친다. 여러 개의 장화들이 쥐새끼 한 마리씩을 맡아 처리한다. 석양빛이 온 마을을 붉게 물들이기 시작한다. 웃고 있는 장정들 그림자가 길게 자라난다. 키 작은 아버지 역시 거인처럼 길어진 그림자를 등에 매달고 있다. 아버지는 가슴을 내밀고 고개를 한껏 뒤로 젖힌 자세로 웃는다. 그렇게 크게 웃는 아버지를 본 적이 또 있던가. 없다. 빚을 채 갚지 못하고 새벽에 몰래 마을을 떠난 뒤, 아버지는 한 번도 크게 웃어본 적이 없다. 도시의 뒷골목에서 욕지거리와 한숨 속에서 늙어갔다. 아버지는 한 번쯤, 자신이 짓밟았던 쥐의 물컹대는 느낌을 떠올려봤을까. 모르겠다. 도시로 나간 뒤 우리 가족은 서로 대화가 없었다. 그렇지만 아버지는 쥐의 물컹대는 느낌을 떠올렸을 거란 확신이 든다. 쥐새끼처럼 괄시받으며 평생을 살아간 사람이 그걸 떠올리지 않았다는 게 오히려 이상한 일이겠지.

바람이 분다. 강물이 낮게 파도쳐 차르륵 모래알 구르는 소리가 난다. 피리 소리는 이제 들리지 않는다. 역시 잘못 들은 거였다. 혹시 동박새의 소리였을까. 넓은 강변 억새 사이에서 한

쌍의 동박새가 짝짓기를 하는가 보다. 덤불 속에 알을 낳느라 내지르는 비명 소리. 아니다. 그러기엔 아직 너무 이르다. 역시 잘못 들은 거다. 왕버들 사이로 바람 지나는 소리라면 몰라도. 버들가지를 꺾어 동네 아이들이랑 피리를 만들어 불던 생각이 난다. 나는 할아버지를 닮아 숨이 길고 셌다.

여자는 어디까지 갔을까. 곧장, 뒤돌아보지 않고 계속 발걸음을 옮겼다고 해도 아직 읍내에 다다르지는 못했을 것이다. 읍내까지는 꽤 멀다. 차를 타고 가면 금방이겠지만 걸어서 가기에는 지루한 길이다. 마을로 들어오는 버스는 하루에 두 대다. 여자는 언제나 오후 여섯시 버스를 타고 마을로 들어왔다가, 다음날 오전 일곱시 버스로 다시 돌아가곤 했었다. 여자는 주중에 마을로 왔다. 화요일이나 수요일쯤에. 때때로 금요일에 잠깐 들르기도 했다. 하지만 주말에는 절대로 오지 않았다. 나는 주말에만 잠들 수 있었다. 주중의 나는 늘 잠을 설쳤고, 머리가 무거웠으며, 조금씩 수척해졌다. 여자가 마을에 올 때쯤이면 나는 빨갛게 충혈된 눈으로 서리 내린 새벽길을 걸어 가겟방으로 내려갔다. 하지만 그런 짓거리도 이젠 끝이다. 지난밤 여자는 너무 심한 일을 겪었다. 그러니 이제 당분간은 이곳을 기억하기조차 싫을 거다. 아무리 그렇더라도 왜 기어코 이 밤에 떠나려는지 모르겠다. 아니 전혀 모르지는 않는다. 조금이라도 빨리 슬픈 기억으로부터 멀어지고 싶은 거겠지. 지난겨울, 도시를 빠져나올 때의 나도 그랬다.

낡은 가방에 이것저것 닥치는 대로 쑤셔 넣고, 마감 직전의 은행 창구에 들러 마지막 남은 현금을 인출한 뒤, 곧장 터미널로 가 시외버스를 탔다. 옆자리에는 기르던 다람쥐가 쳇바퀴를 돌려대고 있었고 머릿속에서는 내내 누군지 분간도 가지 않는 사람들의 얼굴이 떠올라 소용돌이쳤다. 그 중에는 끊임없이 떠들어대고 있는 전처의 빨간 입술이, 겁먹은 듯한 아들의 얼굴이, 한때는 동료였다가 어느 날부턴가 적이 되어버린 자들의 비웃음이, 그리고 도시에서 마지막으로 부딪친 부랑자의 하얗게 죽어가던 두 개의 눈동자가 섞여 있었다.

 여자는 오늘밤 안으로 읍내를 빠져나가 고속도로를 달리고 싶을 거다. 다른 곳에서 다른 삶을 살아보고 싶겠지. 하지만 쉽지는 않다. 도로의 끝에는 악취와 욕지거리와 사나운 눈초리들이 기다리고 있다. 여자는 절대로 빠져나올 수 없는 소용돌이 속으로 빨려 들어갈 거다. 하루 종일 헐떡이며, 옆의 사람을 모함하고, 짓누르고, 속여야만 살아남을 수 있는 소용돌이. 그녀를 쫓아 다시 그런 곳으로 돌아가고 싶지는 않다. 할아버지와 달리 나에게는 피리 부는 솜씨가 없다. 그녀의 마음을 붙들어 맬 어느 것도 갖고 있지 않다. 그러니 이 강변의, 고요와 정적만이 깃든 마을에 혼자 남아야 한다. 어쩌면 내일쯤 동박새가 돌아올지 모른다. 피리 소리 대신 그 소리를 들으며 지내자. 이제부터야말로 제대로 된 시작이다. 마을로 돌아오면서 내가 생각했던 생활은 이제껏 이루어지지 않았다. 여자 때문이다.

 서쪽 하늘에 떠 있던 별들이 빠르게 사라진다. 먹구름이 몰려오는가 보다. 나는 가겟방으로 가기 위해 방죽을 오르고, 강둑길을 걸어간다. 어차피 오늘 밤엔 잠들지 못할 거다. 술과 담배가 필요하다. 바람이 낡은 점퍼 자락을 헤집고 파고든다. 살갗 밑이 아프다. 강물이 뒤척이는 소리가 난다. 강을 지나 불어오는 바람에는 부패한 내가 섞여 있다. 강물은 썩고 있는 게 분명하다. 낮에는 부유물이 허옇게 떠 있고 밤에는 좋지 않은 냄새가 난다. 이젠 아무도 이 강물로 헤엄치러 오지 않는다. 하지만 삼십 년 전에는 아니었다. 강물에 얼굴을 담그면 발밑으로 은어 떼가 지나갔었다. 더운 여름날, 미역 감고 나와 햇볕에 몸을 말리던 꼬마들은 지금 모두 강의 하류로 나가 살고 있다. 아니다. 더러는 벌써 죽었고, 대부분은 죽을힘을 다해 살아가고 있다. 그들은 도시에서 쉽게 빠져나오지 못한다. 그보다 공장지대를 벗어나지 못한다. 그보다 공장의 검은 지붕에 갇혀 햇빛조차 보지 못한다. 나는 이십 년 동안 공장지대에서 뱅글뱅글 돌았다. 그렇게 해서 소형 아파트를 장만했고, 아내와 아이들, 그리고 자잘한 고민들과 권태를 소유했다. 하지만 내가 행복한지 아닌지 알 수 없었다. 나는 일 주일에 한두 번은 공장지대를 빠져나와 번화가 술집으로 가서 취하도록 마셨다. 늦은 시간에 다시 집으로 돌아갈 때면 뿌옇게 퇴색된 어둠 속에서 희미하게 빛을 발하는 공장의 불빛들이 눈에 들어왔다. 비로소 철야작업을 하고 있는 저자들에 비하면 나는 행복하다는 확신이 생겼다. 두말 말고 자자. 그리고 내일 아침엔 누구보다 일찍 출근하자. 컨베이어 속도를 조금 더 높이고, 불량품이 갈수록 는다고 협박도 하고. 그리고 밀린 상여금 얘기가 나오면 단번에 고함을 치자. 지금 경기가 어떤데 그런 소릴 해! 이 쥐새끼 같은 자식들아.

삼십 년 동안 썩어간 것은 강물만이 아니다. 거기에는 나도 포함되어 있었다. 몇 해 전 겨울, 불경기가 한파처럼 찾아와 나를 생산과 계장 자리에서 쫓아내지 않았다면 지금까지 그 사실조차 모르고 지냈을 거다. 아니 퇴직금을 사기당하고, 아내와 이혼하고, 구직신청서를 수백 장 써보기 전까진 몰랐겠지.

삼십 년 전에는 여자의 다리도 지금처럼 짧지 않았다. 분명히 기억하고 있다. 회관 앞마당, 사금파리에 찔려 다친 발에 붕대를 감은 채 지루하게 앉아 있으면서 나는 동네 아이들을 유심히 지켜보았다. 낡은 초록색 치마를 말아 올려 양쪽 가랑이의 팬티 끈 속으로 밀어 넣고 여자아이는 고무줄을 감았다 풀었다 하며 사뿐사뿐 뛰었다.

좀체 지칠 줄 모르는, 튼튼한 다리였다. 하지만 지금의 다리로는 내일 아침까지도 읍내에 도달하지 못할 것 같다. 그럴 바에야 뭐 때문에 이 밤에 나선 걸까. 고집스러운 여자다.

가게는 읍내로 연결된 국도와 마을로 올라가는 비탈길이 만나는 지점에 있다. 주민들이 다 떠난 마을에 가게만이 남아 있는 건 순전히 외지 손님들을 위해서다. 마을을 지나는 국도는 주말이면 꽤 붐빈다. 겨울 동안 스키 장비를 실은 자동차들이 매연을 뿜어대며 느릿느릿 마을 앞길을 지났다. 젊은 남녀들이 캔 음료와 과자, 담배 따위를 샀고 어린아이들은 가겟방 옆의 작은 오름가마로 몰려들었다. 할멈이 가마 입구에 장작불을 피워놓고 고구마를 구워 팔기 때문이다. 할멈은 푼돈깨나 벌었을 거다. 나를 쳐다보는 할멈 눈빛이 때때로 곱지 않은 이유가 거기 있는 걸까. 이곳 마을로 온 지 벌써 수개월째인데도 할멈은 여전히 나를 경계하는 눈치다. 그러고 보니 조금 이해가 간다. 역시 오름가마 탓이다. 가마는 원래 아버지가 만든 거였다. 그러니 내 것이랄 수도 있다.

달을 등진 가게 문은 숯처럼 새까맣다. 할멈은 어느새 잠든 걸까. 밤에는 아무도 물건을 사러 들르지 않으니 일찌감치 문을 닫은 걸 거다. 안으로 굳게 잠긴 가게 문을 손등으로 두드렸지만 인기척이 없다. 문 위쪽에 있는 유리창에 코를 대고 안을 들여다본다. 가게 안은 깜깜하다. 하지만 뒤쪽으로 있는 방의 문틈에서 푸른빛이 새어나온다. 희미한 웃음소리도 들린다. 지독한 노인네다. 오늘 같은 밤에도 텔레비전에 빠져 희희낙락하다니. 가슴이 불규칙하게 뛰고 머리끝으로 낯선 기운이 뻗친다. 여자가 떠났어. 다시는 돌아오지 않을지도 몰라. 아기도 가버렸어. 할멈 턱 밑에서 밤마다 숨쉬던 그 아기 말이야. 벌써 잊은 거야?

나는 사방을 둘러본다. 고요하다. 머릿속을 헤집던 말은 입 안에서만 뱅뱅 돌다가 다시 목구멍으로 기어들어갔는가 보다. 습관은 무섭다. 아직도 내 맘대로 사는 거에 완전히 젖어들지 못했나 보다. 시골로 돌아간다면 맑은 공기를 쐬고, 들을 쏘다니고, 아무 때나 먹고, 아무 때나 잠들고, 아무 생각이나 하고, 아무 말이나 하고 살겠다고 별렀지만 역시 이 꼴이다. 도시는 나를 골수까지 바꿔놓은 걸까. 문을 등지고 돌아서서 숨을 크게 들이쉬었다가 조금씩 내뿜는다. 세 번 연속으로 그러고 나니 정신이 든다.

그래, 다시는 사람에게 달려들지 말자. 어차피 남의 일이다.

어제저녁에만 해도 그렇다. 여자가 일하는 곳에서 그런 식으로 행동하지 말았어야 했다. 그랬다면 여자도 새 직장을 찾아 읍을 떠나지 않았을 테지.

임시 숙소로 쓰고 있는 마을회관으로 가려면 둔덕을 오르고 가마터를 지나야 한다. 무너져 내려앉은 오름가마 위로 자라난 쑥부쟁이의 시든 대궁이 바람에 흔들린다. 가마를 뒤로하고 조금 더 올라가니 감나무 두 그루와 어수선하게 가지를 뻗은 개나리 울타리, 그리고 세 칸짜리 우리 집이 보인다. 어릴 적 기억들이 머릿속에서 꿈틀댄다.

온몸이 땀투성이가 되어 봉통으로 가마 안을 유심히 살필 때의 아버지 얼굴이 생각난다. 나이보다 늙어 보이는, 장작불에 벌겋게 달아오른, 어딘가에 간절한 염원이 서린 듯한 얼굴. 여름이면 아버지와 함께 가마 옆에서 밤을 새웠다. 감나무 밑에 쌓아놓은 장작을 날라다 주기도 하고 멍석 위에 엎드려 숙제를 하기도 했다. 눈을 비벼대면서도 기어이 아버지 옆에 앉아 별을 헤다가, 혹은 옛날얘기를 듣다가 새벽녘에야 잠이 들곤 했었다.

기분이 조금씩 나아진다. 마을에서 살 때의 기억들은 대체로 기분을 좋게 해준다. 이십오 년을 지낸 도시의 기억과는 전혀 다르다. 할아버지는 물레를 돌리고 있고 아버지는 꼬박을 치고 있다. 아버지 옆에서 바지를 걷어 올리고 덤비는 건 나다. 붉은 찰흙 위에 발자국들이 꼭꼭 찍힌다. 내 뒤에서 동생이 울고 있다. 동생은 나를 밀치고 기어이 올라서려 한다. 나는 팔을 휘둘러 동생이 다가오지 못하게 한다. 동생은 엄마, 엄마, 부르며 운다. 어머니는 소뼈와 장석과 규석 따위를 제분기에 집어넣고 잘게 가느라고 땀을 뻘뻘 흘리고 있다. 유약을 만들려나 보다. 그만하고 저리 가. 이윽고 아버지가 손을 크게 저으며 소리를 지른다. 이깟 일 배워봤자야. 그렇게 말할 때의 아버지는 할아버지를 그대로 닮아 보인다. 내가 버들피리를 불면 할아버지도 늘 그러셨다. 그깟 피리 배워봤자야. 장돌뱅이밖에 더 될까. 미간을 좁히고 왼손으로 힘껏 손사래를 치는 모습조차 닮아 있다.

비로소 내 입가에 웃음이 번진다. 할아버지와 아버지는 내게 꽤나 기대를 걸고 있었나 보다. 고작 시골 마을에서 공부 좀 잘하는 걸로 대단한 성공이라도 할 줄 알았던 게지. 심각한 표정을 짓고 거세게 손을 흔들다니. 갑자기 폭소가 나온다. 웃음은 그칠 줄 모르고 마구 튀어나와 기어코 기침까지 동반한다. 허리를 굽히고 왼손으로 입을 가리고 기침을 하다 보니 덜컥 아들 이름이 튀어나온다. 나는 아들의 이름을 열 번쯤 되풀이해서 말해버렸다. 그러자 기침이 잦아들었다.

왼손잡이는 나에게도 유전되었다. 하지만 내 아들은 나와 다르다. 오른손잡이라는 것 말고도 많은 게 다르다. 아들은 도시에서 나고 자란 제 어미를 닮았다. 다행한 일이다. 그래야 그 나쁜 공기와 시끄러움 속에서 견뎌낼 수 있다. 이혼하면서 아내가 아이를 기르겠다고 했을 때 나는 순순히 고개를 끄덕여주었다. 역시 잘한 일이다. 나 같은 놈 닮아봤자다.

마을의 구불구불한 길 위에 널려 있는 사금파리들이 희미하게 빛나고 있다. 한때 그릇이나 항아리, 시루, 기름병 따위가 되려다가 실패한 것들이다. 아버지는 적어도 일 주일에 한 번씩 자기를 구웠고 불이 너무 세서 일그러지거나 불이 너무 약해서 덜 익은 것들은 그 자리에서 깨뜨려버렸다. 사금파리들은 다시 흙으로 돌아가지 못한 채 나뒹굴고 있다. 지난겨울 가까스로 빠져나온 도시의 뒷골목에도, 전철역에도, 공원의 벤치 위에도 무언가가 되려다 실패한 검은 얼굴들이 있었다. 아직 버스비가 남아 있을 때, 미처 고향으로 돌아갈 결심을 하지 못한 자들일 거다.

고향으로 돌아갈 기회를 놓쳐버린 건 그들만이 아니다. 아버지 역시 그랬다. 아버지는 죽는 순간까지 이곳 강변마을을 그리워했다. 뒷산 흙은 유난히 좋다고 입버릇처럼 뇌었다. 하지만 아버지는 옹기를 굽는 동안 빚더미에서 헤어나지 못했고, 결국 도심의 오물을 쓸어내다가 자동차에 치여 숨을 거두었다. 주황색 형광조끼 위로 눈을 부릅뜬 채 널브러져 있던 아버지의 얼굴은 지금도 또렷하게 기억난다. 그리고 보니 나는 아버지보다 나은 삶을 살아가고 있는 게 분명하다. 나는 고향으로 돌아왔으며, 이제부터 새로 시작할 미래가 남아 있다. 놀고 있는 논과 밭이 지천인 이곳은 여자를 얻고, 아기를 낳고, 텔레비전을 사고, 자가용을 소유하려고 발버둥 치지 않는다면, 적어도 그렇게만 한다면 살 만한 곳이다.

기분이 한결 나아졌다. 이대로라면 술을 먹지 않고도 잠들 것 같다. 여자 따위는 상관없다. 다시 돌아오든 아예 가버리든. 한쪽 다리가 짧은 여자라니. 여자는 예전의 그 소녀가 아니다. 마을회관 앞마당에서 늘씬한 두 다리로 공처럼 튀어 올라 고무줄을 감았다 풀었다 하던 열 살짜리 소녀가 아니다. 걸을 때마다 한쪽 다리를 저는데다 얼굴빛은 노랗고 입가는 처량맞게 처져 있다. 하지만 눈만은 예전 그대로거든. 물기 어린 검은 눈 말이 야. 나는 혼잣말을 중얼거리며 고개를 떨어뜨리고 만다.

어디선가 낯선 소리가 들려온다. 소리는 조금씩 커지고 있다. 피리 소리가 아니다. 잘못 들은 것도 아니다. 이불 속에 누워 귀를 기울여본다. 회관의 함석지붕이 바람에 삐그덕대고 뒷산 갈참나무숲이 심하게 요동친다.

그리고 불규칙한 어떤 소리……. 발걸음 소리 같기도 하고 아닌 것도 같다. 나는 창문을 열고 밖을 내다본다. 밖은 온통 어둠에 쌓여 있다. 고양이처럼 눈을 파랗게 뜨고 어둠 속을 쳐다본다. 이윽고 희뿌옇고 둥근 마당이 눈에 들어오고 폐옥과 폐옥 사이를 이어주는 마을길이 보인다. 그뿐이다. 잔뜩 귀를 세우고 있는데, 등 뒤에서 달그락대는 소리가 들린다. 다람쥐가 쳇바퀴를 돌리는 소리다. 놈도 그 소리를 들은 걸까. 방금 전까지만 해도 잠들어 있던 놈이 갑자기 깨어 움직이는 걸 보면 무슨 소리를 들은 것 같다. 하지만 쳇바퀴 소리 때문에 다른 소리를 들을 수가 없다. 어째서 다람쥐를 아직 버리지 않았는지 모르겠다. 암컷의 목을 물어뜯어 잔인하게 죽인 놈을. 도시의 쓰레기통에 버리려다 겨우 데리고 왔더니 아무 때고 일어나 소란을 떤다.

"조용히 좀 해!"
나는 다람쥐 집을 발로 한번 툭 찬다. 놈이 움직이지 않는다.

놈이 움직이지 않는다. 이제 제법 눈치를 볼 줄 안다. 자신을 학대하는 자를 두려워할 줄 아는 건 길들여졌단 뜻이겠지.

역시 잘못 들은 걸까. 잠자리로 돌아와 이불을 머리끝까지 뒤집어쓴다. 여전히 잠은 오지 않는다. 언젠가 오름가마 속에 들어갔던 기억만이 또렷이 되살아난다.

마을회관 앞에서 아이들과 술래잡기를 할 때였을 거다. 숨을 곳을 찾다 보니 가마 속까지 들어가버렸다. 나는 술래를 기다리다 그만 잠이 들었다. 눈을 떴을 땐 사방이 어두웠다. 더듬더듬 출구를 찾아봤지만 아궁이가 어딘지 찾을 수가 없었다. 무덤에 갇힌 느낌이 들자 공포감이 밀려와 숨이 막히고 소름이 돋았다. 나는 깨진 항아리들 사이를 기어다녔다. 무릎이며 손바닥에 상처가 나서 쓰리고 아팠다. 얼마나 지났을까. 멀리서 내 이름을 부르는 아버지 목소리가 들려왔다. 그리고 어머니 목소리도, 동생의 목소리도 들려왔다. 하지만 나는 대답할 수가 없었다. 이상한 일이었다. 온몸이 굳어버려 작은 항아리가 된 듯 말할 수도 꼼짝할 수도 없었다. 갑자기 강한 빛이 내 얼굴에 쏟아졌다. 나는 아버지 팔에 안겨 겨우 밖으로 들려 나왔다. 그날 이후로 나는 말을 잃었다. 동네 아이들 사이에서 나는 빠르게 소외되었다. 나는 회관 앞마당에 쭈그리고 앉아 아이들이 노는 모습을 지켜보는 걸로 하루를 보냈다. 부모를 잃고 먼 친척뻘 되는 가겟집에 얹혀살던 여자애는 고무줄놀이를 잘했다. 너무 잘해서 어느 편에도 속하지 못하고 깍두기 신세가 되기 일쑤였다. 나와 전혀 다른 이유로 놀이에서 제외된 여자 애와 나는 어느 날 가마 근처에서 마주쳤다. 햇빛이 지루하게 내리쬐던 여름날의 오후였다. 나는 아버지가 깨버린 항아리나 제기, 시루 따위의 사금파리들을 주워 짝 맞추는 놀이를 하고 있었다. "뭐 하니?" 여자애가 물어왔다. 나는 못들은 체했다. 여자 애는 내가 하는 놀이를 지켜보더니 막사기편 두 개를 맞추어 내게 내밀었다. 기쁨에 들떠 볼을 붉히고 있었다. 여자애가 들고 있는 것을 뚫어져라 쳐다보던 나는 별안간 여자애의 손을 주먹으로 내리쳤다. 동그랗게 벌어진 여자애의 눈에서 당장에라도 눈물이 쏟아질 것 같았다. 하지만 그 순간, 쏟아져 내린 것은 여자애의 눈물이 아니라 내 말이었다.

"그게 아냐. 둘 다 파도무늬 접시지만 굽 높이가 다르잖아. 이리와 봐. 내가 맞춘 걸 보여줄게."

그날, 여자 애가 내게서 말을 이끌어내지 않았다면 나는 어떻게 되었을까. 학교에도 못 가고 가마 주변을 맴돌며 살았을까. 그러다가 저절로 옹기 굽는 법을 익혔을까. 차라리 그랬더라면 지금처럼 되지는 않았겠지. 아니다. 어느 길로 갔든 마찬가지였을 거다. 영등포 뒷골목에서 만난 차씨는 고학으로 야간대학을 나오고 은행에 취직했다지만 쓰레기 더미 속에 있었다. 박씨 역시 마찬가지였다. 수십 년 노동으로 모은 돈으로 베어링 기계를 들여놓고 밤낮으로 일했지만 결국 부도가 나고 말았다고 했다. 나도 마찬가지였다. 직장에서 쫓겨나고, 아내와 이혼하고, 수도 없이 이력서를 쓰다가 지쳐버리고 말았다.

첫눈이 도시 곳곳을 뒤죽박죽으로 만들어버린 날, 나는 술을 마셨다. 가마에 갇힌 악몽에서 깨어나 보니 쓰레기 더미 속이었다. 찌개국물이 배어 있는 신문지, 부서진 스티로폼, 알루미

눈 조각……. 나는 황급히 옷매무새를 매만졌다. 먼지와 스티로폼 조각이 전신에 날파리처럼 들러붙어 잘 떨어지지 않았다. "그만 수선 떨고 자빠져 잠이나 더 자." 옆에서 자고 있던 회흑빛 얼굴이 중얼대듯 말했다. "니미, 얼어 죽을까 봐 덮어줬더니 꼴값하네." 그 옆으로 웅크린 채 앉아 있는 회갈색 얼굴이 덧붙였다. 아직 꿈을 꾸고 있는가 봐. 이자들은 사람이 아니라 옹기야, 아니, 잘못 구워져 깨지고 무너져 내린 불량품들이야……. 나는 꿈에서 깨어나려고 벌떡 일어섰다. 그러자 다리가 후들거렸다. "밥이나 먹고 가." 청회색 손이 내 손을 잡아끌었다. 거칠고 더러운 손이었지만 따뜻했다. 그로부터 일 주일을 그들과 함께 지냈다. 매일 청량리에서 명동까지 오갔다. 자동차들이 시커먼 매연을 내뿜으며 옆을 그처갔고, 양복쟁이들은 넥타이를 휘날리며 빠르게 우리를 앞질러 갔다.

우리 일행은 술을 마시지 않았는데도 누구 하나 똑바로 걷는 자가 없었다. 닳아빠진 신발로 보도블록을 디딜 때마다 아교처럼 질긴 절망이 묻어나 걸음을 방해하는 것처럼 보였다. 명동 입구에 다다를 즈음엔 거의 탈진 상태가 되었다. 두 개의 다리가 등나무 줄기처럼 엉켜들었다. 행인들은 두려운 눈빛으로 슬금슬금 우리를 피했다. 별로 기분 나쁘지 않았다. 세상에 대해 두려움을 느끼며 살아온 내가 누군가를 두렵게 할 수 있다는 게 이상했지만 곧 우스워졌다. 아니, 통쾌하기까지 했다. 나는 추위에 얼어붙은 입술을 벌리고 크게 웃었다.

그렇게 거리를 오가는 동안 내 몸은 하루가 다르게 쇠약해져 갔다. 일 주일쯤 지나자 미친 듯이 기침이 쏟아졌다. 애완동물을 파는 상점 앞에서 나는 어떤 여자의 어깨를 건드리며 쓰러졌다. 털이 부숭부숭한 코트 속에 애완견을 품고 상점에서 막 나오던 여자였다. 여자는 새파랗게 질린 얼굴로 바들바들 떨더니 비명을 지르며 달아났다. 나는 얼어붙은 도심 바닥에 벌렁 누워버렸다.

 내 몸뚱이를 피해 달아나는 사람들 발소리가 요란스레 들려왔다. 이어 한 무리의 비둘기가 납처럼 무겁고 차가운 날개를 퍼덕이며 공중으로 날아올랐다. 하늘은 맑게 개어 있었다. 햇빛이 한꺼번에 쏟아져 들어와 눈알이 쑤시고 아팠다. 이윽고 눈에서 뜨거운 액체가 흘러나와 얼어붙은 뺨 위를 적셨다. 나는 빛을 피해 고개를 옆으로 돌렸다. 애완동물 가게의 잘 닦인 유리창에 낯익은 사내 얼굴이 비쳤다. 아버지인 것도 같고 할아버지인 것도 같았다. 햄스터들이 사내의 얼굴을 날카로운 이빨로 갉아댔다. 휑하게 뚫린 눈과 얼어버린 코와 입김을 내뿜는 더러운 입은 삽시간에 조각조각 해체되어갔다. 얼굴 안쪽에 있는 말랑말랑한 영혼마저 갉아 먹히길 기다리며 나는 가만히 눈을 감았다. 그 순간, 지하 단칸방에서 며칠째 굶고 있을 다람쥐 한 쌍이 퍼뜩 생각났다.

 다람쥐는 아들의 여덟번째 생일에 내가 사다 준 거였는데 이혼하면서 아내가 내게 맡겼다. 나는 아이가 생각날 때마다 다람쥐를 보살폈다. 할인매장에서 수입땅콩을 사다 주고, 날마다 새 물을 줬으며, 지독히 냄새 나는 똥까지 치워줬다. 그러고는 언젠가 암놈 배가 불러오고 털이 복슬복슬한 새끼를 두 마리쯤 낳기를 바랐다.

나는 쓰러진 몸을 일으켜 곧장 집으로 돌아갔다. 집으로 가보니 다람쥐 한 마리가 쓰러져 있었다. 쓰러진 다람쥐 목덜미에서 피가 흘러 바닥에 깔린 신문지가 붉게 젖었고 플라스틱 먹이통과 물통, 쳇바퀴에도 붉은 피가 묻어 있었다. 나머지 한 마리는 꼬리가 잘린 채 맹수처럼 눈을 빛내고 있었다. 놈의 주둥이가 새빨갰다. 나는 죽은 다람쥐를 공동주택 화단에 묻은 뒤, 애완동물점으로 갔다. 얼굴이 달아올랐으며 콧김이 찬바람 속에서 씩씩 날렸다.

"동물들은 원래 그래요. 햄스터도, 물고기도, 심지어 새들조차. 우리에 갇힌 것들은 다 그래요."

수놓인 갈색 스웨터 차림의 여주인은 껌을 잘근잘근 씹으며 말했다. 봄 되면 어디 산속에나 갖다 버리라고 조언해준 뒤, 여주인은 다른 손님을 상대했다. 그날로 나는 도시를 떠나왔다.

다람쥐는 제 집 귀퉁이로 파고들어 몸을 동그랗게 말고 머리를 꼬리에 묻는다. 다시 잠을 자려는가 보다. 놈도 꿈을 꿀까? 도시의 베란다에서 살던 때의 꿈을? 할로겐 가로등과 네온사인과 자동차 불빛들이 어둠을 갈기갈기 찢어대는 꿈을? 미친 듯이 달려들어 기어코 상대의 목덜미를 물어뜯는 꿈을?

하지만 다람쥐는 조금씩 도시 생활을 잊고 있는 게 분명하다. 놈은 이제 쳇바퀴를 차지하기 위해 새벽부터 일어나지 않는다. 먹이도 빨리 줄지 않는다. 다른 다람쥐에게 빼앗기기 전에 허겁지겁 먹어치우던 습관이 사라진 것이다. 혼자가 된 때문일까. 상대가 없으면 누구도 헛된 승부에 매달리지 않으니까. 그도 아니면 마을의 고요함이, 뒷산에서 떠올라 앞산으로 천천히 지는 태양이 녀석을 바꿔놓은 걸까.

　다람쥐가 또다시 부산하게 움직인다. 뒷다리로 몸을 지탱하고 곧추서서 사방을 둘러본다. 짧은 앞다리가 올려져 있는 녀석의 앞가슴이 가늘게 떨린다. 또다시 무슨 소리를 들은 걸까. 나는 창가로 다가가 창문을 연다. 하늘은 어느새 새까맣게 몰려든 구름으로 뒤덮여 있다. 역시 아무도 없다. 발걸음 소리일 리가 없어. 여자는 밤길을 떠났고 할멈은 일찌감치 잠들었고, 아이는 죽었지. 그동안 여자를 마을로 불러들인 건 아이였다. 할멈의 등짝에 매미처럼 매달려 다니던, 콧물이 마를 새 없이 흐르던 갓난애. 아니, 사실은 갓난애가 아니다. 언제였던가. 가게 뒷방에서 아이를 안고 나오면서 할멈이 푸념하는 말을 분명히 들었다.
　"에이구, 이 병신아. 언제꺼정 넘 등에만 매달려서 살껴. 미역국을 세 번이나 처먹었으면 이제 걸어야 할 거 아녀." 할멈은 팔을 뒤로 돌려 아이의 엉덩이를 철썩철썩 때렸다. 아이는 자지러지게 울었다. "꼴에 계집년이라고 섧다네. 커서 가랑이도 못 팔아먹을 년이." 할멈은 주름진 얼굴을 일그러뜨리며 웃었다. 아랫니 두 개가 빠져나간 자리가 까맣게 드러났다. 속이 검은 할멈이다.
　나는 이부자리에 가서 도로 눕는다. 파란색 천에 자주색 꽃이 큼직큼직한 이부자리는 할멈에게서 샀다. 오래된 솜이라서 가슴을 짓누르듯 무겁다. 할멈에게 산 것은 그것 말고도 꽤 있다. 찌그러진 양은 냄비, 수저 한 벌, 손전등, 그리고 점화가 안 돼

성냥으로 불을 붙여야 하는 일회용 가스레인지 따위다. 모두 낡은 것들인데도 할멈은 많은 돈을 달라고 했다. 할멈이 인색하게 구는 건 나에게만이 아니다. 할멈은 아이를 핑계로 여자한테도 수시로 돈을 뜯어냈다. 매달 애 봐주는 돈을 별도로 받으면서도 갖은 수를 써서 더 긁어내는 걸 여러 번 봤다. "애가 감기에 걸려서 일 주일 내내 병원엘 댕겼단 말여." "애가 노상 과자를 달라는데 안 주고 배기남." "허구헌 날 업어만 달래니 늙은이 골병들겠네, 보약이라도 한 재 지어 먹든가 해야지 원." 역시 속이 검은 할멈이다. 언제든 이빨을 하얗게 해 넣고 도시로 떠날 생각으로 사는 늙은이다. 할멈이 애를 데리고 병원에 가는 건 한 번도 본 적이 없다. 언제나 장사하는 데 혈안이 되어 있을 따름이었다. 어젯밤 여자에게 그런 불행이 닥친 것도 따지고 보면 할멈 탓이다.

사흘 전 토요일이었다. 그날 아침 담배를 사러 가게에 들렀을 때, 아이는 이미 탈이 나 보였다. 아이의 볼은 발그레했고 희미하게 뜬 눈에는 눈곱이 무겁게 달려 있었다. 그런데도 할멈은 아침부터 고구마 상자를 밖으로 내놓고 장사할 준비를 하느라 여념이 없었다. 경칩이 가까웠지만 매서운 꽃샘바람에 진눈깨비가 흩날렸다. 할멈은 아이를 업은 채 오름가마 앞에 장작을 쌓고 불을 지폈다. 매운 연기 속에서 아이는 연신 콜록댔다. 마지막 스키를 즐기려는 행렬이 아침부터 국도를 가득 메웠다. 자동차마다 고구마를 달라고 아우성으로 팔을 내밀었다. 할멈은 벌겋게 달아오른 숯에 고구마를 구워내고, 또 구워냈다. 저녁에 다시 라면과 성냥을 사러 들렀을 때 아이는 싸늘하게 식은 고구마를 손에 쥔 채 고개를 옆으로 늘어뜨리고 있었다.

할멈이 내 숙소로 아이를 안고 찾아온 건 그날 밤이었다. 낡은 천에 쌓인 아이는 오한이 나는지 이를 딱딱 부딪는 소리를 냈다. 머리는 불에 달군 돌처럼 뜨거웠다. 나는 아이를 들쳐 업고 병원으로 뛰었다. 읍내까지는 꽤 멀었다. 아이를 업고 가자니 발걸음이 더뎠다. 아이는 자신의 몸을 다 태워버릴 양 뜨겁게 달아올랐고 나도 온몸이 땀으로 범벅이 되었다. 이윽고 산모퉁이를 돌자 읍내 불빛이 보였다. 하지만 그 순간부터 등이 차가워지기 시작했다. 아이 몸은 빠르게 식어갔다. 미친 듯이 뛰어 병원 응급실에 도착했을 땐 아이는 이미 얼음처럼 굳어 있었다.

"터미널 근처 매화장으로 가. 거기 애 에미가 있어." 내 뒤를 쫓아오다 어느 지점에서부턴가 처지기 시작한 할멈이 뒤에서 소리쳤던 게 생각났다. 아이를 업고 나는 터미널로 갔다. 광장 건너편 골목엔 사람들이 많았다. 하나같이 취해서 비틀댔다. 매화장은 골목 끝에 있었다. 유리문 너머로 여자가 보였다. 하얀 블라우스에 분홍 조끼와 치마를 입은 여자는 손님들 상에서 고기를 자르고 있었다. 옆에 앉은 대머리 사내가 치마 속으로 손을 집어넣으려 했다. 여자는 무릎걸음으로 자리를 옮겼다. 그러자 반대편에 있는 자가 기름이 번질번질한 입술을 여자 얼굴 가까이에 대며 뭐라 지껄였다. 상 주위로 둘러앉았던 사내들이 고개를 뒤로 젖히며 한꺼번에 웃음을 터뜨렸다. 모두 붉고 일그러진 얼굴들이었다. 여자는 고개를 숙인 채 고기를 잘라냈다.

그 순간 회관 앞마당에 널브러져 있던 쥐 생각이 났다. 웃고 있던 장정들, 장화 밑에서 흙과 뒤범벅된 새빨간 내장, 비릿한 피 냄새……. 관자놀이가 씰룩거리면서 손끝이 저려왔다. 문을 벌컥 열고 안으로 들어갔다. 주인은 나를 보더니 인상을 쓰며 나가라고 소리쳤다. 그 소리에 여자가 문 쪽으로 눈을 돌렸다. 여자는 나와 아이를 발견하고 파랗게 질린 얼굴로 다가왔다. 고기를 입 안 가득 구겨 넣은 대머리 자식이 뒤에서 한마디했다. "재미 좀 보자니까 왜 그래? 이따가 꼭 오라구."

　나는 여자를 지나쳐 대머리 자식에게 다가갔다. 그러고는 고기를 쑤셔 넣으려고 잔뜩 벌린 아가리를 주먹으로 내리쳤다. 달려드는 사내에게 내가 닥치는 대로 팔을 휘둘러대는 동안 여자는 신음소리를 내며 등 뒤에서 아이를 뒤흔들고, 뺨을 때리고, 이름을 불러댔다.

　머릿속이 어찔하다. 하루 종일 굶은 탓이다. 누운 자세에서 팔을 뻗쳐 머리맡을 더듬는다. 양은 주전자와 대접, 함부로 벗어던진 양말이 손에 잡힌다. 팔을 좀더 뻗어본다. 세워져 있던 손전등이 툭 쓰러지면서 비닐봉지 구겨지는 소리가 난다. 봉지 속에 손을 집어넣으니 건빵 세 알이 손에 잡힌다. 건빵 하나를 입속에 넣는다. 건빵은 마른 입천장에 달라붙는다. 할 수 없이 일어나 대접에 담긴 물을 마신다. 건빵이 조금씩 녹기 시작한다. 나는 물을 마신 대접을 눈으로 가져가 빙 돌려본다. 하지만 여자가 입술을 대었던 흔적을 찾을 수 없다. 건빵 두 개를 마저 입 안에 털어 넣은 뒤 다시 이불 속으로 들어간다. 빈속인 상태에서 낮에 땅을 판 탓인지 완전히 지쳐 있다. 아무 생각 없이 푹 잠들고 싶다. 더 이상 여자도, 아이도, 할멈도 떠올리고 싶지 않다. 눈을 감고 손바닥으로 눈을 가린다. 그러나 밤하늘에 별이 떠오르듯 머릿속으로 또다시 낮의 일이 떠오른다.

　나는 땅을 깊이 팠다. 아이의 시신이 겨우내 굶주린 산짐승들에게 해를 입지 않게 하기 위해서였다. 흔들리는 여자의 어깨를 지켜보며 땅을 팠고, 여자가 붉은 흙을 한 줌 뿌리고 나자 다시 땅을 메웠다. 삽을 어깨에 메고 나는 앞장서서 걸었다. 여자는 산에서 내려오다 말고 여러 번 발걸음을 멈추었다. 그러고는 뒤돌아서서 유심히 산세를 살폈다. 나는 언제든 찾아오기 쉽게 산에서 제일 큰 갈참나무 밑의 땅을 팠다는 걸 말해줬다. 산을 다 내려오니 해가 중천에 떠 있었다. 초봄의 볕치고는 강렬하고 뜨거웠다. 넓은 들과 강, 그리고 읍내 쪽으로 겹쳐 있는 낮은 산봉우리들이 조금씩 녹아들어 땅속으로 내려앉는 듯 보였다. 폐옥들의 벽들, 마을회관의 함석지붕, 공동우물 주변의 미나리꽝으로도 빛이 강하게 내리쪼였다. 순간 여자가 쓰러졌다. 입술이 하얗게 말라 있었고 눈동자는 풀려 있었다. 나는 숙소인 마을회관으로 여자를 옮겼다.

　여자의 가슴에서 단추를 풀고, 스타킹을 벗겼다. 나는 온 힘을 다해 여자의 팔과 다리를 주물러주었다. 얼마쯤 지나자 여자가 게슴츠레 눈을 떴다. 여자는 입술을 달싹이며 희미하게 말했다. 나는 여자 얼굴에 귀를 갖다 댔다. "목이 말라." 얼른 여자의 상체를 일으켜 찬물을 마시게 했다. "괜찮아?" 내가 묻자 여자는 고개를 조금 끄덕였다. 잠시 뒤에 여자가 블라우스의 단추를 채우며 중얼대듯 낮게 말했다. "나 기억해?" 나는 그렇다고 대답했다. 하지만 이름만은 기억해내지 못했다. 한낮의 햇살이 창을 넘어와 여자의 반쯤 드러난 다리에 쏟아져 내렸다. 길이가 조금 다를 뿐 희고 아름다운 다리였다. 내가 불쑥 말했다. "어쩌다 그런 거야, 예전엔 정말 잘 뛰어 올랐잖아." 여자는 주름진 긴 치마 밑으로 다리를 숨겼다. 여자는 시선을 아래로 한 채 아무 말도 하지 않았다. 한참 만에 여자가 고개를 들어 나를 바라보았다. 물기 어린 검은 눈이었다. 여자는 빠르게 두 번 눈을 깜박였다. 그러자 물기가 사라졌다. 이번에는 여자가 물었다. "그런 너는? 어쩌다 여기로 온 거야?" 나는 피식 웃어버렸다. 여자가 이를 드러내며 웃었다. 나도 따라 웃었다. 얼굴을 구기고 어깨를 들썩이며. 그러자 여자가 흐느끼기 시작했다. 여자는 한참을 소리 내어 울었다. 여자의 긴 머리카락이 자귀꽃잎처럼 이불 위에 흩어졌다. 나는 여자의 머리카락을 쓸어 한쪽으로 모아주었다. 그러고는 여자의 하얀 목덜미에 입술을 대었다. 여자 등으로 한낮의 빛이 눈부시게 내려앉았다. 빛은 물속을 파고들듯 여자의 몸으로 스며들었다. 나는 빛과 함께 여자의 몸속으로 들어갔다. 아이를 잃은 여자란 사실이 조금 마음에 걸렸다.

"마을을 떠나. 여긴 젊은 사람이 살만한 데가 못 돼. 처음엔 괜찮겠지만 곧 힘들어질 거야. 외로움에 짓눌리다 보면 죽음이 친구처럼 다가오거든."

숙소를 나서기 전에 여자가 말했다. 그러고 나서 저녁에 이곳을 떠날 거라고 했다. 읍내 매화장이 아닌 다른 곳으로 갈 거라고 했다. 나는 아무 말도 하지 않았다. 도시의 벨 듯한 광선과 소음과 악취가 되살아나 머릿속이 심하게 어지러웠다. 여자를 보내고 나는 잠 속으로 빠져들어갔다. 다시 깨어났을 땐 해가 기울고 있었다. 나는 강변의 모래밭으로 가서 여자를 기다렸다. 그리고 여자가 떠나는 모습을 지켜보았다.

 두 손을 가슴 위에 얹고 눈을 꼭 감는다. 어둠 속에서 오른손으로 왼손을 잡아본다. 이불 밖에서 담배를 피우던 왼손은 몹시 차다. 여자의 손도 차가웠었다. 어린애처럼 조그만 손은 가늘게 떨고 있었다. 왼손의 찬 기운이 오른손 쪽으로 빠르게 전달되어간다. 왼손은 여자의 것처럼 작고 작아져 오른손 안에 꼭 쥐인다. 얼굴이 화끈거리고 몸이 달아오른다. 나는 여자가 쓰러져 있던 자주꽃무늬 이불 위로 올라가 두 손을 가랑이 사이에 넣고 옴두꺼비처럼 버둥거린다. 전신이 뜨거워지면서 머릿속이 소용돌이친다. 수천수만의 자줏빛 작약이 물 위에 떠서 흘러간다. 그 위로 유성우가 쏟아진다. 여자는 위태롭게 물 위를 걸어간다. 가지 마. 여자는 멀어져간다. 강물이 사납게 소용돌이치며 벼랑을 깎아내리는 저편 강기슭으로. 제발 가지 마. 여자는 흰 포말을 일으키며 아주 빠르게 멀어져간다.

 다람쥐가 꼬리를 바짝 세우고 고개를 쳐든다. 나는 자리에서 벌떡 일어나 머리맡에서 손전등을 찾아들고 밖으로 나간다. 바람은 포효하고, 포효하면서 곳곳으로 돌진한다. 기왓장 떨어지는 소리, 문짝 삐걱대는 소리가 사방에서 들려온다. 뒷산 떡갈나무 숲에서 나뭇가지들이 날아오른다. 폭풍이다. 천둥 없이 치는 번개 속으로 검은 물체가 회관 앞마당을 지나간다. 두번째 번개가 숲을 관통한다. 그 사이 검은 물체는 뒷산으로 달려간다. 어디선가 찢어질 듯한 비명 소리가 들린다. 아니 고함소리 같기도 하다. 방 안에서 들었던 것과 같은 목소리다. 목소리는 점점 다가온다. 나는 손전등을 높이 쳐들어 소리 나는 쪽을 비춘다. 작고 검은 몸체가 비탈진 마을길을 뛰어오고 있다. 하지만 멀리 못 가서 길바닥에 쓰러지고 만다.

"안 돼, 내 돈, 내 돈⋯⋯."

할멈이 소리친다. 나는 도망치는 놈의 뒤를 쫓아 뛴다. 뒷산 약수터 근처에 찍혔던 발자국이 퍼뜩 떠오른다. 놈은 미리 도망갈 길을 둘러본 게 분명하다. 샘터 밑의 계곡으로 갔을 거다. 계곡을 따라 나 있는 길만이 다른 마을로 연결되어 있다. 나는 빠르게 놈을 추적한다. 달리는 것만큼은 아직 자신 있다. 약수터를 지나 계곡으로 발을 내딛는 순간 앞에서 돌이 날아온다. 이마에 돌을 맞은 나는 그 자리에 쓰러지고 만다. 겨우 몸을 일으키는데 또다시 돌이 날아온다. 믿기 어려운 일이다. 눈앞에 여자가 있다. "따라오지 마." 여자가 소리 지른다. "왜 이래? 정신 나갔어?" 얼떨결에 나는 그렇게 말해버린다. "정신 나간 건 바로 너야. 가만히 앉아서 죽기를 기다리잖아. 난 아냐. 어떻게든 살아야겠어. 부모를 잃고 가겟방에서 얹혀살게 된 뒤로 난 그렇게 살아왔어. 읍내 공장에서 일하다가 다리를 다쳤을 때도, 아이 아버지가 떠났을 때도 그랬지. 지금도 마찬가지야. 뭐 때문이냐고? 글쎄 모르지. 하지만 죽어지지 않는 한 살아가는 거야." 여자는 숨도 쉬지 않고 말해버린다. 나는 아무 말 못하고 땅바닥에 주저앉아 있다. 여자가 눈물을 훔치며 엄숙하게 말한다. "따라오지 마, 알겠어?" 나는 고개를 끄덕인다. 이마가 쓰리고 아프다. 이마를 만져보니 손에 피가 묻어난다. 여자는 절뚝거리며 앞으로 뛰어간다. 바람은 포효하고 갈참나무 숲은 미친 듯이 몸을 뒤친다. 한참 만에야 자리에서 일어나 마을 쪽으로 뒷걸음질친다.

숲을 빠져나오자 멀리 새빨간 경보등이 깜빡이며 달려오는 게 보인다. 갑자기 우악스러운 손아귀가 어둠 속에서 내 바짓가랑이를 잡는다.

"네놈이 이럴 줄 알았어. 어쩐지 처음부터 수상하더라고. 다 망해버린 마을에 뭘 빨 게 있어 찾아왔냐아, 이 쥐새끼 같은 놈아."

나는 할멈한테서 벗어나려 몸을 튼다. 하지만 쉽지 않다. 머릿속은 어지럽고 다리는 후들거린다. 어디선가 피리 소리가 들려온다. 아니, 동박새 소리다. 나는 고개를 들어 하늘을 본다. 작고 새까만 것이 하늘에 떠 있다. 미조(迷鳥)다.

폭풍 속에서 길을 잃은 새는 위태롭게 포물선을 그리며 내려와 흔들리는 나뭇가지에 앉으려 버둥댄다. 그러나 바람은 쉬지 않고 거칠게 불어댄다. 새는 거센 바람에 곤두박질치더니 또다시 먼 데로 떠밀려 간다. 깜빡이는 경보등은 마을 비탈길을 올라오고 있다. 나는 할멈에게 잡힌 채 멀어져가는 동박새를 망연히 바라보고 있다.

(『작가사회』 2002년 가을호)

국화야, 국화야

지난 시절의 치열한 활동은 광활한 삶의 평원에 꽂힌 말뚝이었다. 그렇다면 지금은 그 말뚝으로부터 얼마나 멀리 떨어져 나온 걸까, 아니 말뚝에 매인 줄이란 아직 자신의 몸과 연결되어 있는 걸까. 이미 오래전에 끊겨 나간 게 아닐까. 이제는 다시 그곳으로 돌아가는 길을 영영 잃어버린 게 아닐까.

꼬마의 울음소리가 공터를 꽉 채웠다. 미숙은 깜짝 놀라 뒤돌아봤다. 야구방망이를 든 소년들이 소리치는 게 보였다.
"야, 뭐해? 공 굴러가잖아?"
"이 자식아, 지금 공이 문제냐? 내 동생이 맞았단 말야!"
형으로 보이는 아이가 넘어진 꼬마를 일으켜주며 말했다. 형의 역성에 힘입은 꼬마는 더욱 기세 좋게 울어댔다. 숨넘어갈 듯 자지러지는 아이의 울음소리는 곧바로 집에서 기다리고 있을 아들 지운이를 생각나게 했다. 미숙은 일자리를 알아보려고 하루 종일 쏘다니느라 지친 걸음을 재촉했다. 지운이라면 주인집에 일하러 다니는 송 할머니께 맡겨놨으니 별일 없겠지만, 혹시나 주인아주머니가 일찍 돌아왔을까 봐 그게 걱정이었다. 주름 진 얼굴에 늘 웃음을 잃지 않는 송 할머니와 반질반질한 얼굴에 소복한 눈두덩이 암상스러운 주인아주머니의 얼굴이 겹쳐지듯 떠올랐다.
"인정은 무슨 인정, 그러다 파출부가 아프기라도 하면 나만 손해게?"
 언젠가 이웃 사람들과 얘기 나누면서 들으란 듯이 큰 소리로 떠들던 주인아주머니의 냉정한 목소리마저 함께 떠올랐다. 주인아주머니는 송 할머니가 낮에 가끔 지운을 돌봐주는 걸 별로 달가워하지 않았다. 자기 집 파출부가 남의 일을 공짜로 해주느라 시간과 힘을 빼앗기는 게 크나큰 손해로 여겨지는 눈치다. 마치 돈 들여 사놓은 세탁기로 옆집 사람이 빨래한다는 식으로. 세탁소를 끼고 골목으로 접어들자마자 주인집 차고에 먼저 눈길이 갔다. 다행히 아직 비어 있었다. 마음이 놓이자 발걸음은 바람 빠진 공처럼 느려졌다.
 노을과 함께 저녁 바람이 일기 시작했다. 미숙은 갑자기 코를 벌름댔다. 골목 가득히 매콤하면서도 구수한, 나무 타는 냄새가 났다. 송 할머니가 또 불을 지피는 게 분명했다. 송 할머니는 수십 년 도시 생활을 했는데도 여전히 촌 아낙 냄새가 가시지 않았다. 꼼꼼하고 아기자기한 집안 살림보다는 마당의 나무 손질이며 김장독 묻는 일, 그리고 오래된 양옥집에 골동품처럼 남아 있는 주인집 아궁이에 마른 나뭇가지나 낙엽 따위로 불 때는 일을 좋아한다. 주인아주머니는 송 할머니의 그런 점 역시 마땅찮아했다. 여편네가 어째 그리도 우악스럽냐고 탓할 뿐이다. 지난가을의 일이다. 천방지축 온 집 안을 어지럽히던 지운이를 겨우 재우고 났는데 갑자기 밖에서 주인아주머니의 목소리가 찢어졌다. 그 소리가 어찌나 컸던지 아이의 숨소리만이 나직한 이층에까지 선명하게 들려왔다. 아이가 깰까 봐 얼른 창문을 닫고 아래층을 내려다보니, 아니나 다를까. 송 할머니가 절절매는 게 보였다. 주인아주머니는 독이 오른 뱀처럼 몸을 이리저리 흔들어대며 소리를 질렀다. 두 사람은 늘 하찮은 일로 실랑이를 벌이기는 했지만, 그처럼 심한 경우는 흔치 않았다. 미숙은 얼른 아래층으로 내려갔다.

"아니, 하라는 일은 않고 대체 왜 쓸데없는 일을 해서 사고를 쳐요? 그래, 부엌은 먼지가 뿌연 채 그냥 두고 사내들처럼 바깥일에만 매달려? 내가 그런 꼴 보려고 생돈 줘가며 할머니 부르는 줄 알아요? 집 안 청소 잘 하고 빨래나 깨끗이 하라고 했지요? 정 할 일 없으면 그냥 집이나 봐달라고 했잖아. 에구 속 터져!"

주인아주머니는 잔뜩 상기된 얼굴로 소리 질러댔다. 우묵한 눈두덩이 더욱 부풀어올라 개구리처럼 튀어나와 보였다. 그때까지 기가 죽어 가만히 듣고만 있던 송 할머니는 맨손으로 얼굴을 한번 쓸어내리고는 나지막하게 입을 열었다.

"저기…… 내는 그놈의 소나무가 하도 햇빛을 가려싸서 그랬다 아이가. 고것이 박송인지 백송인지 내가 알았는가? 흔해빠진 소나문 줄만 알았제."

"그러기에 모르면 가만히나 있지. 이 집이 아줌마 거예요? 아줌마 맘대로 하게. 우리 바깥양반이 얼마나 아끼는 건 줄 알아요?"

주인아주머니는 신경질적으로 고개를 휙 돌리며 안으로 들어갔다. 그러더니 갑자기 돌아서서는 들으라는 듯이,

"에그, 내 팔자야. 그러니 누굴 원망해. 아들놈 유학인지 뭔지 보낸 죄로 파출부 하나 변변한 걸 못 쓰는 나만 한심하지.

사람이고 물건이고 꼭 제값을 한다니까."
하며 가시 돋친 말을 사납게 내뱉었다.
"어쩌다 그러셨어요?"
미숙은 우두커니 서서 잘린 나뭇가지를 바라보는 송 할머니에게 가까이 다가가며 물었다. 백송은 흉하게 잘려 있었다. 꼭 다섯 갈래로 가지가 뻗는다는 백송의 맨 아래쪽 가지 몇 개가 송진을 흘리며 허옇게 상처를 드러내고 서 있었다. 그나마 가지를 다 자르지 못하고 일이 벌어졌는지, 두 갈래는 남아서 오히려 기우뚱하니 균형을 깨뜨린 채였다.
"소나무 가지는 원래 밑가지를 쳐줘야 잘 자라는 법인디……."
그렇게 중얼거리던 송 할머니는 돌연 허리를 굽혀 흙 한 주먹을 움켜잡았다. 그러더니 검은 갈색의 흙을 잘린 가지 끝에 쓱 문질렀다. 미숙이 놀란 눈으로 물었다.
"뭐 하시는 거예요?"
송 할머니는 느리게 몸을 돌리더니 미숙을 향해 부스스 웃었다. 끝이 닳아 금을 그어놓은 듯한 이빨에서, 평탄하지만은 않았을 세월이 설핏 엿보였다.
"왜 이상해 보이나? 이래봬도 흙이 약이래이. 그러니까, 사람한테 치자면 약 발라주는 심이제."
"약이요?"
"하믄. 옛날에야 약이 별거 있었나. 그저 고운 흙이나 구해다가 쓱 발랐지."
"그러니까 나무도 상처가 난 거나 마찬가지니까 약을 발라준다, 이거예요?"

"그런 심이제. 예전에 우리 시골은 말이지 나무가 많았데이. 그래서 일제 때부터 나무공출이 잦았거든. 그때 나무를 한 그루 벨 때마다 어른들이 이렇게 밑동에다 꼭 흙칠을 했다 아이가. 안 그러면 벌 받는다꼬. 지운 에민 그런 거 모르제?"

"처음 들어보지만 참 정감 있고…… 뭐랄까, 생명을 아끼는 훌륭한 뜻이 담겨 있네요."

"나 같은 게 무슨 훌륭이꼬, 구닥다리 얘기나 할 줄 알지."

"구닥다리라뇨? 좋은 말을 자주 하시면서."

"무신?"

"오늘 아침만 해도 그래요. 지운이하고 국화꽃 봉오리 생겨나는 걸 보고 있을 때 할머니께서 다가오더니 이랬잖아요. 아이고 국화야, 니 봉오리 졌노……. 꽃하고 얘기하는 걸 보니 시인이 따로 없던걸요."

"애개개, 그까짓 거 아무렇게나 지껄인 걸 갖구……."

송 할머니는 나이답지 않게 수줍음을 타며 밝게 웃었다. 백송 가지 때문에 주인에게 들었던 욕은 어느새 까맣게 잊은 듯이. 마당가에 서 있는 등나무에서 물든 잎들이 사르르 사르르 떨어져 내리는 오후였다.

미숙은 숨을 돌리며 초인종을 눌렀다. 아무런 기척이 없다. 미숙은 손끝에 힘을 주어 다시 눌렀다. 여전히 기척이 없었다. 이번에는 호흡을 가다듬고 큰 소리로 할머니이, 할머니이, 불렀다. 불을 때고 있다면 아궁이 자리로 보아 그러는 게 오히려 잘 들릴 것 같았다. 그러나 역시 대답이 없었다. 불현듯 불안한 마음이 솟구쳤다. 입 안이 빡빡하게 말라왔다. 둥글고 무거운 서양식 문고리를 잡고 탕탕탕, 세게 두드려보았다. 사자 모양의 장식이 날카로운 쇳소리를 내며 한참을 울어댔다. 그제야 주인집 강아지가 낑낑대는 소리가 들렸다. 그러나 그뿐이었다. 나무 타는 냄새는 아까보다 한결 진하게 골목을 채웠다. 설마 집에 불이……? 미숙은 재빨리 주위를 둘러보았다. 옆집 마당께에서 하얀 연기가 솟아났다. 반쯤 열린 문틈으로 살펴보니 누군가 처분하기 곤란한 낡은 나무책상을 태우고 있었다. 그렇다면 도대체……. 미숙은 거의 울상이 되고 말았다. 그때였다.

"이봐요, 애기 여기 있어요."

뒤에서 세탁소 아줌마가 우는 아이를 안은 채 손짓했다.

"지운아."

그녀는 빼앗긴 아이를 되찾은 것처럼 낚아채다시피 덥석 아이를 안았다. 지운이는 서럽다는 듯 더욱 악을 쓰며 울어댔다.

"고마워요, 아줌마. 그런데 어떻게 된 거예요? 할머니한테 애를 맡겼는데."

"고맙긴. 그나저나 그 집서 일하는 할머니 말이야, 몸이 많이 아픈지 아니면 뭔 일이 났나 봐. 아까 서너시쯤이던가? 갑자기 애기를 안고 뛰어오더니 새댁 올 때까지만 봐달라는 거야. 그러고는 넋 나간 사람처럼 급히 뛰어가더라고. 얼굴이 허옇게 질린 게 심상치 않던데."

세탁소 아줌마 말에 미숙은 가슴이 덜컹 내려앉았다. 예순이 넘은 노인에게 아이를 맡긴 게 아무래도 잘못이었다는 자책이 일었다. 맞벌이라도 해야겠다고 마음먹고 할머니에게 지운이를 맡긴 채 일자리를 찾아 돌아다닌 지 벌써 사흘째였다.
'큰 병이라도 나신 걸까. 그러고 보니 할머니네 전화번호도 모르고 있었네.'
미숙은 울음 끝에 잠투정하는 아이의 등을 토닥이며 안타깝게 중얼거렸다.

호두색 장롱과 천장 사이에 난, 한 뼘쯤 되는 빈 공간으로 푸르스름한 형광등 불빛이 새어 들어왔다.
"이 녀석이 언제까지 공부를 하려나. 몸 상하려구."
송 할머니는 손자가 있는 윗방을 바라보며 혼잣말로 중얼거렸다. 초저녁에 잠깐 눈을 붙였다가 선잠을 깨면, 밤새도록 이렇게 보내야 하는 게 벌써 여러 날째 고역이었다. 방금 전에 옆집 양철대문 여닫는 소리가 삐그덕 난 걸 보면 서너시는 된 듯싶다. 옆집이라고 해봤자 열 평밖에 안 되는 판잣집들이 허술한 벽을 사이에 두고 다닥다닥 붙어 있으니 한집에서 나는 소리처럼 선명하게 들린다. 어느새 시간이 그렇게 됐나……. 몸을 비틀어 모로 누웠지만 갈수록 정신은 또렷해졌다. 결심이라도 하듯 벌떡 일어나 문지방에 놓인 자리끼를 벌컥벌컥 들이마셨다. 그새 물 한 대접을 다 마셔버렸지만 어쩐지 자꾸 소갈증이 났다. 머리맡에 아무렇게나 벗어놨던 조끼를 집어 시린 등을 덮었다.
"야야, 멩길아. 고만하고 자그라. 공부도 심닿게 해야 쓰는 게지 그러다 몸 상한데이."
갈근대는 목소리가 한밤의 정적을 깨며 주책없이 크게 들렸다. 네, 하는 소리가 나지막이 났다. 윗방으로 통하는 통로의 커튼 쪽에서도 흐릿하게 빛이 새어나왔다. 윗방이라 해봤자 두 칸도 채 안 되는 방에 장롱을 가리개 삼아 둘로 나눠 쓰는 거였다. 공부방 하나 제대로 마련 못 해줘 늘 마음 아픈 송 할머니에게는 스스로 열심히 공부하는 명길이가 더없이 고마울 뿐이다. 게다가 학교성적도 꽤 좋은 눈치다. 두 달 전, 명길 아비가 갑자기 쓰러지기 전에만 해도 대학생 아비 될 날이 멀지 않았다고 큰소리 떵떵 쳤던 걸 보면. 명길이는 햇빛도 몸을 굽혀야 겨우 새어 들어올 만치 낮은 슬레이트집의 유일한 불기운이었다. 환갑이 훨씬 넘은 나이에 남의 집 파출부 노릇을 하면서도 지치지 않고 그나마 웃을 수 있었던 것도, 대나무처럼 곧게 자라는 그 녀석 때문이었다. 그러나 요즈음 들어 부쩍 새벽까지 불이 켜진 걸 보면, 공부도 공부겠지만 그 어린 속도 제 아비 일로 걱정이 많은가 보다.

'그나저나 지운 에미는 또 을매나 서운했을꼬. 남의 일을 봐줄 땐 일 끝난 뒷자리까지 봐주라고 했거늘, 낯가리는 아를 세탁소에다 맡기고 와버렸으니…….'

벌써 한 달이나 지난 일이지만 그날을 생각하면 여전히 가슴이 답답하고 울렁댔다. 지운이를 업고 마당에서 땔감을 주섬주섬 모으는데 전화 소리가 들려왔다. 여간해선 전화하지 않는 명길이였다.

"아버지가 이상해요. 감기 몸살이 아닌가 봐요. 학교에서 돌아와 보니 마당에 쓰러져 있었어요. 그런데 다리가 통 움직이질 않는대요."

명길이의 다급한 목소리를 듣고도 한참을 허둥대기만 했었다. 그리고 나서 무슨 정신으로 집에까지 왔는지도 모른다. 송 할머니는 가만히 일어나 문을 열고 나갔다. 좁은 툇마루 옆으로 난 작은방 문 앞에서 가만히 귀를 기울여보았다. 아들은 잠이 들었는지 방 안이 괴괴하다. 문고리를 잡고 들어가볼까 하다가 다시 멈칫 섰다. 여느 때 같으면 한밤중에 행여 앓고 있을까 싶어 들여다보았겠지만 지금은 숨소리조차 조심스러웠다. 엊저녁에도 아들놈은 버럭버럭 악을 쓰며 까탈을 부리고 신경질을 부리다 잠이 들었다. 저녁 밥상에 찍어볼 만한 게 전혀 없다느니, 명길이 녀석이 시건방져서 애비가 누웠는데 들여다보지도 않는다느니, 괜한 트집을 잡더니 이내 밥상을 집어던지며 고래고래 고함을 질렀다.
　"지 자식놈 공부도 변변히 못 시킨 양반이 손주새끼 공부에는 어째 그리 지성이데? 내가 어서 콱 죽어뿌렀으면 속 편하겠지? 죽자고 번 쌈짓돈이 축나면 손주새끼 대학 못 보낼까 봐 안달이 나 죽겠지?"
　전에 같으면 생각지도 못했을 말들이 아들의 입에서 잘도 튀어나왔다. 이날 이때껏, 남한테 싫은 소리 한 번 않고 살아온 아들이 변해도 너무 변했다. 누워 있는 사람 맘이 오죽 답답할까마는……. 평생을 일로만 늙은 송 할머니였다. 하지만 자식들을 성에 찰 만큼 공부시키지 못한 그이에게는 아들의 말 한 마디 한 마디가 바늘처럼 따갑고 아팠다. 발길을 돌려 부엌으로 들어갔다. 찬물에 빠득빠득 얼굴을 씻고 나서 물 한 대접을 떠서 양철대문 옆 고추장 항아리 위에 가만히 올려놓았다. 아직

동트기 전이라 주위는 깜깜했다. 멀리 내려다보이는 대로변의 가로등들만이 힘없이 밤을 지새우고 있었다. 새벽 공기답지 않게 매캐한 바람이 일렁였다. 이지러진 그믐달도 전처럼 밝지 않았다. 오히려 그이를 향해 비웃는 듯이 침침한 밤하늘에 뿌옇게 매달려 있다. 송 할머니는 방정맞은 생각을 하는 자신을 꾸짖으며 정화수 앞에서 몇 번이고 절했다. 손을 모으고 허리를 깊숙이 굽힐 때마다 아들 병이 빨리 낫게 해주십사 하고 들릴 듯 말 듯 빌었다.

아주 오래전, 지금처럼 정화수를 떠놓고 달을 향해 밤마다 빌던 시절이 있었다. 시집간 지 몇 해 지나지 않았을 때였으니, 그이가 꽃같이 곱던 새색시 적이다. 오래된 사진에서 먼지를 털어내듯 송 할머니는 쌓인 세월의 더께를 걷어 옛날을 떠올렸다.

긴 빨랫줄에 가득 널어놓은 무명옷이 하얗게 펄럭이던 어느 봄날, 그이는 낯빛이 불그레하게 익도록 빨래를 널며 눈물을 감추어야 했다. 열여섯 어린 나이였다. 대동아전쟁을 치르던 때라 세상은 그이의 어린 시절을 그대로 용납하지 않았다. 사내들은 전쟁터로 끌려가야 했고, 여자들은 열서너 살만 되어도 정신대라는 이름으로 만주벌판에 팽개쳐지던 시절이었다. 그런 이유로 일찌감치 간 시집이지만, 사흘 만에 남편과 헤어져야 했다. 남편이 군에 끌려가지 않으려고 대처로 떠났기 때문이었다. 남편 없는 시집살이는 마음 둘 곳조차 없는 힘든 생활이었다. 하지만 얼굴조차 희미한 남편이 무사하기만을 바라며 살았다. 이듬해 정월 대보름쯤, 기다리던 남편은 밤을 틈타 잠시 집에 들렀다. 그리고 그해 가을, 그녀는 첫아들을 보았다. 마을 사람들은 해방되는 해에 태어난 아이를 해방둥이라고도 불렀고 평생 복이 많을 거라고도 했다.

"평생 복덩이……. 명길 아비는 그런 운세를 타고난 사람이거늘……." 송 할머니는 무의식중에 중얼거렸다.

해방되고 나서 남편은 대처에서 익힌 이발 기술로 서울 변두리에다 자그마한 이발소를 차렸다. 돌이켜보면 평생을 살아오면서 가장 좋았던 때였지만 행복한 시절은 그리 오래가지 않았다. 그해 초여름 새벽녘에 천지를 뒤흔드는 총소리와 함께 세상이 발칵 뒤집혔다. 해방이 됐는데도 또 난리가 난다는 게 믿어지지도 않았고 미처 피난 갈 형편도 못 되어서 그녀의 가족은 서울에 남게 되었다. 하지만 인공기가 나부끼는 서울에서 지내게 된 그들에게 제일 무서운 건 총보다 쌀이었다. 할 수 없이 남편은 인민군들의 머리를 깎아주었고, 그 덕에 한 주먹씩 받아 오는 안남미로 하루하루를 겨우 버텨갔다. 그러던 어느 날 새벽이었다. 그동안 인민군에게 봉사한 사람들은 쌀 배급을 할 테니 학교 운동장으로 나오라는 방송이 들렸다. 하필 그날따라 남편은 감기 몸살로 열이 올라 도저히 나갈 수가 없었다. 그녀가 죽이라도 끓여볼까 하고 부엌으로 들어서는데 갑자기 하늘을 갈라놓은 듯한 총소리가 동트기 시작한 새벽을 뒤흔들었다. 한낮이 되어 운동장에 가보았다. 수천의 시체들이 파리 떼처럼 죽어 있었고, 총을 멘 몇 명의 국군들만이 시신을 찾으러 온 가족들을 감시하고 있었다. 피로 물든 운동장, 눈을 부릅뜬 채 죽어 있는 시신들, 쓰러진 아기를 업은 채 남편 시체를 부둥켜 안고 울던 아낙네……. 그런 광경은 그 뒤로도 오래오래 그이의 꿈속을 어지럽히곤 했다.

그들이 파리 같은 목숨을 유지하는 동안 겨울의 모진 추위와 함께 이번에는 중공군이 들어왔다. 결국 남편은 붉은 완장을 찬 인민군에게 강제 징집되어 갔다. 여섯 살 난 아들과 덜렁 전쟁터 한복판에 남겨진 그이는 앞이 깜깜했다. 밤이면 우박 떨어지듯 하는 총소리와 땅이 꺼지는 폭격 소리에 떨어야 했고, 날이 새면 배고파 우는 아이를 달래며 먹을 것을 구하러 다녀야 했다. 어쩔 수 없이 그이는 이발소를 버리고 몇 날 며칠을 걸어 고향의 시부모에게 갔다.

그로부터 이 년쯤 뒤에야 악몽 같은 전쟁이 끝났다. 피난 갔던 사람들은 제집으로 돌아갔고, 전쟁터로 갔던 사람들은 죽지만 않았으면 멀쩡하든 병신이 됐든 되돌아왔다. 그러나 그이 남편은 소식 한 장 없이 돌아오지 않았다. 마을 어귀로 김매러 갈 때마다 읍내로 향한 큰길만 보면 떨려오는 가슴을 쓸어내려야 했고 빨래를 널다가도 까치 소리만 나면 동구 밖을 쳐다보는 습관도 생겼다. 하지만 남편에 대해서는 누구 하나 만나보았다는 소식조차 없었다. 철모르는 아들을 붙잡고 울기에도 지친 그이는 시름을 잊으려고 몸이 부서지게 일을 했다. 그래야만 밤에 정신없이 곯아떨어질 수 있었다. 다만 새벽이면 남보다 먼저 일어나 물을 길어왔다. 찬물에 세수를 하고 정화수를 떠서 정성스레 빌기를 한 번도 거르지 않았다. 허리를 굽혔다 펼 때마다 새벽의 싸늘한 공기가 몸속을 파고들면 마음이 한결 가라앉았다. 두 팔을 벌려 하늘을 쓰다듬을 때마다 바라다 보이는 유난히 밝은 달은 그리운 남편의 얼굴과도 같았다. 그렇게 보낸 세월이 삼 년 남짓. 떠돌아다니는 점쟁이들조차 이미 죽은 사람이니 극락환생 하도록 굿이나 해주라고 졸라댈 만한 세월이었다.

죽었을 거라던 남편은 뜻밖에도 만 이 년 육 개월 만에 살아 돌아왔다. 마침 제사가 있던 날 밤이었다. 산짐승 같은 행색으로 찾아든 남편은 사흘 낮밤을 꼬박 자더니 나흘째 되는 날에야 일어나 앉았다. 그러고는 그동안의 전후 사정을 그이에게만 은밀히 말해주었다. 인민군 포로가 되어 거제도 수용소에서 돌아왔노라고, 거기가 어떤 데냐고 묻자 손가락으로 입을 가리며 거기에 있었던 사람은 열에 일곱은 죽어서 나간 줄만 알라고 했다.

치성 들인 물을 사방에 흩뿌리고 나서 송 할머니는 다시 방으로 들어갔다. 방 안엔 어느새 새벽빛이 스며들기 시작했다. 송 할머니는 다시 자리에 누우며 벽에 걸린 사진을 향해 길게 한숨을 쉬었다. 겨우 사십쯤 돼 보이는 남편은 할망구가 된 자신을 놀리기라도 하듯 여전히 웃고 있었다.

"망할 놈의 영감탱이. 내 혼자 고생하라고 그리 급히 갔나."

송 할머니는 투정 부리듯 내뱉었다.

남편과 함께 다시 올라온 서울은 온통 쑥대밭이었다. 예전의 이발소 자리가 어딘지 찾을 수조차 없었다. 알거지가 된 남편은 공사판에 나가야 했다. 고층 아파트를 짓는 공사장이라고 했다. 아슬아슬했다. 폭이 좁고 경사진 철빔이 하늘 꼭대기까지 뻗어 보였다. 미루나무보다 더 높은 철빔 위를 곡예하듯 걸어

다니던 인부들. 인부들의 다리가 휘청휘청 흔들려 보였다. 그녀는 위험하지 않겠느냐고 몇 번이고 되묻곤 했다. 그러면 남편은 괜한 걱정을 한다고 핀잔을 주면서, 만날 다니는 길이라 괜찮다고 안심시켜주었다. 그이는 그 말을 정말로 믿었다. 남편은 배운 건 없어도 일 하나는 눈썰미 있게 잘하니까.
 그러나 남편은 거짓말처럼 죽었다. 거제도에서 돌아온 지 십 년 만이었다. 공사장 감독은 벽돌을 지고 올라가다가 발을 헛디뎠다고 했다. 믿어지지가 않았다. 남편은 그렇게 쉽게 죽을 사람이 아니었다. 그는 대동아전쟁 때도 징병에 붙들려가지 않은 사람이었고 육이오 때 인민군 밑에서 부역한 사람들이 떼죽음을 당했을 때도 집에 남아 있었다. 전쟁터의 총알조차 그를 맞히지 못했으며, 하물며 삼 년 만에 거제도 포로수용소란 데서 살아 돌아온 사람이 아닌가? 그런데 어떻게 그리 쉽게 죽는단 말인가? 그이는 공사장 감독에게 따져보았지만 되레 본인 실수인 걸 어쩌느냐, 욕을 먹어야 했다. 그 뒤로도 오랜 세월이 지나서야 남편의 죽음을 실감할 수 있었다. 그리고는 고향을 떠나온 것을 두고두고 후회했다.
 '근데 워쩐 일일꼬? 풍 맞은 사람이라곤 없는 집안인데…….'
 벌써 여러 날째 침을 맞으러 다녔지만 아들의 병세는 나아지기는커녕 갈수록 나빠졌다. 송 할머니는 어쩐지 플라스틱 그릇을 만든다는 아들의 회사가 께름칙하게 느껴졌다. 제 아비를 닮아 돌덩이 같던 아들의 몸이 그 회사를 다닌 뒤로 눈에 띄게 부실해져갔던 것도 그렇고, 하얀 가루를 잔뜩 묻혀 벗어놓던 작업복도 그랬다.

미숙은 창문으로 하늘을 쳐다보았다. 꾸물꾸물한 하늘에 먼지바람이 사정없이 몰아치는 쌀쌀한 날씨였다. 봄의 문턱에서 심술을 부려대는 꽃샘추위가 며칠째 계속되었다. 이런 날씨에 지운이를 어린이집 차에 실려 보낸 게 미숙으로선 못내 마음 아팠다. 그러나 대학에 재입학하기로 결정한 이상 피할 수 없는 노릇이라고 스스로를 달랬다.

집칸이라도 마련하고 살려면 맞벌이를 해야겠다고 작정한 건 지난가을부터였다. 여기저기 일자리를 알아보았지만 쉽게 자리가 나서지 않았다. 대학에서 유아교육을 전공하다가 중도에 그만둔 미숙은 아무런 전문 능력도 없었다. 답답하기도 하고 서럽기도 했다. 그때 마침 새 정부가 들어서면서 재입학 특례조치를 내렸다기에 결심한 것이다.

청소도구를 꺼내어 안방으로 들어갔다. 장난감이며 동화책 따위가 방 안 가득 어지럽게 흩어져 있었다. 대강 물건들을 정리하고 나서 창문을 열려는데 화장대 위에 떨어진 청자색 꽃송이가 눈에 들어왔다. 양란 줄기에는 아직 서너 송이의 꽃이 촉촉한 윤기를 머금고 피어 있는데, 한 송이만 먼저 떨어져 있었다. 꽃은 문 새 바람에도 가볍게 떨고 있었다. 흰 광목 치마저고리를 입고 온몸으로 격렬하게 춤을 추다 맨땅에 쓰러져서 흐느끼는 춤꾼의 어깨처럼.

양란에 유난히 애정이 가는 건 아무래도 처음으로 키운 화초라서 그럴 게다. 미숙은 화초를 잘 가꾸는 편이 아니었다. 신혼 초에 화분 몇 개를 들여놓기도 했지만 겨울을 넘기지 못하고 모두 시들어버린 뒤로 다시 화분을 사들이지 않았다. 그러다가 지난겨울, 제과점을 새로 차린 친구가 화분이 너무 많다면서 억지로 떠맡기듯 준 걸 거두었다. 화분 두 개를 볕이 잘 드는 창문 앞에 놓았다. 하지만 물 주는 걸 잊지 않으려고 꽤나 신경을 썼는데도 양란 하나는 잎새가 노랗게 타더니 끝내 모두 떨어져버렸다. 화분의 흙을 버리려고 뒤집는 순간 미숙은 짧게 비명을 지르고 말았다. 타 죽은 화초의 뿌리에는 허연 스티로폼만이 몇 겹으로 들러붙어 있었다. 꽃집의 아가씨는 예뻐요, 하는 노랫말 생각이 나 심한 배신감마저 들었다. 몇 푼 더 벌겠다고 자신의 손으로 기른 생명에게 저토록 참혹한 죽음의 덫을 설치해놓다니. 정말 지독해. 미숙은 아직 몇 개의 잎이 남아 있는 나머지 화분을 뒤집었다. 마찬가지로 잔혹한 스티로폼이 들러붙어 있었다. 미숙은 안타까움과 분노를 삭이며 그것들을 떼어내고 흙과 자갈로 화분갈이를 해주었다. 다행히 양란은 겨울의 차고 건조한 공기를 잘 견디어주었다. 드디어 삼월 초에는 꽃봉오리가 터졌고, 기쁘고 대견스런 마음에 미숙은 화분을 준 친구에게 일부러 전화를 걸기까지 했었다.

미숙은 문득 아직 고운 빛이 그대로 남아 있는 걸 보면 시들어 떨어진 게 아니겠다는 생각을 하게 됐다. 어제 아침, 학교에 가기 위해 서둘러 청소를 하다가 떨어뜨린 것 같았다. 먼지 터는 총채를 찾기 번거로워 뼈다귀만 남은 빗자루로 화분 뒤의 커튼을 툭툭 때려댔으니까.

그러고 보니 춤꾼의 어깨니 뭐니 했던 것도 어제 학교에 들렀던 때문인 것 같았다. 이상했다. 오랜만에 교정의 잔디광장을 보는 순간 하필 흰옷 입은 춤꾼이 연상되었다. 친구들과 둘러

앉아 이야기 나누던 거며 대동제 때 흐드러지게 놀던 추억 대신, 춤꾼의 오열하는 듯한 몸짓과 질질 끌고 다니며 온몸을 감았다 풀었다 하는 흰 광목이 언뜻 눈앞에 스치듯 떠올랐다. 추모제 때문인가. 검게 달아오른 아스팔트 위로 쏟아지던 초여름의 햇빛과 하얀 쵀루가루 속에서 죽어간 김귀정. 그녀의 추모식에 참석한 걸 마지막으로 가정의 틀 속에서만 살아왔고, 때때로 마지막 장면이란 추억 속에서 불가침의 영역을 차지하기 마련이니까.

미숙은 재입학 절차를 알아보려고 광장을 가로질러 곧바로 '복학생 협의회'를 찾아갔다. 사무실은 광장 건너편에 있는 인문대학 건물의 일층에 있었다. 어두운 밤색 미닫이 문 위에 씌어진 '애국으로 가는 마지막 문'이라는 글씨가 눈에 띄었다. 피식 웃음이 나왔다. 정말 그럴지도 모른다는 생각이 들었다. 저학년 때 열심히 학생운동을 하던 애들도 군 복역 뒤엔 대부분 도서관 샌님이 되기 마련이니까. 그렇다면 혼인해서 아이를 낳고 집 안에 파묻혀 있다가 새삼스레 학교엘 다니겠다고 나선 여자는? 씁쓰레한 미소가 입가에 맴돌았다. 문을 밀치자 안에는 제법 어른스러워 보이는 남학생이 컴퓨터 앞에 앉아 있었다.

"저, 재입학 문제로 왔는데……."

"어, 누나. 미숙이 누나가 여기 어쩐 일이세요?"

미숙이 자신을 소개하기도 전에 저쪽에서 먼저 알아보았다.

"누나는 절 잘 모르겠지만, 전 잘 알아요. 제가 1학년 때 누나가 집회 연단에 서 있는 모습을 많이 봤으니까요. 누나도 졸업 못했어요?"

"응, 한 학기만 남겨두고 그냥 공장으로 들어갔거든."
"하긴 그때만 해도 흔히들…… 어쨌든 앉으세요."
어느새 복학생이 된 후배는 재입학을 하려면 학교측 심사를 받아야 한다며 복사된 서류 몇 장을 건네주었다. 자기소개, 제적경위서, 각서…….
각서에는 '앞으로 성실하게 학업에만 열중할 것을 다음과 같이 약속함'이라고 쓰여 있었다. 예전 같으면 찢어버렸을 혐오스런 문구였다. 하지만 그 문구는 마치 아무 일도 아니란 듯이 그녀 앞에 나타나 당당히 서명을 요구했다. 미숙은 의아했다. 무엇 때문에 이런 약속을 하라는 걸까. 이런 서면상의 각서가 아니더라도 이미 충분히 나약해질 대로 나약해져, 일상의 안온만을 희구하는 소시민일 뿐인 자신에게. 기어코 한 조각의 비굴을 집어삼키라는 걸까. 평생을 야당 지도자로 활동했다는 새 대통령의 배려라는 게 고작……. 미숙은 잠시 망설였다. 눈치를 챈 후배가 친절하게 말했다.
"누나, 서류는 나중에 집에서 작성해도 돼요. 그보다 이 서류 외에 학생운동을 했다는 증빙자료가 또 있어야 해요. 수배나 구속된 경력이 있으면 쉽게 해결되는 건데. 아참, 누나는 학생회 간부였으니까 총학생회 자료에 활동기록이 있을지 모르겠군요."
미숙은 총학생회를 찾아가기로 하고 자리에서 일어났다. 밖으로 나오자 으쓱한 추위가 엄습해왔다. 낯익은 얼굴 하나 없는 학교는 유난히 추웠다. 두꺼운 스웨터를 입었는데도 어쩐지 자꾸 몸이 웅숭그려지고 어깨까지 뻐근한 통증이 느껴졌다. 수

많은 학생들이 활기차게 오가는 도서관 앞 게시판에는 토플이니 취업박람회니 하는 포스터가 빈틈없이 붙어 있었다. 그것들은 오후의 햇빛을 받아 일제히 번쩍거렸다.

"참 놀라워요. 요즘에는 엄두도 못 내는 과격한 용어와 격렬한 구호가 이렇게 많이 쓰이다니. 타도, 투쟁, 이런 말 요즘 학생들한텐 잘 안 먹혀요. 무슨 민주정부시대에, 하는 식이죠. 그러고 보니 노동해방이란 말도 꽤 오랜만에 접해보네요."

총학생회 사무국장이라는 남학생이 자료집을 들추어보며 말했다. 미숙은 무어라 대꾸할 수 없었다. 자신의 과거 활동이 묻어 있는 자료들을 만지는 손끝에서 가느다란 긴장감이 느껴졌다. 자료 속에 있는 낯익은 동료들의 이름이며 자신이 정열을 다해 쓴 몇 가지의 글들이 일제히 자신을 비웃는 듯 여겨졌다. 긴 시간을 보내고 다시 돌아온 무기력한 자신을. 잊고 산 지 꽤 되었다. 일상이란 천천히 그렇지만 집요하게 사람의 관심을 내 집 안으로, 내 자신에게로만 끌어들이는 힘을 갖고 있었다. 백화점 세일, 정수기, 아가용 학습교재……

따르릉따르릉.

전화 소리에 미숙은 상념을 떨쳐냈다. 저쪽에서 앳된 남자 목소리가 들려왔다. 전화를 받으며 한 손으로는 화장대 위의 물건들을 정리해갔다. 어제 학교에 다녀와서 꺼내놓은 지갑이며 머리핀, 재입학 서류, 동문회보 따위가 너저분하게 흩어져 있었다.

"뭐라고, 할머니께서? 얼마나 다쳤는데? 난 그런 줄도 모르고……. 이따 오후에 들를게. 어디서 보지? 봉천시장 건너편에 있는 제과점 앞……."

미숙은 송 할머니의 손자라는 최명길 학생이 불러주는 대로 급하게 받아 적었다. 벽에 있는 달력을 들쳐 보니, 지운이를 세탁소에 맡기고 급하게 집으로 갔다는 날로부터 어느새 두 달이 지나 있었다. 미숙은 그제야 송 할머니 일을 까맣게 잊고 있었다는 걸 새삼 깨달았다.

광화문 사거리는 평일 낮인데도 꽉 막혔다. 미숙은 한참을 기다린 끝에 달팽이처럼 느릿느릿 기어온 봉천행 버스에 올라탔다. 맨 뒤쪽 자리에 앉으면서 가방 속에서 동문회보를 꺼냈다. 동문회보 한 귀퉁이에 급하게 받아 적은 송 할머니의 집 주소와 약도를 다시 한 번 펼쳐보았다. 아무튼 명길이란 학생이 나온다고 했으니까. 그나저나 어쩌다 자리에 누우신 걸까? 주인아주머니 말로는 집안에 일이 있어서 그만둔다고 했었는데.

미숙은 무심히 동문회보를 펼쳤다. 신임회장의 인사말, 모교소식, 산악회 등반소식과 사진, 동문들의 동정기사들이 빽빽했다. 3면에는 재입학 절차와 기한 등의 기사에 빨간 줄이 그어져 있었다. 그러나 미숙의 시선은 그 아래 칸에 실린 낯익은 이름에 가서 박혔다.

'급구. 양재석 동문이 일자리를 구합니다. 철학과 중퇴. 30세. 총학생회 신문 발간 경험 있음. 어떤 일이든 열심히 하겠습니다. 연락처 ○○○-○○○○'

가슴 한구석이 답답하게 조여왔다. 재석이마저 노동현장에서 떠나는구나. 급한 사정이라도 생긴 걸까? 혹시 회사에서 해고됐나? 아니지. 얼마 전까지 노동상담소에서 일한다고 들었는데. 아무리 그래도 급구, 열심히 하겠습니다가 뭐야? 이런저런 생각으로 갈팡질팡하는 머릿속으로 재석에 대한 기억이 조금씩 자리를 넓혀갔다.

삐쩍 마르고 키만 훌쩍 커서 별명이 '북어'였던 재석은 성실하고 책임감이 있는 아이였다. 미숙이 학교를 떠나 구인공고를 뒤지며 공단거리를 기웃거릴 때 함께 있었던 무리 가운데 유난히 말이 없던 친구였다. 기홍이, 종우, 재석이……. 제일 먼저 공장을 떠난 건 기홍이었다. 행방불명 처리를 하고 군대를 기피하고 있던 그는 더는 버티기가 힘들다며 입대를 결정했다. 게다가 기술도 없이 가명으로 영세사업장에 눌러 있는 건 전망이 없으니까 기술을 익혀 다시 돌아오겠다는 약속을 하고 떠났다. 그다음엔 종우였다. 회사에서 학출임이 드러나 해고되었다며 창밖에 쏟아지는 함박눈만큼이나 눈물을 펑펑 흘렸다. 그는 지금 국회의원 비서관 노릇을 한다. 야당에서 여당으로 수없이 당속을 바꾸는 정치꾼 밑에서. 그 뒤로도 사람들은 하나씩 둘씩 현장에서 떠났다. 미숙이 임신을 이유로 떠났던 것처럼.

"미안해서 어쩌니, 재석아. 아냐, 너보다도 경란 씨, 경란 씨한테……. 경란 씨도 임신 4개월이래. 아직도 신나와 납땜 연기 속에서 도장을 찍고 있을 텐데……."

미숙이 사직서를 내던 날 찔끔대자, 재석이는 오히려 라면 그릇을 빼앗고 대신 밥을 시켜주며 건강한 아이를 낳는 게 더 중요하다고 위로해주었었다. 그때까지만 해도 재석이는 노조위원장 선거에서 민주후보가 우세하다며 쾌활하게 웃곤 했었다.

그런데 어째서 직장을 급히 구한다고 한 걸까. 그것도 공장벽에 붙은 구인광고를 찾는 게 아니라 새삼스레 철학과니, 신문 발간 경험이 있다느니, 하는 어설픈 포장을 해가면서. 그도 불안했던 걸까? 새삼스레 무슨 투쟁이고 파업이냐고 이죽대는 동료들의 모습에 지쳐버린 걸까? 아니면, 서른을 넘긴 나이가 그를 두렵게 한 걸까? 그리고 보니 지난해 말, 망년회를 겸한 동창모임에서 마주친 재석은 확실히 전과 달랐다.

동창들이 모이는 지하 맥줏집에 들어섰을 때 술자리는 어느새 제법 무르익어 있었다. 탁자 위엔 빈 병들이 수두룩하고 땅콩 껍질이며 휴지가 어지럽게 나뒹굴고 있었다. 민주화운동으로 이십대의 대부분을 보낸, 외국어 실력도, 이렇다 할 자격증도 없는, 경력란에 수배나 구속 따위밖에 쓸 것이 없는 그들이 기껏 도망쳐 간 곳이라야 중소기업 말단이거나 학원 강사 따위였으므로 동창회는 언제나 술안주가 빈약했다. 그런데 그날만은 어쩐 일인지 즐비한 양주병에 안주까지 푸짐했다. 아이들도 제법 많이 모여 있었고, 술자리가 다 그렇듯이 이런저런 농담과 결말조차 없는 언쟁이 넘쳐 났다.

그때, 마침 출구 쪽에서 형준이 들어섰다. 형준은 얼굴에 가득 웃음을 지으며 다가왔다. 길게 이어놓은 탁자를 빙 돌아가며 모두에게 악수를 건넸다. 당당해 보였다. 친구들은 말끝마다 작곡가, 작곡가 해대며 방송국 일이 어떠냐 연예인들이 어쩌느냐 말을 걸어댔다. 그제서야 미숙은 형준이 방송음악가로 활약하고 있다는 사실을 알게 되었다. 기타를 유난히 잘 치고 작곡도 제법 했던 그는 해마다 대동제 문화공연을 도맡아 할 만큼 문화적 역량이 돋보였었다. 그러나 막상 총학생회 문화부장직을 맡은 뒤부터는 오히려 활동이 뜸하더니 그나마 임기를 다 채우지 않고 통일운동이 한창이던 여름부터 행적을 감추었다. 그러니까 그를 본 지가 벌써 몇 년 만인지도 모르겠다. 그런 형준이가 갑자기, 그것도 방송음악가가 되어 나타나 모두의 갈채를 받고 있었다. 옆에 앉은 모임 총무 정우는 유난히 흥분한 말투로 미숙에게 말했다.

"저 녀석이 요즘 우리들 중에서 아마 제일 잘나갈걸? 요즘 인기 있는 운동권 드라마 있잖아. 그 드라마 음악을 쟤가 맡았다더라. 자막에 저 녀석 이름이 선명히 박혀 나와. 아주 근사해. 너도 잘 보여. 혹시 알아? 쟤 연줄로 방송 출연이라도 하게 될지. 그리고 기홍이 사법고시 합격한 것 알지? 오늘 술값은 두 놈이 낼 거니까, 오랜만에 맘껏 마셔."

정우는 기분 좋은 듯 유쾌하게 웃어댔지만 미숙은 어쩐지 따라 웃을 수가 없었다. 형준이 맡았다는 드라마는 80년대 운동권 학생들의 이야기를 적당히 상업적으로 왜곡시킨, 그래서 오히려 불쾌하기 짝이 없는 거였다.

형준은 양팔을 의자 뒤로 넘기고 비스듬히 앉아 자신의 생활과 소득에 대해 말을 늘어놓았다. 주변에 모여든 동기들은 노골적으로 그를 선망하는 태도를 보였다. 한쪽에선 잡지사에 취직했거나 정당 실무자로 일하고 있는 친구들이 어설픈 정치판 얘기를 떠들어대느라고 정신이 없었다. 이번에는 다시 누군가가 아파트 분양 이야기를 꺼내자 순식간에 재테크가 어떻고, 금리가 어떻고 하는 이야기로 실내는 더욱 어수선해졌다. 미숙은 우울해졌다. 푹신한 의자에 등을 기대고 앉았다. 자욱한 담

국화야, 국화야 333

배연기 사이로 동창들의 말소리가 왕왕댔다. 그 소리는 점차 서로의 목소리를 잠식해 들어가, 이윽고 어항 속의 물고기들처럼 입만 벙긋대는 것처럼 여겨졌다. 어항 속의 옛 동료들. 비현실의……. 공기가 탁해서인지 눈이 뻑뻑해오는 게 그대로 잠들 것만 같았다.

재석을 발견한 건 그때였다. 친구들과의 사이에 켜켜로 쌓여오는 이질감을 밀쳐내듯 미숙은 자리에서 벌떡 일어나 안쪽 구석진 곳에 앉은 재석에게 다가갔다. 꿔다 놓은 보릿자루라더니, 그는 정말 찌그러진 깡통처럼 처박혀 있었다. 미숙이 손을 등 뒤로 해서 말린 점퍼를 바르게 펴주자, 재석은 그제야 느리게 상체를 세우며 감았던 눈을 떴다. 움푹 파인 양 볼에 생겨나는 옅은 그림자. 전보다 한결 야위어 있었다. 눈자위가 불그레한 걸 보면 술도 제법 마신 것 같았다. 재석은 흐릿한 미소를 지었다. 미숙이 손을 내밀어 악수를 청했다.

"어쩐 일이야?"

"너야말로 어쩐 일이야? 아기 낳았다는 소식만 들리고 얼굴 한번 볼 수 없더니. 아기가 제법 컸겠네?"

미숙은 재석의 물음에 고개만 끄덕여 보이고 말았다. 여느 때 같으면 눈을 반짝이며 아이에 대해 이런저런 자랑을 늘어놓았겠지만 지금은 달랐다. 공장에서 고생하고 있을 재석에게 빚을 지고 있는 것 같은 미안함이 앞섰다. 거칠게 주름 잡히는 재석의 웃는 얼굴조차 안쓰럽게 느껴졌다.

"오랜만에 동창모임에 나왔을 텐데 애들이랑 얘기 좀 많이 하지, 왜 벌써 취해버렸어?"

재석은 대답 없이 빙그레 웃으며 잔을 들어 건배 동작을 취했다.

"술밖에 통하는 친구가 있어야지. 노동자가 인텔리들 모임에 끼니까 영 어색한 게 할 말이 없어. 공장지대에서 살다가 학교 근처에 와 보니까 모든 게 낯설어. 언제 내가 이런 데서 생활했던가 싶을 만큼."

떨떠름한 표정으로 담배를 꺼내 무는 재석은 어딘가 불안해 보였다. 아무튼 미숙은 제짝을 만난 듯 반가웠다. 맥주 몇 잔을 주거니 받거니 하는 사이에 재석은 점차 말이 많아졌다.

"회사 측의 방해공작도 조합 활동을 위축되게 하지만, 그렇지만 말이야, 그보다는 활동가들, 특히 나 같은 학생운동 출신들 사이에 만연한 패배주의가 더 문제야. 방향을 잃고 표류하는 배처럼 싸움의 대상도 내용도 찾질 못하고 있어. 도대체 뭐가 문제일까? 모두가 새 정권의 논리에 말려든 걸까? 이제는 투쟁의 시대가 아니라 협력이 최선인 시대라는. 게다가 모두들 생활 자체에 자꾸 지쳐만 가. 나만 해도……."

재석은 무슨 말인가 더 하려는 듯하더니 그대로 입을 다물어 버렸다. 미숙 역시 주변의 모든 것이 제 색깔을 잃어가고 있다고 느꼈다. 명분도, 이상도, 정열도. 너무 갑자기 나약해지고 허물어져가는 우리. 변해가는 서로의 모습을 외면하기에 바쁜 우리. 오로지 남은 건 일상의 대화뿐이다. 그나마 영웅담처럼 혹은 자신을 비춰보는 거울처럼 나누던 지난 시절의 추억조차 이제는 꺼내지지 않는다. 아파트 마련이니, 취직이니, 그도 아니면 너절한 우스갯소리로 빈 구석들을 채우려 든다.

"요새 정치판이 형편없더라. 이러다가 대통령 임기를 다 못 채우는 거 아냐?"

누군가 그런 말을 했다. 그러자 그때까지 조용히 술만 마시던 재석이가 벌떡 일어섰다.

"오공 때는, 아니 육공 때까지 날마다 최루탄 속에서 살았어도 결국 위정자들을 몰아내지 못했는데 무슨 수로 임기를 못 마치게 하냐? 이렇게 맥없이 허물어질 운동이었다면 차라리……."

재석은 술이 과했는지, 버럭 소리를 질러대더니만 끝내는 잠긴 목소리로 울먹였다. 술자리는 한순간에 찬물을 끼얹은 듯 조용해졌다. 아무도 이렇다 저렇다 대꾸하지 않았다. 그렇다고 재석에게 동조하는 것도 아니란 건 분명했다. 자리는 그렇게 흐지부지 끝나버렸다.

몇 명의 아이들이 노래방에 가서 노래나 실컷 부르자고 했지만 미숙은 내키지 않았다. 푸른 잔디 위에서, 학생회실에서, 북 하나 기타 하나로 장단을 맞추며 온 세상을 뒤흔들 듯 노래를 불러대던 그들이 아니었던가. 그런데 어둡고 침침한 공간 속에서 번쩍이는 조명에 취해 흐느적대거나, 마이크를 빼앗아가며 노래 점수에 매달려 박수를 쳐대야 하다니, 아무래도 못마땅했다. 나만 너무 경직된 걸까 하는 의문이 들었지만 그나마 다시 고개가 저어졌다. 경직됐다는 걸 최대의 화두로 삼아 자기반성하던 시대조차 과거로 흘러가버린 지 오래이지 않은가.

미숙은 아이를 핑계로 먼저 빠져나왔다. 집으로 돌아오는 중에도 이런저런 생각이 끝도 없이 떠올랐다. 지난 시절의 치열한 활동은 광활한 삶의 평원에 꽂힌 말뚝이었다. 그렇다면 지금은 그 말뚝으로부터 얼마나 멀리 떨어져 나온 걸까, 아니 말뚝에 매인 줄이란 아직 자신의 몸과 연결되어 있는 걸까. 이미 오래전에 끊겨 나간 게 아닐까. 이제는 다시 그곳으로 돌아가는 길을 영영 잃어버린 게 아닐까. 하지만 이제 누구도 그리로 돌아가라고 강요하지 않는다. 일찌감치 말뚝에서 놓여난 주변의 친구들. 그들은 모두 몸속에, 새로운 말뚝을 박고 살아가지 않는가. 그렇다면 아무 때고 불쑥불쑥 솟는 불안감은 뭐지? 죄의식일까, 아님 미련일까. 아직 포기하고 싶지 않은 세상에 대한 희망?

시내를 어렵게 지난 버스는 그제야 제 속도를 내며 한강대교를 달렸다. 창밖으로 한강 물이 유유히 흘렀다. 이윽고 봉천시장을 알리는 안내방송이 들렸다. 차에서 내리자마자 미숙은 약도를 보며 시장 골목을 거슬러 올라갔다. 멀리 영국제과점 앞에 남학생이 서 있었다.

학생을 따라 한참을 가니 봉천동 꼭대기였다. 삐그덕대는 낡은 양철대문을 밀고 들어가자 마당도 없이 곧바로 쪽마루가 나왔다. 장판조차 깔리지 않은 시멘트 마루가 시리게 차가웠다. 한낮인데도 침침하기만 한 방 안에서 송 할머니는 길게 누워 있었다. "할머니, 어쩌다가 이렇게……. 병원엔 가보셨어요?"

미숙은 깜짝 놀라 송 할머니 손을 잡았다. 불과 두 달 새 몰라볼 정도로 야위고 초췌해진 걸 보니 가슴이 덜컹 내려앉았다.

"왜 이렇게 야위셨어요?"

"아이다. 내는 괜찮다. 그보다도 지운 에미한테 참말로 미안하데이. 지운일 그리 팽기치고 왔으니. 그러고도 내가 참 염치도 없데이. 이렇게 힘든 걸음을 다 시키고. 어쩌노. 서울 바닥에 믿을 만한 사람 하나 없고, 딸이 있긴 하지만 멀리 시골서 사는데다가 배운 거 없는 무지렁이니."

송 할머니는 바로 앉으려고 몸을 비틀었다. 작은 몸놀림에도 입이 딱딱 벌어질 만큼 많이 아픈 것 같았다. 미숙이 그냥 누워 계시라고 했지만, 송 할머니는 기어이 일어나 앉으며 밖에다 대고 소리쳤다.

"야야, 멩길아, 마실 것하고 그 편지 쪼가 가져온나."

밖에 있던 명길이 물 한 잔과 편지봉투를 들고 들어왔다.

"찬 음료수라도 내와야 할 긴데, 내줄 게 물밖에 없으니 어쩌노, 참말로."

송 할머니는 몹시 민망해하면서 편지봉투를 미숙에게 건넸다. 미숙은 편지를 폈다. 노동부 장관 아저씨와 회사 사장 아저씨께 드리는 글. 미숙은 의아한 눈길로 송 할머니를 쳐다보았다. 송 할머니는 어서 읽어보라고 손짓했다.

"저는 홍성기업에 입사해 십 년간 생산1과에 근무하던 중 두통과 손발 저림 등의 증상으로 퇴사한 최기석 씨의 아들입니다. 유난히 잔업과 특근이 많은 회사였지만 아빠 힘든 내색도 없이 매일 일을 나가셨습니다. 그런데 일 년 전 몸이 허약해져서 쉬어야겠다고 회사를 그만두셨습니다. 집에서 쉬면 좀 나아지려니 했지만 아빠는 그 뒤로도 늘 피곤해하셨습니다. 몸놀림도 전 같지 않고 차차 말을 더듬기 시작하더니 성격까지 조금씩 예민해졌습니다. 식구들은 아마도 집에만 있어서 그런가 보다 생각했습니다. 그런데 두 달 전쯤, 아빠는 너무도 힘없이 쓰러졌습니다. 학교에서 돌아와 보니 아빠가 마당에 엎어져 있었습니다. 갑자기 몸에 마비가 왔다는 겁니다. 일 나갔던 할머니가 급하게 달려왔고, 저와 할머니는 밤을 새워 간호했습니다. 아빤 제가 알아들을 수 없을 정도로 말을 더듬거렸고, 난 아빠가 슬퍼할까 봐 이를 악물고 눈물을 참았습니다.

다음날부터 저와 할머니는 이 병원 저 병원을 돌아다녀보았습니다. 처음엔 아빠도 자신의 병명이 중풍인 줄 알고 고쳐보려고 무척 애를 썼습니다. 침을 맞고 오시면 그날은 아빠의 신음 소리 때문에 잠을 못 이루었는데, 그런 모습을 지켜보며 할머니는 더 괴로워하셨습니다. 하지만 시간이 지나면서 아빠의 병세는 나아지지 않았고 성격만 더욱더 난폭해졌습니다. 동네 사람들은 그런 아빠를 미쳤다고 했습니다. 하지만 우리 아빤 미치지 않았습니다. 아빠의 신경이 날카로워진 건 다 회사 때문이니까요.

어디서 들으셨는지 할머니는 예전에 아빠가 다니시던 회사 사람들이 아빠와 똑같은 증세를 앓고 있다는 걸 알아냈습니다. 그 아저씨들은 직업병을 전문으로 진단하는 병원에 가서 진료를 받았는데, 납중독으로 밝혀졌다고 합니다. 납중독이란 사실이 믿기지 않았습니다. 아빠는 플라스틱 그릇이나 발을 만드는 회사에 다녔기 때문에 납땜을 하지 않았으니까요. 그런데 알고 보니 아빠 작업장에서 매일같이 맨손으로 만지고 삽으로 퍼 담기도 하던 흰색 가루가 문제였답니다. 열안정제라는 그 분말에는 납이 무척 많이 들어 있다는데 회사는 어떤 위험방지 시설도 하지 않았고, 직원들에게 그 사실을 가르쳐주지도 않았답니다. 자신의 몸이 망가지는 줄도 모르고 매일매일 열심히 일만 했던 우리 아빠……. 곧바로 할머니는 회사에 전화를 걸었습니다. 그런데 이게 웬일인가요. 홍성기업이 이미 문을 닫았다는 겁니다. 노동부에 알아봤더니, 자기네는 모른다는 겁니다. 아빠의 병세는 하루하루 심해지고 있는데, 모두들 서로 책임질 수 없다고 발뺌만 하면, 우리는 어떻게 해야 하나요? 얼마 전에는 아빠가 죽겠다고 마루에서 굴러 떨어지려는 걸 붙잡다가 할머니마저 허리를 다쳤습니다. 제 어머니는 제가 어릴 때 돌아가셨다고 합니다. 그래서 지금은 아빠와 할머니를 간호할 사람조차 없습니다. 제발 도와주세요. 만약에 아빠가 나쁜 사람이었다면 지금처럼 병들지 않았을 겁니다. 자기 욕심을 위해 나쁜 짓을 해서 돈 버는 사람들이 많다고 들었습니다. 하지만 우리 아빠 그러지 않으셨고 언제나 정직했습니다. 지금처럼 서로 책임을 미루고 있다가는 제 아빠를 뺏기고 말 것입니다."

　미숙은 편지를 읽으면서 내내 스티로폼을 떠올렸다. 양란의 잎사귀를 누렇게 시들게 했던 하얀 스티로폼. 돈을 위해서 아름다운 화초에 죽음의 덫을 설치하는 세상. 미숙이 할 말을 잊은 채 한숨을 쉬자 송 할머니가 입을 열었다. 송 할머니는 자신의 살아온 이야기를 미숙에게 들려주었다. 그이가 갓 시집갔을 때로부터 지금에 이르기까지의 긴 이야기였다. 미숙은 조용히 이야기를 들었다. 이야기를 침착하게 해오던 송 할머니는 이윽고 울음을 터뜨렸다.

"한번은 맹길 애비가 공사판 다니는 걸 나중에사 알고 기겁을 해서 말리지 않았나. 그 뒤로 그 피부이씬지 뭔지로 물건 맹근단 회사에 취직했다기에 겨우 다리 뻗고 사는가 싶었는데, 근데 이게 워찌된 세상이꼬? 무서버서 살 수가 있는가 말이다. 맹길이 할애비 때도, 죽을 고비만 골백번도 더 넘겨가며 전쟁터에서 살아 돌아온 사람이, 그리 허무하게 죽었다는 게 믿기지가 않았었데이. 아침밥 먹고 나간 사람이 벌건 대낮에, 한 발짝 잘못 됐다고 죽어 돌아왔으니. 아이고, 근데…… 근데 이자 내 자식놈마저 저 모냥이 되어서 누워 있으니 우짜믄 좋노. 시상 참 무섭데이, 시상 참 무서버. 난리 때만도 못헌 시상이고마. 갸가…… 갸가 으떤 자석인디…….”

  송 할머니는 울컥울컥 울음 섞인 하소연을 토해냈다. 윗방에 있던 명길이가 뛰어와 할머니를 진정시키려고 애썼다. 그러나 기어코 둘은 하나가 되어 오열했다.

 "컹컹 컹컹컹 으르릉 컹.”

  사납게 짖어대는 큰 개 소리에 미숙은 잠에서 깨어난 사람처럼 소스라치게 놀랐다. 통나무로 만들어진 그럴듯한 대문 앞이었다. 문틈으로 셰퍼드가 거칠게 짖어대는 게 보였다. 그 집으로부터 아래로는 재개발의 명목으로 세워진 고급주택들이 즐비했다. 고급 승용차를 위해 시원하게 뚫린 아스팔트 길은 통나무 대문 앞에서 허리가 잘리듯 끊겼다. 그리고 거기서부터는 한 사람만 지나다닐 수 있는 좁은 시멘트 계단이 이어졌다. 미숙은 고개를 돌려 방금 내려온 언덕을 바라보았다. 깨진 시멘트 계단, 아물아물하게 이어진 계단 끝에 보이는 회색 하늘, 그 하늘을 힘겹게 이고 있는 허술한 지붕들, 그리고 나이보다 의젓해 보이는 명길과 송 할머니…….

컹컹대는 개 소리가 여전히 시끄럽게 들려왔다. 낯선 사람을 경계하게끔 길들여진 부잣집 개의 충성이 어쩐지 밉살스러웠다. 미숙은 개를 향해 주먹질하며 이놈의 개새끼, 하고 거칠게 욕했다. 그러고는 발길을 재촉해 언덕을 내려가 재석이가 일했던 노동상담소로 전화했다.

"여보세요, 저…… 실은 그 지역에 있는 홍성기업에 다니던 노동자 한 분이 직업병으로 쓰러졌는데, 알아보니 회사가 이미 문을 닫았다나 봐요. 네? 거기 노동상담소 아닌가요? 먼저 사무실 사람들은…… 정리하고 나갔다고요? 이사 간 게 아니라 아예…….''

전화를 끊는 미숙의 정수리로 차가운 빗방울이 떨어졌다. 며칠째 거칠게 몰아치던 바람이 기어코 비를 몰고 왔나 보다. 어디로 가야 하나. 우산 하나를 사 들고 큰길로 나서는데, 어제 학교에 들렀다가 오랜만에 만난 교수님 말씀이 떠올랐다.

"재입학 하게 되었다니 다행이구나. 그동안 네 할 몫은 다했다고 본다. 대학 시절 내내 길거리에서 보냈으면 됐지. 게다가 노동운동 한다고 몇 년씩 공장에 있었다면서. 이제 세상도 좋아지고 했으니 뭐 싸울 일이 있겠냐만, 어쨌거나 딴생각 말고 무사히 졸업하길 바란다. 성적에도 신경 쓰고."

그렇던가. 좋아진 세상. 미숙은 손에 들고 있는 진정서를 한 번 더 읽어본 뒤 가방을 열었다. 서명을 요구하는 각서, 학생운동 증빙자료, 재석의 소식이 들어 있는 동문회보 따위가 가방 안에 들어 있었다. 진정서는 그것들 옆에 자리를 잡았다.

'국화야, 니 봉오리 졌노!'

지난가을, 밝았던 송 할머니 웃음소리가 귓가에 생생하게 살아났다. 인정이 넘치던, 소나무 가지에조차 흙을 발라주어야 마음을 놓던, 가난과 고된 일을 감내하면서도 언제나 희망을 잃지 않았던, 인정 많은 할머니의 웃음……. 그 환한 웃음을 과연 되찾아줄 수 있을까. 석양빛을 받으며 달려오던 구로행 버스 한 대가 미숙 앞에 멈춰 섰다. 버스는 미숙이 탈까 말까 망설이는 사이 바람을 일으키며 다음 역을 향해 급하게 달려갔다.

(1998년 제8회 전태일문학상 입상작)

| 해설 |

절망과 고통의 현실, 연민의 마음

정호웅(문학평론가)

1. 자존 지키기

 김재영의 소설 속에 아버지는 부재한다. 그 아버지는 이미 죽어 신산한 삶을 살아가는 가족들이 가끔씩 뒤돌아볼 때 언뜻 나타났다 다시 어둠 속으로 까마득히 사라지는 존재이다. 그 아버지는 우리 소설에서 자주 만나게 되는, 긍정 또는 부정의 의미를 지닌 전통(과거)이나 권위의 표상이 아니다. 한국 소설 속 아버지의 대표적인 이미지는 때로는 단절과 무화의 욕망까지 불러일으키는 비판의 대상이거나, 기억 속에 살아 죽지 않는 기림의 대상이다. "아버지는 남로당이었다" "아버지는 종이었다" "아버지는 개흘레꾼이었다" 등등의 명제로 표현되곤 하는, 상징적인 의미를 담고 있는 기호인 경우가 많은 것인데, 김재영 소설 속 아버지는 이 같은 상징 기호와는 무관하다. 그는 마흔 언저리 장년의 나이에 죽어 가족을 가난의 고통에 빠뜨린,

도처재재 어디에나 있는 그냥 '아버지'일 뿐이다.
　당연히, 그 아버지는 김재영 소설의 주된 관심 대상일 수 없다. 아버지의 죽음을 다룬 「또 다른 계절」 속에서도 그 아버지는 중심에 놓여 있지 않을 정도이다. 김재영 소설은 아버지가 아니라 아버지의 죽음 이후를 문제 삼는다. 그 이후가 훨씬 더 절실한 과제였기 때문일 터이다. 이는 물론 지금까지 발표된 작품만을 두고 하는 말이다. 대부분의 작가가 그러했듯 김재영 또한 언젠가는 아버지 탐구에 나아갈지 모른다.
　아버지의 죽음 이후 김재영 소설의 가족들은 갑자기 들이닥친 가난과 싸워야만 한다. 안간힘 다해 힘겨운 노동, 궁핍의 나날을 견뎌야 한다. 그러나 그것보다 더 앞서는 게 있다. 자존 지키기이다.

　　어머니는 진동항아리에 조심스레 손을 넣었다. 차르르 쌀알 구르는 소리가 나더니 신문지에 싸인 뭉치가 나왔다. 보상금이라 했다. 피해 액수에 비하면 보잘것없지만 작은언니를 원하는 학교에 보내고 큰언니 시집보내는 데도 보태려고 벼르던 거라며 어머니는 깊은 숨을 내쉬었다.
　　아무래도 이 돈은 마을을 살리는 데 써야겠구나. 돈이야 아무 때고 벌 수 있지만 아버지 오명을 이 기회에 벗지 못하면 평생 한이 될 것 같아. (「또 다른 계절」, 275쪽)

　아버지는 부면장이었다. 성실한 공무원으로 아무런 잘못도 없었지만 죽은 후, 제방 붕괴의 책임자로 구설에 올랐다. 억울하고 원통한 일이다. 남은 가족들의 선택은 하나뿐이다. 어떤 희생을 무릅쓰고라도 그 '오명'을 벗어야 한다.

　죽은 이를 인간들의 더럽고 낯선 말 속에 내버려두는 것은 도리가 아니니, 그 선택은 우선 산 자의 예의이다. 그러나 이것만은 아니다. 그것은 무엇보다도 이 가족의 자존 지키기 방식이다. 자존을 지키기 위해서라면 어떤 현실의 고통도 감수할 수 있으며 감수해 마땅하다는 생각이 이 아래 놓여 있다.

　어떤 상황에 놓이더라도 마지막 순간까지 '자존'을 지켜야 한다는 굳은 믿음과 강인한 의지가 김재영 문학의 가장 밑자리에 놓여 있다. 그 믿음과 의지가 사람들 저마다의 자존을 상처 입히고 무너뜨리는 이 추악하고 무서운 현실을, 이런 현실을 닮아 마찬가지로 추악하고 무서운 인간의 욕망을 파헤치고 비판하는 김재영 문학을 세웠다. 김재영 소설을 채우고 있는 부드럽고 나지막한 목소리 안쪽에는 앞을 향해 힘차게 내달리는 단호한 결의, 뜨거운 열정의 목소리가 강강하게 울리고 있다.

2. 상징 활용의 창작방법

　김재영은 상징을 벼리로 하는 소설 구성방식을 좋아하는 듯하다. 김재영 소설에 가장 자주 등장하는 것은 새 상징이다. 하늘을 날거나 나무 위에 앉아 쉬는 새도 있지만 그것은 풍경 속의 존재이니 한 배경에 지나지 않는 것. 우리가 주목하는 것은 상징으로서의 새다.

그 하나는 길 잃은 새, 곧 미조(迷鳥). 「미조(迷鳥)」의 주인공은 "이십 년 동안 공장지대에서 뱅글뱅글 돌"며 살아온 한 사내이다. 그는 죽을힘을 다해 살았지만 공장지대를 벗어나지 못했다. 일 주일에 한두 번, 술기운을 타고 그곳을 벗어나보지만 그것은 상상 속의 가짜 벗어남일 뿐, 그는 갇힌 존재이다. 가정을 이루고 작은 아파트도 장만했지만 그는 "행복한지 아닌지 알 수 없었다." 행복해지려 하는 꿈이 없으며, 행복을 느낄 수 있는 감각까지 잃어버렸으니 그는 불모의 인물이다. 가끔 술에 취해 밤길을 걸으며 "철야작업을 하고 있는 저자들에 비하면 나는 행복하다는 확신"을 품어보곤 하지만 그것은 자기 위안의 가짜 믿음에 지나지 않는다. 그는 "잘못 구워져 깨지고 무너져 내린 불량품"이고 거친 바람 속 하늘을 떠도는 길 잃은 새다.

나는 고개를 들어 하늘을 본다. 작고 새까만 것이 하늘에 떠 있다. 미조(迷鳥)다.
폭풍 속에서 길을 잃은 새는 위태롭게 포물선을 그리며 내려와 흔들리는 나뭇가지에 앉으려 버둥댄다. 그러나 바람은 쉬지 않고 거칠게 불어댄다. 새는 거센 바람에 곤두박질치더니 또다시 먼 데로 떠밀려 간다. (「미조(迷鳥)」, 307쪽)

무엇이 그를 이처럼 가두었으며 불모의 존재로 망가뜨렸는가? 소설을 통해 우리는 그것이 '우리 시대 하층노동자를 구속하고 있는 모순된 현실'일 것이라 짐작할 수는 있다. 다만 짐작에 멈출 뿐 더 나아갈 수는 없는데, 소설의 초점이 주인공을 가두고 망가뜨린 폭력의 실체를 밝혀 드러내는 데 있지 않고, 주인공의 현재가 어떠한가를 세밀하게 그려 보이는 데 있기 때문이다.

　1920년대 중반에서 1930년대 중반까지 소설사 전개를 앞서 이끌었던 프로소설, 해방 직후 문단의 한복판을 혁명적 정치성의 열기로 달아오르게 했던 진보적 민주주의 문학 진영의 소설, 세계관의 전이란 깃발을 휘두르며 한국사회의 근본 변혁을 향해 나아갔던 1980년대 민중소설 등에서 우리는 고통의 현재를 낳은 원인을 지적하고 그것에 맞서 싸울 것을 다짐하는 추상적 언어들을 쉽게 찾을 수 있다. 계급모순, 민족모순, 노동계급의 역사창조력 등등의 그 추상적 언어들로 해서 우리 소설은 단순화, 현실성의 약화 등의 대가를 치러야 했다. 추상적 언어에 기대어 고통의 현재를 낳은 폭력의 실체에 대해 말하는 것은 쉬운 일이다. 그러나 고통의 현재를 구체적으로 그려내는 것은 쉬운 일이 아니다. 김재영은 이 어려운 과제를 택해 막바지 벼랑 끝까지 내몰린 한 하층노동자의 고통의 현재를 핍진하게 그려내고자 하였다.

　김재영의 섬세한 붓길이 떠올린 그 고통의 현재는 어떤 추상 언어로도 미칠 수 없는 비통의 세계이다. 읽는 이의 가슴을 쳐 숨을 막는 비통. 지나쳤던, 볼 수 없었던 것을 보게 하는 비통.

　길 잃은 새 옆에는 물 밑에 엎드린 새가 놓여 있다.「물 밑에 숨은 새」에는 제비의 겨울나기와 관련된 흥미로운 이야기가 나온다. 16세기 스웨덴의 한 대주교는 제비들이 물속에서 겨울을 난다고 생각하여 자신의 저서에 어부들이 제비가 가득한 그물을 끌어올리는 장면을 담은 삽화를 남겼다는 것이다. 봄이 되면 그 제비들은 감았던 눈을 뜨고 물 밖으로 나와 푸드덕 푸드덕 봄 하늘로 날아오를 것이다. 죽음에서 갱생했으니 얼마나 힘찬 비상일 것인가. 온몸 온 마음 가득 차 출렁이는 신명, 생명의 약동.

공중에서 수직 낙하하여 몸을 뚫고 땅에까지 가 박히는 비행 화살에 맞아, 물속에 든 제비처럼 죽음과도 같은 고통의 상황 속에 갇힌 이 작품의 인물들은 그러면 어떠한가? '우연한 축복'이 하늘에서 내리면 모를까 그들이 제비의 봄을 맞을 가능성은 거의 없다는 것이 이 작품의 전언이다.

작가는 그 고통의 현재를, 출구 막힌 절망의 현실을 정시하고 그 실제를 있는 그대로 그려내고자 하였다. 부질없는 인정주의의 감상도, 헛된 공상의 희망도 들이지 않는 엄정한 리얼리스트의 눈빛이고 손길이다.

길 잃은 새, 물 밑에 엎드린 새는 모두가 고통과 절망의 삶을 상징하는 것들이다. 「사라져버린 날들」에 나오는 '천둥새'는 어떠한가? 천둥새는 전설 속의 새이다. 날 때부터 병신이었던 새 끼오리가 자라 까마득한 허공을 날아가 가뭄에는 비 내리고 홍수에는 떠내려가지 않기를 바라는 인간의 바람을 하늘에 전했다고 한다. 그러니까 천둥새는 자연의 폭력에는 속수무책 대처할 방도가 없는 무력한 존재이기에 초월적 존재의 힘에 기대야만 했던 인간의 절박하고 안타까운 처지가 만들어낸 가공의 상징이다. 옛사람들의 그 같은 처지는 자본의 논리, 개발의 논리 앞에 수백 년 함께 가꾸어온 삶터가 무너지고 소중히 여겨 지켜야 마땅한 것들이 마구잡이로 파괴되는 현실 앞에 무력한 지금 사람들의 처지에 대응한다. 옛사람들은 천둥새 상징으로써 희망의 앞날을 그래도 상상할 수 있었지만, 이미 초월적 존재도, 초월적 존재와 인간을 매개하는 천둥새와 같은 존재도 믿지 않는 지금 사람들에겐 그것조차 막혀 있다. 캄캄 어둠 속 길 잃고 헤매는 이의 망연자실 한탄이며 넋두리만 울릴 뿐이다.

상징을 가운데 놓은 또 다른 작품에 '치어' 상징을 앞세운 「치어들의 꿈」이 있다. 자신을 확인하고 실현할 수 있는 자기 일을 갖지 못하고, 집안일에, 아파트 좁은 공간에, 의미 없는 수다와 혼잣말, 방향 잃은 공상에 갇혀버린 여성 현실을 다룬 작품이다.

연어는 말이다, 강가에 남지 않고 멀리 드넓은 바다로 떠난 연어들은, 가장 몸집이 작은 치어들이었단다. 이상하지? 거친 파도를 이기려면 영양상태가 좋아 몸집이 크고 튼튼한 놈들이어야 할 텐데 말이야. 하지만 등에 기름이 낀 치어들은 민물에 남아 안주하는 법이란다. 더 절박하고 더 많이 갈구하는 치어들만이 새로운 삶의 터전을 찾아 떠나지. (「치어들의 꿈」, 142~143쪽)

갇힌 현실을 뚫지 못하면 생명 고갈의 불모 상태에 자연히 빠지게 된다. 작중인물 하나가 그러했듯 자기파괴의 충동에 휩쓸려 스스로 끝장내고 마는 경우도 생길 수 있다. 탈출의 가능성은 "더 절박하고 더 많이 갈구하는 치어"로의 존재 전이이다. 앞의 자기파괴와는 다른 의미에서의 자기파괴가 필요한 것이다. 김재영 문학은 아직까지는 이 같은 존재 전이, 자기파괴를 본격적으로 문제 삼지 않았다. 이후의 과제일 것이다.

힌두교 신화에 나오는 '코끼리'와 '외' 상징을 두 축으로 삼아 네팔 출신 노동자의 현실을 엮어낸 「코끼리」도 상징을 벼리로 한 구성방식의 작품이다. 이 책에 실린 열 편의 작품 가운데 상징을 벼리로 구성된 작품이 절반이나 되는 셈이다. 이처럼 상징을 적극적으로 활용하는 김재영의 창작방법은, 구성의 집중력을 높이고 주제를 선명하게 부각시킬 수 있다는 점에서 긍정적이다. 그러나 상징은 또한 추상의 관념을 그 안에 담고 있는 것이니, 그 관념의 구속 때문에 스스로를 제약하는 문제점도 더불어 안고 있다. 작가의 숙고가 요청되는 과제라 하겠다.

3. 연민의 마음, 무차별의 생명 세상을 향하는 마음

김재영은 우리 작가들 가운데 가장 앞서서 외국인 노동자들의 현실을 다루어왔다. 「코끼리」와 「아홉 개의 푸른 쏘냐」가 그것인데, 러시아, 네팔, 중국, 파키스탄 등에서 온 이들 작품 속 외국인 노동자들은 김재영의 인물 대부분이 그러하듯 출구 없는 막다른 절망과 고통의 상황 속에 놓여 있다. 새 삶의 기대를 안고 건너왔으나 이 땅은 가혹하다. 그들이 꿈꾸었던 새 삶의 세계로 통하는 문은 열리지 않는다. 아니, 그 문은 애당초 없었다. 고국으로 돌아가기도 쉽지 않다. 곳곳에 섬뜩한 이 땅의 폭력을 견디며 무서운 절망의 시간을 살아야 한다. 그들을 바라보는 작가의 눈길은 깊은 연민의 마음으로 안타깝다. 작가의 연민하는 마음을 대신 전달하는 것은 등장인물(또는 의인화된 생물)이다. 「코끼리」의 경우, 네팔에서 온 노동자의 아들이다.

아버지는 미친 듯이 빛을 뿜는 네온사인은 단 하나의 그림자도 만들지 못한다고 늘 못마땅해했다. 아버지는 언제나 푸른 달빛을 그리워했다. 밤이면 만병초 그림자를 땅 위에 가지런히 뉘어놓고 세상을 휴식하게 한다는 히말라야의 달빛……. 오늘 밤엔 왠지 나도 그런 달빛이 보고 싶다. (「코끼리」, 34~35쪽)

「아홉 개의 푸른 쏘냐」에서는 달팽이와 '그'가 그 역할을 맡고 있다. 여기 실린 작품 중 최근작인 역작 「아홉 개의 푸른 쏘냐」는 두 부분으로 구성된 작품이다. 달팽이인 '나'의 일인칭 화자 시점이 이끄는 부분과 삼인칭 전지적 작가 시점이 이끄는 부분. 앞부분은 달팽이가, 뒷부분은 '그'가 서사의 중심에 놓여 있는데, 그들이 러시아 민속무용단의 무용수로 왔으나 이태원 밤거리에서 몸을 팔기에 이른 쏘냐를 연민하는 작가의 마음을 대신 전달한다.

그 연민의 마음은 김재영 문학의 기본항 가운데 하나인데, 김재영의 인물들을 가두고 있는 어두운 세계를 따뜻하게 감싸 안는다. 읽는 이의 마음도 감싸 안아 위무하는 연민의 마음. 김재영 문학을 따스하게 데우는 그 연민의 마음은 생명을 소중히 여겨 모든 생명 가진 존재의 고통을 함께 아파하고 생명의 움직임에 민감하게 반응하는 마음이다.

'국화야, 니 봉오리 졌노!'

지난가을, 밝았던 송 할머니 웃음소리가 귓가에 생생하게 살아났다. 인정이 넘치던, 소나무 가지에조차 흙을 발라주어야 마음을 놓던, 가난과 고된 일을 감내하면서도 언제나 희망을 잃지 않았던, 인정 많은 할머니의 웃음……. (「국화야, 국화야」, 343쪽)

김재영 소설 곳곳에 식물을 비롯한, 인간 아닌 생명체에 대한 묘사, 그것들을 매개로 한 비유가 자주 등장하는 것은 이와 관련되어 있다. 김재영 문학에는 인간과 인간 아닌 것을 가르는 차별의 인간중심주의를 넘어 저 무차별의 생명 세상을 향해 가는 마음이 깃들어 있는 것이다.

4. 새로운 가능성

지금까지 살펴온 작품들의 중심인물들은 하나같이 선량하다. 그들의 선량함은 그들을 억압하고 상처 입히는 이 세계의 폭력성에 대비되어 더욱 뚜렷이 부각된다. 「국향(菊香)」은 이와 달리 상처 입어 뒤틀린 인간을 정면에서 다루었으니 김재영 문학의 기본틀에서 벗어났다. 나는 이 벗어남이야말로 김재영 문학의 가능성을 내보이는 것이라 생각한다. 그것은 기본틀에서 벗어나 새로운 세계로 나아갈 수 있는 가능성이면서, 인간의 부정적인 측면에 대한 탐구를 기피하는 한국 소설의 취약점 하나를 넘어설 수 있는 가능성이다.

한 여인이 있다. 마흔 갓 넘어 남편을 잃었다. 세 자식을 등에 지고 걸어야 할 고통의 여로가 시작되었다. 어린 딸의 눈에 큰 키 때문에 조금 구부정했던 그녀의 등은 "더 심하게 굽은 채 이내 굳어버릴 것처럼 처참해 보였다." 혼자 힘으로, 그 처참한 등 위에 감당하기 힘든 짐을 지고, 그녀는 비정한 세상을 헤치고 걸어 나아가야 했다. 그녀는 어떻게 변하게 되었는가?

돈을 향한 욕망이 그녀의 삶을 지배하게 되었다. 세상을 닮아 돈을 얻기 위해서는 무슨 짓이든지 할 수 있는 비정한 인간이 되었다. 무엇보다도 그녀는 거짓말, 거짓 표정, 거짓 웃음과 울음으로 존재하고 살아가는 인간이 되었다. 그녀는 온통 거짓으로 가득 찬 존재가 된 것이다. 놀랍게도 그녀는 자신이 그 같은 거짓의 삶을 사는 거짓 존재임을 알아채지 못하는 지경에까지 떠밀렸다. 자기 자신조차 바로 볼 수 없는 불구 상태에 놓인 것이다. 그녀는 자기 자신조차 속게 만드는 거짓의 무서운 메커니즘, 섬뜩한 파괴력의 증언자이다.

세계의 비정이, 그것에 맞서 살아가야 한다는 목숨의 엄중함이 저처럼 무서운 것임을 그녀의 변화는 잘 보여준다. 그녀의 마음속에 종양처럼 자라난 악성(惡性)은 인간이 얼마나 나약한 존재인가를 알려주는 눈물겨운 증거이다.

우리 소설 속의 악은 선을 부각시키기 위한 대비적 설정인 경우가 많다. 악 자체가 탐구 대상인 경우는 많지 않은 것이다. 그런 만큼 그 악은 대체로 '악이란 이와 같은 것이다'라는 선행 관념에 따라 만들어진 것이다. 관념으로서의 악, 유형으로서의 악이다. 우리 소설 여기저기에 사악한 눈빛을 뿌리며 횡행하는 착취자, 억압자, 반민족 행위자 등을 떠올려보라.

　「국향」에서의 악에 대한 저렇듯 깊은 탐구는 이와는 전혀 다른 자리에 서 있다. 김재영 문학이 개성적인 자기 세계를 열 수 있는 가능성을 나는 여기서 본다.

| 작가의 말 |

 일 년을 사계절, 혹은 열두 달로 나누어 인식하며 살아왔다. 그런데 우연한 기회로 '후'라는 시간의 단위를 알게 되었다. 그러니까 일 후는 오 일이다. 자연의 변화를 면밀하게 관찰하고 이해하려 애쓴 동양의 철학자들은 닷새마다 자연이 눈에 띄게 변한다는 사실을 알아챘다. 그 때문일까. 지난해 겨울부터 아무리 바빠도 닷새에 한 번씩은 뒷산에 올랐다. 비로소 봄이 오는 비밀스런 길을 알아챘다. 기뻤다. 어느 날 문득 고개 들면 멀리 가버리고 없는 봄 때문에 그동안 얼마나 허망해했던가!
 검회색 겨울 숲은 제일 먼저 핏빛으로 변한다. 핏빛은 다시 우유를 섞은 듯한 붉은빛으로, 갈색으로, 다시 연노랑 기운을 품은 밝은 회색으로, 그리고 나서야 비로소 연녹색으로 바뀐다. 닷새마다 변화하는 숲을 이렇게 섬세하게 포착하며 계절을 보내고 맞이하다 보니 일 년이 참으로 풍요롭고 행복했다.
 봄날의 벚꽃과 초여름의 철쭉, 한여름 계곡과 가을날의 단풍은 말할 것 없이 화려하고 아름다워 바라보는 것만으로도 유쾌하고 즐거웠다. 한편 계절과 계절 사이에 조심조심 생장하고 가만가만 갈무리하는, 외롭고 고독한 시간을 견디는 풀과 나무들을 지켜보는 것은 그 나름대로 슬프고도 가슴 설레는 일이었다. 비로소 숲의 내밀한 세계를 만난 것 같았다.

순간 내 소설도 그럴 수 있다면 좋겠다고 생각했다. 유쾌하고 농염하진 않지만, 달빛 속에서 도란도란 속내를 드러내는 살가움이라면. 아린 상처를 어루만져주는 따뜻함이라면.

고백하건대 나는 가끔 혼잣말하곤 한다. 제발 소수파의 운명에서 벗어날 수 있기를! 민주화운동이 한창 불붙어 있던 시절에 나 역시 피 끓는 젊은이로서 말하고 실천하기를 좋아했는데, 대다수의 보수적 세력과 반대편에 서서 대치하기란 힘들고도 위험한 일이었다. 외롭고 억울하고 버거웠다. 그런데 소설쓰기에서조차 어쩐지 나는 다수파가 아닌 것 같다. 하지만 뭐, 소외되고 상처 많은 편에 서는 게 내 운명이라면 어쩔 수 없지.

그 많던 친구들, 선후배들은 지금 어디에서 무얼 하고 있을까. 인류의 밝은 미래를 꿈꾸며 현재를 희생했던 아름다운 시절의 아름다웠던 사람들은 그다지 사회적으로 성공하지 못했나 보다. 신문지상에도 오르지 않고 입소문에도 오르지 않는다. 하지만 나는 언제나 그때 그 사람들의 숨결이 녹아 있는 동시대를 이야기하고자 애썼다. 그들의 현관에 신발을 벗어놓고, 밥상 앞에 둘러앉고, 이부자리 속으로 들어가고 싶었다. 그리고 함께 어둠 속에서 한 발 한 발 내딛는 기분으로 글을 썼다. 루카치가 말했던, 별이 빛나는 하늘을 보고 갈 수가 있고 또 가야만 하는 길의 지도를 읽을 수 있던 행복한 시대는 가버린 지 오래다. 하지만 혼란스런 오늘, 다행히 고전의 지혜가 다가와 나를 추스른다.
"길 잃은 자는 길을 묻지 않는다."

사람은 무엇으로 사는가,라는 질문에 톨스토이는 타인의 사랑이라고 답했던가. 작가는 무엇으로 사는가? 역시 주변의 사랑으로 사는 것 같다. 문학의 길을 밝혀준 선생님들, 친구가 되어준 동료들, 가족과 친지들, 그리고 실천문학 사람들……. 더 없이 고마울 따름이다.
넓은 바다를 향해 길을 떠나는 치어들의 어미가 된 기분이다. 더러는 독자의 가슴에 살아남기를 바란다.

2005년 늦가을
김재영

코끼리

2005년 12월 05일 초판 01쇄 펴냄
2025년 06월 18일 초판 11쇄 펴냄

지은이 | 김재영
펴낸이 | 윤한룡
편집 | 신한선
디자인 | 윤려하
관리·영업 | 이소연

펴낸곳 | (주)실천문학
등록 | 10-1221호(1995.10.26.)
주소 | 남양주시 퇴계원로 52, 405호
전화 | 02-322-2161~3 팩스 | 322-2166
홈페이지 | www.silcheon.com

ⓒ 김재영, 2005

ISBN 978-89-392-0529-1 03810

이 책은 한국문화예술위원회의 문예진흥기금과
2005년 대산문화재단의 대산창작기금을 받았습니다.